Seduce Me at Sunrise
by Lisa Kleypas

夜明けの色を紡いで

リサ・クレイパス
平林 祥［訳］

ライムブックス

SEDUCE ME AT SUNRISE
by Lisa Kleypas

夜明けの色を紡いで

主要登場人物

ウィニフレッド（ウィン）・ハサウェイ……ハサウェイ家の次女
ケヴ・メリペン……ハサウェイ家で家族同様に暮らすロマの青年
アメリア・ハサウェイ……ハサウェイ家の長女
キャム・ローハン……アメリアの夫。ロマとアイルランド人の混血
レオ・ハサウェイ……ハサウェイ家の長男。ラムゼイ子爵
ポピー・ハサウェイ……ハサウェイ家の三女
ベアトリクス（ビー）・ハサウェイ……ハサウェイ家の四女
ジュリアン・ハーロウ……フランスで療養所を営む医師
キャサリン・マークス……ポピーとベアトリクスの家庭教師
キャヴァン卿……英国名家の当主
サイモン＆アナベル・ハント……ハサウェイ家の友人夫妻

1

ロンドン　一八四八年冬

ウィニフレッド・ハサウェイはいつも、ケヴ・メリペンを美しいと思っていた。それは、荒涼たる景色や冬の日に美を感じるのにも似ていた。ケヴは大柄な、人目を引く容貌の男性で、どこから見ても頑固そのもの。男らしさあふれる異国的な面立ちに、瞳孔と虹彩の区別がつかないほど真っ黒な瞳がきらめいている。豊かな黒髪はカラスの羽のつやをたたえ、太い眉はまっすぐに伸びている。大きめの口は常に陰気そうにゆがんでいて、彼を見るたび、ウィンの視線はそこに吸い寄せられてしまう。

メリペン。彼女の愛する、だがけっして恋人にはなれない男《ひと》。ふたりは少年だったメリペンがハサウェイ家に引き取られて以来のつきあいだ。一家はどんなときも家族同様に彼と接するが、当の本人は使用人として振る舞いつづけてきた。あるいは護衛として。部外者として。

ウィンの寝室にやってきたメリペンは戸口にたたずんで、彼女が化粧だんすの一番上の引き出しから日用品を取りだし、旅行鞄に詰めるさまを見つめている。ヘアブラシ、ヘアピンの入った箱、妹のポピーが刺繍してくれた数枚のハンカチ。ウィンは革の鞄にそれらを詰めこみながら、身じろぎひとつせずにたたずむメリペンの存在を肌で感じていた。彼が無表情の仮面の下になにを隠しているのかくらいわかる。彼女の胸の奥深くにも、同じ切望感が流れていたから。

離れ離れになると思うと、胸が張り裂けそうだった。だがほかに選択肢はなかった。一年前に猩紅熱《しょうこうねつ》にかかって以来、ウィンはすっかり虚弱体質になってしまった。痩せ細り、体力を失い、疲れやすく、倒れることもしょっちゅうある。肺をやられたのでしょう、医者は口を揃えてそう言う。打つ手はありませんと。一生をベッドのなかで過ごし、若くして生涯を終えるしかないと。

だがウィンは、そのような運命を受け入れるつもりはない。

なんとしてでも元気になりたい。人びとが当たり前のように享受しているさまざまなことを、自分も楽しみたい。踊ったり、ほがらかに笑ったり、田園地帯を散策したりしたい。誰かを愛する自由もほしい。そして結婚し……いつか自分の家庭を築きたい。

いまのような健康状態ではどれも実現することはできない。でもこれからは、そうではなくなる。ウィンは今日、英国を発つ。フランスの療養所で、ジュリアン・ハーロウという医師の治療を受けるためだ。若く意欲的なハーロウは、彼女と同じような症状の患者たちの治療で目覚ましい成果を上げている。従来と異なる治療法で、その是非が物議をかもしているものの、ウィンは気にしなかった。治るためならなんでもするつもりだった。健康体に戻れなければ、メリペンを手に入れることはできないのだ。

「行くな」というメリペンの声はとても小さくて、ウィンは危うく聞き逃すところだった。

彼女は必死に冷静をよそおった。現実には、身を切るような思いに体を熱くしていた。

「扉を閉めて」とやっとの思いで言う。これから話すことを、人に聞かれたくない。

メリペンは動かなかった。浅黒い顔には赤みが差し、まったく彼らしくないことに、黒い瞳が凶暴にぎらついている。いまこの瞬間だけは生粋のロマ（ヨーロッパを主に各地に散在する少数民族。ジプシー）の青年となり、めったにおもてに出さない感情が見え隠れしている。

ウィンは自ら扉を閉めに行った。するとメリペンは、彼女と少しでも触れあったら致命傷を負うとでもいうように、さっと扉から離れた。

「どうして行くななんて言うの、ケヴ？」ウィンは穏やかにたずねた。

「危険だからだ」

「百パーセント安全よ。ドクター・ハーロウには全幅の信頼を置いているの。治療法だって理にかなっているし、成功率も高い――」

「失敗の数も同じくらいある。もっといい医者がロンドンにいる。先にそっちを試してみるべきだ」

「ドクター・ハーロウにお任せするのが一番だと思うの」メリペンの鋭い瞳に、ウィンはほほえみかけた。彼が本当に言いたいことは聞かなくても察しがつく。「あなたのもとに、ちゃんと戻ってくるわ。約束する」

その言葉をメリペンは無視した。ウィンがお互いの気持ちをはっきりさせようとするたび、彼は岩のように頑なに拒む。メリペンは絶対にウィンへの思いを認めなかった。守ってやらねばならないか弱い病人、あるいはガラスケースに閉じこめられた蝶に対するような接し方も、けっして変わることはなかった。

そして満たされぬ欲望は、こっそりどこかで解放しているようだった。

メリペンは自分のことをあまり話そうとしないが、きっと少なからぬ女性が彼に身を捧げ、快楽を得るために彼を利用しているにちがいない。彼がどこかの誰かと一緒に横たわるところを想像したとたん、ウィンの胸の奥底から、冷たい怒りに似たものがわきおこった。メリペンに対するこの激しい思いを知ったら、彼女を知る人はみな、さぞかし衝撃を受けるだろう。なかんずく、当のメリペンは驚愕するだろう。

無表情な彼の顔を見ながら、ウィンは思った。わかったわ、ケヴ。あなたが望むのなら、この気持ちは口にせずにいてあげる。さりげなく、気持ちよく、お別れしましょう。

あとでひとりになってから、悲嘆に襲われるのは承知のうえだ。彼と再会できるまでの時間は、きっと永遠にも感じられるだろう。だがこんなふうに生きていくよりはずっとましだ。ともにいながら、けっして結ばれることはなく、病という名の障害がふたりのあいだに立ちはだかりつづける状態に耐えるよりはずっと。

「さてと」ウィンは軽い口調で言った。「そろそろ行かなくちゃ。心配はいらないわ、ケヴ。

フランスまでの道程では、お兄様がわたしの面倒を見てくれるし——」

「レオは自分の面倒も見られない男だ」メリペンは乱暴に言った。「行くな。きみはここに残るんだ。そうすればおれが——」

彼はつづく言葉をのみこんだ。

だがウィンは、その深みのある声に怒り、あるいは悲嘆のようなものがにじんでいるのに気づいた。

いまなら、なんとかできるかもしれない。

ウィンの心臓は早鐘を打った。「ひとつだけ……」言葉を切り、息を吸う。「わたしを行かせずにすむ方法がひとつだけあるわ」

メリペンは用心深いまなざしを投げてきた。「なんだ？」

長い沈黙の末、ウィンはようやく勇気を奮いたたせた。「愛してると言って。そうしたらここに残るわ」

黒い瞳が見開かれる。メリペンが息をのむ声が、弧を描いて振り下ろされる斧のように空気を切り裂く。彼は無言で、凍りついていた。

応えを待ちながら、ウィンは自嘲と絶望が奇妙に交ざりあい、胸の奥にわき上がるのを覚えた。

「おれは……ハサウェイ家のみんなを大切に思ってる……」

「ちがう。わたしが言ってるのはそんなことじゃないって、わかっているはずよ」彼女はメリペンに歩み寄り、青白い両手を伸ばして、なにものにも屈しないたくましい胸に手のひらを押しあてた。彼のなかでなにかが渦巻くのが感じられる。「お願い」とつぶやきながら、必死な口調になってしまったことを悔やんだ。「この命が明日終わっても惜しくない、たった一度でいい、あなたの口から聞けたら——」

「だめだ」メリペンはうなるように言い、後ずさった。

自制心をすべて捨て去り、ウィンは彼との距離を詰めた。手を伸ばして、ゆったりとしたシャツをつかむ。「言って。今日こそお互いの気持ちをはっきりさせる——」

「落ち着け、また具合が悪くなるぞ」

ウィンはかっとなった。彼の言うとおりだったからだ。おなじみの虚脱感とめまいに襲われ、動悸がして、肺が悲鳴をあげている。彼女は役立たずなわが身を内心で罵った。「わたしはあなたを愛してるわ」力なく訴える。「こんな体じゃなかったら、なにがあろうとあなたから離れやしない。あなたをベッドに連れていき、どんな女性にも負けない情熱を——」

「言うな」メリペンは片手で彼女の口をふさいだが、唇のぬくもりを感じたのだろう、すぐさまその手を引っこめた。

「わたしが恐れることなく認めているのに、どうしてあなたはためらうの?」彼のすぐそばにいられる、彼に触れられる、たったそれだけのことで、ウィンは気も狂わんばかりの喜びにつつまれた。そして後先考えず、彼にぴったりと身を寄せた。メリペンは優しく押しのけようとしたが、彼女は残された力を振り絞って抵抗した。「これっきり会えなくなったらどうするの？　いつか、自分の思いすら伝えなかったと後悔するのではないの？　いつか――」

黙らせようと必死だったのだろう、メリペンは彼女の唇を唇でふさいだ。ふたりは息をのみ、身をこわばらせて、口づけを味わった。彼の息が頬にかかるたび、ウィンは驚くほどの熱を感じた。太い両腕が体にまわされ、その腕が力強く彼女をつつみこみ、たくましい体へと引き寄せる。たちまち全身に火がともり、ふたりは激情に身をゆだねた。

メリペンの息は甘いりんごの香りとかすかなコーヒーの苦味、そしてなかんずく、彼自身の吐息の匂いがした。彼がもっとほしくて、ウィンは身を反らした。するとメリペンは低く荒々しい声とともに、無垢な情熱を受け入れた。

ウィンは彼の舌が触れるのを感じた。口を開いてさらに奥深くまで導き入れ、自らもおずおずと舌を動かし、そっとからませると、メリペンが身を震わせ、息をのんで、いっそうきつく抱きしめてきた。先ほどとは別の虚脱感に襲われる。ウィンのあらゆる感覚が彼の両手を、唇を、体を求めていた。彼の重みを全身で、体のなかで感じたかった。どうしようもないくらい、激しく彼を求めていた。

メリペンの口づけは飢えた獣のようで、ときに荒っぽく、ときに甘やかだった。喜びのあまり神経に炎がともるのを覚えながら、ウィンは身をよじり、彼にしがみついて、さらに強く引き寄せようとした。

幾層にも重ねられたスカート越しでさえ、彼がえもいわれぬリズムで腰を押しあててくるのがわかる。彼に触れ、なだめたくて、ウィンは無意識に手を下に伸ばした。震える指先が、硬くそそり立つものに触れる。

メリペンは唇を重ねたまま苦しげにうめいた。そして焼けつくような一瞬、彼は手を下ろし、その手をウィンの手にぎゅっと重ねた。ウィンははっとまぶたを開けた。手のひらに、いまにも爆発しそうに熱を帯びて、激しく脈打ちながら張りつめているものが感じられた。「ケヴ……ベッドに……」とささやきかけながら、彼女は頭のてっぺんからつま先まで真っ赤に染めた。彼と結ばれる日をどれだけ待ち望んだだろう。ようやくその日がやってきたのだ。「早く……」

だがメリペンは罵りの言葉を吐くと、彼女の身を引き剝がし、横を向いてしまった。息がひどく荒い。

ウィンは彼に歩み寄ろうとした。「ケヴ――」

「寄るな」という険しい口調に、ウィンは驚いて跳び上がった。

それから少なくとも一分間、室内にはふたりの荒い呼吸だけがただ響いていた。

先に口を開いたのはメリペンだった。その声には怒りと嫌悪がにじんでいたが、それが彼自身に対するものなのか、ウィンに対するものなのかはわからなかった。「二度とこんなまねをしちゃいけない」

「わたしを傷つけるのを恐れているの？」

「きみとそんな仲になりたくないからだ」

憤りに身をこわばらせつつ、ウィンは不審げに笑った。「たったいま、わたしの情熱に応えたのに。ちゃんと感じられたわ」

メリペンは頬を赤らめた。「相手が女性なら誰にでもああなる」

「わたしに……特別な感情はいっさい抱いていないとでもいうの？」

「ああ、ハサウェイ家の人間を守りたいという思い以外はなにもない」

嘘なのはわかっている。本心のはずがない。だが冷たく拒絶されたおかげで、彼のもとを去りがたい気持ちが少しだけ薄れたのもたしかだった。「それは……」ウィンは声を振り絞るようにして言った。「崇高だこと」皮肉めかした声音を作ろうとしたのに、息がつづかなかった。これも、役立たずな肺のせいだ。

「疲れてるんだろう」メリペンは彼女に歩み寄った。「休まないと――」

「なんともないわ」ウィンは頑として否定し、洗面台に向かうと、台をつかんで体を支えた。しっかりと立てるようになったところで、リンネルのタオルを水で濡らし、上気した頬にあてた。鏡をのぞきこみ、いつもの穏やかな表情をよそおう。それから、やっとの思いで落ち着いた声音を作った。「あなたのすべてが手に入らないのなら、なにもいらない。どんな言葉を口にすればわたしを行かせずにすむか、さっき教えたはずよ。言えないのなら、出ていって」

部屋の空気が、渦巻く感情に重みを増す。沈黙がつづくなか、ウィンは全神経が抗議の声をあげるのを感じていた。鏡をじっと見つめると、メリペンの広い肩とたくましい腕が視界に映った。やがて彼は背を向け、扉が開き、そして閉じた。

ウィンは冷たいタオルを顔にそっとあて、頰を伝う数粒の涙をぬぐった。タオルを脇に置いたとき、彼のものを握った手に、まだそのときの感触が残っているのに気づいた。唇は激しくも甘いキスの余韻にうずき、胸にはかなわぬ思いだけが痛みとなって広がっている。

「これでいいの」鏡に映る上気した自分の顔に向かって言う。「かえってやる気が出てきたでしょう」ウィンは震える声で笑い、あふれる涙をぬぐい去った。

間もなくロンドンの波止場に向かう馬車への荷積みを監督しながら、キャム・ローハンは、判断を誤ったのではないだろうかと考えずにいられなかった。アメリアには、家族の面倒を見ると誓った。それなのに、結婚してわずか二カ月足らずのいま、彼は妻の妹のひとりをフランスに送りだそうとしている。

「少し待ってもいい」キャムはゆうべも、アメリアを肩に抱き寄せ、胸の上に小川のように広がる豊かな黒髪を撫でながらそう言ったばかりだった。「あなたがもう少しウィンをそばに置いておきたければ、療養所に送るのは来年の春まで待ったっていいんですよ」

「いいえ、すぐに行かせなくては。ドクター・ハーロウが、すでに多くの時間を無駄にしてしまったとおっしゃっているの。ウィンが健康な体を取り戻すには、すぐに治療を始めるしかないわ」

妻の落ち着いた物言いに、キャムは笑みを浮かべた。アメリアは感情を隠すのがとてもうまい。常に冷静をよそおっているので、彼女が本当はとても傷つきやすい女性だということに周りの人間はなかなか気づかない。アメリアが弱さを見せるのはキャムの前だけだった。

「良識のある判断をしなくては」彼女がつけくわえる。

キャムは妻を仰向けにさせ、ランプの明かりに照らされた小さな愛らしい顔を見下ろした。大きな青い瞳は、夜の闇を思わせる深い色をしている。「そうですね」彼は優しく応じた。「でも、人は常に良識のある判断を下せるとはかぎらない」

アメリアはかぶりを振った。瞳が潤んでいる。

指先で彼女の頬を撫で、キャムはささやいた。「かわいそうなハチドリ《ハミングバード》。この数カ月間で、あまりにも多くのことが変わってしまった。わたしとの結婚をはじめとして。そして今度は、わたしはあなたの妹をよそにやろうとしている」

「療養所に、元の健康な妹になってもらうためによ。こうするのがあの子にとって最善の選択なの。ただ……会えなくなるのがさびしいだけ。ウィンはわが家で一番心優しい、思いやり深い子だもの。いわばみんなの仲裁役だわ。ウィンのいないあいだに、残されたわたしたちは殺しあいすらしかねない」アメリアはそう言うと、わずかに顔をしかめた。「わたしが泣いてたって誰にも言わないでね。言ったらただじゃおかないから」

「言いませんとも、愛しい人《モニシャ》」キャムは洟《はな》をすするアメリアを抱き寄せて慰めた。「あなたの秘密はひとつたりとももらしません。わかっているはずですよ」

それからキャムは口づけで妻の涙をぬぐい、ゆっくりとナイトドレスを脱がせ、さらに時間をかけて愛を交わした。「愛するアメリア」組み敷かれて身を震わせる妻に、彼はささやいた。「わたしが気持ちを楽にさせてあげる……」優しく愛撫しながら、ロマニー語で語りかける。あなたがわたしに幸せをくれる、あなたのなかにいるのが好きだ、けっしてあなたを離しはしない、と。アメリアはそれらの言葉の意味を理解していなかったが、響きに興奮を呼び覚まされるのだろう、背中にまわされた手が猫のように爪をたて、自ら腰を突き上げるのがわかった。キャムは妻に喜びを与え、自らも歓喜を味わった。やがて妻は、満たされ、眠りに落ちた。

眠りについたアメリアを、キャムはずっと抱いたままでいた。妻は信頼しきったように彼の肩に頭をのせていた。いまのキャムには、妻とその家族全員を守る義務がある。

ハサウェイ家は変わり者の集まりだ。四人姉妹に兄がひとり、そして、キャムと同じロマのメリペン。メリペンの素性はほとんどわかっていない。わかっているのは、少年のころ、おそらくロマ狩りでけがを負わされたのだろう、野垂れ死にするところをハサウェイ家に助けられ、引き取られたという事実だけだ。一家にとっては単なる使用人以上の存在だが、家族の一員というわけではない。

ウィンがフランスに発ったあと、メリペンがどうなってしまうのか予測もつかない。だがおそらく、いい方向には行かないだろう。ウィンとメリペンはまさに正反対だ。義妹は青白い顔をした金髪の病人で、メリペンは大柄なロマの青年。一方は洗練され浮世離れした乙女で、もう一方は褐色の肌に粗野な面立ちをした、洗練とは程遠い男。だがふたりのあいだには、たしかな絆があった。鷹は本能に刻まれた見えない地図をたどって森に帰るが、その道筋にも似たものが、ふたりのあいだに存在するかのようだった。

馬車に荷物が積まれ、革帯でしっかりと留められるのを見届けると、キャムは一家が滞在中のホテルのほうに向かった。しばしの別れを告げるため、すでにみな応接間に集まっていた。

だがメリペンはいなかった。

応接間はこぢんまりとしていて、姉妹と兄のレオだけですでにいっぱいだ。レオはウィンの付き添い役として、ともにフランスに行くことになっている。

「よせよ」レオはぶっきらぼうに言いながら、一六歳になったばかりの末妹のベアトリクスの背中を軽くたたいた。「愁嘆場を演じる必要はないぞ」

ベアトリクスは兄をぎゅっと抱きしめた。「わが家から遠く離れるんだもの、お兄様もきっとさびしく思うはずよ。よかったら、わたしのペットを一匹連れていく?」

「遠慮しておこう。船上で誰かしらとお近づきになれるだろうから、それで我慢するよ」レオは赤茶色を帯びた黒髪の美しい娘、三女で一九歳のポピーに向きなおった。「元気でな。社交界デビューをしっかり楽しめよ。ただし、最初に求婚してきた男についていったりしないように」

ポピーは兄に歩み寄り、抱きついた。肩に顔をうずめているので、「お兄様も」という声がくぐもって聞こえる。「フランスで悪さをしないようにね」

「フランスで悪さをしない人間などいないよ」レオは応じた。「だから世の中の連中はみんなフランスが好きなんだ」つづけてアメリアに顔を向ける。とたんに自信たっぷりの仮面が剝がれ始めた。レオはとぎれがちに息を吸った。レオは始終、アメリアと容赦のない口論をくりかえしていた。にもかかわらず、姉妹のなかで彼女が一番のお気に入りだった。ふたりはともに、両親を亡くしてから妹たちの面倒を見、苦難を乗り越えてきたのだ。アメリアは、兄が将来を嘱望された若き建築家から廃人同様にまで落ちぶれてしまう姿も見てきた。レオはその後、子爵という身分を得たが、それでも立ちなおれずにいる。むしろ社会的地位を得たことで、破滅への道のりが短くなったかのようだった。それでもアメリアは兄のために奮闘しつづけ、ことあるごとに兄を救おうと骨を折った。そのたびに兄は大いに腹を立てた。

アメリアはレオに歩み寄ると、その胸に頭をもたせた。「お兄様」と洟をすすりながら呼びかける。「ウィンの身になにかあったら、お兄様を殺してやるから」

レオはアメリアの髪を優しく撫でた。「もう何年もそうやってわたしを脅しているが、現実になったためしがないな」

「せ、正当な理由が見つかるまで待っているだけよ」

彼はほほえんで、妹の頭を胸から引き剝がし、額に口づけた。「ウィンなら、健康になって無事に帰ってくる」

「お兄様も?」

「ああ」

アメリアは兄の上着をなぞり、唇を震わせた。「だったら、酔っぱらいのろくでなしみたいな人生を送るのももうやめてね」

レオはにやりとした。「あいにく、人間は可能なかぎり才能を伸ばすべきだというのがわたしの信念でね」身をかがめて妹のキスを頰に受ける。「おまえは本当に人の身の振り方についてとやかく言うのが好きだな。自分はろくに知りもしない男と結婚したばかりのくせに」

「この結婚は、わたしの人生で最も正しい選択よ」アメリアは反論した。

「フランスへの旅費も彼持ちなんだから、同意するしかあるまい」レオは手を伸ばし、キャムと握手を交わした。出会いは悲惨だったが、ふたりの男は短期間で互いに好意を抱くようになった。「じゃあな、兄弟《パル》」レオはキャムに教わったロマニー語で呼びかけた。「おまえなら、立派に妹たちの面倒を見られるだろう。わたしのことも早々に厄介払いできたし、幸先がいい」

「屋敷の再建と家の再興のために、帰国される日を待っていますよ」

レオは低い声で笑った。「帰るころには、わが家はとっくに繁栄しているさ。それにしても、ロマの男ふたりにすべてを託す貴族なんて普通はいないぞ」

「たしかに」キャムはうなずいた。「そんな人間はこの世にあなたひとりでしょうね」

姉妹に別れを告げたウィンを馬車に乗りこませてから、レオはそのとなりに腰を下ろした。

馬車は緩やかに車体を揺らして走りだし、ロンドンの埠頭を目指した。

レオは妹の整った横顔をまじまじと見つめた。例のごとく感情のうかがい知れない、穏やかで落ち着いた表情を浮かべている。だがレオは、青白い頬がかすかに赤みを帯び、膝の上で指先が、刺繍入りのハンカチを握ったり引っ張ったりするのを見逃さなかった。そういえば先ほど、妹に別れを告げる輪のなかにメリペンがいなかった。ひょっとしてウィンといさかいでもあったのだろうか。

ため息をついて、レオは手を伸ばし、折れそうに細い妹の肩を抱いた。ウィンは身を硬くしたが、兄から離れようとはしなかった。ややあってからハンカチが持ち上げられたので、ふと見やると、妹は目元をふいていた。病に苦しみ、恐れ、絶望に打ちひしがれているウィン。

いまの彼女には自分しかいない。

妹に神のご加護を。

レオは妹を笑わせようとした。「まさかベアトリクスからペットをもらってきてないだろうな？　言っておくが、ハリネズミかクマネズミでも連れてきていたら、乗船後すぐに海に捨てるぞ」

ウィンは首を横にふり、洟をかんだ。

「なあ」レオは妹の肩を抱いたまま、くだけた口調でつづけた。「姉妹のなかで一番おとなしいおまえと、どうしてフランスくんだりまで一緒に行く気になったのか、われながら不思議だよ」

「おあいにくさま」ウィンは鼻声で応じた。「なにか言える立場なら、こんなにおとなしくしてないわ。元気になったら、好きなだけ悪さをするつもりよ」

「そいつは楽しみだ」レオは言い、やわらかな金髪に頰を寄せた。

「お兄様」しばしののち、ウィンが問いかけた。「どうしてわたしと一緒に療養所に行くと申してたの？ お兄様も健康になりたいの？」

悪意のない質問に、レオは心を動かされると同時にいらだちを覚えた。ウィンを含む家族の誰もが、レオの飲酒癖は病気であり、しばらく禁酒して健全な環境で過ごせば治るものだと考えている。だが現実には、飲酒癖は病の一症状にすぎなかった。悲嘆という名の病はじつに頑固で、ときに彼の心臓を止めようとさえする。

ローラを失った悲しみを癒してくれるものなどないのだ。

「いいや」レオは答えた。「健康になりたいなんて思っちゃいない。これまでとはちがう環境で放蕩のかぎりをつくしたいだけだ」そうかえすと、くすくす笑いが聞こえてきた。「ウィン……メリペンとけんかでもしたか？ それでやつは、おまえに別れを言いに来なかったのか？」妹が一向に答えようとしないので、レオは呆れ顔になった。「そうやっていつまでも黙りこんでいるつもりなら、この旅は相当長いものになるぞ」

「ええ、けんかしたの」

「原因は？ ハーロウの療養所のことか？」

「正確にはちがうわ。療養所も関係があるけど……」ウィンは決まり悪そうに肩をすくめた。

「とても複雑な話なの。お兄様に理解してもらうには、どれだけ時間がいるかしら」

「わたしたちはこれから海を渡り、フランス国土の半分を渡るんだ。時間ならたっぷりある」


馬車が出発してしまうと、キャムはホテルの裏手にある馬屋に向かった。一階に馬小屋と馬車置き場が、二階に使用人の宿泊設備が設けられている、こぎれいな建物だ。思ったとおり、メリペンはそこで馬の手入れをしていた。このホテルの馬屋では、馬の世話は馬屋付きの従業員と、馬の持ち主とで分担する仕組みになっている。メリペンはちょうど、キャムの愛馬、プーカと名づけた三歳になる黒毛馬の世話をしていた。

つややかな馬の脇腹にブラシをかけるメリペンの動きは、軽快ですばやく、整然としている。

キャムはしばしメリペンを見つめ、その熟練の手さばきを内心で賞賛した。ロマが人並み優れて馬の世話に長けているというのは本当だ。ロマが馬を同志として、詩情に満ちた高潔なる生き物として扱うからだろう。見るとプーカも、メリペンの存在を受け入れ、おとなしく身を任せている。じつに珍しいことだ。

「なにか用でも？」メリペンはキャムを見ずにたずねた。

戸の開いた馬小屋にゆったりと歩み寄ったキャムは、プーカが頭を下げ、鼻面で胸元を突いてくるのを見て笑みを浮かべた。「だめだよ……砂糖はまた今度だ」プーカの筋肉質な首を軽くたたく。その拍子に、肘までめくったシャツの袖の下から、腕に彫りこまれた紋様がのぞいた。翼を持つ黒い馬の刺青。彫られたときのことは覚えていない。幼いころからずっとそこにあったが、祖母はそれが彫られた理由をけっして教えてくれなかった。

その紋様は、アイルランドの神話に出てくるプーカと呼ばれる馬そのものだった。プーカは人びとに悪夢を見させ、ときに邪悪に、ときに優しく振る舞い、人の言葉を話し、大きな翼を広げて夜空を駆けめぐると言われている。言い伝えによれば、真夜中になんの前触れもなく人家を訪れ、人を背に乗せて空を飛ぶらしい。そして、真夜中の飛行に連れていかれた者は、以前とはちがう人間になっているという。

キャムはその紋様を、他人の体に見たことはなかった。

メリペンと出会うまでは。

なんの因果か、メリペンは最近、ハサウェイの屋敷の火事で火傷を負った。その治療にあたっているとき、メリペンの肩に刺青があるのをハサウェイ家の姉妹が見つけた。

以来、キャムの頭のなかではいくつかの疑念が渦巻いている。

メリペンがキャムの腕の刺青にちらりと視線を投げるのがわかった。「なぜロマの男が、アイルランドの神話に出てくる動物の刺青を持っているんだと思う?」キャムはたずねた。

「アイルランドにもロマはいる。別におかしな話じゃない」

「だがこの刺青にはおかしな点がある」キャムは静かに指摘した。「おまえと出会うまで、他人の体に同じものを見たことはなかった。ハサウェイ家の姉妹がおまえの刺青を見て驚いたところを見ると、おまえは必死にそれを隠してきたらしい。どうしてだ、パル？」

「その呼び方はやめろ」

「おまえは昔からハサウェイ家の一員として暮らしていた。わたしは結婚してあの一家のひとりになった。つまり、われわれは兄弟ということだ、ちがうか？」

メリペンは答える代わりに軽蔑のまなざしを投げた。

嫌われているとわかっていながら同胞の男になれなれしくすることに、キャムは意地の悪い喜びを覚えていた。メリペンがキャムを嫌悪する理由は簡単だ。部族のなかに、つまりヴィッサのなかに新たに男が加わるのは、けっして容易ではない。普通は部族内の序列の低い位置に迎えられるものなのだ。にもかかわらずキャムは、ハサウェイ家の長として迎えられた。もちろん、よそものであるキャムにとって、そうした立場で行動するのは大変なことである。ロマの母親とアイルランド人の父親のあいだに生まれた混血《ポシュラム》だという事実も、なんの助けにもならない。そのうえキャムは裕福でもある。ロマは財産を所有することを恥とみなすのだ。

「どうしてずっと隠していたんだ？」キャムは食い下がった。

ブラシをかける手を休め、メリペンは冷たく暗い視線を投げてきた。「呪いの紋様だと言われたからだ。その意味するところを、彫られた理由をおれが知ったとき、おれか、おれの近しい者が死ぬ」

キャムは平静をよそおったが、実際には、うなじにざわざわとした感覚を覚えていた。

「おまえはいったい何者なんだ、メリペン？」と穏やかに問いかける。

メリペンは馬の世話を再開した。「何者でもない」

「かつてはどこかの部族の一員だったはずだ。家族だっていただろう？」

「父親のことは知らない。母親はおれを産んだときに死んだ」

「わたしと同じだな。わたしは祖母に育てられた」

ブラシをかける手が途中で止まった。ふたりとも身じろぎひとつしなかった。馬屋は静まりかえっており、馬たちの鼻息と地面を踏みしめる音以外はなにも聞こえない。「おれは、おじに育てられた。少年闘士《アシャライブ》として」

「そうか」キャムは哀れみの表情を押し隠した。だが心のなかでは、かわいそうにと思っていた。

それでメリペンはあれほどけんかが強いのか。ロマのなかには、とくに力の強い少年を選んで素手で戦う闘士に育てる部族があるという。市《いち》や酒場、さまざまな集まりでアシャライブたちを戦わせ、見物人たちに賭けさせるのである。大けがをしたり、命を落としたりする少年もいるらしい。そうして勝ち残った少年たちは屈強の闘士と認められ、部族の古つわものの仲間入りを果たす。

「道理で気が優しいわけだ」キャムはいやみを言った。「ハサウェイ家に引き取られたあと、出ていこうとしなかったのはそのせいか？　アシャライブとして生きていくのがいやだったからなのか?」

「ああ」

「嘘つきだな、パル」キャムは言い、メリペンの顔を凝視した。「理由は別にあるんだろう?」相手の頬がはためにも紅潮するのを見て、図星だったと気づく。

キャムは静かにつけくわえた。「おまえは、彼女のためにここに残ったんだ」

2

一二年前

彼には善良な一面などなかった。優しさのかけらも。彼は硬い地面で眠り、質素な食事で腹をくちくし、冷たい水を飲み、命令に従って少年たちと戦う生活を強いられてきた。戦うことを拒めば、部族長《ロム・バロ》であるおじに殴られた。ロム・バロから手かげんのない懲罰を受けても、やめてと言ってくれる母も、仲裁に入ってくれる父もいない。他人が彼に触れるのは暴力を振るうときだけ。彼は戦い、盗み、ロマでない人間《ガッジョ》と敵対するためだけに存在していた。ロマの多くは、こぎれいな家に住み、懐中時計をポケットにしのばせ、暖炉の前で本を読む青白い肌の英国人を嫌ってはいない。ただ彼らが信じられないだけだ。けれどもケヴの部族はガッジョを憎悪していた。ロム・バロが彼らを激しく憎んでいたせいだろう。部族長の信念、嗜好、あるいは気まぐれがどのような方向に向かおうとも、部族の者はそれに従わねばならない。

だがある日、ガッジョたちはついに、野営を張るたび、そこで悪事を働き問題を引き起こす彼の部族に罰を与えることにした。

英国人たちは馬に乗り、武器を携えて現れた。彼らはしとねで眠るロマたちを銃で撃ち、こん棒で殴った。女子どもは泣き叫んだ。野営地はめちゃめちゃにされ、部族の者たちは追い散らされ、幌馬車《ヴァルド》は燃やされ、馬はガッジョに奪われた。

ケヴは彼らと戦おうと、仲間を守ろうとしたが、重たい銃の台尻で頭を殴られ、背中を銃剣で刺されてしまった。そんな彼を部族の者たちは置き去りにした。夜、彼は川辺にひとり朦朧と横たわったまま、黒ずんだ水が勢いよく流れる音を聞き、硬く湿った地面の冷たさを感じていた。自らの血が温かな細流となって体から流れでるのをぼんやりと意識しながら、命の歯車が暗闇に向かっていくときを、恐れを感じることなく待っていた。生きる理由も生への渇望もなかった。

だが朝の訪れに夜が屈するころ、ケヴは抱き上げられ、粗末な作りの小さな荷馬車に乗せていずこかに運ばれている自分に気づいた。どこかのガッジョが死にかけた彼を見つけ、家まで運ぶのを手伝うよう地元の少年に頼んだらしかった。

ケヴにとって、ヴァルドを除けば、屋根の下で過ごすのはそれが生まれて初めての経験だった。彼は見慣れぬ光景に好奇心をかきたてられる一方で、ガッジョの世話を受けながら屋内で死んでいかねばならない恥辱に怒りを覚えていた。だがすっかり消耗し、痛みもひどくて、抵抗しようにも指一本動かせなかった。

寝かされている部屋は馬小屋ほどの広さで、家具はベッドと椅子が一脚だけだが、そのほかにもクッションや枕、壁に掛けられた額入りの刺繍、ビーズのフリンジが揺れるランプなどがあった。これほどまでに体の具合が悪くなければ、所狭しと物が並ぶ部屋の有様を見て頭がおかしくなっていただろう。

彼をここに連れてきたガッジョ――ハサウェイといった――は背が高くすらりとした男で、淡い金色の髪をしていた。穏やかで遠慮がちな男の態度に、ケヴは敵意を覚えた。どうしてあいつはおれを助けたんだ？　ロマのがきに、いったいなにを求めてる？　ケヴはハサウェイの問いかけに答えず、薬を飲むことも拒否した。ありとあらゆる親切な申し出を拒絶した。ハサウェイに借りなどない。助けてほしいとも、生きたいとも思っていない。ケヴは、ハサウェイが背中の包帯を取り替えに部屋に現れるたび、痛みに顔をしかめながらも無言をとおした。

ケヴが口をきいたのは一度だけ。ハサウェイから刺青について訊かれたときだ。

「この紋様はなんだね？」

「呪いだ」ケヴは食いしばった歯のあいだから答えた。「誰にも言うな、言ったらあんたにも呪いがかかる」

「わかったよ」ハサウェイは優しく応じた。「きみの秘密は守る。だが現実主義者として断っておくが、わたしはその手の迷信は信じないんだ。呪いが力を発揮するのは、呪いをかけられた者がそれを信じたときだけだからね」

愚かなガッジョめ、とケヴは思った。呪いを否定した者には恐ろしい悪運が降りかかる。

誰もが知っている事実だ。

　それにしても、ハサウェイ家は騒々しい家だった。子どもが多いからだろう。ケヴが寝かされている部屋の閉めきった扉越しにも、やかましい声が聞こえるくらいだった。だがケヴはそこにもっと別のもの……なにやらとても優しげな存在を、かすかに感じ取ってもいた。扉の向こうにそれを感じられるのに、手を伸ばしても届かない。彼はそのなにかに触れてみたくてたまらなかった。暗闇と熱と痛みから解放されるときを強く切望した。

子どもたちが言い争う声や、笑い、歌う声の合間に聞こえてくるささやき声に、ケヴはぞくぞくするものを覚えた。それは女の子の声だった。愛らしく、心安らぐ声。あの子が部屋に来てくれたなら。ケヴはベッドに横たわったまま、腹立たしいほど治りの遅いけがに苦しみながら、その日を熱望した。あの子がそばにいてくれたなら……。

　だが少女は現れなかった。ケヴのいる部屋に来るのはハサウェイとその妻だけだった。ハサウェイの妻は親切だが用心深い人で、ケヴのことは快適なわが家に潜りこんだ野生動物かなにかのように扱った。ケヴはそれを感じ取り、夫妻が近くに寄るたびに歯をむいてうなった。やがて自力で動けるようになると、夫妻が用意した湯の入ったたらいで自ら体を清めるようになった。食事は夫妻の前ではけっしてとらず、ベッドのそばにトレーを置いたふたりが部屋を出るのを待った。早くよくなって逃げる日だけをひたすら思った。
　一、二度、子どもたちが彼を見に来たことがあった。わずかに開いた扉の隙間から室内をのぞいていた。ポピーとベアトリクスという名のふたりの幼女は、彼がうなってみせると、くすくす笑い、興奮して金切り声をあげた。ふたりの姉にあたるのだろう、アメリアという年長の少女は、母親そっくりの不審そうな目で彼を見ていた。それから、レオと呼ばれている、長身で青い瞳の少年もいた。年はケヴとあまりちがわないようだった。

「言っとくけど」戸口に立った少年は静かな声で言った。「誰もおまえに危害を加えようなんて思ってないから。けがが治ったら、おまえはここを出ていけばいい」熱で赤らんだケヴのむっつりとした顔をしばし見つめてから、少年はつけくわえた。「父上は優しい人だよ。誰にだって優しい。でもぼくはちがうからね。おまえがぼくの家族を傷つけたり、侮辱したりしたら、ただじゃおかないよ」

ケヴはレオの言い分を理解し、小さくうなずいてみせた。もちろん、元気なときならば相手を簡単に打ち負かす自信がある。ケヴにかかればレオなどあっという間に、骨を折られ、血まみれになって床に転がっているはずだ。だがケヴはすでに、このおかしな一家は本当に自分に危害を加えるつもりはないのだと感じ始めていた。自分からなにかを奪うつもりもないのだと。彼らはただ、捨て犬のようにケヴを世話し、かくまってくれた。その見返りとしてなにも求めていないようだった。

だからといって、彼らや、彼らの住むばかみたいに穏やかで快適な世界に対する侮蔑の思いが薄らぐことはなかった。ケヴは自分自身を憎み、彼らを憎悪した。ケヴは闘士であり、盗人であり、暴力と欺瞞《ぎまん》の世界に生きている。彼らにはそれがわからないのだろうか。快適なわが家に危険を招き入れてしまったことに、彼らは気づいていないようだった。

一週間が経つころには、熱は下がり、けがも癒え、ケヴはかなり自由に動けるようになった。なにか恐ろしい事態になる前に、自分がなにかしでかす前に、ここを去るべきだと思った。そこで彼はある朝早く起きると、レオのお下がりだと言ってハサウェイがくれた服に、苦労しいしい着替えた。

体を動かすだけでつらかったが、激しい頭痛も、背中を刺し貫くような熱い痛みも無視した。食事ののったトレーからナイフとフォークを取り上げ、上着のポケットに入れた。蠟燭の燃えさしと、小さな石鹼も。ベッドの上の小窓からは暁光が射しこんでいる。ハサウェイ家の人間ももうじき目を覚ますだろう。だが扉のほうに向かおうとしたとたん、ケヴはめまいに襲われ、ベッドに倒れこんだ。ぜえぜえ言いながら、気力を振り絞ろうとする。

そのとき、ノックの音とともに扉が開いた。ケヴはうなり声をあげようと口を開けた。すると、「入ってもいい？」と優しくたずねる女の子の声が聞こえた。

ケヴの口から出かかった罵りの言葉が消える。彼は完璧に圧倒されていた。目を閉じ、息をして、ただ待った。

あの子だ。あの子がここに来てくれた。

やっと。

「ずっとひとりだったでしょう？」女の子が言い、歩み寄る気配がした。「話し相手がほしいんじゃないかしらと思ったの。わたしはウィニフレッドよ」

少女の匂いに鼻孔を満たされ、声に耳をくすぐられて、ケヴの胸は高鳴った。全身を貫く痛みを無視してヘッドボードにゆっくりと背をもたせ、目を開ける。

ロマでない《ギャッジ》女の子など、同胞の女の子にとうていかなわない、そう思っていた。だが目の前にいる少女は、この世のものとは思えない美しさだった。白い肌は月明かりを思わせ、髪は銀色がかったブロンドで、表情にはかすかな威厳が漂っている。見るからに優しく、純粋無垢で穏やかそうな彼女は、自分とは正反対だった。心と体が激しく反応するのを覚え、ケヴは思わず手を伸ばし、小さくうめきながら、少女を抱き寄せた。

少女はわずかに息をのんだが、抗おうとはしなかった。彼女に触れるべきではない、それはケヴもわかっている。彼は他人に優しく触れるすべさえ知らない。そのつもりがなくとも少女を傷つけてしまうだろう。だが少女はケヴの腕のなかで身を硬くすることもなく、静かな青い瞳で彼をじっと見つめている。

どうして彼女は怖がらないのか。むしろケヴのほうが、彼女のために怖がっているくらいだった。自分がどういう人間かわかっているからだ。

そのくせケヴは、少女をいっそう抱き寄せようとしている自分に気づきもしなかった。少女の体重がかかり、自分の指先がやわらかな腕をつかむのをただ感じていた。

「放して」少女がそっとたしなめた。

ケヴは放したくなかった。永遠に。彼女を抱きしめ、編んだ髪をほどき、薄絹に似たその髪を指で梳《す》きたい。彼女を地球の果てまでさらってしまいたい。

「放したら」ケヴはぶっきらぼうに言った。「ここにいてくれるのか?」

可憐な唇がきれいな弧を描いた。ぞくぞくするほど甘美なほほえみだった。「おばかさん。もちろんここにいるわ。あなたに会いに来たんだもの」

彼はゆっくりと手の力を抜いた。逃げてしまうのではないかと思ったが、少女はそこにとどまった。「ちゃんと横になって」彼女は言った。「どうしてこんなに朝早くから着替えているの？」と目を丸くしてたずねる。「だめよ、まだ出ていってはだめ。まだよくなっていないんだから」

心配する必要などないのに。少女を見た瞬間から、逃げる気などすっかり失せてしまったのだから。ケヴは枕に背をもたせ、椅子に腰を下ろす少女をまじまじと見つめた。少女はピンクのドレスを着ていた。襟元と袖口には小さなレースがあしらわれている。

「あなたの名前は？」少女がたずねた。

ケヴはおしゃべりが嫌いだった。誰が相手でもそうだ。だが彼女と一緒にいるためなら、喜んでなんでもするつもりになっていた。「メリペン」

「それは、ファーストネーム？」

ケヴは首を横に振った。

ウィニフレッドは小首をかしげた。「ファーストネームは教えてくれないの？」

その問いにケヴは答えられなかった。ロマはロマ以外の人間に、本当の名前を教えてはならないのだ。

「じゃあ、頭文字だけでも教えて？」

ケヴは当惑して彼女を見つめた。

「ロマの名前はそんなに知らないの。ルカかしら？　マルコ？　それともステファン？」ケヴもようやく、ウィニフレッドがゲームをしようとしているのだと気づいた。つまり彼をからかっているのだ。しかしケヴはこういうときにどう反応すればいいのかわからない。いつもは他人にからかわれると、相手の顔にこぶしを埋めてやるのだが。

「いいわ、そのうちきっと教えてもらうから」ウィニフレッドはにこっとしながら言った。椅子から立ち上がろうとしたので、ケヴはすかさずその手をつかんだ。とたんに驚きの色が彼女の顔に広がった。

「ここにいると言っただろう」ケヴは咎めた。

ウィニフレッドは自由なほうの手を、手首をつかんでいる彼の手に添えた。「いるわ。落ち着いて、メリペン。ふたり分のパンと紅茶を取りに行ってくるだけよ。手を放して。すぐに戻ってくるから」彼女は温かな手のひらでそっと彼の手を撫でた。「あなたがよければ、一日中ここにいてあげてもいいのよ」

「家族がだめと言うだろう」

「言うわけないじゃない」ウィニフレッドはなだめるように彼の手を撫で、指をそっとほどこうとした。「大丈夫よ。やあね、ロマってもっとおおらかだと思ってたのに」

そのせりふにケヴは思わずほほえみそうになった。

「最悪な一週間だったからな」と暗い声で応じた。

ウィニフレッドはなおも彼の指を引き剝がそうとしている。「ええ、見ればわかるわ。ねえ、どうしてけがをしたの?」

「ガッジョがおれの部族を襲ったんだ。やつら、おれを追ってくるかもしれない」ケヴは飢えたようにウィニフレッドを見つめながらも、強いて手を放した。「まだ安全とは言えない。だから逃げなくちゃいけない」

「わが家からあなたを連れ去ろうとする勇気のある人間なんていないわ。父は村の人たちから尊敬されているの。学者なのよ」メリペンの疑わしげな表情を見て、彼女はつけくわえた。「ペンは剣より強しって言うでしょ?」

いかにもガッジョの言いそうなことだ。まるで意味をなしていない。「先週おれのヴィッサを襲った連中は、ペンで武装なんてしてなかった」

「ひどい目に遭ったのね」というウィニフレッドの声は思いやりにあふれていた。「かわいそうに。今朝は動いたから傷口が痛むでしょう? なにか薬をもらってくるわ」

ケヴはこんなふうに他人から同情されたことなど一度もない。だからなんだか気に入らなかった。誇りを傷つけられた気分だった。「おれは飲まないぞ。ガッジョの薬なんて効くもんか。そんなもの持ってきたって、壁にたたきつけて――」

「わかったわ。興奮しないで。あなたに薬はかえってよくないってわかったから」彼女が言い、戸口に向かうのを見て、ケヴは絶望感に身を震わせた。きっと戻ってこないつもりだ。そばにいてほしいのに。けがさえよくなっていれば、ベッドから飛び下りてもう一度抱きしめられるのに。いまはそれさえできない。

ケヴはむっつりとウィニフレッドをにらみ、つぶやいた。「行けよ、ちきしょう」

彼女は戸口で立ち止まり、肩越しに振りかえると、困ったような笑みを浮かべた。「本当にへそまがりね。パンと紅茶と本を持ってちゃんと戻ってくるわ。あなたの笑顔を見るまで、ずっと一緒にいる」

「おれは笑ったりしない」ケヴは言いかえした。

意外にも、ウィニフレッドは本当に戻ってきて、一日の大半をケヴに本を読み聞かせて過ごした。まわりくどくて退屈な話だったが、すっかり満たされたケヴは夢見心地だった。音楽も、森の木々が風にそよぐ音も、鳥の歌も、ウィンの優しい声ほどの喜びを与えてはくれない。ときおり一家の誰かが戸口にやってきたが、ケヴは彼らに向かってうなり声をあげることすらできなかった。生まれて初めて心の安らぎを得られた気がした。幸福と言っていいくらいに満たされたいま、人を憎むことなどできないようだった。

その翌日、ハサウェイ家の面々は、コテージの主室である応接間にケヴを連れていってくれた。応接間にはくたびれた家具が並び、そこかしこにスケッチや刺繍が飾られ、本が山のように積まれている。それらを蹴飛ばさずに室内を移動するのは不可能なほどだ。

ケヴはソファに軽くもたれて座った。幼い娘たちは目の前の絨毯に座って、ベアトリクスのペットのリスになにか芸を教えこもうとしている。レオと父親は隅のほうでチェスをしており、アメリアと母親は台所で料理中だ。そしてウィンは、ケヴのそばに腰を下ろし、彼の髪を梳いている。

「野生動物のたてがみみたい」彼女は言い、髪のほつれを指先でほぐし、もつれた黒髪に慎重に櫛を入れた。「じっとしててね。もっと素敵に見えるようにわたしが――ああ、頭を引っこめないで。このくらい痛くもなんともないでしょ」

頭を引っこめたのは、髪を引っ張られて痛かったからでも、櫛がいやだったからでもない。生まれてこの方、誰かにこんなに長い時間触れられた経験がなかったからだ。恥ずかしくてたまらなかった。内心で警戒しつつ、ケヴが用心深く周りに視線をやると、誰もウィンの振る舞いを気に留めていないようだった。

彼は半分まぶたを閉じ、ソファに背をもたせた。櫛が髪に引っかかり、ウィンがごめんなさいとつぶやいて指先で地肌を撫でる。とても優しく。とたんにケヴは喉が詰まり、目の奥がちくちくするのを覚えた。そんな自分に心底まごついて、慌てて感情をのみこんだ。身を硬くし、ただじっと髪を梳いてもらっていた。彼女がくれる喜びがあまりにも深くて、息もできないくらいだった。

しばらくすると首まわりに布が掛けられ、はさみが用意された。

「得意だから任せてね」ウィンが言い、ケヴの頭を下げさせて、うなじの毛を櫛でとかし始める。「少し切ったほうがよさそうだもの。マットレスが一枚できるくらい、たっぷり髪が生えているんだし」

「気をつけたほうがいいぞ」ミスター・ハサウェイが陽気な声で言った。「サムソンの身になにが起きたか忘れんようにな」

ケヴは頭を上げて、「なんの話?」とたずねた。

その頭をウィンがまた下げさせる。「サムソンは怪力で、その力の源は彼の髪だったの。デリラに髪を切られたあと、サムソンはすっかり力を失い、ペリシテ人に捕らえられてしまったのよ」

「聖書を読んだことないの?」ポピーがたずねる。

「ない」ケヴはじっと動かずに答えた。うなじの巻き毛が慎重にはさみで切られていく。

「異教徒なの?」

「ああ」

「もしかして、ひとをたべるの?」ベアトリクスが興味津々といった様子でたずねた。

ケヴがなにか言う前に、ウィンが答えた。「いいえ、ベアトリクス。異教徒だからって、人を食べるわけじゃないのよ」

「でも、ロマはハリネズミをたべるのよ」ベアトリクスは反論した。「ひとをたべるのとおなじくらい、わるいことよ。だって、ハリネズミにもかんじょうがあるんだもん」幼女は豊かな黒髪が床に落ちるのを見ていったん口を閉じ、「わあ、きれい!」と歓声をあげた。「もらってもいい、ウィン?」

「だめだ」メリペンは頭を下げたまま、ぶっきらぼうに言った。

「どうして?」ベアトリクスが食い下がる。

「そいつを使って恐ろしい呪いをかけられたら困る。あるいは、恋のまじないとか」

「そんなことしないわ」ベアトリクスは熱心に言い募った。「すのなかにしくだけよ」

「あきらめなさい、ベアトリクス」ウィンが穏やかに諭した。「お友だちがいやがっているでしょう、あなたのペットの巣には別のものを敷いてあげなさい」はさみがまた、黒髪をちょきんと切る。「ロマは誰もがみんな、あなたみたいに迷信深いの？」彼女はケヴにたずねた。

「いいや。普通はもっと迷信深い」

ウィンの軽やかな笑い声に耳をくすぐられたケヴは、その温かな息に鳥肌がたつのを覚えた。「あなたはどちらがいやなの、メリペン……恐ろしい呪いと、恋のおまじないと」

「恋のまじないだ」ケヴは即答した。

するとなぜか、一同が声をあげて笑った。ケヴは彼らをにらみつけた。だが誰ひとりとしてからかっている様子ではなく、そのまなざしには優しげな笑みが浮かんでいた。

ケヴは無言で、ウィンが髪を切るあいだ、一家がおしゃべりを楽しむのを聞いていた。彼らが会話をするさまは、見たこともないくらい奇妙な光景だった。女の子たちは兄や父とごく普通に言葉を交わしている。話題はあれからこれへと移っていき、彼らにはまったく無縁の話まで出てきた。そんなことを話題にしても意味がないのに、彼らは大いに会話を楽しんでいるようだった。

彼らのような人間がこの世にいるとは。よくぞいままで生き延びられたものだと、ケヴは内心思った。

ハサウェイ家の面々は世間知らずで一風変わっており、みな陽気で、書物と芸術と音楽をこよなく愛していた。住まいはおんぼろのコテージで、戸枠や穴の開いた天井を直そうともせず、薔薇の手入れをしたり、詩を書いたりして毎日を過ごしている。椅子の脚が折れてもその下に数冊の本を嚙ませるだけ。彼らのそんな生活ぶりは、ケヴにとっては謎だった。だが、けがが十分に癒えたとき、ますます首をかしげるような出来事が起きた。馬小屋の屋根裏を自分の部屋にしたらどうかと提案されたのである。

「好きなだけうちにいなさい」ミスター・ハサウェイは言った。「いずれ、自分の部族を捜しに行きたいと思う日が来るだろうがな」

現実には、ケヴにはもう属すべき部族などなかった。彼は見捨てられたのだ。帰る場所はもうここしかない。

以来ケヴは、ハサウェイ家の面々がほったらかしにしていること、たとえば天上の穴や煙突と煙突のつなぎ目のもろくなった部分の修繕を、自分の仕事にした。高所恐怖症もなんのその、屋根の葺き替えもした。馬や牛の面倒を見、菜園の手入れをし、家族の靴を直したりもした。じきにミセス・ハサウェイから、村で食料などの必需品の買い物まで任されるようになった。

だが一度だけ、これでもうハサウェイ家にはいられない、という事態に陥った。村のごろつきとけんかになったときのことだ。

あざだらけで鼻から血を流している彼を見て、ミセス・ハサウェイは仰天し、いったいなにがあったのかと問いただした。「チーズ屋におつかいを頼んだのに、手ぶらで、しかもそんな有様で帰ってくるなんて。けんかをしたのね、理由をおっしゃい」

ケヴは答えず、叱りつけるミセス・ハサウェイの声を聞きながら、しかめっ面で戸口にただ突っ立っていた。

「わが家の人間にそういう蛮行は許しません。なにがあったか言えないのなら、荷物をまとめて出ていきなさい」

ケヴが出ていくべきか、話すべきか決めかねていると、ウィンが台所に現れた。「ちがうのよ、お母様」ウィンは静かに言った。「わたし、知ってるわ。お友だちのローラから聞いたの。ローラのお兄様がその場に居合わせたそうよ。メリペンはわたしたち家族を守ってくれただけ。男の子ふたりがハサウェイ家を侮辱するようなことを言って、それでメリペンがその子たちを殴ったの」

「侮辱っていったいどんなこと？」ミセス・ハサウェイは当惑気味にたずねた。

ケヴは両のこぶしをぎゅっと握り、床をにらみつけていた。

ウィンはためらわずに真実を打ち明けた。「ロマをかくまうなんて、とんでもない一家だって。村人のなかにも、それをよく思っていない人がいるって。メリペンが村人からなにかを盗むんじゃないか、誰かに呪いをかけるんじゃないか、そんなばかみたいなことを疑っているの。それもこれも、メリペンを引き取ったわたしたちのせいだというのよ」

沈黙が流れ、ケヴはやり場のない怒りに身を震わせた。一方で打ちのめされてもいた。自分はハサウェイ家のお荷物なのだと思った。誰とも衝突せずにガッジョと暮らすなんて、土台無理なのだ。

「行くよ」ケヴは申しでた。一家のためにはそうするのが一番いい。

「どこに？」まるで彼の申し出にいらだったかのように、ウィンは驚くほど棘《とげ》のある声でたずねた。「あなたの居場所はここでしょ？　どこにも行くところなんてないじゃない」

「おれはロマだ」ケヴはその一言だけで応じた。ロマは流浪の民であり、居場所はない。

「その必要はないわ」意外にもミセス・ハサウェイがそう言った。「村のごろつきにいじわるを言われたくらいで。その手の無知や蔑むべき振る舞いに屈して、うちの子たちのためになると思う？　なるわけがないでしょう？　だからあなたはここにいなくてはだめ。ここにいるべきなの。でも、もうけんかはだめよ、メリペン。彼らのことは無視しなさい。いずれ、わたしたちを愚弄するのにも飽きるわ」

愚かなガッジョの流儀だ。無視したってなんにもならないのに。いやみなごろつきを黙らせる一番手っ取り早い方法は、こてんぱんにのしてやることなのに。

そこへ、別の声が割って入った。「そいつがここに残るんだったら」台所に入ってきながらレオが言った。「けんかはまず避けられないと思うよ、母上」

ケヴ同様、レオもひどい有様だった。目の周りは黒くあざになり、唇が切れている。驚いて叫び声をあげる母親と妹に向かって、レオはゆがんだ笑みを浮かべてみせた。ほほえんだまま、ケヴを見やる。「おまえが見逃したやつをひとりふたり、ぶちのめしてやったよ」

「なんてこと」ミセス・ハサウェイは痛ましげな声で言い、あざだらけで出血までしている息子の手をとった。こぶしで殴りつけたときに、相手の歯で切れたのだろう。「あなたの手は本を持つためにあるのよ。けんかをするためじゃないの」

「両方ともうまくこなせると思うけどね」レオはあっさりと応じてから、まじめな顔になってケヴに向きなおった。「わが家に誰が住もうと、他人にとやかく言われる筋合いはないんだ。メリペン、おまえがここにいたいと思うかぎり、ぼくはおまえを兄弟として守るつもりだ」

「あんたに迷惑はかけたくない」ケヴはつぶやいた。

「迷惑じゃないさ」レオは答えながら、用心深く指を曲げ伸ばしした。「この世には、守るべき道義があるというだけの話だよ」

3

道義。理想。かつてのケヴは過酷な現実に耐えるのに精いっぱいで、そうした問題について考える余裕すらなかった。だがハサウェイ家での暮らしが彼を変えた。ケヴは、ただ生き延びる以上のことを考えられるようになった。もちろん、それで学者や紳士になれるわけではない。それでもケヴは、ハサウェイ家の人びとがシェイクスピアやガリレオ、フランドル派とベネチア派のちがい、民主主義と君主制と神政政治のちがい、その他考えうるすべての物事について熱心に語りあうのに、何年にもわたって耳を傾けつづけた。読み方を習い、ラテン語やフランス語も片言なら話せるようになった。そうしてケヴは、かつての仲間たちと再会してももう彼とは気づかれないくらいの大きな変化を遂げた。

ケヴはハサウェイ夫妻のためならなんでもするつもりでいたが、ふたりを親のように思ったことはない。他人と深い絆を結ぶ気はなかった。そうなれるだけの深く密接な信頼関係を築くのは、自分には不可能だと思ったからだ。だが一家の子どもたちのことは、レオも含め、心から大切に思っていた。とりわけウィンのためならば、幾千回わが命を落としてもいいとすら考えていた。

ウィンに触れて辱めるようなまねはけっしてしなかった。彼女にとってただの護衛役以上の存在になろうなどと、大それた考えを抱いたりもしなかった。ウィンの美しさはこの世にふたつとないもの。彼女が成長するにつれ、周りの男がひとり残らずその美貌のとりこになるほどだった。

ウィンを美人だが冷たいと揶揄する者もいれば、上品だ、落ち着いている、理知的だと褒めそやす者もいる。彼らは知らないのだ。その完璧な美貌の下に、ウィンがちゃめっ気と思いやりを隠していることを。ポピーにカドリールのステップを教えたときなど、しまいには妹と一緒になって床に倒れ、笑い転げていた。ベアトリクスを連れてカエル捕りに出かけ、エプロンいっぱいに緑色の生き物を抱えて帰ってきたこともある。ディケンズの小説を役柄ごとに声を変えて芝居っ気たっぷりに読み聞かせたときには、その見事な朗読ぶりに家族みんなが喝采を贈ったものだ。

ケヴはウィンを愛していた。だがそれは小説や詩に描かれるようなかたちの愛ではない。彼の愛はそんなおとなしいものではなかった。ケヴのウィンへの愛は地球を、天を、地獄すらも越える。ケヴにとってはウィンのいない一分一秒が責め苦だった。ともにいる一瞬一瞬がこの世で唯一、心の平穏を与えてくれた。ウィンの手が触れるたび、そのぬくもりが魂を焦がした。その思いを誰かに打ち明けるくらいなら、いっそ死んだほうがいい。ケヴは真実を胸の奥深くにしまいこんだ。

ウィンに愛されているかどうかはわからなかった。ただ、愛されてはいけないという決意だけがあった。

「もう少しだったのに」ある日、牧草地を散策後に一休みしようとして、ふたりのお気に入りの場所に腰を下ろしたときにウィンが言った。

「なにが？」ケヴはのんびりと問いかえした。ふたりは並んで、夏場は干上がってしまう夏涸れ川の岸辺に広がる木立のそばに寝転がった。紫色のカブラギキョウと真っ白いシモツケが、そこここで緑の草原に彩りを添えている。牧草地の臭いに交じって、アーモンドに似たシモツケの甘い香りが暖かな空気にのって漂ってくる。

「もう少しで笑顔が見られるところだった」ウィンは両肘をついて身を起こし、指先でケヴの唇をなぞった。

ケヴは息を止めた。

タヒバリが一羽、翼をぴんと張って近くの木から飛びたち、長く鳴き声を響かせながら下降した。

ウィンはケヴの口角を上に持ち上げ、そのままの形にとどめようとしている。

興奮と愉快な気持ちとを同時に感じながら、ケヴは小さな笑い声をあげ、彼女の手を払った。

「もっと笑ったほうがいいわ」ウィンがなおも彼を見下ろしながら言う。「笑うととってもハンサムだもの」

太陽よりもまばゆいウィン。髪はクリーム色の絹のようで、唇はピンク色が濃淡をなしている。そのまなざしは最初、親しげに問いかけているだけのように見えたが、じきにケヴは彼女が自分の胸の内を読もうとしているのだと気づいた。

彼はウィンを押し倒し、組み敷いてしまいたかった。ハサウェイ家で暮らすようになってもう四年になる。ウィンへの思いを抑えるのはいっそう難しくなっていた。

「そうやってわたしを見つめるとき、いったいなにを考えているの？」彼女は優しく問いかけた。

「言えない」

「どうして？」

ケヴはまた口元に笑みが浮かぶのを感じた。笑みといっても、今度は苦笑いだ。「きみを驚かせたくないから」

「メリペン」ウィンはきっぱりとした口調になった。「あなたのすることや言うことで、わたしが驚くと思う？」眉をひそめる。「ひょっとして、ファーストネームを教える気になった？」

「いいや」

「じゃあ、わたしが言わせてみせる」ウィンは両のこぶしを握り、ケヴの胸をたたくふりをした。

その細い手首を両手でつかみ、ケヴはやすやすとウィンを押さえこんだ。勢いあまって倒れこむ彼女を組み敷いてしまう。いけないとわかっているのに、歯止めがきかなかった。ウィンが本能的に身をよじり、いっそうぴったりと体が重なるのに気づいて、原始の喜びに頭のなかが真っ白になりかける。いやがって抵抗するとばかり思っていたのに、彼女はおとなしく組み敷かれたまま、笑みをたたえて彼を見上げていた。

ハサウェイ家の人びとがとくに気に入っている神話のひとつが、ケヴの脳裏をよぎった。ギリシャ神話のハデスの話だ。冥府の王ハデスはゼウスの娘ペルセポネを花畑からさらい、地上の穴から彼の統治する世界、娘をわがものにできる暗黒の世界へと連れ去ってしまうのだ。ハサウェイ家の姉妹はみなペルセポネの悲運に憤慨したが、ケヴは内心、ハデスに共感を覚えていた。ロマの世界では女性をさらって花嫁に迎えるのはロマンチックな行為であり、求愛の儀式としてその真似事をする者もいるほどだ。

「ざくろの実を六粒食べたくらいで、どうしてペルセポネが一年の何カ月間かをハデスのもとで暮らさなくちゃいけないの？」ポピーは腹立たしげに言った。「冥界のものを食べた者は冥界で過ごさなくちゃいけないなんて、誰もペルセポネに教えなかったわ。卑怯よ。そういう決まりだと知っていたら、ペルセポネは冥界のものに指一本触れなかったはずよ」

「それに、ざくろ六粒じゃおなかもいっぱいにならないし」ベアトリクスが思案げにあとを継いだ。「わたしだったら、せめてプディングかジャムパイをちょうだいって言ったわ」

「きっと、冥界暮らしもそれほど不幸ではなかったのよ」ウィンが瞳をきらきらさせながら言った。「だってハデスはペルセポネを女王様にしてくれたわけでしょう？　物語のなかでも、ハデスは富める者と言われているわ」

「富はあっても」アメリアが口を挟む。「ペルセポネの住まいが風景のいっさい見えない退屈な場所だという事実は変えられない。そんな場所じゃ、地上に帰っているあいだに誰かに貸すこともままならないはずよ」

姉妹はそうして、ハデスは極めつきの悪党だという結論を出した。

だがケヴには、ペルセポネを花嫁としてさらった冥府の王の気持ちが手にとるように理解できた。きっとハデスは自分自身のために、闇につつまれた陰気な王宮にほんの少しの輝きとぬくもりがほしかったのだ。

「部族の人たちはあなたを見殺しにしたのに――」というウィンの声に、ケヴは現実に引き戻された。「あなたの名前を知る権利を持っていた。でもわたしにその権利はないというわけね？」

「ああ」ケヴは日の光と葉陰が陰影をなすウィンの顔を見下ろした。光に彩られたそのやわらかそうな肌に唇を押しあてたら、どんな感じだろう。

ウィンの黄褐色の眉のあいだに、かわいらしいしわが寄る。「どうして？　どうしてわたしには教えてくれないの？」

「ギャッジだから」ケヴは答えながら、意図したよりも優しい声になってしまったのに気づいた。

「あなたのギャッジだわ」

ふいに会話が危険な方向に進みだす。ケヴは胸をかきむしられる思いだった。ウィンは彼のものではない。そうなる日は永遠に来ない。そんな日は彼の夢想にすぎない。

ケヴはウィンから身を離し、立ち上がった。「そろそろ戻らないと」とぶっきらぼうに告げる。それから腰をかがめて、差しだされた小さな手をとり、ぐいと引っ張ってウィンを立ち上がらせた。彼女はその勢いに抗おうともせず、そのまま彼に身を預けてきた。スカートがケヴの脚にまとわりつき、ほっそりとしなやかな体が彼の全身にぴたりと寄せられる。ケヴはやっきになって、ウィンを押しのける力と意志をかき集めた。

「メリペン、いずれ部族の人たちを捜しに行くの？　いずれわたしを置いて行ってしまうの？」

絶対に行かない。ケヴは激しい切望感とともに思った。だが口にしたのは「さあね」という言葉だけだった。

「そのときはわたしもついていく。そしてあなたを連れて帰るわ」

「きみの結婚相手が許さないよ」

ばかなことを言うのね、とばかりにウィンは笑った。ケヴから身を離し、つないだ手をほどく。ふたりは無言のまま、家に戻る道を歩きだした。「トバーでしょ？」しばらくしてからウィンが問いかけてきた。「それともギャリダン？　パロ？」

「ちがう」

「じゃあ、ライ」

「いいや」

「クーパー？　スタンリー？」

「はずれ」

　やがてレオがパリの有名美術学校、エコール・デ・ボザールに入学した。家族はみな長男の留学を大いに誇りに感じているようだった。レオは二年間、そこで美術と建築を学んだ。前途有望だというので、授業料の一部はロンドンの著名な建築家、ローランド・テンプルが負担してくれた。帰国後、自分の下で製図工として働いてくれればいいという話だった。

　冷静沈着で、人当たりがよく機知に富み、笑顔の絶えない若者に成長した――レオのことは周囲の誰もがそう認めていただろう。才能と野心にも恵まれているのだから、一介の職人では終わらないにちがいない。彼は帰国後すぐにロンドンに住まいを見つけ、約束どおりテンプルの下で働き始めた。その一方で、プリムローズ・プレースにある実家にもたびたび足を運んだ。村に住む黒髪の美しい娘、ローラ・ディラードに求愛するためでもあった。

　レオがいないあいだ、ケヴはハサウェイ家のために懸命に働いた。そんな彼にミスター・ハサウェイは、将来について考えるよう一度ならず勧めたが、不毛な会話に終わるのが常だった。

「ここで時間を無駄にしてはいかんよ」ミスター・ハサウェイはどこか当惑した面持ちでケヴに言った。

ケヴは鼻を鳴らして一蹴したが、相手はさらに言い募った。

「きみの将来も考えねばな。もちろん、ロマが過去や未来を重んじない、いまを生きる人びとなのはわたしも承知している。だがきみはもうかつてのきみじゃない。自分でも、以前とはちがう人間になったとわかっているはずだよ」

「出ていけって意味ですか？」ケヴは静かにたずねた。

「まさか。そんなわけがないだろう。以前言ったとおり、きみはいたいだけここにいていいんだ。しかし、わたしにはきみに悟らせる義務がある。ここにいつづければ、きみは成長する機会をいくつも犠牲にすることになるんだ。レオのように外の世界に飛びだすべきなんだよ。どこかに奉公に出るのもいいだろう。商売について学んでもいいし、あるいは兵士になっても――」

「そんなことをして、いったいなにが手に入るんですか？」

「能力だよ、それがあれば、わたしがきみにやれる小遣い以上のものが得られる」

「金はいりません」

「だがいまのままでは結婚もできんだろう。土地も買えんし――」

「結婚なんてしません。それにおれは土地を所有することはできない。本当は誰にもそんなことはできないんだ」

「いいかいメリペン、英国の法律は、人は土地を所有し、そこに家を建てていいと明確に定めているんだよ」

「宮殿が崩壊するときも、テントは倒れない」ケヴはつまらなそうに応じた。

ミスター・ハサウェイは呆れたように笑った。「ひとりのロマと議論するより、百人の学者を相手にするほうがよほど簡単だな。いいだろう、話のつづきはまたにしよう。だがこれだけは覚えておきなさい。人生というものは、本能のおもむくままに送ればいいわけじゃない。男は生きた証を残すべきなのだよ」

「なんのために？」ケヴは心の底から当惑してたずねた。だがミスター・ハサウェイはすでにその場を立ち去り、妻のいる薔薇園に向かっていた。


レオが帰国しておよそ一年が経ったころ、悲劇がハサウェイ家を襲った。それまで一家は、正真正銘の悲しみや恐れや嘆きとは無縁だった。まるで魔法にかけられたかのように安寧な日々を送っていた。だがある晩、ミスター・ハサウェイがなじみのない鋭い胸の痛みを訴えた。その日は特別ごちそうだったため、ミセス・ハサウェイは消化不良を起こしているのだろうと判断した。彼は蒼白な顔で、おとなしくいつもより早く床に就いた。夜のあいだはなんの異変も伝えられなかったが、夜明け前になってミセス・ハサウェイが寝室から現れた。夫人は涙をこぼしながら、何事かと驚いて立ちつくす子どもたちに、父親が亡くなったと告げた。

それはハサウェイ家の悲運の幕開けにすぎなかった。あたかも呪いをかけられたかのように、かつて幸せいっぱいだった家族は悲嘆に打ちひしがれる家族へと変わってしまった。

「不幸は三度つづく」メリペンは幼いころ耳にしたことわざを思い出し、それが真実であることを、深い悲しみとともに悟った。

夫人は悲痛のあまり、夫の葬儀を終えたあとは床に伏せってしまった。悲しみに暮れ、どれだけ促されても食事すらろくにとらなくなった。元の母に戻ってくれるよう子どもたちが懸命に心を砕いても効き目はなく、驚くほど短期間に骨と皮ばかりに痩せ細ってしまった。

「悲嘆のあまり命を落とすなんてことがあるんだろうか？」ある晩、レオが陰気な声でつぶやいた。往診に訪れた医師から、母の衰弱に身体的な原因はいっさい見あたらないと告げられたばかりだった。

「せめてポピーとベアトリクスのために、生きる望みを持ってもらわなくては」アメリアは声を潜めて応じた。ポピーはちょうど、別室でベアトリクスを寝かしつけていた。「ふたりにはまだまだ母親が必要なのよ。わたしだったら、つらい日々がどれだけつづくとしても、あの子たちの面倒を見るために耐えてみせるわ」

「お姉様は意志が強いから」ウィンが姉の背中を軽くたたきながら言った。「自分で自分を奮いたたせられるでしょう。でもお母様は、いつもお父様に支えられていた」青い瞳に絶望を浮かべ、メリペンを見やる。「ねえメリペン、ロマはこういうときどんな薬を飲むの？お母様がよくなるなら、どんなにとっぴな薬でもいいわ。あなたたちならどう対処する？」

ケヴはかぶりを振り、視線を炉床に移した。「おばさんをほうっておく。あまりにも深い悲嘆を、ロマは恐れるんだ」

「どうして？」

「悲嘆によって死者がよみがえり、生者にとりつくから」

四人は黙りこみ、室内には暖炉の小さな火がたてるぱちぱちという音だけが響いた。

「お母様はお父様のそばにいたいんだわ」しばらくしてからウィンがそう言った。その声はひどく沈んでいた。「お父様がどこに行こうと。お母様の心は壊れてしまったのね。どうしてこんなことに。できるなら、お母様の心をわたしの命と、この心と取り替えてあげたいわ。そうしたら――」彼女ははっと息をのんだ。ケヴが腕をつかんだからだ。

それは無意識の行動だった。ウィンの言葉に理性を失ってしまったのだ。「そういうことは口にしちゃいけない」ケヴはつぶやいた。言葉には運命を導く力が備わっている――そうした言い習わしを忘れてしまうほど、ロマとしての過去を断ち切れてはいなかった。

「どうして？」ウィンが小声でたずねた。

きみの心はきみのものじゃないから。

おれのものだから。ケヴは胸の内で荒々しくつぶやいた。おれだけのものだから。

口に出して言ったわけではないのに、ウィンにはなぜかその言葉が聞こえたようだ。目が見開かれ、瞳孔が大きくなる。彼女はわきおこる激しい感情に頬を赤く染めた。それから、兄と姉がそばにいるのもかまわず、頭を下げて、ケヴの手の甲に頬を寄せた。

ケヴはウィンを慰めたかった。唇を重ね、力いっぱい抱きしめてやりたかった。だが彼女の腕からそっと手をどけ、用心深くアメリアとレオを見やった。アメリアはかたわらの籠からたきつけを二、三本取り、暖炉にくべているところだった。レオはウィンをじっと見つめていた。

夫の死から半年と時をおかず、ミセス・ハサウェイはなきがらとなってそのとなりに横たえられた。それから三年後、残酷なまでの早さで孤児となった現実をいまだに受け入れられずにいる兄弟を、三つ目の悲劇が襲った。

「メリペン」ウィンはなかに入るのをためらうかのように、コテージの玄関口に立ちつくしていた。その顔に妙な表情が浮かんでいるのを見てとり、ケヴはすぐさま立ち上がった。

朝から働きづめで帰ってきたばかりなので、へとへとに疲れ、汚れた服を着替えてもいない。隣家から庭の周囲に門と柵を設けてほしいと頼まれており、柵の支柱を埋めこむために、冬の訪れを告げる霜がすでに降りた硬い地面に穴を掘らねばならなかったのだ。彼は帰宅して、まずは腰を下ろしたところだった。かたわらではアメリアが、テレビン油を浸した羽根ペンの先で布地をたたいて、ポピーのドレスの染みを落とす作業に没頭している。ケヴが短く息を吸うと、薬品の臭いがつんと鼻をついた。ウィンの表情から、なにかよくないことが起きたのだとわかる。

「今日はローラとお兄様と出かけていたの」ウィンが言った。「昼間のうちにローラが具合が悪いと言いだして……喉と頭が痛いって。すぐにお兄様と一緒に彼女を家に連れて帰り、ご家族にお医者様を呼んでいただいたわ。猩紅熱ですって」

「なんてこと」アメリアが息をのみ、蒼白になる。三人とも激しい不安から言葉を失った。猩紅熱ほど猛烈な勢いで急速に感染が広がる熱病はない。この病にかかると、全身に鮮やかな紅疹ができ、肌がまるで紙やすりのようにざらざらになる。高熱は皮膚を侵すだけではなく、その内部にも襲いかかり、臓器をむしばむ。病原菌は患者の吐く息や髪、皮膚にとどまると言われており、患者を隔離する以外に、周囲の人間を感染から守る手立てはない。

「たしかなのか？」ケヴは落ち着いた声音を作った。

「ええ、症状からまちがいないでしょうって。お医者様によると――」

ウィンは言葉を失った。ケヴが大またで歩み寄ったからだ。「来ないで、メリペン！」彼女が有無を言わさぬ調子で言い、ほっそりとした白い手を上げるのを見て、ケヴは足を止めた。「誰もわたしに近づいてはだめ。お兄様はローラの家にいるわ。そばを離れないつもりよ。ご家族もかまわないとおっしゃってる……あなたはポピーとベアトリクスと、それにお姉様を連れて、ヘッジャリーに住むいとこの家に行って。迷惑がるでしょうけど、預かってくれるはず――」

「わたしはどこにも行かないわ」アメリアが言った。表情は冷静だが、体が小刻みに震えている。「あなたが熱を出したときに、看病する人間が必要でしょう」

「でも、お姉様にうつったら――」

「小さいころにごく軽い猩紅熱にかかったことがあるの。だから、また感染する恐れはおそらくないわ」

「お兄様は?」

「たぶんかからなかったと思う。つまり、お兄様にはうつる可能性があるわ」アメリアはケヴに向きなおった。「メリペン、あなたは――?」

「わからない」

「じゃあ、感染の恐れがなくなるまで、あなたはポピーたちと一緒に避難していて。ふたりを捜してきてくれる? 夏涸れ川のそばで遊んでいると思うの。荷物はわたしがまとめておくわ」

ウィンが病に倒れるかもしれないというときに、そばを離れることなどできない。だが選択肢はない。誰かがポピーたちを安全な場所に連れていかねばならない。

それから一時間も経たないうちに、ベアトリクスとポピーを見つけたケヴは、動揺する姉妹を馬車に乗せ、半日がかりでヘッジャリーを目指した。姉妹をいとこの家に預け、ハサウェイ家に戻ったときには、すでに真夜中をだいぶ過ぎていた。

アメリアは応接間にいた。ナイトドレスの上に化粧着を羽織り、長い髪を編んで背中にたらした格好で、暖炉の前に肩を丸めて座っていた。

ケヴが帰ってきたのに気づくと、アメリアは驚いた顔で彼を見上げた。「ここにいてはいけないわ。あなたまで――」

「彼女の様子は?」ケヴはさえぎった。「熱が出る兆候は?」

「悪寒と痛みを訴えているわ。でもわたしの見るかぎり、まだ熱が上がっている様子はない。たぶんいい兆候よ。軽い症状だけですむかもしれない」

「ディラード家から連絡は？　レオはなにか言ってきたか？」

アメリアは首を振った。「ウィンの話では、お兄様はあちらのお宅の応接間でやすむつもりらしいの。ご家族の許しが出たときに、いつでもローラを見舞えるように。不適切な振舞いだけど、もしもローラが……今晩もちこたえられなかったら……」アメリアは言葉に詰まり、涙をのみこんでからつづけた。「万が一そんなことになった場合に、最期の瞬間に娘が愛した男性とともにいられるようにという配慮なんでしょう」

ケヴはアメリアのとなりに座り、こういうときにギャッジがかけあう陳腐なせりふを頭のなかで探した。人生の試練について、神の意志を受け入れることについて、あるいは、この世よりもずっと素晴らしいはずの世界について。だがそうした言葉のどれも、かけてやることはできなかった。そんな言葉では慰められないくらい、彼女の悲嘆と家族への愛は深いものだった。

「もう耐えられない」やがてアメリアがささやくのが聞こえてきた。「これ以上誰かを失うのは耐えられないわ。ウィンを失うのが怖い。お兄様を失うのが」額を撫でながら彼女はつづけた。「ひどい臆病者みたいに聞こえるでしょう？」

ケヴは首を振った。「怖がらなかったらばかだ」

アメリアは乾いた小さな笑い声をあげた。「じゃあわたしは、ばかではないってことね」

朝になるころには、ウィンは熱を出し、顔を真っ赤にして、毛布の下でしきりに脚を動かしていた。ケヴは窓辺に寄り、カーテンを開けて、夜明けの薄明かりを室内に招き入れた。ベッドに歩み寄ると、ウィンが目を覚ました。紅潮した顔のなかで青い瞳が見開かれる。「来ないで」彼女はかすれ声で言うと、少しでもケヴから離れようと身を縮めた。「どうして戻ってきたの。わたしに近寄ってはだめ。あなたにまでうつってしまう。お願いだから行って――」

「静かに」ケヴは言い、ベッドの端に腰を下ろした。背を向けようとするウィンを押さえつけて、額に手を置く。薄い皮膚の下で、猛烈な熱に血管が激しく脈打っているのが感じられた。

彼を押しのけようとウィンが身をよじる。その力ない動きから、すでにかなり衰弱が進んでいるのに気づいて、ケヴは驚愕した。

「やめて」ウィンはすすり泣き、もがいた。細い涙が頬を伝う。「お願いだからわたしに触らないで。ここにいてほしくない。あなたに病気をうつしたくないの。後生だから……」

ケヴはウィンを抱き寄せた。薄いナイトドレス越しに触れる体は、まるで燃えさかる炎のようだ。金色の絹を思わせるウィンの髪がふたりの体をつつんでいる。ケヴは片手で、素手で戦ってきたために傷だらけの力強い手で、彼女の頭を支えた。「ばかだな」と低い声で言う。「こんな状態のきみをおいて、おれがどこかに行くと思うか？　なにがなんでも、きみを元気にしてみせる」

「きっと治らないわ」ウィンがつぶやいた。

その言葉にケヴは衝撃を受け、そんな自分の反応になおいっそう動揺した。

「わたしは死ぬのよ。あなたを一緒に連れていくことはできない」

ケヴはますます強くウィンを抱きしめた。とぎれがちな息が顔にかかる。彼女がどれほど身をよじろうとも、ケヴは放さなかった。彼女の吐く息を肺の奥深くまで吸いこんだ。

「やめて」ウィンは叫び、なんとかして彼から離れようとしている。もがいたせいで、紅潮した顔が赤黒くなった。「どうかしているわ……ばかなまねはよして、わたしを放して!」

「絶対にいやだ」ケヴはウィンの乱れた金髪を撫でた。涙でところどころ色が濃くなっていた。「落ち着いて」とささやきかける。「興奮しちゃいけない。休んで」

どれだけ抵抗しても無駄だと悟ったのだろう、やがてウィンはもがくのをやめた。「すごい力ね」という弱々しい声には、賞賛というよりむしろ非難の色がにじんでいる。「歯が立たないわ……」

「ああ」ケヴは言い、毛布の端で彼女の頬をそっとぬぐった。「おれは野蛮人だからな、きみだって知ってるだろう?」

「ええ」

「じゃあ、おれの言うとおりにしろ」ケヴはウィンを胸に抱き、水を飲ませようとした。

彼女は苦しげにほんの少しだけ水を口に含んだ。「飲めないわ」とあえいで顔をそむけてしまう。

「もっと飲んで」ケヴは粘り、カップを彼女の口元に運んだ。

「もう眠らせて、お願い——」

「もう少し飲んでからだ」

断固として言いつづけると、やがてウィンはうめきながらも従ってくれた。ケヴはウィンを横たえ、眠る彼女をしばし見つめてから部屋をあとにし、スープに浸したトーストを持って戻った。そして彼女を叱りつけるようにして、パンを数口食べさせた。

そこへ、目を覚ましたアメリアが現れた。妹がケヴの腕に抱かれながらトーストを食べさせられている様子を見ても、アメリアはすばやく二度まばたきをしただけだった。

「メリペンを部屋から追いだして」ウィンはケヴの肩に頭をもたせたまま、かすれ声で姉に訴えた。「わたしをいじめるの」

「メリペンは昔からいじめっ子だもの」アメリアはもっともらしく言い、ベッドに歩み寄った。「どういうつもりなの、メリペン？　女性の寝室に入りこみ、トーストを食べさせるなんて」

「紅疹が出始めてる」ケヴはウィンのかさついた喉元と頬を見ながら指摘した。絹を思わせる肌が乾いて赤みを帯びている。アメリアの手が自分の背中に触れ、頼るものを探すかのように、シャツを握りしめるのがわかった。

にもかかわらず、彼女の声音はさりげなく、落ち着いていた。「じゃあ、重曹液を作ってくるわね。肌に塗れば紅疹が少しはおさまるでしょう」

アメリアに対する感嘆の念が胸の内にわきおこるのをケヴは覚えた。どんな悲劇に見舞われようと、彼女はひるまず難題に向きあおうとする。いままできょうだいのなかで、彼女以上の勇気を示してみせた者はいなかった。だがこれからの数日間を耐え抜くためには、ウィンもっと強い意志を持たねばならない。

「きみがウィンを風呂に入れてやるあいだに」ケヴはアメリアに告げた。「おれは医者を呼んでくる」

ガッジョの医師を信頼しているわけではない。呼べば姉妹が安心すると思ったからだ。それにケヴは、レオとローラの様子も知りたかった。

ウィンの世話をアメリアに任せてしまうと、ケヴはディラード家に向かった。だが玄関に現れたメイドに、レオと話はできないと言われた。

「お嬢様と一緒におられます」メイドは布切れで涙をぬぐいながら、打ちひしがれた声で告げた。「お嬢様はもう誰の区別もつかないんです。意識がひどく混濁してらっしゃるようで。あっという間に衰弱してしまったんです」

ケヴは手のひらの硬い皮膚に、短く切りそろえた爪が食いこむのを感じていた。ローラ・ディラードのほうが、ウィンよりもずっと健康で丈夫そうだったのに。そのローラがこんなにも短時間に衰弱したとなると、ウィンが持ちこたえるのはとうてい不可能に思える。

つづけてケヴはレオのことを思った。血のつながった兄弟ではないが、同胞にはちがいない。あれほど深くローラ・ディラードを愛していたレオのことだ、彼女の死を冷静には受け入れられまい。ケヴは心底レオが心配になった。「レオのいまの様子は?」メイドにたずねる。「感染した兆候はあるのか?」

「いいえ。そのようには見えませんが、わたしにはなんとも」

言葉とは裏腹にメイドが涙ぐみながら視線をそらすのを見てとり、ケヴはレオの状態もかんばしくないのだと悟った。いますぐレオを、死番虫《しばんむし》から引き離さなければならない。ベッドに寝かせ、これから数日間のために体力を温存させなければ。だが、愛する女性との最期の時を奪うのは残酷すぎる。

「ローラさんが亡くなったら」ケヴはぶっきらぼうに言った。「レオを家に帰らせてくれ。ただしひとりでは帰らせないでほしい。ハサウェイ家の玄関まで、きちんと誰かに付き添わせてくれ。いいな?」

「承知しました」

それから二日後、レオが帰宅した。

「ローラが死んだ」彼は言うと、高熱と悲嘆のためだろう、その場に卒倒した。

4

プリムローズ・プレースの村を襲った猩紅熱は強毒性で、とくに子どもや老人の感染者が多発した。医師の手が足りず、しかも村外から出向いてくれる者はいなかった。ハサウェイ家のコテージに往診に来た医師はウィンとレオを診察後、疲れきった様子で、喉の炎症に効くという酢の温湿布と、少量のトリカブトを混ぜた飲み薬を処方してくれた。だがどちらも効き目に期待はできなかった。

「ほかに打つ手があるはずよ」ウィンが倒れてから四日目に、アメリアが言いだした。アメリアもケヴも寝不足を押して、交代でふたりの看病にあたっている。彼女が台所に入ってきたとき、ケヴは紅茶を淹れるために湯をわかしているところだった。「いまのわたしたちは、ふたりの苦しみを和らげる程度のことしかしていない。でも、熱を下げる方法があるはずよ。手をこまねいて見ているわけにはいかない」アメリアは身をこわばらせて立ちつくし、震えながら、まるで守りを固めていくかのように言葉を重ねた。

彼女がそんなふうに弱さを露呈するのを見て、ケヴは深い哀れみを覚えた。彼は他人に触れるのも、他人に触れられるのも苦手だ。だがあふれる親愛の情に、思わずアメリアに歩み寄った。

「やめて」彼が手を伸ばそうとしたのに気づいたのだろう、アメリアは早口に言った。後ずさりして、激しくかぶりを振る。「誰かに頼ったりできないたちなの。そんなことをすれば、二度と立ちなおれなくなってしまうわ」

ケヴにはその気持ちがよくわかった。アメリアや自分のような人間にとって、他人と密接なつながりを持つのはたやすいことではない。

「どうすればいいのかしら」彼女はささやき、両腕で自分を抱くようにした。

ケヴは疲れた目をこすった。「ベラドンナという毒草を知ってるか?」

「いいえ」とアメリアは答えた。料理に使う薬草くらいしか知らないのだろう。

「夜にだけ花を咲かせ、朝が来るとしおれてしまう。おれの部族にはドラベングロがいた。毒薬師という意味だ。彼に命じられて、その希少な植物を探しに行ったことがある。最も強力な薬草だそうだ。人ひとり殺せるほどの毒性があるが、死の淵をさまよう人間を引き戻す力も備わっている」

「実際にその効果を目にしたことはあるの?」

ケヴはうなずき、こったうなじを揉みながら横目でアメリアを見た。「熱病が治癒するのを見た」とつぶやき、そして待った。

「採ってきて」しばらくしてからアメリアが震える声で言った。「その薬草は死をもたらすかもしれない。でも、なにもしなければいずれふたりは亡くなるわ」

ケヴは村の墓地の一角でベラドンナを見つけてきた。それを鍋で煮つめ、黒い薬液を作った。アメリアはかたわらに立ち、劇薬にもなりうる薬を彼が漉《こ》して、小さなエッグカップに注ぐさまを見つめた。

「お兄様に先に飲ませましょう」決然とした口調だが、どこか自信なさげな表情で彼女は言った。「お兄様のほうが重篤な状態だもの」

ふたりはレオの寝室に向かった。猩紅熱の威力は恐るべきもので、たくましかったレオがあっという間に衰弱してしまった。ハンサムだった顔はレオのものとは思えないほど色を失いむくんでいる。彼が意味をなす言葉を最後に口にしたのは前日のこと、頼むからこのまま死なせてくれとケヴに懇願したのだった。その願いは無事にかなえられるだろう。どう見ても、あと数分とまでは言わないまでも、数時間のうちには昏睡状態に陥りそうな容体だ。

アメリアはまっすぐに窓辺に歩み寄ると、窓を開け、冷たい風を招き入れて酢の臭いを消した。

レオがうめき、弱々しく身をよじる。ケヴはろくに抵抗もできないレオの口を開けると、乾いてひび割れた舌の上にスプーンで四、五滴、薬をたらした。

ベッドに近づき、兄のかたわらに腰を下ろしたアメリアは、兄のぼさぼさの髪を撫で、眉のあたりにキスをした。

「もしも……薬が逆に作用するとしたら」と彼女が言い、ケヴは〈薬でレオが死ぬとしたら〉という意味だと悟った。「どのくらいの時間がかかるの？」

「五分から一時間」ケヴは答えながら、レオの髪を撫でつづけるアメリアの手が震えるのに気づいた。

アメリアとふたりでレオを見守る時間は、ケヴのそれまでの人生で最も長い時間だった。レオはまるで悪夢を見ているかのように、ひっきりなしにもがき、つぶやいていた。

「かわいそうに」アメリアが言い、冷たい布で兄の顔をぬぐう。

レオが危険な状態に陥る心配はないと判断したところで、ケヴはエッグカップを手に立ち上がった。

「ウィンにもすぐに薬を飲ませるの？」アメリアは兄を見下ろしたまままたずねた。

「ああ」

「手伝ったほうがいい？」

ケヴは首を振った。「レオの様子を見ていてくれ」

彼はウィンの寝室に行った。ウィンはベッドにじっと横たわっていた。もはやケヴのこともわからない様子で、猩紅熱のために精神的にも肉体的にも疲弊しきっている。抱き起こし、腕で頭を支えると、いやがってもがいた。

「ウィン」ケヴは優しく呼びかけた。「じっとしていて」という声に、彼女が薄く目を開ける。「おれだよ」彼はささやいた。スプーンを取り上げ、エッグカップに浸す。「口を開けて、ギャッジ。おれのために」だが彼女は開けようとしない。顔をそむけて、口だけ動かして何事かつぶやいた。

「なんだい？」ケヴは小声で問いかけ、彼女の頭を自分の腕に深くもたせかけた。「ウィン、この薬を飲むんだよ」

彼女がまたつぶやく。

ひどくかすれた声がなんと言ったのか聞き取ったケヴは、驚いた面持ちでたずねかえした。「名前を教えたら飲むのか？」

ウィンは懸命に唇を濡らし、声を絞りだした。「ええ」

ケヴは喉の奥がきつく締めつけられ、目じりが熱くなるのを覚えた。「ケヴだ」とやっとの思いで告げる。「おれの名前はケヴだよ」

するとウィンは口を開け、黒ずんだ薬をスプーンから飲んだ。

ウィンが腕に体重を預けてくる。ケヴは彼女を抱きしめたまま、か細い体が炎のように軽く、熱くなっているのを感じた。

おれも一緒に行くよ。ケヴは心のなかでつぶやいた。きみの運命がどんなものだろうと、おれもついて行く。

この世でおれがほしいのはきみだけだ。ひとりでは行かせない。

ケヴは身をかがめ、熱を帯びて乾いた唇に自分の唇を重ねた。

彼女はこのキスを感じることも、覚えていることもないだろう。

唇を重ねたままでいると、ベラドンナの味がした。ケヴは顔を上げ、ナイトテーブルを見やり、そこに薬の残りがあるのを確認した。健康な男ひとりが死ぬには十分な量だ。

ウィンの魂が体を離れずにいるのはひとえに、自分が腕で押さえつけているからのように思える。ケブはいっそうきつく彼女を抱きしめ、優しくなだめた。一瞬、ウィンを奪わないでくれと誰かに懇願しようかと考えた。だが超自然の存在だろうと、この世に実在する者だろうと、自分から彼女を奪える者など思いつかなかった。

薄暗く静かなこの部屋、ほっそりとしたウィンの肢体を腕に抱き、彼女の肺からそっと吐きだされる息を肌に感じているこの部屋だけが、ケヴの世界になる。ケヴは彼女の呼吸に自らの呼吸と鼓動のリズムを重ねあわせた。ベッドに仰向けに横たわり、ふたりに訪れる運命を暗い忘我のなかで待った。

どれだけの時間が経ったのだろう、ウィンを抱いたまま横になっていると、戸口でなにかが動き、明かりが室内に差しこんできて、彼は目を覚ました。

「メリペン」アメリアがかすれた声で呼びかけた。蠟燭を手に敷居のところで立っている。

ケヴはウィンの頰を手探りし、手のひらを這わせた。指先がひんやりとした肌に触れ、激しいパニックに襲われる。彼女の喉元に手をやり、脈を確認した。

「お兄様の熱が下がってきたの」アメリアが言う。ケヴの耳の奥では血が怒濤となって流れており、ほとんどその声を聞き取れない。「きっとよくなるわ」

喉元をまさぐるケヴの指先に、弱々しくも規則正しい脈が感じられた。ウィンの鼓動……彼の世界のたったひとつの支えが。

5

ロンドン　一八四九年

キャム・ローハンを家族に迎えたことで、ハサウェイ家は一変した。ひとりの人間のためになにもかもが変わったことに、ケヴは困惑した。そしてもちろん、憤りを覚えた。

だがその気持ちはほかのあらゆるものに対しても同様だった。ウィンはフランスに行ってしまった。もはやケヴには、愛想よく振る舞う理由はおろか、礼儀を重んじる必要すらない。彼女がいなくなってから、ケヴはまるで、仲間を失った野生動物のように怒りに燃えていた。ウィンを求めている自分、彼女は手の届かない遠くにいるという耐えがたい事実を、常に意識していた。

この世の中とそこに住まうすべての者に対するどす黒い憎しみがどのようなものか、彼は久しぶりに思い出した。幼少時を振りかえるのは愉快ではなかった。当時の彼は、暴力と苦痛しか知らなかったからだ。あのころの記憶をよみがえらせてしまった彼に、ハサウェイ家の人間はみな、これまでどおりに振る舞うことを期待しているらしい。日常生活に参加することを、地球がまだ回りつづけているふりをすることを。

それでもケヴが正気を保っていられる理由はただひとつ、ウィンが自分になにを求めているかわかっているからだ。ウィンは彼に、姉妹の面倒を見てくれるよう、そして、ローハンの息の根を止めたりしないよう望んでいるはずだ。

ケヴはローハンの存在にやっとの思いで耐えていた。

だが一家はみなローハンを気に入っているらしい。彼はしっかり者のオールドミスだったアメリアの前にいきなり現れ、彼女をとりこにしてしまった。文字どおり誘惑したのだ。そんなローハンをケヴはいまだに許していない。だがアメリアは、相手がロマの混血であるにもかかわらず、夫に心の底から満足しているらしい。

一家はそれまで、ローハンのような人間に出会ったことがなかった。ローハンの過去はケヴの過去同様、謎につつまれている。ローハンは子どものころから、ロンドンの紳士のための賭博クラブ〈ジェナーズ〉で働いていたという。最終的にはそこの支配人に上りつめ、莫大な利益の一部を配当として得るまでになった。ふくれ上がる一方の財産をローハンは、できるだけまずい方法で投資した。金持ちのロマという恥ずべき意識をぬぐいさるためだ。だがうまくいかなかった。金はどんどん増えつづけ、どれだけ愚かな投資をしようと、嘘みたいに高額な分配金がもたらされた。ローハンはそんな自分のことを、まごついた表情を浮かべながら、幸運の呪いをかけられたのだと言う。

だがやがて、その呪いに利点があることがわかった。ハサウェイ家の面倒を見るには莫大な金が必要だった。レオが昨年、爵位とともに受け継いだハンプシャーの屋敷は家事で焼け、現在、修復中である。ポピーにはロンドンの社交シーズンにデビューするためのドレスが必要だし、ベアトリクスはフィニッシング・スクールに行きたがっている。それにウィンの医療費の問題もあった。当人がケヴに言ったように、ローハンはハサウェイ家のためになんでもしてやれる立場にある。それだけでも、ケヴがローハンの存在に耐える十分な理由になるはずだ。

だからケヴは我慢していた。

かろうじて。

「おはよう」ローハンは上機嫌で、一家が仮住まいしているラトレッジ・ホテルのスイートルームの食堂に現れた。ほかの者はすでに朝食を半分ほど食べ終えている。一家のなかでローハンだけが、早起きの習慣がない。子どものころから、男たちが夜どおし賭博を楽しむクラブで過ごしてきたためだ。都会っ子のロマか……ケヴは蔑みとともに思った。

ローハンは風呂上がりの体をガッジョの服につつんでいた。エキゾチックなハンサムで、黒髪はやや長く、片方の耳にはダイヤモンドのピアスが光っている。体つきは引き締まりしなやかで、身のこなしは流れるようだ。ローハンはアメリアのとなりの席につく前に、身をかがめて妻の頭にキスをした。人目をはばからぬ愛情表現にアメリアが真っ赤になる。ついこのあいだまでの彼女なら、人前でそのような振る舞いは認めなかっただろう。だがいまでは、頬を染めてまごついた表情を浮かべるだけだ。

ケヴはしかめっ面で、料理を半分平らげた自分の皿に視線を落とした。

「まだ眠い?」アメリアがローハンにたずねる声が聞こえる。

「この調子だと、完全に目が覚めるのは午後になりそうですよ」

「コーヒーでも飲む?」

「いえ。コーヒーは苦手で」

そこへベアトリクスが口を挟んだ。「メリペンは何杯も飲むわよ。コーヒーが本当に好きなの」

「そうでしょうとも」とローハン。「黒くて苦味のあるのがいいんでしょう」きっとにらみつけたケヴに、ローハンは笑みを見せた。「今朝の調子はどうだ、パル?」

「その呼び方はやめろ」声を荒らげたつもりはなかったが、いらだちを含んだ口調に一同は手を止めた。

ややあってから、アメリアがさりげない声音でローハンに話しかけた。「今日はポピーとベアトリクスとわたしで、ドレスメーカーに行く予定なの。帰ってくるのは夕食のころになると思うわ」どんなドレスや帽子や装身具が必要か、彼女が説明するのを聞きながら、ケヴはベアトリクスの小さな手がそっと自分のほうに伸びてくるのに気づいた。

「元気を出して」ベアトリクスはささやいた。「わたしもふたりがいなくてさびしいわ」

一六歳になったばかりのハサウェイ家の末娘は、少女から女性へと変わる多感な年ごろにさしかかっている。心優しいいたずらっ子で、増えていくいっぽうのペットたちと同じくらい好奇心旺盛だ。姉がローハンと結婚して以来、ベアトリクスはフィニッシング・スクールに行かせてほしいと言いつづけてきた。おそらく、「若きレディのための学園」でお上品な物腰を身につけるヒロインが主人公の小説を、少々読みすぎたのだろう。だが自由な精神の持ち主である彼女にとって、フィニッシング・スクールがためになるとはケヴには思えなかった。

彼の手を離すと、ベアトリクスは姉夫婦の会話に注意を戻した。話題はローハンが最近行ったという投資に移っていた。

あえて大損しそうな投資先を見つけるのは、もはやローハンにとって一種のゲームとなっている。前回はロンドンのいまにもつぶれそうなゴム工場を買い取った。ところがローハンに買われた直後に会社はゴム加硫処理の特許を取得し、輪ゴムと呼ばれる伸びのいい小さなゴム製品を発明した。輪ゴムはいまや大人気商品となっている。

「……今度こそ大損しますよ」ローハンは言った。「投資相手は鍛冶屋の兄弟なんですが、人力で動く二輪車を発明したというんです。鋼のパイプでできた車体に車輪をふたつつけ、足でペダルを踏んで走らせるんですよ」

「車輪がふたつだけなの？」ポピーが当惑した面持ちでたずねた。「転ばないのかしら？」

「うまくバランスをとって乗るんでしょうね」

「曲がるときはどうするの？」

「それよりも」アメリアがそっけない口調で言う。「止まるときはどうするのかしらね」

「地面に倒れるんじゃない？」ポピーが推理を働かせる。

ローハンは笑った。「かもしれない。とにかく、これから生産にかかります。ウェストクリフ卿は、そんなお粗末な投資先は初めて聞くと呆れていますよ。いかにも乗り心地が悪そうですし、普通の人間にそううまくバランスがとれるとは思えない。手ごろな値段で売りだすのも不可能なら、実用的でもない。そもそもまともな頭の持ち主なら、馬の代わりに二輪の奇妙な乗り物にまたがり、ペダルを踏んで通りを走ろうなんて考えません」

「でもそれ、すごく楽しそうだわ」ベアトリクスがものほしげな口調で言った。

「女の子が乗るようなものじゃないわよ」ポピーが指摘する。

「どうして？」

「スカートが車輪にからんじゃうでしょ」

「どうしてスカートをはかなくちゃいけないの？」ベアトリクスは言いかえした。「ズボンのほうがずっと快適そうだわ」

アメリアがあぜんとしながらも笑みを浮かべる。「よそでそういうことは言わないようにね」妹をたしなめてから、水の入ったグラスを手にし、夫に向けて掲げてみせた。「では、初めての投資失敗を祈って」と言って片方の眉を上げる。「まさか、わたしたちがまだドレスメーカーに行ってもいないのに、全財産をつぎこんでしまったわけではないわよね？」

ローハンはほほえんだ。「全財産ではありませんよ。安心して買い物をしてください、モニシャ」

朝食がすみ、テーブルをあとにする女性たちを、ローハンとケヴは礼儀正しく立ち上がって見送った。

椅子にふたたび腰を下ろしてから、ローハンは食堂を出ようとするケヴをじっと見た。

「出かけるのか？」とけだるくたずねる。「仕立屋のところか？　それとも街のコーヒーハウスで、最近の政治動向について議論を戦わせてくるのか？」

「おれを怒らせるのが目的なら」ケヴは応じた。「その手のせりふは無用だ。あんたが息をするだけで、いらいらする」

「それはすまない。慎むよう努力するが、最近はすっかり癖になってしまって」ローハンは身振りで椅子を示した。「座りたまえ、メリペン。少し話がある」

ケヴはしかめっ面で従った。

「本当に無口だな」とローハン。

「無意味なおしゃべりで時間を無駄にするよりはましだ」

「たしかに。では率直に行こう。レオ……ラムゼイ卿が欧州大陸に行っているあいだ、彼の地所と財産の管理、そして姉妹の世話は、ふたりのロマの手にゆだねられている。理想的な状況とは言えない。レオがここに残れる状態だったなら、わたしもウィンのフランス行きにはポピーを同行させただろう」

だがお互いに承知のとおり、レオはそのような状態ではなかった。ローラ・ディラードを亡くして以来、傷心を抱え、怠惰に身をやつしていた。悲嘆とはようやく折り合いをつけられるようになったとはいえ、身体的にも精神的にもすっかり癒えるまでには時間がかかるだろう。

「まさか信じているのか?」ケヴは小ばかにした口調でたずねた。「レオが本気で、患者として療養所に入ると思っているとでも?」

「いいや。だがウィンから目を離さず、ちゃんとそばにいてくれるだろう。療養所は片田舎にあるから、面倒に巻きこまれる可能性も限られてくる。それに前回のフランス滞在時、建築について学んでいたときは、レオもまともに暮らしていた。もう一度向こうで暮らせば、本来の自分を取り戻す助けになるかもしれない」

「あるいは」ケヴは陰気に応じた。「パリに逃げ、酒と女に溺れる毎日になるかもな」

ローハンは肩をすくめた。「レオの未来は当人次第。わたしはむしろ、ここでの問題が気がかりだ。アメリアはポピーを是非ともロンドンの社交界にデビューさせたいと言っている。それから、ベアトリクスをフィニッシング・スクールに行かせたいと。それと並行して、ハンプシャーの屋敷の再建作業もつづけなくてはならない。がれきを片づけ、地面を――」

「そのくらいわかってる」

「じゃあ、そっちはおまえに任せられるか? 建築家や大工、石工、木工職人といった連中を、おまえひとりでまとめられるか?」

ケヴは敵意をむきだしにしてローハンをにらみつけた。「おれを厄介払いしようったってそうはいかないぞ。それにあんたの命令に従うのも、あんたの言いなりになるのも真っ平――」

「待て」ローハンは両手を上げてケヴを制した。浅黒い指に並ぶ金色の指輪がきらりと光る。「頼むから落ち着いてくれ。おまえを厄介払いするつもりなどない。協力しあおうと言っているんだ。正直な話、わたしだって気が進まない。だが仕事は山積みされている。だったら、反目しあうよりも力を合わせたほうがいいだろう」

ケヴはぼんやりとテーブルナイフを取り上げ、なまくらな刃から、精緻に金箔がほどこされた柄のほうへと指を這わせた。「あんたがアメリアたちとロンドンにいるあいだ、おれにハンプシャーで再建作業の監督をしろってことか?」

「向こうとこっちと好きなときに行き来すればいい。わたしも折に触れて、様子を見にハンプシャーに足を運ぶつもりだ」ローハンは狡猾そうにケヴを見やった。「それにおまえには、ロンドンにいつづける理由もないだろう?」

ケヴはうなずいた。

「では、そういう話でいいな?」ローハンは念を押した。

認めるのは癪にさわるが、彼の計画にまったく引かれないわけではなかった。ケヴはロンドンが嫌いだ。埃だらけで騒々しく、建物が密集していて、煙たく、落ち着かない。ケヴは田舎に帰りたかった。屋敷を再建する仕事、重労働に没頭できれば……多少は自分のためになるかもしれない。それに、ラムゼイ・ハウスになにが必要か誰よりも理解しているという自負もある。ローハンはロンドンの通りや広場、貧民窟には精通しているが、田舎暮らしに関してはまったくの素人だ。屋敷のことはケヴが采配を振るうほうが理にかなっている。

「領地にも手を加えるつもりだ」ケヴはナイフを置きながら言った。「地所の門と柵を直したほうがいい。用水路や排水路も設ける必要がある。小作人たちはいまだに穀ざおや鎌で作業をしているが、脱穀機を使わせるべきだ。彼らがパンを買いにわざわざ村へ行かなくてもすむように、領内にパン焼き場も設けて、それから――」

「好きにしてくれ」やはりロンドンっ子は農業に興味などないのだろう、ローハンは口早にさえぎった。「それで小作人が増えればこっちも助かる」

「建築家と大工をあんたがすでに手配ずみなのは知ってる。だがこれからは、おれが彼らを監督する。支払いもおれができるようにしないと不便だ。働く人間はおれが選ぶし、作業の進め方に口出しは無用だ」

ケヴの高圧的な物言いに驚いたのか、ローハンは両の眉をつりあげた。「ほほう、おまえのそんな一面は初めて見るな、パル」

「おれの条件をのむのか？」

「ああ」ローハンは片手を差しだした。「合意のしるしに握手しよう」

ケヴは立ち上がり、その申し出を無視した。「その必要はない」

ローハンは白い歯をのぞかせて笑った。「メリペン、わたしと友情を築くのはそんなにいやか？」

「おれたちはけっして友だちになどなれない。共通の目的を持った敵同士がせいぜいだ」

ローハンはほほえんだままだ。「最後に行き着くところは同じだろうがな」ケヴが扉に手をかけたところで、さりげなくつけくわえる。「ところで、刺青の件は少し調べてみようと思っている。わたしたちのあいだに、なんらかのつながりがあるのなら、是非とも知りたいからな」

「どうせ、おれが手を貸さなくても調べるんだろう」ケヴは無表情に言った。

「もちろん。おまえは興味ないのか?」

「これっぽっちも」

ローハンの金褐色の瞳がまじまじとケヴを見つめる。「おまえは過去ともロマともいっさいの縁を切り、幼いころに肩に不思議な紋様を彫られた理由も知らずに生きている。知るのが怖いことでもあるのか?」

「あんただって、おれと同じ年齢のころに刺青を彫られたんだろう」ケヴはやりかえした。「なのに、それが彫られた理由をやっぱり知らずにいる。どうしていまさら興味を持つんだ?」

「わたしはずっと……」ローハンはぼんやりと、刺青のあるあたりをシャツの上から撫でた。「祖母が気まぐれにこれを彫ったのだろうと思っていた。祖母はこれが彫られた理由をけっして言わなかったし、意味も教えてくれなかった」

「知っていて言わなかった?」

「おそらく」ローハンは口の端をゆがめた。「祖母はなにもかも知っているようだったからな。腕のいい薬草使いで、この世には本当にビティ・フォキがいると信じていた」

「妖精？」ケヴは嘲笑を浮かべた。

ローハンはほほえんだ。「ああ。たくさんの妖精と個人的なつきあいがあると言っていた」かすかな笑みが消える。「子どものころに、部族のもとを離れるよう祖母から命じられた。わたしの身に危険が迫っていると言って。いとこのノアにロンドンへ連れてこられ、賭博クラブの使い走りの仕事を見つけてもらった。以来、部族の誰とも会っていない」いったん口を閉じたとき、ローハンの表情はくもっていた。「わけもわからないまま追放された。刺青がそのことと関係していると疑う理由などなかった。おまえと出会うまではな。わたしたちには共通点がふたつあるんだよ、パル。ともに見捨てられ、アイルランドの神話に出てくる馬の刺青を彫られている。この刺青にどんな意味があるのか、ふたりとも知るべきだろう」

それから数カ月かけて、ケヴはラムゼイ・ハウス再建の準備を整えた。屋敷があるストーニー・クロスの村とその周辺では、穏やかな冬の景色をそちこちで見ることができた。薄茶色に変わった牧草地には霜が降り、エイヴォン川やイッチェン川のほとりでは石が硬い氷に覆われた。ヤナギの木には子羊の尾にも似たふんわりとやわらかな尾状花序《びじようかじよ》の花が咲き、ミズキは赤い冬芽を吹いて、薄灰色の風景に目の覚めるような彩りを添えている。

屋敷の再建を担当する建築家のジョン・ダシールが雇った職人はみな、働き者で腕もよかった。作業開始から二カ月間、彼らは黒焦げの木材や割れた石やその他のがれきを片づける仕事に集中した。それと並行して、ハサウェイ家の人間が訪問した際に使えるよう、私道に立つ門番小屋もきれいに修繕した。

三月になり地面がやわらかくなってきたら、本格的な再建作業に着手する予定だ。職人は事前に、工事を監督するのはロマだと聞かされていたのだろう。ケヴが現場におもむき、指示を出してもとくに不平は口にしなかった。たたき上げの建築家であるダシールも実際的な考え方の持ち主らしく、支払いさえ滞らなければ、依頼人が英国人でもロマでも、それ以外の何人でも気にならないようだった。

二月の終わりころ、ケヴは一二時間かけてストーニー・クロスからロンドンに向かった。アメリアから、ベアトリクスがフィニッシング・スクールを辞めたとの手紙を受け取っていた。手紙にはみんな元気だと書かれていたが、ケヴは自分の目できちんとたしかめたかった。それまで姉妹と二カ月も離れて暮らしたことはなかった。自分がどれほど彼女たちに会いたがっているか気づいて、われながら驚きを覚えた。

どうやらその気持ちは向こうも同じだったらしい。ケヴがラトレッジ・ホテルのスイートルームに現れるなり、アメリアもポピーもベアトリクスも体裁が悪くなるほどの喜びようで抱きついてきた。ケヴはむっつり顔で姉妹から歓声やキスを浴びせられつつ、内心では温かな歓迎をうれしく思っていた。

姉妹について応接間に入ると、彼はふかふかの長椅子にアメリアと並んで腰を下ろした。

ローハンとポピーはそばの椅子に座り、ベアトリクスはケヴの足元に置かれた足台にちょこんと腰かけた。みんな元気そうだな……ケヴは安堵した。三人とも流行のドレスに身をつつんでおしゃれをし、姉ふたりは黒髪を巻いて結い上げ、ベアトリクスはお下げにしている。アメリアはとりわけ幸福そうだった。よく笑い、幸せな結婚生活を送っている女性ならではの満足感を全身から発散させている。ポピーもすっかり美人になった。整った面立ちに、赤茶色を帯びた豊かな黒髪……金髪ではかなげな美貌を誇るウィンを、もっと生き生きと、親しみやすくした感じだ。ベアトリクスだけがいつになく沈んだ様子で、体重も減ったように見える。知らない人の目には、ごく普通の明るい少女に映るだろう。だがケヴは、ベアトリクスの顔にかすかな緊張と不安がにじんでいるのを見逃さなかった。

「学校でなにがあった？」ケヴはいつものようにそっけなくたずねた。

するとベアトリクスは熱を帯びた口調で打ち明けだした。「全部わたしがいけないの。学校なんて最低よ。大っ嫌い。お友だちはひとりかふたりできたし、彼女たちと離れるのはつらかったけど。先生方とはまるでうまくいかなかったわ。わたし、授業でもいつも的はずれなことばかり言って、質問もまともにできなくて――」

「どうやら」アメリアが苦笑交じりに言う。「ハサウェイ家ならではの勉強方法や議論の仕方は、学校では歓迎されなかったようね」

「けんかもしたわ」ベアトリクスはつづけた。「クラスメートから、わたしと仲よくしないよう親に注意されたって言われたの。あの子のうちにはロマがいるから、あの子もロマの混血じゃないかって言われたそうよ。だからわたし、混血じゃないし、混血だったとしても恥ずかしくもなんともないって言いかえしたわ。そのクラスメートを俗物って呼んであげたら、さんざん引っかかれたり、髪をつかまれたりしたの」

ケヴは口のなかで悪態をついた。ローハンと目を合わせると、相手は険しい表情を浮かべていた。ふたりの存在はハサウェイ家の姉妹にとって障害となっている……だがどうすることもできない。

「それから」とベアトリクス。「また、あれが始まったの」

みな黙りこんだ。ケヴは伸ばした手をベアトリクスの頭にのせ、優しくつつみこんだ。

「チャヴィ」ロマニー語で、愛情をこめて若い娘に呼びかけるときの言葉を口にする。彼がロマニー語を使うのは珍しいので、ベアトリクスは驚いて目を丸くした。

ベアトリクスのあれが最初に起きたのは、母親を亡くしたときだ。以来あれは、不安を感じたり心配事があったりするたびに再発している。盗みの衝動を抑えられなくなってしまうのだ。盗むのはたいてい使いさしの鉛筆やしおり、一本のカトラリーといったささやかなものだ。盗みを働いたことを本人が覚えていない場合さえある。もちろん、気づいたあとは深い自責の念に駆られ、くすねたものを苦労しながらもきちんと返している。

ケヴは彼女の頭から手をどけ、顔を見下ろした。「なにをとったんだい、イタチさん？」と優しく促す。

ベアトリクスは悔しそうな表情を浮かべた。「ヘアリボン、櫛、本……つまらないものばかりよ。なにをしたか気づいて全部返そうとしたんだけど、どこにいってしまったか思い出せなかったの。それで学校中が大騒ぎになって、正直に告白したら、退学しなさいと言われたわ。わたし、一生レディにはなれないのね」

「なれるに決まっているでしょう」アメリアがすかさず言った。「家庭教師を雇いましょう、最初からそうするべきだったのよ」

ベアトリクスは疑わしげに姉を見やった。「わが家で家庭教師をしたいと思う女性なんていないと思う」

「あら、わたしたちはそこまで厄介な家族じゃ――」アメリアが言いかえそうとする。

「いいえ、ひどいものだわ」ポピーが断言した。「わが家は変わり者の集まりよ、お姉様。いつもそう言っているでしょう。お姉様がミスター・ローハンと結婚する前から、変わり者の集まりなの」ローハンにちらりと視線を投げてからつづける。「悪くとらないでね、ミスター・ローハン」

彼は瞳に笑みをたたえて応じた。「大丈夫ですよ」

ポピーはケヴに向きなおった。「きちんとした家庭教師を見つけるのがどんなに大変でも、やっぱりわが家には必要よ。わたしも手を貸してくれる人がほしいの。だってね、メリペン、わたしにとってこの社交シーズンは悲惨以外のなにものでもないのよ」

「まだ二カ月しか経ってないだろう」ケヴは指摘した。「それでどうして悲惨だなんて」

「だって壁の花なんだもの」

「まさか」

「壁の花以下よ。誰もわたしとかかわりあいになろうとしない」

ケヴはいぶかしむ表情でローハンとアメリアを見つめた。ポピーのように美しく賢い娘なら、何人もの男たちに求愛されて当然なのに。「ロンドンのガッジョどもはどうかしてるのか？」

「みんな愚か者なんだよ」ローハンが応じた。「自らそいつを証明してまわっているだけだ」

ふたたびポピーに顔を向けると、ケヴは問いただした。「ロマと一緒に暮らしているからか？　だから誰もきみを求めないのか？」

「そうね、それも理由のひとつだろうけど」ポピーは認めた。「でも一番の問題は、わたしの礼儀作法がなっていないこと。しょっちゅうエチケット違反を犯しているの。それにつまらないおしゃべりは苦手だし。まるで蝶みたいに、ひとつの話題から別の話題に移らなくちゃいけないんだもの。やってみると案外難しいのよ。それに、あんなおしゃべりは無意味だわ。しかもわたしに寄ってくる若い男性ときたら、五分後には逃げる言い訳を見つけてるの。でも、あんなふうにちょっかいを出されたり、世にもくだらないことを聞かされたりしても、どう対応したらいいのかわからない」

「いずれにしろ、そういう人たちはポピーにふさわしくないわ」アメリアはきびきびと言った。「あなたにも見せてあげたいわ、メリペン。いかにも役立たずの、羽づくろいしかできないクジャクの群れ《フロック・オブ・ピーコックス》という感じだから」

「クジャクの場合は、マスター・オブと言うのが正しいんじゃない？」ポピーが口を挟む。

「フロック・オブじゃないはずよ」

「いっそ、ヒキガエルの群れと言ったほうがいいんじゃない？」とベアトリクス。

「ペンギンの群れというのはどう？」アメリアも案を出す。

「ヒヒの群れで十分よ」ポピーが笑いながら言った。

ケヴは小さな笑みを浮かべつつ、考えをめぐらせつづけた。ポピーはずっと、ロンドンの社交界にデビューするときを夢見ていた。夢がこんなかたちに終わって、きっと深く傷ついているだろう。「正式な社交行事に招かれたことはあるのか？」彼はたずねた。「ダンスパーティーとか、晩餐会とか……」

「舞踏会とか夜会とか」ポピーはあとを継いだ。「ええ、ウェストクリフ卿とセントヴィンセント卿のおかげで何度か招待されたわ。でもねメリペン、会場に入れたからといって、誰かに声をかけてもらえるわけじゃない。みんなが踊っているあいだ、壁際に突っ立っている権利を得るだけよ」

ケヴはアメリアとローハンにしかめっ面を向けた。「これからどうするつもりなんだ？」

「シーズンの途中だけど、今年はもうどの行事にもポピーを出さないつもり」アメリアが答えた。「周りの人には、よく考えたら妹はデビューするにはまだ若すぎるからと説明するわ」

「そんな言い訳、誰も信じないわ」ベアトリクスが言った。「だって、ポピーはもう一九歳なのよ」

「人をいぼだらけの老婆みたいに言うのはやめて」ポピーがむっとした声でたしなめる。

「とにかく」アメリアが忍耐強くつづける。「家庭教師を探して、ポピーとベアトリクスに礼儀作法を教えてもらうことにしましょう」

「よほどの人じゃないとだめよ」ベアトリクスが応じながら、鳴き声をあげる黒白のぶちのテンジクネズミをポケットから出し、顔をすり寄せた。「問題点は山ほどあるんだから。そうよね、かじかじ君《ミスター・ニブルズ》？」


一同との話を終えたのち、ケヴはアメリアから脇に呼ばれた。彼女はドレスのポケットに手を入れると、白い小さな四角形のものを取りだした。探るような目でケヴを見ながら、それを手渡す。「ウィンからみんなに宛てて手紙が届いたの。もちろん、そちらもあとで読んでもらうわ。でもこれは、あなた宛だったから」

言葉が出てこなくて、ケヴはただ、封蠟で閉じられた小さな羊皮紙を握りしめた。

ホテルの自室に向かう。彼の希望で、一家が仮住まいするスイートルームとは別に部屋をとってもらってあった。小卓についたケヴは丁寧に封蠟を剝がした。

見慣れたウィンの筆跡。小さくきちょうめんな文字が目に映った。

親愛なるケヴ

健康に、元気に過ごしていることと思います。そうでないあなたなど想像できません。まるで別世界のように感じられるこの土地で毎朝目覚めるたび、あらためて家族から、そしてあなたから、遠く離れてしまったことを実感します。

　イギリス海峡を渡る旅はとてもつらいものでしたが、療養所を目指す陸の旅にはそれを上回るつらさがありました。ご存じのとおり、わたしは旅行が苦手ですから。でもお兄様のおかげで無事にたどり着くことができました。お兄様はいま、療養所から少し離れたところにある小さなお城に、宿泊料を払って滞在しています。いまのところ一日おきに欠かさず会いに来てくれています。


　ウィンはつづけて療養所の様子について綴っていた。ひっそりと静かで無味乾燥な場所らしい。患者の病名はさまざまだが、大部分は肺の疾患だという。

ドクター・ハーロウは、多くの医者のように患者に鎮静薬を飲ませて病室に閉じこめるのではなく、適度な運動、冷浴の励行、強壮薬の投与、節食といった療法で快方へと導くそうだ。運動療法は議論の的となっているが、ドクター・ハーロウは、運動はあらゆる生き物の本能だと主張している。

　患者の一日は晴雨にかかわらず屋外での散歩で始まり、つづけて一時間ほど、はしご昇りやダンベルの上げ下げといった運動をジムで行うように決められている。いまのところウィンはどの運動をやっても息切れしてしまうそうだが、少しずつ体力がついてきている実感があるという。患者にはほかにも、肺活量計と呼ばれる最新の器具を使い、肺が空気を吸いこむ量と吐きだす量を測ることも義務づけられている。

その後もつづく療養所と患者に関するくだりを、ケヴはざっと読んだ。やがて最後の段落にたどり着いた。

病気になって以来、わたしにはただ愛することしかできませんでした。でも、精いっぱい愛したつもりだし、いまもそうであろうと努めています。旅立ちの朝、あなたを驚かせてしまってごめんなさい。だけど、気持ちを伝えたことを後悔はしていません。

わたしはあなたを、そして人生を、どこまでも追いつづけます。いつかあなたを振り向かせ、その心をつかむことだけがわたしの夢です。その夢があるからこそ朝を迎えられます。伝えたいことは山ほどありますが、いまは時間がありません。

すっかり元気になって、いつかまたあなたを驚かせたい。そのときはもっといい結果になるとよいのですが。

この手紙と一緒に一〇〇回のキスを送ります。しっかり数えて、ひとつもなくさないでください。

かしこ

ウィニフレッド

ケヴは手紙をテーブルに広げ、手のひらで撫で、美しい筆跡を指先でなぞった。それから、二回読みなおした。

羊皮紙をつかみ、固く握りつぶして、小さな火が燃えている暖炉に投げこむ。

ケヴは羊皮紙が炎につつまれるさまを見つめた。やがて白い紙は黒焦げになって灰と化し、ウィンからの言葉は一語残らず消えうせた。

6

ロンドン　一八五一年春

ウィンはついに帰国した。

フランスのカレー港を出た高速帆船が埠頭に着いた。船倉はフランス産の高級品や、英国営郵便会社《ロイヤル・メール》の配達を待つ手紙や小荷物の入った袋でいっぱいのはずだ。ウィンが乗っているのは中型の帆船で、七室ある広々とした客室はいずれもゴシック様式のアーチ形の羽目板が張られ、つややかなフローレンスホワイトの壁が美しかった。

甲板にたたずむウィンは、船員が係留作業にとりかかるさまを眺めた。その作業がすむまで下船はできない。

胸に渦巻く興奮に、かつてのウィンなら息もできなくなっていただろう。だが彼女は生まれ変わってロンドンに帰ってきた。彼女の変化に、家族はどのような反応を示すだろう。もちろん家族もみな変わったことだろう。姉と義兄は結婚してもう二年以上経つし、ポピーとベアトリクスは社交界にデビューした。

メリペンも……ウィンは考えるのをやめた。彼への思いは複雑すぎて、ひとりのときでないとゆっくり整理することもできない。

周囲に視線を投げる。林立する帆柱、どこまでも延びているかに見える埠頭と防波堤。巨大な倉庫には、たばこやウール、ワインといった輸入品が保管されているのだろう。船乗り、乗客、貿易商、人夫、運搬車、家畜など多種多様な人やものが、そこかしこでうごめいている。さまざまな臭いが入り交じった空気はむせかえるようだ。ヤギや馬、スパイス類、海塩、タール、腐敗した材木などの臭いがかぎとれる。だが最も強く鼻を刺すのは、街が夜につつまれるにつれて濃度を増していく、煙突からの煙と石炭が発する蒸気の臭いだ。

ハンプシャーに帰りたい。ウィンは強く願った。春を迎えた牧草地は鮮やかな緑色にきらめき、サクラソウや野草が生い茂り、生け垣も青々とした葉を伸ばしているだろう。姉の手紙によれば、ラムゼイ・ハウスの再建作業はまだ終わっていないらしいが、住める状態にはなっているという。メリペンの監督の下、作業は奇跡的な速さで進んだようだ。

乗下船用の歩み板が降ろされ、固定される。最初の数人が下船するさまを見ていると、痩せ細ったと言っていいくらいにすらりと長身な兄の、先頭を行く姿が視界に入った。

フランス行きは兄妹双方のためになった。ウィンは念願だった体重を増やすことに、そして兄は放蕩三昧による贅肉をそぎ落とすことに成功した。かの地で兄は一日の大半を屋外で過ごした。散歩に出たり、絵を描きに行ったり、泳いだりしているうちに、茶色の髪はところどころ金色に変わり、肌は日に焼けた。目を見張るほど淡いブルーの瞳は、褐色の肌のせいてますますきらめいて見える。

むろん兄は、ローラ・ディラードが亡くなる前の勇敢で率直な青年には二度と戻れないだろう。だがもう自殺願望に苛まれる廃人ではない。いまの兄の姿を見れば、家族はきっと大いに安堵するはずだ。

ややあってから、兄は歩み板を上って船上に戻ってきた。苦笑いをにじませ、シルクハットをかぶりなおしながらウィンのほうにやってくる。

「誰か迎えに来ていた？」彼女は勢いこんでたずねた。

「いや」

ウィンの額に不安げなしわが寄る。「手紙がまだ届いていないのかしら」帆船の航路変更のため予定より数日早く帰国すると、兄と連名の手紙で知らせておいたのに。

「ロイヤル・メールの配達袋の、奥のほうにまぎれこんでしまったんだろう」兄は言った。

「心配するな、ウィン。貸し馬車でラトレッジに行けばいいさ。ここからそう遠くない」

「でも、予定より早く帰ったらみんなが驚くわ」

「連中は驚かされるのが好きだからいいんだよ。少なくとも、驚かされるのに慣れてはいる」

「だけど、まさかドクター・ハーロウが一緒だとは思っていないはずよ」

「先生がいたって気に留めやしないさ」レオは応じ、口の端を上げてひそかに笑みをもらした。「誰も、とは言えないけどな」

兄妹がラトレッジ・ホテルに着いたときには、すでに夜も更けていた。レオが部屋をとり、荷物を運び入れる指示を出すあいだ、ウィンはドクター・ハーロウと一緒にゆったりとしたロビーの隅で待っていた。

「ご家族との再会はおふたりだけでどうぞ」医師は言った。「わたしは従者と部屋で荷物を解きますから」

「遠慮せず一緒にいらしてください」ウィンはそう言いつつ、医師が首を振るのを見て内心で安堵を覚えた。

「お邪魔でしょうから。やはりご家族だけのほうがいいですよ」

「でも、明朝にはまたお会いできますわね？」

「もちろん」医師は口元に薄い笑みを浮かべ、ウィンを見下ろした。

ドクター・ジュリアン・ハーロウは驚くほどの落ち着きと気さくな魅力にあふれた、品のある紳士だ。髪は黒で瞳は灰色。角ばった男性的な顎が魅惑的で、女性患者はほとんどみな、彼に淡い恋心を抱いてしまう。療養所にいた女性のひとりなど、先生は男性や女性や子どもだけではなく、衣装だんすや椅子、かたわらに置かれたガラス鉢のなかの金魚までとりこにしてしまうのよ、とさらりと言ったものだ。

兄も医師についてこう評した。「あの先生はなんだか医者らしくないな。むしろ、女性たちが夢見る医師像そのものだ。先生の患者の半分は、ただ治療を受けたいがために病気を長引かせている恋患いの女性なんじゃないか」

「言っておきますけど」ウィンは笑いながら兄にかえした。「わたしは恋患いもしていないし、病気を長引かせたいなんてこれっぽっちも思っていませんからね」

だがウィンも認めざるをえなかった。彼のように魅力的で思いやり深い男性、しかも自分の虚弱体質を治してくれた男性に、なにも感じずにいるのはかえって難しい。それにジュリアンのほうでも自分になんらかの感情を抱いている気がした。とくにここ一年ほどは、ウィンがすっかり健康を取り戻しつつあったこともあり、ジュリアンは彼女を患者以上の存在として扱うようになっていた。プロヴァンス地方のこの世のものとは思えぬほどロマンチックな景色のなかを、ふたりで時間をかけて散策したこともある。田園風景につつまれながら、ふたりはふざけあい、ウィンは声をあげて笑った。彼の気遣いは、メリペンの冷たい拒絶で深く傷ついた心を癒してくれた。

やがてウィンは、メリペンとのことは自分の片思いだったのだと認めるに至った。あまりにもつらくて、兄の肩で泣いたりもした。すると兄は、おまえは世の中を知らなすぎる、とりわけ男についてはなんにもわかっちゃいないと指摘した。

「周囲のさまざまなものに愛着がわくのと同じように、メリペンに対してもそばにいたからこそ情がわいた、そうは思わないか？」兄は優しくたずねた。「ちゃんと現実と向きあってみろ。おまえとメリペンに共通点はひとつもない。おまえは美しく、感受性が鋭く、教養のある女性だ。だがメリペンは……メリペンだ。木を切るのが趣味という男だよ。それと、少々尾籠《びろう》な話になるが、寝室ではしっくりいっても、ほかの場面ではいまひとつという男女も世間にはいる」

涙にくれていたウィンは、兄のぶしつけな物言いに仰天した。「レオ・ハサウェイ、まさか——」

「ラムゼイ卿と呼んでほしいね」兄はちゃかした。

「ラムゼイ卿、まさか、メリペンへのわたしの思いが肉欲からだとでもいうの？」

「理性的なものでないのはたしかだな」兄は言い、肩をぶってくる妹に向かって笑ってみせた。

だがあのときの会話についてよくよく考えてみると、兄の指摘も一理あると認めざるをえなかった。もちろん、メリペンは兄が言うよりずっと知性も学もある。兄に哲学的な議論を何度となくしかけたことがあるし、ギリシャ語やラテン語も、家族のなかでは父の次に上手だった。だがメリペンがそうした事柄を学ぼうとしたのは、ハサウェイ家になじむためにすぎず、学問を身につけることに当人が心から関心を抱いていたわけではなかった。

メリペンは自然児だ。空と大地を感じながら生きることを望んでいる。だからいま以上に文明社会に溶けこむのは無理だろう。つまり彼とウィンのあいだには、魚と鳥くらいのちがいがあるのだ。

ジュリアンが長くすらりとした指で彼女の手を握ってきた。医師の指は手入れがゆきとどき、なめらかで、先にいくにつれ細くなっていた。「ウィニフレッド」医師は優しく呼びかけた。「これからの生活は、療養所にいたころのように規則正しいものではなくなるでしょう。健康管理にはくれぐれも気をつけてください。今夜も、夜どおし起きていたい誘惑に駆られてもしっかり睡眠をとるように」

「はい、先生」ウィンは言い、ほほえみながら医師を見上げた。彼に対する好意が胸の内にわいてくる。ウィンは療養所で、運動療法用のはしごを初めて昇りきったときのことを思い出していた。ジュリアンはウィンが一段昇るごとに後ろにつき、耳元で優しく励ましてくれた。たくましい胸板が背中にあたっていた。〝もう一段昇って、ウィニフレッド。いざというときはわたしが支えてあげますからね〟けっきょく、彼がそうすることは一度もなかった。昇りつづけるウィンをしっかり見守っていただけだった。

「なんだか緊張するわ」ホテルの二階の、家族が滞在中のスイートルームに兄とともに向かいながら、ウィンはつぶやいた。

「どうして？」

「わからないけど。お互いにずいぶん変わったからかしら」

「本質的な部分は変わっちゃいないさ」兄はウィンの肘をぎゅっとつかんだ。「おまえは相変わらず優しい妹だし、わたしも相変わらず酒と女に目がないならず者だ」

「お兄様」ウィンは軽く兄をにらんだ。「まさか、以前のような生活に戻るつもりじゃないでしょうね？」

「誘惑は避けるようにするとも。ただし、目の前にそいつが転がっていたときは別だ」兄は踊り場でいったん妹を引き止めた。「ちょっと休んだほうがいいか？」

「まさか」ウィンは元気よく階段を上りつづけた。「階段を上るのは大好きよ。この数年間できなかったことを、なんでもしたいの。これからはね、『人生のすべてを楽しんでやろう』をモットーに生きるつもりよ」

兄は笑った。「そのモットーならわたしも何度も口にしてきたが、そのたびに面倒に巻きこまれたものだ」

ウィンは嬉々として周りを眺めた。ドクター・ハーロウの無味乾燥な療養所に長いあいだいたせいで、ホテルの豪奢なしつらえにすっかり目を奪われていた。

優雅でモダンで快適さをどこまでも追求したラトレッジ・ホテルは、ハリー・ラトレッジという謎の人物が所有している。ミスター・ラトレッジについてはさまざまな噂があり、英国人なのか米国人なのかすらもわからない。いまのところ事実として知られているのは、米国でしばらく暮らしたあとに英国に移り住み、欧州の絢爛さと米国の最新技術を融合させたホテルを造ったということだけだ。

ラトレッジは、すべてのシングルルームに浴室を備えた最初のホテルである。そのほかにも料理を運ぶ昇降機《リフト》や、寝室に備え付けの食器棚、ガラス天井の中庭が自慢の談話室、サンルームのような庭園などが設けられている。英国一の美しさを誇ると称される食堂は、大量のシャンデリアを取りつけるため、天井に特別な補強をほどこさねばならなかったという。

やがて兄妹は家族の滞在するスイートルームの入口にたどり着き、兄がそっと扉をたたいた。

室内で誰かが動く気配がする。扉が開き、金髪の若いメイドが顔を見せ、レオとウィンをじろじろと見る。「なにかご用でしょうか?」メイドはレオにたずねた。

「ローハンご夫妻にお会いしたいんだが」

「申し訳ございません、おふたりともたったいま床に就かれまして」

もう夜中だものね。ウィンは思いつつ、がっかりした。「今夜は部屋に引き上げましょう。起こしたらかわいそうだわ」と兄に言う。「明日の朝、出なおしましょう」

レオはかすかな笑みを浮かべてメイドを見つめ、ささやくような声で優しく訊いた。「きみの名前は?」

メイドは茶色の瞳を丸くし、頬を赤らめた。「アビゲイルと申します」

「アビゲイル……ミセス・ローハンに、妹が会いたがっていると伝えてくれるかな?」

「かしこまりました」メイドはくすくす笑いながら、ウィンたちを戸口に立たせたまま部屋の奥に消えた。

ウィンは兄の手を借りてマントを脱ぎながら、皮肉めかしたまなざしを向けた。「お兄様の女性扱いのうまさにはいつも驚かされるわ」

「残念ながら、世の女性の多くは放蕩者に惹かれるものなんだ」兄はすまなそうな声で言った。「そういう魅力を振りまくべきではないと思ってはいるんだが」

そのとき、応接間に誰かが現れた。ブルーの化粧着に身をつつんだ、懐かしいアメリアの姿。となりに立つキャム・ローハンは開襟シャツにズボンといういでたちで、髪が乱れているものの変わらぬハンサムぶりだ。

アメリアは兄と妹がそこにいるのに気づくと、青い瞳を皿のように丸くして、歩みを止めた。真っ白な手を喉にあてる。「本当にあなたたちなの？」と震える声でたずねた。

ウィンはほほえもうとした。だが、あふれる感情に唇が震えてできなかった。姉の目にどんな姿で映っているか想像してみる。旅立ちのとき、ウィンは痩せさらばえた病人そのものだった。「ただいま」という声がわずかに喉に詰まる。

「ああ、ウィン！　夢にまで見たわ――何度も神に願った――」アメリアは言葉を切り、ウィンに駆け寄ると、妹としっかり抱きあった。

ウィンは目を閉じてため息をもらした。やっと帰ってこられたのだという実感がわいてくる。お姉様……胸の内でささやきかけながら、姉の優しい抱擁に身をゆだねた。

「こんなにきれいになって」アメリアは言い、身を離してから妹の濡れた頬を両手でつつみこんだ。「こんなに健康そうに、丈夫そうになって。まるで女神だわ。キャム、ねえ見てちょうだい！」

「元気そうだ」ローハンも目を輝かせながら言った。「そんなに元気そうなきみは初めて見る」彼はそっとウィンを抱きしめ、額にキスをした。「おかえり」

「ポピーとベアトリクスは？」ウィンは姉の手のひらに頬を寄せながらたずねた。

「もうやすんでいるけど、起こしてくるわね」

「いいえ、眠らせてあげて」ウィンはすぐさま言った。「わたしたちも疲れているし、すぐに部屋に行くから。ただ、やすむ前にお姉様たちの顔だけでも見たくて」

アメリアが視線をレオに移す。レオは扉の近くにたたずんだままだった。ウィンの耳に、兄の変貌ぶりに気づいた姉が小さく息をのむのが聞こえる。

「懐かしいお兄様」姉は優しく呼びかけた。

いつも冷笑をたたえている兄の顔に別の表情がかすめるのを見てとり、ウィンは驚きを覚えた。再会の喜びにまごついているかのような、どこか少年っぽい、無防備な表情だった。

「あらためて涙を流してもらうとするか」と兄が言う。「ご覧のとおり、わたしも帰ってきたんだからな」

駆け寄るアメリアを、レオはしっかりと抱きしめた。「フランスではあまりもてなかったの?」たずねるアメリアの声は、胸に顔を寄せているためくぐもって聞こえる。

「それが大人気でね。だが、わたしを必要とする人間がいる場所にいつまでもとどまるのはつまらん」

「それは残念ね」アメリアは言い、つま先立って兄の頬にキスをした。「お兄様はここでも大いに必要とされているから」

レオはほほえんで手を伸ばし、ローハンと握手を交わした。「家敷の再建作業の成果を手紙を読んでから、早く見たくてうずうずしていたよ。順調に進んでいるようだな」

「詳しいことは明日、メリペンに」ローハンは鷹揚に答えた。「屋敷の隅々まで把握してますから。使用人や小作人の名前も全部。屋敷については一家言あるようなので、話しだしたら長くなりますよ」

「では明日」レオはローハンの言葉をくりかえしてから、ウィンをちらりと見やった。

「とういうことは、あいつもいまはロンドンに？」

「このホテルに泊まってます。使用人が足りないそうで、職業斡旋所で人を紹介してもらってるんですよ」

「メリペンには礼を言わないとな」レオは珍しくまじめな口調で言った。「それとローハン、おまえにも。おまえがわたしのために、ここまでしてくれるとは思わなかった」

「家族のためでもありますから」

男ふたりが話しているあいだに、アメリアはウィンを暖炉脇の長椅子のほうに連れていった。「顔がふっくらしたわ」彼女は妹の変化をひとつずつ挙げていった。「瞳も前よりきらきらしてるし、体型も見ちがえるようよ」

「コルセットをしてないの」ウィンは笑いながら言った。「ドクター・ハーロウに注意されたわ。肺を締めつけるし、背骨と首をおかしな位置に固定するし、背中の筋肉が弱くなる原因にもなるんですって」

「だからってコルセットをしないなんて！」姉は興奮気味に瞳を輝かせた。「社交の場でもという意味？」

「ごくたまにならいいとおっしゃっているけど、緩いものにしなさいって」

「ほかに先生はどんな注意を?」姉は興味津々らしい。「靴下や靴下留めについてはなにかおっしゃった?」

「ご本人に訊いてみたら? 先生も一緒に帰国されたから」

「それは素敵。こちらでお仕事なの?」

「さあ、どうかしら」

「ロンドン出身の方だから、ご親戚やお友だちと会うためかもしれないわね」

「それもあるだろうけど——」ウィンは頬がかすかに赤らむのを覚えた。「ジュリアンは、療養所を離れてわたしと過ごすことに個人的な興味を抱いているようなの」

姉は驚いてぽかんと口を開けた。「ジュリアン」とおうむがえしに言う。「あなたに求愛するつもりなのかしら」

「よくわからないわ。初めて経験することだし。でも、たぶんそうだと思う」

「あなたも先生が好きなの?」

ウィンはためらわずにうなずいた。「大好きよ」

「だったら、わたしもきっと先生を好きになれるわね。先生のおかげですと、直接お礼を言えるなんてうれしいわ」

姉妹はほほえみあい、再会の喜びをかみしめた。だが脳裏をメリペンのことがよぎり、ウィンは不快なほどに激しく心臓が鼓動を打ち始め、体中の神経が張りつめるのを感じた。

「彼はどうしてる、お姉様？」とやっとの思いでささやくようにたずねる。

彼とは誰か、アメリアは訊くまでもなかったらしい。「メリペンは変わったわ」慎重な口ぶりで切りだした。「あなたやお兄様と同じくらい変わった。屋敷の再建のためにあれほどの手腕を発揮するなんて、本当に意外だったとキャムも驚いているの。大工や職人や工員に指示を出し、農地を改良するには、相当な力量が必要だったはずよ。メリペンはそのすべてをやってのけたの。必要とあらば、上着を脱いで作業に手を貸したりもしたでしょうね。そうやって作業員たちの信頼を勝ち得たの。誰ひとりとして、メリペンが監督することに異論を挟んだりしなかった」

「わたしはちっとも意外じゃない」ウィンは言いながら、ほろ苦い思いがわきおこるのを覚えていた。「昔からとても有能な人だったもの。でも、彼が変わったって、いったいどんなふうに？」

「なんていうか……冷たくなったわ」

「冷たくなった？　よそよそしいという意味？」

「ええ、それに頑なになった。成功してもけっして満足しないし、心からうれしそうな顔なんて見せやしない。もちろん、さらに教養が増したし、監督ぶりは見事なものよ。新たな立場にふさわしいように服装だって変えたわ。それなのに、文明社会といっそう距離を置くようになったとしか思えないの。でも……」姉はぎこちなく言葉を切った。「あなたと再会すればなにかが変わるかもしれない。あなたには昔からそういう力があるから」

ウィンは姉の言葉を否定するように手を振り、膝に目を落とした。「それはどうかしら。どんなかたちであれ、わたしがメリペンを変えることなんてできないと思うわ。興味がないってはっきり示してみせられたくらいだもの」

「興味がない？」姉はおうむがえしに問い、妙な笑い声をあげた。「そんなこと絶対にありえないわ。少しでもあなたのことが話題にのぼると、彼ったらすぐに耳をそばだてるんだから」

「男性の心は行動でわかるというけど」ウィンはため息をつき、疲れた目をこすった。「彼に手紙の返事をなかなかもらえなくて、最初のうちは傷ついたわ。やがて腹が立つようになった。いまは単に、ばかだったなと思うだけ」

「どうしてそんなふうに思うの？」姉は青い瞳を心配そうにくもらせた。

彼を愛し、その愛をつき返されたから。図体ばかり大きくて心の冷たい男のために、大海ほどの涙を無駄に流したから。

それなのにまだ、彼に会いたいと切望しているから。

ウィンはかぶりを振った。メリペンのことを話したせいで、心がかき乱され、すっかり憂鬱な気分になってしまった。「長旅で疲れたわ」と中途半端な笑みを浮かべて言う。「そろそろ――」

「そうね、もうやすんで」姉は言うと、ウィンを長椅子から立ち上がらせ、守るように妹の体に腕をまわした。「お兄様、ウィンをお部屋に連れていってあげて。ふたりとも疲れているんだから。おしゃべりはまた明日にしてちょうだい」

「おお、懐かしき命令口調よ」レオは感慨深げに言った。「妹が鬼軍曹みたいに命令する癖もいいかげんに直っただろうと思っていたのに、残念だな、ローハン」

「彼女の癖ならすべて歓迎ですから」ローハンは応じ、妻に向かってほほえんでみせた。

「メリペンの部屋はどこ？」ウィンはささやき声で姉にたずねた。

「三階の二一号室」姉もささやき声でかえした。「でも、今夜は行っちゃだめよ」

「大丈夫」ウィンは姉にほほえみかけた。「今夜は一刻も早くベッドに入ることしか考えていないから」

7

三階の二一号室。ウィンはマントのフードを深くかぶって顔を隠し、ひっそりとした廊下を進んだ。

メリペンに会わねばならない。せっかくここまで来たのだ。大地と海を何千キロも渡り、ついでに言うと療養所のジムではしごを何千回と昇った。すべては彼にたどり着くためだった。ようやく同じ建物のなかまで来られたのに、旅を途中でやめるわけにはいかない。

ホテルの廊下には、日中の陽射しを迎え入れるため、端と端に柱廊が設けられている。ウィンはどこからか音楽が流れてくるのに気づいた。舞踏室で内輪のパーティーが開かれているのか、あるいは例の食堂でなにかの行事が行われているのだろう。ラトレッジは特権階級のためのホテルと呼び習わされている。宿泊客は著名人や権力者、上流階級の人びとが多く、評判は高まるばかりだ。

各室の扉に金文字で記された番号を確認し、ウィンはようやく目指す数字を見つけた。不安のあまり胃が締めつけられる感覚に襲われ、全身の筋肉が張りつめる。額に汗までにじんできた。手袋を脱ごうとしてかすかに指が震え、やっとの思いではずしてから、マントのポケットに押しこんだ。

震える手をこぶしにし、扉を一度たたく。彼女は身じろぎもせず、緊張して息もできないまま、うつむいて待った。顔を隠すマントの下では、両腕で自分を抱きしめていた。

どれだけの時間が経ったかわからない。永遠とも思える時が流れたあと、ようやく鍵がはずされ、扉が開いた。

顔を上げる勇気を振り絞る前に、メリペンの声が聞こえてきた。心の奥底まで響くようなその声の深みも、重みも、ウィンは忘れていた。

「今夜は女は呼んでない」

最初の一語を聞いたとたん、ウィンはかえす言葉を失った。

「今夜は」という一語は、女性を呼ぶ夜もあることを意味している。ウィンはたしかに世間知らずだが、女性が男性からホテルに呼ばれたあと、なにが起きるかくらいは理解できた。

さまざまな想像が脳裏を駆けめぐる。メリペンが女性の奉仕を求めたからといって、異議を唱える権利はない。メリペンは自分のものではないのだから。ふたりはなんの約束も誓いも交わさなかった。だからメリペンが自分に対して貞節を尽くす義務などない。

それでもウィンは考えずにはいられなかった。何人の女性と？　幾晩？

「まあいい」メリペンがぶっきらぼうにつぶやいた。「利用できなくもないだろう。入れ」

大きな手が伸びてきて肩をつかみ、拒む間も与えず室内に引っ張りこんだ。

利用できなくもない、ですって？

ウィンは怒りと驚きに襲われた。なにをどうすればいいのかわからない。フードを上げて「わたしよ!」と打ち明け驚かせるのは、なぜか得策とは思えなかった。

メリペンは彼女を娼婦とまちがえている。ずっと夢に見ていた再会の瞬間が、茶番になろうとしている。

「相手はロマだと聞いてきたんだろう?」彼がたずねた。

フードで顔を隠したまま、ウィンはうなずいた。

「いやじゃないのか?」

ウィンは一度だけかぶりを振った。

まるでメリペンらしくない、乾いた笑い声が聞こえてくる。「そりゃそうだろう。金さえもらえればいいわけだからな」

彼はしばしウィンのそばを離れ、窓辺に歩み寄ると、分厚いベルベットのカーテンを引いて、ロンドンの街を覆うけぶる明かりを締めだした。薄暗い室内を照らすのはひとつのランプだけだ。

ウィンはすばやく彼を盗み見た。たしかにメリペンだ……けれども姉が言ったとおり、彼はすっかり変わっていた。体重は五、六キロも減ったのではないだろうか。背ばかり高くて、痩せすぎと言ってもいいくらいだ。シャツの前をはだけているせいで、褐色の胸板と、隆起したつややかな筋肉が見てとれる。最初は光のかげんかと思ったが、肩と腕の筋肉の盛り上がりはまるで土塁のようだ。メリペンがこれほどまでにたくましい男性になっているとは思わなかった。

だがそれ以上に興味を引かれ、驚かされたのは、彼の顔つきだった。相変わらず目を見張るほどハンサムで、黒い瞳も、不敵な口元も、きまじめそうな鼻と顎の線も、秀でた頬骨も記憶のなかにあるまま。だがその顔には、かつてなかったものがあった。苦労のほどを思わせる深いしわが鼻の脇から口の横にかけて走り、常にしかめっ面をしているせいだろう、濃い眉のあいだにもしわが刻まれていた。だがウィンが最も当惑したのは、彼の表情に酷薄さがにじんでいたからだった。窓辺に立つ男性は、彼女のメリペンならば絶対にできないことすらもやってのけそうに見える。

ケヴ、いったいなにがあったの？　ウィンはやるせない気持ちで思った。

やがて彼が近づいてきた。その流れるような身のこなしも、その場を満たしていくほどのみなぎる生命力もウィンは忘れていた。慌ててうつむき、顔を隠す。

メリペンの手が伸びてきて、思わずしりごみした。そのかすかな動きと、彼女の全身を走る震えに気づいたのだろう。彼は冷ややかな声でこうたずねた。「初仕事か？」

ウィンはかすれ声でささやいた。「ええ」

「痛い思いはさせない」メリペンは言うと、彼女を手近のテーブルのほうにいざなった。顔をそむけているウィンのマントの紐に手を伸ばす。重たい布が床に落ち、櫛からほどけたまっすぐな金髪があらわになった。メリペンが息をのむ音が聞こえた。ふたりとも身じろぎひとつしなかった。やがて彼の両手が体の線をなぞり始め、彼女は目を閉じた。痩せ細っていた体はいまではやわらかな丸みを帯び、筋肉もついている。ウィンはコルセットをしていない。慎みのある女性なら必ず身に着けているものを着けていない。普通の男性がそこから導きだす答えはひとつだけだろう。

メリペンが腰をかがめてマントを拾い、テーブルに置いたとき、たくましい体がかすかに触れた。彼の匂い、清潔そうで芳醇な男性の匂いが、ウィンの記憶の扉を開く。彼は戸外の匂いがした。枯れ葉のような、雨に洗われた大地を思わせる香り。メリペンの匂い。

こんなふうに彼に骨抜きにされたくはなかった。だがそうされても驚きはしなかった。彼女が冷静な鎧の奥に隠したまじりけのない感情を、メリペンのなにかがいつだってすくいとってしまうのだから。恐ろしくも甘やかな、身を切るほどの喜びは、彼以外の誰からも与えられたことのないものだ。

「顔を見たくはないの？」ウィンはかすれ声でたずねた。

かえってきたのは、冷たく抑揚のない声だった。「あんたが美人だろうが不美人だろうが、おれにはどうでもいい」だが両手で触れてきたとき、メリペンの呼吸は乱れていた。片手が背中を撫で上げ、かがませようとする。彼が次に発した言葉は、黒いベルベットのようにウィンの耳をなぞった。

「両手をテーブルにつけ」

ウィンは無言で従った。自分で自分がわからなくなっていた。ふいに涙があふれ、全身がうずきだす。メリペンが背後に立った。片手はゆっくりと、なだめるように背中を撫でつづけており、ウィンは猫のように背を弓なりにしたい衝動に駆られた。彼の手はウィンの胸の奥にずっと眠っていた感覚を呼び覚ました。病に苦しんでいた彼女をなだめ、いたわってくれた手。かつてはその手が、まさに死の淵から彼女を救ってくれた。

でもいま、その手は愛ゆえにウィンに触れているわけではない。感情を交えず、ただ巧みに触れているだけだ。ウィンもやっと理解した。先ほどはっきり口にしたとおり、メリペンは彼女を奪い、利用するつもりなのだ。赤の他人と親密な行為にふけったあとは、赤の他人のまま彼女を追い払うのだろう。そのような振る舞いはメリペンらしくない。まるで意気地なしのようだ。彼はそうやって、けっして誰とも心を通わせないつもりでいるのだろうか。

いまや彼は片手をスカートのなかに差し入れ、布地をまくり上げようとしている。ウィンは冷たい風が足首を撫でるのを感じた。このまま彼につづけさせたらどうなるのだろうと、想像せずにはいられない。

興奮を覚えるのと同時にパニックに襲われて、ウィンは自分のこぶしを見つめながら、押し殺した声で問いただした。「女性にはいつもこんなふうにするの、ケヴ？」

すべての動きが止まる。地球まで回転を止めたようだ。

スカートの裾が下ろされ、痛いくらい乱暴に腕をとられ、ウィンは振り向かされた。なすすべもなくつかまれたまま、陰になった彼の顔を見上げる。

メリペンは無表情で、目だけを大きく見開いていた。ウィンを見つめるうちに、彼の頬と鼻梁は赤く染まっていった。

「ウィン」メリペンは震える声で呼んだ。

ウィンは彼にほほえみかけようと、なにか言葉をかけようとした。だが唇が震え、うれし涙に目の前がかすんでしまってできなかった。再会の喜びに、すっかり圧倒されていた。

メリペンの片手が上がり、ウィンの下まぶたを濡らす光るものを、硬くなった親指の先でぬぐった。えもいわれぬ優しさで頬をつつまれて、ウィンは目をしばたたきながら、抗うこともなく抱き寄せられた。目じりにあふれる涙と、頬を伝う涙を彼の唇がすくいとる。だがその優しさは一瞬にしてかき消えた。メリペンは貪欲さを感じさせるすばやい動きで彼女の背中に手をまわし、臀部をつかむと、荒々しく自分の体に引き寄せた。

彼の唇がウィンの唇を探し、熱く、性急に押しつけられる。むさぼるように口づけられたウィンは、両手を伸ばして彼の頬に添え、ざらざらしたひげに覆われた肌を撫でた。喉の奥のほうから、歓喜と切望感に満ちた荒々しいうめき声が聞こえる。逃れられないほど強く抱きしめられて、ウィンは喜びにつつまれた。いまにも膝が萎えてしまいそうだ。

やがてメリペンは頭をもたげ、黒い瞳に当惑をにじませながら彼女を見下ろした。「どうしてここに?」

「帰国が早まったの」唇に彼の温かな息を感じて、ウィンは身を震わせた。「会いたかった。あなたに――」

メリペンはもう一度、彼女の唇を奪った。みじんの優しさも感じさせないキスだった。舌を深々と挿し入れ、乱暴に口のなかをまさぐる。彼は両手でウィンの頭をつかみ、いっそう深く口づけようと彼女の顔を仰向けた。ウィンは彼を抱きしめ、一分の隙もなく筋肉に覆われたかのような、たくましい背中に両手をまわした。

彼女の愛撫を受けてメリペンは低くうめいた。ウィンの髪に挿さる櫛を手探りし、乱暴に抜き去り、絹を思わせる長い髪を指でまさぐる。さらに彼女の顔を仰向け、首筋の薄い皮膚に口づけ、まるで食いつくそうとするかのように、そこに唇を這わせた。渇望感がますます高まったのだろう、彼の呼吸は速さを、鼓動は激しさを増している。ウィンは彼が自制心を失いつつあるのを感じとった。

メリペンは驚くほど軽々とウィンを抱き上げた。ベッドに運び、彼女の体をどさりとマットレスに下ろすと、深く甘やかに、奪うように唇を重ね、熱いキスをくりかえした。身をかがめ、たくましい体でウィンを組み敷く。旅行用のドレスの前身ごろを乱暴につかまれて、彼女は生地が裂けてしまうのではないかと焦った。分厚い生地はなんとか持ちこたえたものの、背中のボタンがいくつかはじけてしまったようだ。「待って……お願い……」

このままではドレスを引きちぎられてしまうかもしれない。ウィンはささやき声で懇願した。だがメリペンは荒々しい欲望にすっかりとらわれているようで、聞く耳を持たない。

やわらかな乳房がドレス越しに手のひらにつつみこまれ、とたんに先端が痛いほど硬くなる。メリペンは頭を下げると、驚いたことに、ドレスの上から乳首に嚙みついた。軽く歯が立てられるのがわかった。ウィンはすすり泣きをもらし、反射的に腰を突き上げた。

メリペンは彼女に身を重ねた。顔には汗が浮かんでおり、荒い呼吸のせいで鼻孔がふくらんでいる。重ねられた体のあいだで、スカートの裾がめくれ上がっていた。彼はそれをさらにめくると、彼女の太もものあいだにぐいと腰を据えた。ドロワーズとズボン越しに、硬くなったものが感じられる。ウィンはぱっと目を見開いた。黒い炎が燃えさかるような、メリペンの瞳を見上げる。ウィンに体をこすりつける彼を自分のなかで感じたくて、ウィンはうめき、自ら脚を広げた。

腰をすり寄せながら、メリペンは荒々しくうなり、言葉にならないほどの親密さで彼女に愛撫を与えつづけた。ウィンの心のなかでは、やめてほしい気持ちと、いつまでもそうしていてほしい気持ちがないまぜになっている。「ケヴ」彼女は震える声で呼びかけた。「ケヴ――」

だが彼は唇を重ねると、深く口づけながら、ゆっくりと腰を動かしつづけた。激しい興奮につつまれ、身を震わせながら、ウィンは執拗に押しつけられる硬いものに自らも腰をすり寄せた。よこしまな動きでそれが触れるたび、快感が広がり、全身が熱に覆われていく。

ウィンはなすすべもなく身をよじった。唇を奪われているため、言葉を発することができない。熱気がさらに高まり、心地よい動きがくりかえされる。ウィンはそれまで知らなかった感覚、全身の筋肉が締めつけられるような、なにかを求めて五感が広がるような感覚に襲われていた。なにを求めているのかは自分でもわからなかった。いますぐ彼にやめさせないと、気を失ってしまいそうだ。両肩をつかんで押しのけようとしたが、弱々しい抵抗は無視された。メリペンは彼女の背中に手をまわすと、逃れようともがく彼女の臀部をつかみ、激しく腰を動かしながらそこに押しあてた。えもいわれぬ感覚に全身を貫かれて、ウィンは思わず、せつなげなすすり泣きをもらした。

すると突然、メリペンは身を離し、部屋の反対側に行った。両手を壁にあて、うつむいて荒く息を吐き、濡れた犬のように身を震わせている。

当惑に身をわななかせながら、ウィンはのろのろとドレスの乱れを直した。絶望と痛いほどの空虚に襲われ、名づけようのないなにかを求めている。身なりを整え終えると、ふらつく足でベッドを下りた。

用心深くメリペンに歩み寄る。彼が高ぶっているのは一目瞭然だった。苦しいくらい興奮しているはずだ。ウィンはもう一度彼に触れたかった。それ以上に、彼の腕に抱かれ、戻ってきてくれて心底うれしいと言ってほしかった。

だがウィンが近くに行く前にメリペンは口を開いた。彼女の心をくじくような口調だった。「触るな」という声はしわがれている。「触ったら、きみをそのベッドに引きずり戻すぞ。そのあとはどうなろうと、おれの知ったことじゃない」

ウィンは歩みを止め、両手の指をからみあわせた。

やがてメリペンは静かな呼吸を取り戻した。見るものを一瞬にして焼きつくすかのような目で彼女をにらむ。

「今度」彼は抑揚のない声で言った。「帰ってくるときは、事前に知らせるんだな」

「ちゃんと手紙を書いたわ」ウィンは応じながら、言葉を発することができる自分に驚いていた。「届いていないようだけど」いったん口を閉じる。「こ、こんなに温かく迎えてもらえるとは思わなかった。この二年半、わたしをずっと無視していた人に」

「無視した覚えはない」

ウィンは皮肉でかえした。「そう、一度だけ手紙をくれたものね」

メリペンは振りかえり、壁に背をもたせた。「おれからの手紙などいらなかったはずだ」

「かけらでもいいから愛情を示してほしかった！　でもあなたはこれっぽっちも示してはくれなかった」無言で応じるメリペンを、ウィンは信じられないという目で見つめた。「どうしてなの、ケヴ。また元気になったきみを見られてうれしいとも言ってくれないの？」

「また元気になったきみを見られてうれしい」

「うれしいなら、どうしてそんな態度をとるの？」

「なにも変わってないからだ」

「あなたは変わったわ」ウィンはぴしゃりと言いかえした。「あなたのことが、もうわからない」

「わからないほうがいい」

「ケヴ」ウィンはとまどいを覚えた。「なにを怒っているの？　わたしは健康を取り戻すためにフランスへ行ったのよ。なのにどうしてわたしを責めるの？」

「責めてなどいない。いまさらきみが、おれになにを求める？」

あなたの愛だわ……ウィンは大声で叫んでしまいたかった。あれだけ苦しい旅をつづけたのに、ふたりのあいだの距離は以前よりいっそう広がっている。「求めないものなら言える。あなたと仲たがいすることよ」

メリペンはまったく感情のうかがい知れない無表情のままだ。「仲たがいなどしていない」と言うと、ウィンのマントを取り上げ、手渡した。「着ろ。部屋まで送る」

ウィンはマントを羽織り、そっとメリペンを盗み見た。シャツの裾をズボンにしまう姿に、みなぎるエネルギーと抑圧された力を感じる。背中にX字を描くズボン吊りが、たくましい肉体をいっそう強靭に見せている。

「その必要はないわ」ウィンは穏やかな声音を作った。「ひとりで部屋まで――」

「ホテル内をひとりでうろうろするな。危ないだろう」

「そうね」ウィンは無愛想に応じた。「商売女とまちがわれたら困るもの」

痛いところを突かれたらしい。メリペンは唇を引き結ぶと、彼女をきっとにらみつけ、肩をすくめて上着を着た。

ハサウェイ家に引き取られたばかりのころの、ぶっきらぼうで怒りっぽいメリペンがまざまざとウィンの脳裏によみがえる。

「ケヴ」彼女は優しく呼びかけた。「友だちに戻ることもできないの?」

「おれたちはまだ友だちだ」

「でも、それ以上ではない?」

「ああ」

ウィンはベッドを見ずにはいられなかった。しわくちゃの上掛けを目にしたとたん、またもや全身が熱くなるのを覚えた。

彼女の視線を追ったメリペンが身を硬くするのがわかる。「なかったことにしよう」彼はつっけんどんに言った。「あんなことをするべきでは――」言葉を切り、音をたてて息をのむ。「しばらく……女と寝ていなかった。場所とタイミングが悪かったと思ってくれ」

これほどの屈辱感を味わうのは初めてだ。「相手が女性なら誰にでもあんなふうに反応するとでもいうの？」

「そのとおりだ」

「そんなの、わたしは信じない！」

「信じようが信じまいがきみの勝手だ」メリペンは戸口に歩み寄り、扉を開けると、廊下の左右に視線を投げた。「来い」

「いやよ。あなたと話がしたいの」

「ふたりきりじゃまずい。それにこんな時間だ……来いと言ってるだろう」

有無を言わさぬ口調にむっとしつつも、ウィンはおとなしく従った。

彼女が近くまで行くと、メリペンはマントのフードを下げてウィンの顔を隠した。廊下に誰もいないことをあらためて確認してから、先に立って部屋を出、扉を閉める。

無言のまま、廊下の突きあたりの階段を目指す。ウィンは背中にそっと置かれたメリペンの手のぬくもりをひしひしと感じていた。階段の前まで来たところで、メリペンは唐突に歩を止めた。

「ひとりでは下りられないと思っているのだろう。ウィンが病気がちだったころ、メリペンはよくそうやって介助してくれた。階段を上り下りするのは、当時のウィンにとっては大仕事だった。家族の誰もが、ウィンが階段の途中で気を失い、首の骨を折るのではないかと心配したものだ。メリペンはときおり、そんな危険にさらすよりはと、彼女を抱き上げて運んだりもした。

「ありがとう、でも大丈夫よ。階段も、もうひとりで上り下りできるの」

「つかまれ」メリペンはくりかえし、彼女の手をとった。

ウィンはいらだちを募らせ、彼の手から自分の手をさっと引き抜いた。「助けは無用よ。もう病人じゃないの。あなたはわたしに病人のままでいてほしいようだけど」

彼の顔は見えなかったが、鋭く息をのむ音が聞こえた。図星だったのかもしれないと思いつつ、いやみたらしく彼を責めたりした自分を、ウィンは恥じた。

メリペンはなにも言いかえさなかった。どんな言葉も、静かに受け止めるつもりでいるのだろう。ふたりは少し離れて、無言で階段を下りた。

ウィンは心の底から当惑していた。再会の場面は百通りも夢想した。だがこんなかたちになるとは思いもしなかった。彼女は先に立って部屋を目指し、扉の前で立ち止まると、ポケットをまさぐり鍵を取りだした。

メリペンが鍵を取り上げ、扉を開ける。「入ってランプをつけろ」

戸口に立つ彼の大きな黒い影を意識しつつ、ウィンはベッド脇のナイトテーブルに歩み寄った。ガラス製のランプのかさを慎重な手つきで持ち上げ、芯に火を灯し、かさを戻す。

彼はドアの内側に鍵を差し入れなおすと、こう言った。「おれが出たら鍵を閉めろ」

ウィンは振りかえった。喉の奥から神経質な笑いがこみあげてくる。「この部屋、わたしたちが別れた部屋ね。あの日、わたしはあなたの前に身を投げだし、あなたはわたしを拒絶した。以前は理解しているつもりだったわ。健康ではないから、あなたと望む関係を結べないのだと思っていた。でも、いまはもうわからない。なにひとつ障害はないのに。わたしたちが結ばれる運命なら、なにひとつ……」深い嘆きと屈辱のあまり、言うべき言葉さえ見つけられない。「それとも、あなたに愛されていると思ったのはわたしのかんちがいだったのかしら。わたしを求めたことなんて一度もなかったの、ケヴ？」

「ああ」という声はほとんど聞きとれないほど小さかった。「きみへの思いはただの友情だ。それと、哀れみ」

ウィンは自分が蒼白になるのがわかった。目と鼻の奥がちくりと痛む。熱い涙が頬を伝った。「嘘つき」彼女はつぶやき、メリペンに背を向けた。

扉が静かに閉まった。

いつ、どうやって自室に戻ったのか、ケヴは覚えていない。気づいたときにはベッドのかたわらに立っていた。ケヴは口のなかで罵り、膝からくずおれると、上掛けを握りしめ、そこに顔をうずめた。

地獄だ。

ウィンは徹底的に彼を打ちのめした。彼女への切望感をどれだけ長いあいだ抱えつづけてきただろう。彼女を夢に見る夜をいったい幾晩過ごし、彼女のいない苦い朝をいったい何度迎えただろう。だから彼女が目の前に現れたとき、最初は現実だと思えなかった。

ウィンの愛らしい顔、重ねたやわらかな唇、腕のなかで弓なりになった背中。抱きしめたとき、彼女の変化に気づいた。体がしなやかさと力強さを取り戻していた。だが心はかつてのままだった。愛情のこもったまばゆいほどの優しさと誠実さは、あのころと同じようにケヴの胸を一瞬にして貫いた。自制心を総動員しなければ、その場で彼女の前にひざまずいていただろう。

ウィンは彼に友情以上のものを求めた。そんなの無理に決まっている。ぶざまにもつれた感情を解きほぐして、そのほんのひとかけらを与えるなんてできやしない。ウィンだってわかっているはずだ。ハサウェイ家がどんなに風変わりな一家だろうと、やはり許されないことはある。

ケヴがウィンに与えられるのは不名誉だけ。キャム・ローハンですら、アメリアに莫大な富を与えられたというのに。ケヴにはいわゆる財産もなければ、高潔な心も、教養も、有力な縁故もない。ガッジョが重んじるものはなにひとつ。彼は自分の部族からも冷遇され捨てられた。理由など知らない。だが心の奥底では、そうされて当然の存在だったのだろうとわかっている。彼のなかのなにかが、殺伐とした人生を自らに運命づけた。まともな人間なら、彼のような根っからのけだものを愛することがウィン・ハサウェイのためになるなどとはけっして思わないだろう。

ウィンがすっかり健康になり、いつか誰かと結婚するとしたら、その相手は紳士でなければならない。

紳士でなければ。

8

翌朝、レオは家庭教師に会った。

彼女についてはポピーとベアトリクスから手紙で、一年前に見つけたとの知らせを受けていた。名前はミス・キャサリン・マークス。妹たちはとてもいい人だと言っていたが、手紙を読むかぎり、どこがどういいのかレオにはさっぱりわからなかった。痩せっぽちでもの静かで厳格らしい。しかも妹たちだけではなく、家族全員に社交界でのしきたりを教えているという。

まあたしかに、しきたりに関する指導は役に立つだろう。もちろん、彼自身ではなく、彼以外の家族にとって。

社交界という場所は、男性よりも女性の礼儀作法にずっとうるさい。それに男性の場合は、爵位があって酒癖さえ悪くなければ、少々言動に問題があってもあちらこちらから誘いがかかる。

運命のいたずらにより、レオは子爵の称号を受け継いだ。これで第一の資格は得たことになる。またフランスに長期滞在中は、酒は夕食時にワインをグラスに一杯か二杯にとどめていた。つまりレオは、ロンドンで開かれる退屈でお上品な集まり、本音を言えば参加したくもない集まりに、おおむね歓迎されるはずである。

とはいえ厳格なるミス・マークスには、せいぜい指導をお願いするつもりでいる。彼女をあぜんとさせるのはさぞかし愉快だろうからだ。

家庭教師というものについて、レオはほとんど知らない。小説のなかで雇い主たる領主に恋をし、必ず失恋するさえない役まわり、という程度の知識しかない。むろんミス・マークスに関してはその種の心配はないだろう。珍しいことに、いまのレオは女性を誘惑することにまったく興味がない。かつてのような放蕩生活にはまるで気持ちをそそられないのだ。

プロヴァンス地方でガリア・ローマ時代の建築遺跡を訪ねる旅をくりかえしていたころ、レオはエコール・デ・ボザール時代の恩師のひとりとばったり会った。この偶然の再会をきっかけに、恩師との交流がふたたび始まった。それからの数カ月間、レオは午後の時間を恩師のアトリエや工房でスケッチや読書や勉強をして過ごした。そして、帰国したら自分の力を試してみようと思うに至った。

妹たちが滞在するスイートルームを目指してホテルの長い廊下をのんびりと歩くレオの耳に、あわただしい足音が響く。こちらに向かって誰かが走ってくるようだ。彼は両手をズボンのポケットに突っこんで、ひとまず脇にどいた。

「待ちなさい、このいたずらっ子！」女性が怒鳴りつけるのが聞こえる。「でぶっちょのくせに！　つかまえたら八つ裂きですからね！」

レディとは思えないほどの剣幕だ。呆れつつも、レオは内心大いに愉快に思った。足音がだんだん近づいてくる……だがひとり分しか聞こえない。女性はいったい誰を追いかけているのだろう。

その答えはすぐにわかった。女性が追っているのは「誰」ではなく「なに」だった。むく毛に覆われたしなやかな体つきの真っ白なフェレットが、なにやらひらひらしたものを口にくわえ、廊下を跳ねるように走ってくる。ホテルで小さな肉食動物が自分のほうに走ってくる場面に遭遇したら、普通の宿泊客はぎょっとするだろう。だがレオは、ベアトリクスのペットたちと何年も一緒に暮らしてきた。ポケットからネズミが出てきたり、子ウサギが靴のなかに入っていたり、ハリネズミがダイニングテーブルをのほほんと横切ったりするのは、日常茶飯事だった。だからレオは、脇を駆け抜けていくフェレットを笑みを浮かべて眺めていた。

そのすぐあとに女性が姿を現した。全速力でフェレットを追っているために、灰色の分厚いスカートがしゅっしゅっと音をたてながら揺れている。だがレディの衣類をデザインするときに考慮されない最たるものは、着る人の動きやすさだろう。女性は幾層にも重ねられた生地に脚をとられ、レオからほんの数メートル離れたところでつまずき、床に転がった。眼鏡が宙を飛ぶ。

すぐさま女性に駆け寄ったレオは、スカートに埋もれて手足の自由を奪われ、罵りの声をあげている彼女を助けようと、その場にしゃがみこんだ。「けがはないかい？　この布の山のなかに女性がひとり埋まっているはず……ほうら、見つけた。もう大丈夫。さあ、手を貸して――」

「触らないで」彼女はぴしゃりと言うと、両のこぶしでレオをぶった。

「触ってませんよ。いやつまり、触っているけれども、あいたた、きみを助けようとしているだけで」ウールのフェルト地に安っぽい畦織《あぜおり》の縁取りがほどこされたちっぽけな帽子は、彼女の顔の上にずれてしまっている。レオはそれを頭のてっぺんに戻してやりながら、顎への鋭い一撃をすんでのところでかわした。「まったく、少しくらいじっとしたらどうです?」

女性はやっとの思いで身を起こすと、床に座ったままレオをにらみつけた。

彼は床を這うように腕を伸ばして眼鏡を拾い上げ、女性に向きなおるとそれを手渡そうとした。彼女は感謝の言葉も口にせず、眼鏡をさっとつかんだ。

痩せっぽちで、用心深い顔つきの若い女性だった。細めた目がいらだちを物語っている。後ろにひっつめた明るい茶色の髪は絞首台のつり縄さながらに締め上げられており、レオはそれを目にしただけで思わずずしりごみした。そうした欠点を補うために、やわらかそうな唇とか、かわいらしいお尻とかがついているのを期待したいところだが……唇は頑固そうに結ばれ、胸は平らで、頬もこけていた。万が一、彼女とともに過ごすことを強要されたなら――ありがたいことにそんな事態にはなっていないが――レオはまず彼女になにか食べさせようとするだろう。

「助ける気がおありなら」彼女は眼鏡のつるを耳にかけながら、冷ややかに言った。「あのいまいましいフェレットをつかまえてちょうだい。わたしに追いかけられて疲れているでしょうから、いまならつかまえられるかもしれないわ」

床にしゃがんだまま、レオはフェレットのほうを見やった。フェレットは一〇メートルほど離れたところから、きらきらした丸い目でこちらをじっと見ている。「名前は?」

「策士《ドジャー》よ」

レオは低く口笛を吹き、ちょっちょっと舌を鳴らした。「おいで、ドジャー。今朝はもう十分にいたずらを楽しんだだろう? おまえの趣味についてとやかく言うつもりはないよ。そいつは……おまえが口にくわえているのは、靴下留めだろう?」

女性はあぜんとした表情を浮かべ、フェレットが長細い体をレオにこすりつけるさまを見つめた。フェレットはひっきりなしに鳴き声をあげながら、レオの膝によじ上った。「よしよし、いい子だ」レオは言い、なめらかな毛を撫でてやった。

「どうしてそんなにすぐに手なずけられるの?」女性がいらだった声でたずねる。

「動物に好かれるたちなんですよ。仲間とかんちがいされるらしい」レオはフェレットの長い前歯のあいだから、ひらひらしたレースとリボンでできたものをそっと取った。思ったとおりそれは靴下留めだった。うっとりするほど女性らしく、実用性に欠けたしろもの。からかうような笑みを浮かべ、それを彼女に手渡す。「きみのだろう?」

もちろん、本気でそう思ったわけではない。彼女以外の誰かの持ち物だろうと踏んでいた。彼女のようにまじめそのものの女性が、こんなセクシーな品を身に着けるとは思えない。ところが彼女は頬を赤く染めた。それを見てレオは、本当に彼女のものだったのだと気づいた。なんとも興味をそそられる。

レオは自分の手のなかですっかりくつろいでいるフェレットを指差しながらたずねた。

「まさか、こいつはきみのじゃないんだろう？」

「ええ、教え子のものです」

「ひょっとしてきみ、家庭教師？」

「あなたには関係ありませんわ」

「だがきみが家庭教師なら、その教え子とやらはミス・ベアトリクス・ハサウェイのはずだ」

彼女は眉をひそめた。「どうしてご存じなのかしら」

「靴下留めを盗む癖のあるフェレットをラトレッジ・ホテルに連れこむのは、わが妹くらいのものだから」

「わが妹ですって？」

仰天する彼女に、レオはほほえんでみせた。「ラムゼイ卿です、どうぞお見知りおきを。あなたはミス・マークスですね？　家庭教師の？」

「ええ」ミス・マークスはつぶやくように言い、差しだされた手を無視すると、自力で立ち上がった。

レオのなかに、彼女の怒る顔が見たいという抑えがたい衝動がわきおこる。「こいつはうれしいな。わたしはずっと前から、わが家の家庭教師を困らせてみたいと思っていたんですよ」

その言葉は予想以上の効果を発揮した。「女癖の悪い方だという噂はしっかり耳に入っております。ですからいまのせりふはまったく笑えませんわ」

なにを言ったところで笑わないくせに、レオは思った。「二年半も留守にしていたのに、そのような噂がまだささやかれているのですか？」うれしい驚きだ、といった声音を作ってたずねる。

「まさか、噂を歓迎しているとでも？」

「ええ、もちろん。好ましい噂をたてられるのは簡単。なにもしなければいいんです。でも悪い噂をたてられるには……相当な努力が必要だ」

レンズの向こうから、ミス・マークスが蔑みの目でにらみつけてくる。「あなたのような方は大嫌い」彼女は宣言するなり、背を向けて歩み去ろうとした。

レオはフェレットを抱いてあとを追った。「まだ会ったばかりなのに？　嫌いになるのは、もっとよくわたしを知ってからにしたらどうです？」

ハサウェイ家のスイートルームにたどり着くまで、ミス・マークスはあとからついてくるレオを無視しつづけた。レオが扉をたたくときも、メイドに迎え入れられるときも、ずっと。

室内ではなにやら騒動が起きているようだった。だがハサウェイ家の人間が滞在する部屋なのだから、別に驚くにはあたらない。なかでは罵声と叫び声、そして、取っ組み合いをしているかのようなうなり声が飛び交っている。

「お兄様？」応接間から現れたベアトリクスが、兄たちに駆け寄った。

「やあ、ベアトリクス！」末の妹がこの二年半のあいだにすっかり変わったのを見てとり、レオは驚きを覚えた。「すっかり大きくなったなあ――」

「その話はあとまわしよ」ベアトリクスは早口にさえぎり、兄の腕からさっとフェレットを奪いかえした。「早くこっちに来て、ミスター・ローハンを手伝ってあげて！」

「手伝うってなにを？」

「メリペンを止めるのよ。ドクター・ハーロウを殺そうとしているの」

「さっそく？」レオは漫然と訊きかえし、応接間へと急いだ。

9

拷問台と化したベッドで眠りにつこうとむなしい努力を重ねたあと、ケヴは憂鬱とともに目覚めた。憂鬱とはまた別の、より差し迫った不快も感じた。

彼は刺激的な夢に悩まされていた。一糸まとわぬ姿となって身もだえするウィンを、組み敷いている夢だ。その夢には、日中は胸の内に抑えこんでいるありとあらゆる欲望が表れる。ウィンを抱きしめ、彼女のなかに入り、あえぎ声を口づけでのみこむ……頭のてっぺんからつま先まで口づけたら、つま先から頭まで口づける。夜ごとくりかえされる夢のなかで、ウィンはまるでウィンらしくない振る舞いを見せる。みだらな唇で優しく彼の全身を味わい、小さな知りたがりの手で体中をまさぐるのだ。

ケヴは冷たい水で体を清めた。おかげでかろうじて平静を取り戻せたものの、依然として熱情がいまにもあふれだしそうになっているのが自分でもわかった。

今日はこれからウィンと向きあい、なにもかもがいつもどおりといった顔をして、みんなの前で彼女と言葉を交わさねばならない。彼女を目の前にしながら、脚のあいだのやわらかさや、結ばれたときに抱きしめてくれる腕や、幾層にも重なった布地越しにさえ感じられる肌のぬくもりについて考えてはならない。彼女に嘘をつき、泣かせてしまったことについても。

自分がみじめで、いまにも爆発しそうな心を抱えたまま、ケヴは都会人が着る服に着替えた。ハサウェイ家の人びとから、ロンドンにいるときはそういう格好をするようきつく言われている。「ガッジョが外見を重んじることくらい、おまえだって知っているだろう」ローハンはそう言って、しぶるケヴをサヴィルローの仕立屋に連れていった。「おまえが見苦しい格好をしていたら、一緒にいるところを目撃された姉妹の評判に傷がつくんだぞ」

ローハンの元雇用主であるセントヴィンセント卿が、注文服の専門店を紹介してくれた。既製品ではちょうどいいのが見つからないだろう。セントヴィンセントはそう言い、ケヴを値踏みするように見てからつけくわえた。彼に合う型紙はないだろうから、と。

寸法を測られ、何枚もの生地見本を肩に掛けられ、何度となく試着を強いられるという屈辱に、ケヴは懸命に耐えた。出来上がった品を着た彼を見て、ローハンと姉妹は大いに満足げだったが、当人は普段の格好も新しい服も大差ないと思っていた。服はしょせん服、体を天候の変化などから守るものにすぎない。

ケヴは眉根を寄せて、ひだ飾りのついた白いシャツに黒のクラヴァット、菱襟《ノッチドラペル》のベスト、細身のズボンに着替えた。その上から、バックベンツ・スタイルでフラップポケットのついたウールのしゃれた上着を羽織った。ガッジョの服は嫌いだが、仕立てがよく着心地がいい点は認めざるを得ない。

いつものように、ケヴはハサウェイ家の滞在するスイートルームへ朝食に向かった。無表情をよそおいつつも、実際にははらわたが捩《よじ》れ、鼓動は荒れ狂っていた。ウィンの姿を目にすることを想像したせいだ。だがなんとかして切り抜けられるだろう。彼は目立たぬようおとなしく時間をやりすごす。そんな彼にウィンはいつもどおり穏やかな態度で接する。そうすれば、このいまいましくもぶざまな再会の場面を切り抜けられるはずだ。

けれどもそうした心づもりはすべて、スイートルームに着き、応接間に足を踏み入れたとたんに消えうせた。ウィンが床に横たわっていたのだ。下着姿で。

ウィンはうつ伏せになって上半身を反らしており、その上に男が覆いかぶさるようにしていた。男はウィンに触れていた。

その光景がケヴの怒りに火をつけた。

殺気に満ちたうなり声をあげながら、彼はすぐさまウィンに駆け寄り、独占欲丸だしに彼女を抱き上げた。

「待って」ウィンが息をのむ。「いったいどうしたの――やめて！　かんちがいよ、放して！」

ケヴは背後のソファに荒っぽくウィンを下ろすと、男に向きなおった。頭にあるのは、迅速かつ効果的に男を八つ裂きにすることだけ。まずはこのけだものの首をもぎ取ってやる。

男は抜け目なく大きな椅子の後ろにまわりこんで身を守った。「きみはメリペンだな。わたしは――」

「死人だ」ケヴはうなり、男に近づこうとした。

「わたしのお医者様よ！」ウィンが叫ぶ。「その方がドクター・ハーロウなの。メリペン、先生にひどいことをしないで！」

ケヴは聞く耳を持たず、大またに二歩踏みだしたが、そこで誰かに足をかけられたと思う間もなく床に突っ伏した。キャム・ローハンのしわざだった。ローハンは背後からケヴにのしかかると、膝で両腕を押さえこみ、首をつかんだ。

「ばかはよせ、メリペン」ローハンが言い、必死にケヴの動きを封じようとする。「彼はウィンの担当医だぞ。いったいなんのまねだ？」

「殺してやる……そいつを……」ケヴはうめき、ローハンが体重をかけているにもかかわらず、少しずつ身を起こしていった。

「なんてやつだ！」ローハンは叫んだ。「レオ、こいつを押さえるのを手伝ってくれ。早く！」

レオが慌てて加勢に入る。ふたりがかりで押さえられては、さすがのメリペンも身動きがとれなかった。

「わが家族が一堂に会するとじつに楽しいことが起こるな」とレオが言うのが聞こえる。

「メリペン、いったいなにがあった？」

「ウィンが下着姿で横たわっていて、そいつが――」

「どこが下着なの」ウィンが憤慨した声でさえぎる。「体操服じゃないの！」

メリペンは首をねじってウィンを見ようとした。ふたりがかりで押さえられているので、うまく顔を上げられない。だが、ウィンがゆったりとしたズボンに、腕もあらわな胴着《ボディス》を着ているのはわかった。「どう見たって下着だ!」メリペンは噛みつくように言った。

「トルコズボンとごく普通のボディスじゃないの。療養所の女性患者はみんなこの体操服を着ていたわ。わたしたち患者は、健康を維持するために体操が欠かせないの。だからといってドレスにコルセットでは——」

「そいつはきみの体に触ってたぞ!」ケヴは荒々しくさえぎった。

「型が正しいかどうか、確認していただけだわ」

そこへ医師が用心深く近づいてきた。油断のない灰色の瞳には、薄い笑いが浮かんでいる。「ヒンズーの体操なんです。当院独自の体力増強プログラムの一環として行っているんですよ。どの患者さんにも、一日の予定に組みこんでもらっています。ミス・ハサウェイへの気持ちはあくまで医師としてのものですから、どうか信じてください」ハーロウはいったん口を閉じてから、いたずらっぽくたずねた。「これでもう、わたしは安全でしょう?」

依然としてケヴを必死に押さえつけているレオとローハンが、同時に答える。「まだだ」

すでにポピーとベアトリクス、そしてミス・マークスも急ぎ足に部屋に現れていた。

「メリペン」ポピーが声をかける。「ドクター・ハーロウはこれっぽっちもウィンを傷つけてやしないわ、それに——」

「先生は本当にいい方なのよ、メリペン」ベアトリクスが妹に同調する。「わたしのペットたちだって先生が好きなんだから」

「落ち着け」ローハンが周りにわからぬよう、ロマニー語でひそひそと話しかける。「こんなことをしても、誰のためにもならないぞ」

ケヴはもがくのをやめた。「あいつは彼女に触ったんだ」と使いたくもないロマニー語で応じる。

その一言で、ローハンは理解したようだ。ロマの男は、どんな理由であれ、自分の女にほかの男が触れることに耐えられない。いや、許せないのだ。

「彼女はおまえの女じゃないだろう、パル」ローハンはロマニー語でつづけた。その口調には同情がにじんでいなくもない。

ケヴはゆっくりと体の力を抜いていった。

「もう手を離しても大丈夫かな？」レオがたずねる。「わたしが朝食前に楽しみたい運動はひとつだけで、これはそのひとつじゃないんだよ」

ローハンはケヴが立ち上がるのを許したが、つかんで背中にまわした片腕は放さなかった。ウィンはハーロウのかたわらに移動した。彼女が素肌をさらし、自分以外の男のすぐそばに立つ姿を目にして、ケヴの全身の筋肉が引きつる。体操服越しに、彼女の尻や脚の形がわかる。ハサウェイ家の人間は頭がどうかしてしまったにちがいない。赤の他人の前であんな格好をし、それが正しいことのように振る舞うのをウィンに許すとは。トルコズボンだと……名前さえつければ、下着じゃなくなるとでもいうのか。

「謝ってちょうだい」ウィンが言った。「わたしのお客様に、あなたはとても失礼なことをしたのよ、メリペン」

わたしのお客様だって？　ケヴは怒りをこめてウィンを見つめた。

「その必要はありません」ハーロウが慌てて言う。「誤解する気持ちはわかりますから」ウィンはケヴをにらんだ。「先生がわたしを元気にしてくださったのよ。その先生に、あなたはこんなかたちで報いるというの？」と責めたてる。

「あなたは自力で元気になったんですよ」とハーロウ。「ご自身の努力のたまものです、ミス・ハサウェイ」

医師を見るウィンの表情が和らぐ。「ありがとうございます」だがケヴに向きなおったとき、眉間にふたたびしわが現れた。「ちゃんと謝ってくれるわね、メリペン？」

ローハンが背中にまわした腕をわずかにひねる。「謝るんだ……家族みんなのためだぞ」

医師をにらみつけながら、ケヴはロマニー語で言った。「いずれ痛い目に遭わせてやる《カ・ジリア・マ・ペ・テュート》」

「通訳しましょう」ローハンが慌てて言う。「誤解して申し訳ありませんでした、今後は友だちとしてよろしく」

「貴様など、悪性の消耗性疾患で死んでしまえ《テ・マラヴェル・レス・イ・メンキヴァ》」ケヴはつけくわえた。

「ざっと訳すと、あなたの庭がかわいらしい太っちょのハリネズミでいっぱいになりますように、という意味です。ハリネズミでいっぱいの庭は、ロマのあいだでは素晴らしい恵みと考えられているもので」

ハーロウはいぶかしげな表情を浮かべながらも、こうつぶやいた。「わかりました、この一件は忘れましょう」

「ではわたしたちはこれで」ローハンが相変わらずケヴの腕をひねり上げたまま、愛想よく言う。「どうぞ朝食を召し上がってください。わたしは彼にちょっと用事がありますので。アメリアが起きてきたら、昼ごろには戻ると伝えておいてください」ローハンはケヴを引っ張って応接間をあとにした。すぐ後ろからレオがついてくる。

廊下に出るなり、ローハンはケヴの腕を放し、正面から向かいあった。片手で髪をかきあげ、いらだちをにじませつつ訊く。「ウィンの担当医を殺していったいなんになる?」

「気が晴れる」

「おまえはそうだろうな。だがウィンはそうは思っていなかったようだぞ」

「なんでハーロウがここにいるんだ?」ケヴはがみがみとたずねた。

「わたしが答えよう」レオがゆったりと壁に肩をもたせながら応じた。「ハーロウはハサウェイ家の人間ともっとお近づきになりたいんだよ。なぜならあいつとわが妹は……親しい仲でね」

ケヴは唐突に、吐き気がするほどの重みを腹の底に覚えた。まるで川辺の石をわしづかみにし、飲みこんだかのようだ。「どういう意味だ?」訊くまでもないのにたずねる。ウィンと出会って、彼女に恋をしない男などこの世にいない。

「ハーロウは男やもめでね」レオが説明する。「なかなか立派なやつだよ。療養所と患者をなによりも大切にしている。だが洗練された紳士でもあり、各国を旅しているし、とてつもない金持ちだ。趣味は美しいオブジェを集めること。鑑識眼はたしかだな」

ケヴとローハンがその含意を読み落とすことはなかった。とりわけ美しいオブジェとして、ハーロウはウィンをコレクションに加えるつもりなのだろう。

次の質問を、ケヴはやっとの思いで口にした。「ウィンはあいつに好意を抱いているのか?」

「ハーロウに対する気持ちのどこまでが感謝の念でどこまでが愛情なのか、自分でもわかっていないだろうな」レオは意味深長な視線をケヴに投げた。「そのほかにも、ウィンには自問自答すべき問題がいくつかあるはずだ」

「彼女と話してくる」

「わたしがおまえなら、いまはやめておくよ。ウィンが少し落ち着いてからのほうがいい。おまえに相当腹を立てているようだから」

「どうして?」ケヴは訊いた。ひょっとしてウィンが、前夜の出来事を兄に話したのだろうか。

「どうしてかって?」レオは口元をゆがめた。「理由なら目がまわるほどたくさんあるさ。いったいなにから言ったものかな。いましがたの出来事はさておき、妹に手紙を寄越さなかった事実についてはどう弁明する?」

「手紙なら書いた」ケヴはむっとした声で応じた。

「一度な」レオが認める。「農場に関する報告だった。妹に見せてもらったよ。東門側の土地にこやしをまいたという、あの感動的な散文、あれは忘れようったって忘れられない。羊の糞のくだりなど、読んでて涙がこぼれそうになったよ。あれほど郷愁をそそる手紙は――」

「ほかにどんな手紙をウィンが求めていたっていうんだ？」ケヴは詰問した。

「説明するだけ無駄ですよ」ローハンがそう言って、口を開こうとするレオを止めた。「胸の内を文字にする風習はロマにはないんです」

「それを言うなら、領地や職人や小作農を管理するのもロマのやることじゃあるまい」レオは反論した。「だがメリペンは立派にその役目を果たしているんじゃないのか？」むっつりと黙りこむケヴを、冷笑を浮かべて見やる。「わたしよりもおまえのほうがずっといい領主になるだろう。自分の姿を見てみろ。格好だってロマじゃない。普段はなにをして過ごしてる？　たき火のそばでのんびりしているのか、それとも帳簿の確認か？　夜は硬い地面で眠るのか？　それともやわらかな羽毛布団の掛かったベッドでか？　いまだにロマの訛りがあるか？　いいや、もうない。おまえの口調はまるで――」

「なにが言いたい？」ケヴはぶっきらぼうにさえぎった。

「わが家に来て以来、おまえは手当たり次第に妥協を重ねてきたと言いたいだけさ。おまえはやるべきことはなんだってやった。ウィンのそばにいるためにな。だったらもういまいましい偽善はやめて、ロマらしさなんてすべて捨ててしまえ、せっかくチャンスが――」レオは口を閉ざし、天を仰いだ。「まったく。わたしとしたことが、ちょっとしゃべりすぎた。修羅場にはもう慣れっこのつもりだったんだが」苦々しげなまなざしをローハンに投げる。「おまえからメリペンに話してやってくれ。わたしは紅茶でも飲んでくる」

レオはふたりを廊下に残し、家族のいる部屋へと戻った。

「羊の糞について書いた覚えはない」ケヴはつぶやいた。「あれは別のこ、や、し、だったはずだ」

ローハンがこらえきれずに笑いだす。「いずれにしても、レディへの手紙にこやしという言葉は使わないほうがいいらしいな、パル」

「その呼び方はやめろ」

ローハンは廊下を歩きだした。「一緒に来てくれ。さっきおまえに用事があると言ったのは本当なんだ」

「そんな気になれない」

「危険を伴うかもしれないんだよ」ローハンはあきらめなかった。「誰かに会えるかもしれない。ひょっとしてけんかになるかもしれないが。ほら……その気になっただろう？」

ローハンには始終腹を立てているケヴだが、最も気に食わないのは、あの刺青のことをしつこく探りつづけている点だ。ローハンはもう二年半も刺青の謎を追っている。

膨大な量の仕事を抱えているにもかかわらず、その件について調べる機会を彼はけっして逃がさない。自らの部族をなにがなんでも見つけだそうと、近隣を通るヴァルドがあれば必ず情報を求め、ロマの野営地を見つければまちがいなく足を運ぶ。だがローハンの部族は、あたかも地上から消えてしまったかのように、それがおおげさなら地球の反対側に行ってしまったかのように、足どりがつかめなかった。おそらくローハンは一生かかっても彼らを見つけられないだろう。ロマの旅に果てはない。いったん旅に出てしまえば、英国に戻ってくる保証すらない。

ローハンは、婚姻、出生、あるいは死亡記録を閲覧し、母親のソニアか自分自身に関する記載がないかどうか探した。これまでのところなにも見つかっていない。紋章学の専門家やアイルランド史に詳しい歴史家にも相談し、プーカの刺青になんらかの意味がないか調べた。だが彼らにも、悪夢に現れるというこの馬にまつわる有名な言い伝え以外のことはわからなかった。すなわち、プーカは人の言葉を話し、人家を訪れて真夜中の飛行に誘う。誘われた人はけっして断ることができず、ひとたびプーカとともに空を舞ったなら、無事に家に帰れても、元の自分には戻れない。

ローハンとメリペンという名字についても、意味のある関連性を見つけられずにいた。どちらもロマにはよくある名字だ。こうして八方ふさがりとなったローハンは方針を変え、ケヴの部族を、あるいはそれを知っている人を捜すことにしたらしい。

ホテルの馬屋を歩きながらローハンに方針変えを聞かされたとき、当然ながらケヴは反対した。

「あいつらはおれを見殺しにしたんだ」ケヴは言った。「そんな連中を捜す手伝いをおれにしろというのか？　連中の誰かに、とりわけロム・バロに再会できたら、おれはこの手であいつを殺すぞ」

「かまわん」ローハンは淡々と応じた。「ただし、刺青のいわれをそいつに聞いてからにしてくれ」

「やつらだって、どうせおれが話したとおりのことしか言わない。こいつは呪いのしるしだ。意味が判明したところで、どっちみち——」

「ああ、わかってるとも。呪われている事実は変わらないというんだろう？　だがな、メリペン、腕に呪いの紋様があるのなら、それが彫られた理由をわたしは知りたいんだ」

ケヴは射るような目でローハンをにらんだ。厩舎の片隅で歩を止める。ひづめをきれいにするための鉄爪や爪切り、やすりなどが棚に整然と並んでいる。「おれは行かない。ひとりでおれの部族を捜せばいい」

「おまえが必要なんだよ」ローハンはあきらめなかった。「というのも、われわれがこれから向かうのはケケノ・ムシェズ・パヴなんだ」

ケヴは信じられないという面持ちでローハンを見た。ケケノ・ムシェズ・パヴは「あるじなき土地」という意味で、テムズ川のサリー側に広がる荒れ果てた湿地帯を指す。ぬかるんだ広大な大地には、ロマが立てた数えきれないほどのおんぼろテントと、いまにも朽ち果てそうなヴァルドが数台並んでおり、野良犬と、野良同然のロマが住みついている。だが真の危険は彼らではない。そこには、サクソン族系の浮浪者やはみだし者の子孫であるコロディと呼ばれる人びとも住んでいる。不潔で凶暴、しきたりや規則をいっさい持たない卑しむべき集団だ。彼らに近づくことは、襲ってくれ、あるいは金品を奪ってくれと言うのに等しい。ロンドンですら、イーストサイドの貧民窟を除けばあれ以上に危険な場所はない。

「どうしておれの部族の人間があんなところにいると思うんだ？」ケヴは少なからず衝撃を覚えていた。たとえあのロム・バロの統制のもとであっても、そこまでおちぶれるはずがない。

「つい最近、ボスヴィル族の男《チャル》に会った。男の末妹のシュリというのが、だいぶ前におまえの部族のロム・バロと結婚したらしい」ローハンはメリペンをじっと見つめた。「おまえの身に起きた出来事は、部族の教訓《ロマニャ》として言い伝えられているそうだ」

「どうしてそんな」ケヴは息苦しさを覚え、つぶやくように言った。「大した出来事じゃないじゃないか」

ローハンはのんきそうに肩をすくめたが、目はケヴの顔をひたと見据えている。「本来、ロマは仲間を見殺しにしない。どんな部族だろうと、たとえどんな状況だろうと、けがをした少年や死にかけた少年を見捨てたりしない。あの一件はおまえの部族に呪いをもたらした……あれ以来、彼らは悪運に見舞われ、ほぼ全員が身を滅ぼしたそうだ。正義が下されたんだよ」

「正義なんてどうでもよかったのに」ケヴは言いながら、自分の声が妙にかすれているのに気づいて驚きを覚えた。

ローハンはさりげない同情をこめた声で言った。「奇妙な人生だとは思わないか？　部族に属さないロマだなんて。どんなに懸命に探そうと、われわれは帰る場所を見つけることはできない。なぜならわれわれにとって帰る場所とは、屋敷でもなければテントでもヴァルドでもない……家族を意味するのだからな」

ケヴにはローハンの目を見かえすことができなかった。彼の言葉にいまにも心を切り裂かれそうだった。知り合って以来、これほどまでに深い親近感を覚えるのは初めてだ。ふたりには共通点が多すぎる。その事実を無視することはもうできない。ふたりはともに、答えの見つからない謎に満ちた過去を背負った異端者なのだ。そしてともに、ハサウェイ家とつながりを持ち、彼らとの人生に帰る場所を見つけた。

「くそっ、行けばいいんだろう」ケヴはうなるようにつぶやいた。「言っておくが、おまえの身になにかあったときにアメリアに仕返しされないためだからな」

10

英国のどこかではすでに春が訪れ、大地を緑のベルベットで覆い、生け垣のつぼみを開かせていることだろう。そこでは空は青く澄みわたり、風が甘い香りを運んでいるだろう。だがあるじなき土地では、林立する煙突から吐きだされる煙が陽射しすら通さないほど分厚くたちこめ、町を黄色くかすませている。この不毛の地にあるのは泥と貧困くらいだ。あるじなき土地はテムズ川から五〇〇メートルほど離れた場所にあり、丘と線路によって周囲と隔絶されている。

ケヴは無言で険しい表情を浮かべ、ローハンとともにロマの野営地を馬を引いて歩いた。あたりにはテントがちらほらと立っており、入口に座る男たちは杭を削りだしたり、籠を編んだりしている。少年が数人、罵りあう声が聞こえる。ひとつのテントをまわりこんだところで、少年たちが争い、男たちがそれを取り囲むように見物していた。まるで闘犬にするかのように、少年に罵声を浴びせ、命令を出している。

そのかたわらで歩を止め、ケヴは少年たちをじっと見つめた。幼いころの記憶が脳裏をよぎる。苦痛、暴力、恐怖……ロム・バロの懲罰。ケヴは戦いに負けるとロム・バロに殴られた。相手の少年を血まみれになるまで、地面に倒れ伏すまで殴りつけ、勝利を手にしたところで、褒美はいっさいなかった。なんの罪もない相手を傷つけたという、圧倒的な罪悪感に苛まれるだけだった。

〝なんてざまだ！〟ロム・バロは吠えた。もうかんべんしてくださいと許しを請う相手をなおも殴りつけたケヴが、そのあと隅のほうで丸くなって泣いているのを見つけたときのことだ。〝この弱虫め、めそめそしやがって、こうしてくれる〟ロム・バロのブーツの先がケヴの脇腹を直撃し、肋骨が一本砕けた。〝おまえが涙を一粒流すたびに、おれがこうしてくれる。勝ったのに泣くとは、いったいどこまで阿呆なんだ。戦う以外に能のない小僧のくせに。図体ばかりでかいがきめ、おれが根性をたたきなおしてやる〟ロム・バロはケヴが意識を失うまで蹴りつづけた。

その次に人を殴ったとき、ケヴは罪悪感を覚えなかった。なにも感じなかった……。

ケヴは自分が凍りついたように立ち止まっていたことにも、荒い息をしていたことにも、ローハンからそっと声をかけられるまで気づかなかった。

「行こう、パル」

少年たちから視線を引き剝がしたケヴは、ローハンの瞳に深い思いやりと理性が浮かんでいるのに気づいた。暗い記憶が遠のいていく。ケヴは短くうなずいて、ローハンについていった。

ローハンは二、三のテントに立ち寄り、シュリという女性の居場所をたずねた。みないやいやながらに質問に応じ、思ったとおり、あからさまな不審と好奇の目でローハンとケヴを見た。彼らの方言はわかりにくく、純粋なロマニー語と都会のロマの俗語を寄せ集めたようだった。

彼らに教わって、ふたりはこぢんまりとしたテントのひとつを目指した。年かさの少年がひとり、入口に手桶を伏せて座り、小さなナイフでボタンに彫刻をほどこしていた。

「シュリを捜してるんだが」ケヴはロマニー語でたずねた。

少年は肩越しにテント内を振りかえり、「かあさん」と呼びかけた。「男の人がふたり会いに来たよ。ガッジョの格好をしたロマだ」

変わった風貌の女性が入口に現れた。背の高さは一五〇センチもないだろう。身長のわりに胴が太く、幅広な顔をしており、肌は浅黒くしわだらけで、濡れたような瞳は真っ黒だ。ケヴはすぐに思い出した。たしかにシュリだ。ロム・バロと結婚したとき、彼女はまだ一六歳だった。ふたりの結婚からほどなくして、ケヴは部族と離れ離れになった。

時の流れはシュリに優しくはなかったようだ。かつては目を見張るほどの美貌を誇ったのに、苦難に満ちた人生のせいで、実際よりもずっと年をとって見える。ケヴとはいくらも年がちがわないはずなのに、あたかも二〇歳の開きがありそうだ。

シュリはさして関心もなさそうにケヴを見た。だがやがて目を見開いたかと思うと、節くれだった両の手で、悪霊から身を守るときのしぐさをした。

「ケヴ――」シュリは呼び、息をのんだ。

「やあ、シュリ」ケヴはやっとの思いで言うと、子どものとき以来口にしたことのなかったあいさつの言葉で応じた。「久しぶりだな《ドウロボイ・トウーメイ・ロマーレ》」

「幽霊なの？」シュリはたずねた。

ローハンは油断のない目でこちらを見ている。「ケヴ？　それがおまえの名前なのか？」

ケヴはその問いかけを無視した。「幽霊じゃないよ、シュリ」と言って、安心させるようにほほえむ。「もしそうなら、年をとっていないはずだろう？」

シュリはかぶりを振り、用心深そうに目を細めた。「本当にあんたなら、あの紋様を見せてよ」

「なかに入れてもらってからでもいいかな？」

長いあいだためらってから、シュリはしぶしぶうなずき、身振りで入るようケヴとローハンを促した。

キャムは入口でいったん足を止め、少年に指示した。「馬が盗まれないよう見ていてくれ。礼には半クラウン銀貨を一枚やろう」キャムには、コロディとロマとどちらが馬にとって危険なのか見当がつかなかった。

「いいよ、おじさん《カコ》」

おじさんと呼ばれて苦笑を浮かべつつ、キャムはメリペンのあとからテントに足を踏み入れた。

地面に杭を打ちこみ、その尖端を湾曲させて紐で束ね、補強用の横梁を組んで上に茶色の粗布をかぶせ梁に留めただけの粗末なテントだった。椅子もテーブルもない。ロマにとっては、その両方の役割を地面が立派に果たすからだ。そうした家具はないのに、片隅には鍋や木皿が山と積み上げられ、布を掛けた粗末なベッドも置かれていた。三脚釜のなかで小さな炎を上げているコークスのおかげで、内部は温かい。

シュリの勧めで、キャムは釜のそばに足を組んで座った。刺青を見せろとシュリにせっつかれるメリペンの様子に思わず笑いを嚙み殺した。メリペンは弱りきった表情を浮かべている。彼は内向的な性格で、めったに自分をさらけださない。人前で服を脱ぐことにためらいを感じているのだろう。だが彼は歯を食いしばり、上着を脱ぐと、ベストのボタンをはずした。

シャツはすっかり脱いでしまわず、ボタンをはずしたあとは襟元をはだけ、背中の上のほうと肩だけをあらわにした。筋肉質な上半身が銅のごとき輝きを放つ。刺青を目にして、キャムはあらためて軽い驚きを覚えた。自分以外の誰の体にも、かつて見たことのなかった紋様。

シュリはサンスクリット語にも似た純粋なロマニー語で二言、三言つぶやいてから、ケヴの背後にまわりこんで刺青を見た。メリペンはうつむいて、静かに息をしている。

その表情を認めるなり、キャムの胸の内にあった愉快な気分は消えうせた。メリペンは、うっすらと眉間にしわを寄せているほかはまったくの無表情だった。キャムなら、昔の知り合いと再会できたら喜び、安堵するだろう。だが過去はメリペンに苦しみしかもたらさないのだ。にもかかわらず冷静に耐えようとするメリペンに、キャムは胸を打たれた。そして、そんなふうに無防備な姿をさらす彼を見たくないと思っている自分に気づいた。

プーカの刺青をちらと見やったシュリは、メリペンから離れ、身振りで服を着るよう促した。「この人は？」とキャムのほうを顎で示しながらたずねる。

「おれのクンパニアだ」メリペンはつぶやくように応じた。クンパニアとは、血のつながりはなくともなんらかのかたちで結ばれた仲間、集団を意味する。服を着なおしながら、メリペンはぶっきらぼうに訊いた。「部族になにがあった、シュリ？　ロム・バロはどこに行ったんだ？」

「土の下よ」シュリは夫への敬意などかけらも見せずに言った。「部族はちりぢりになった。ロム・バロがあんたをあんな目に……あんたを見殺しにするようみんなに命じてから、悪いことばかりがつづいた。誰もロム・バロに従わなくなった。最後にはガッジョに縛り首にされたよ。ワフォドゥー・ルヴを作っているのがばれたんだ」

「ワフォドゥー・ルヴ？」キャムは意味がわからず問いかけた。

「贋金のことだ」メリペンが答える。

「それ以前には」シュリがつづける。「ロム・バロは男の子たちをアシャライブに育てて、市《いち》やロンドンの通りで小銭を稼ごうとしていた。でも誰ひとりとして、あんたみたいに戦える子はいなかったよ。なのに親たちは、ロム・バロのやりたいようにやらせていた」彼女ははしこそうな目をキャムに向けた。「ロム・バロはケヴを闘犬と呼んでいたんだ。でも、犬のほうがよほどましな扱いを受けてた」

「シュリ――」メリペンは小声でさえぎり、顔をしかめた。「彼に聞かせる必要は――」

「ロム・バロはケヴに死んでほしかったんだ」シュリは話をやめなかった。「でも自分で直接手を下すのはいやだった。だからろくにごはんを与えず、何度となく戦わせ、けがをしても軟膏も塗らなければ包帯も巻かずにいた。ケヴは毛布一枚持っていなかった。わらの寝床で寝ていたんだよ。あたしらは、ロム・バロの目を盗んでは食べ物や薬をくすねてケヴにあげていた。でも、彼を守れる人はいなかった」彼女は咎めるような目つきになると、メリペンに向かって言った。「それにあんたを助けるのは簡単じゃなかった。だってあんたは、うなったり、怒鳴ったりするだけだったから。感謝の言葉もなければ、笑ってもくれなかったからね」

メリペンはなにも言わず、ベストのボタンを最後まで留め終えると、そっぽを向いてしまった。

ロム・バロが死んでいてよかった。キャムはそう思った。そのけだものをつかまえ、この手で殺してやりたいという強烈な衝動に駆られていたからだ。キャムはシュリがメリペンを非難するのも気に食わなかった。たしかにメリペンは愛想のない子どもだったかもしれないが……とはいえ、そのような非情な環境で育った彼が、こうして普通の男のように暮らしているのは大いなる奇跡と言っていい。

ハサウェイ家の人びとは、ただメリペンの命を救ったわけではなかった。彼の魂をも救ったのだ。

「どうしてロム・バロは、そこまでケヴを憎んでいたんだい？」キャムは優しくたずねた。

「あの人はガッジョのなにもかもを憎んでいた。部族の誰かがガッジョと一緒になったら、その人間を殺すと言ってた」

　メリペンはシュリをきっとにらんだ。「でも、おれはロマだぞ」

「あんたはポシュラムだよ、ケヴ。ガッジョとの混血」そう言ってシュリは、見るからに驚いた表情のケヴにほほえみかけた。「一度も疑ったことがないの？　顔立ちからしてそうなのに。そのすんなりとした鼻筋も、顎の形も」

　メリペンは首を横に振った。思いがけない事実に言葉も出ないようだ。

「なんてことだ」キャムはささやいた。

「あんたのお母さんがガッジョと結婚したんだよ、ケヴ」シュリはつづけた。「その刺青は父方の紋様。でもあんたの父親は妻を捨てた。ガッジョはみんなそうさ。そしてあんたを見殺しにしたあと、ロム・バロは言ったんだ。『あとひとりだ』って」

「あとひとり？」キャムはやっとの思いでたずねた。

「兄弟だよ」シュリはコークスの入った釜のほうに移動し、中身をかき混ぜた。テント内を、明るさを増した輝きが満たす。「ケヴには弟がいたんだ」

　キャムは胸がいっぱいになった。目もくらむばかりの意識の変化とともに、なにもかもがちがって見えてくる。ずっと自分はひとりぼっちだと思いながら生きてきたが、血を分けた肉親がいた。本当の兄弟が。キャムはメリペンの顔を食い入るように見つめ、コーヒーを思わせる黒い瞳に理解の色が浮かぶのを読みとった。メリペンはこの新たな事実を、自分のように歓迎してはいないだろう。だがそんなことはどうでもいい。

「あんたのおばあちゃんが、しばらくは兄弟ふたりの面倒を見ていた」シュリがつづける。「でもおばあちゃんはじきに、ガッジョが現れて孫を連れていってしまうんじゃないかと恐れるようになった。そして孫たちを殺してしまうんじゃないかと。彼女は兄弟の一方だけを手元に置き、ケヴをうちの部族に預け、おじにあたるポヴ、つまりロム・バロに世話を頼んだ。おばあちゃんは、ロム・バロがあんたをいじめるとは思っていなかったんだろうね。じゃなかったら、あんたを預けたりはしなかったと思うよ」

シュリはメリペンを見やった。「たぶん、ポヴが強い男だから、あんたをしっかり守ってくれると思ったんだろう。でもあの人は、混血のあんたを忌み嫌った――」彼女はふいに言葉を失い、息をのんだ。キャムが上着とシャツの袖をめくり上げ、腕を見せたからだ。プーカは彼の肌の上で、インクのように黒々とした姿をさらしていた。

「わたしが彼の弟だ」キャムは言いながら、自分の声がわずかにかすれるのを意識していた。シュリの視線が、キャムからメリペンへと移動する。「うん、わかるよ」彼女は長い沈黙の末につぶやいた。「そっくりというわけじゃないけど、たしかに似てる」口元に好奇と笑みが浮かぶ。「神様があんたたちを引き合わせてくれた《デヴレイサ・アヴィーラン》んだね。」

ふたりを引き合わせた者、あるいは物にどんな気持ちを抱いたせよ、メリペンは自分の考えを口にせず、ただそっけなくたずねた。「父親の名前を知っているか？」

シュリはすまなそうな顔になった。「ロム・バロは一度も口にしなかった。ごめんよ」

「いいんだ、大いに参考になったよ」キャムは礼を言った。「それより、祖母がガッジョの行動を恐れるようになった理由についてはなにか――」

「かあさん――」おもてから少年の声が聞こえてきた。「コロディがこっちに来るよ」

「馬を狙っているんだろう」メリペンが言い、さっと立ち上がった。シュリの手に数枚のコインを握らせる。「幸運と健康を祈ってる」

「あんたもね《クシティ・ボク》」シュリはそうかえした。

キャムとメリペンは急いでテントの外に出た。コロディが三人やってくる。もつれた髪、薄汚れた顔、歯の抜けた口、離れていてもなお鼻をつく臭気。人ではなく獣のようだ。数人の好奇心旺盛なロマが、安全な距離を保ちながら見物している。彼らの加勢は期待できまい。

「こいつは――」キャムは声を殺して言った。「おもしろいことになりそうだ」

「コロディはナイフが好きだ」とメリペン。「だが使い方をわかっていない。ここはおれに任せろ」

「言われるまでもない」キャムは愛想よく応じた。

コロディのひとりがキャムには理解できない方言でなにか言い、愛馬のプーカを指差した。

プーカは不安げにコロディを見やり、足踏みをしている。

「まっぴらごめんだね」キャムはつぶやいた。

メリペンがやはりまったく理解不能な言葉を二言、三言かえす。彼が予想したとおり、男は背中に手をまわすと、ぎざぎざのナイフを取りだした。メリペンは一見するとゆったり構えているが、指先には力が入っている。その構えが攻撃に備えてほんのかすかに変化するのがわかった。

怒声とともに、コロディがメリペンの下腹のあたりを狙って突進する。メリペンは横に一歩どき、一瞬にして攻撃をかわした。驚くほどの俊敏さと器用さで、コロディのナイフを持ったほうの腕をつかむ。そのままの勢いで腕をひねり上げ、相手の体勢を崩す。心臓が次の鼓動を打つ前に、メリペンは敵を地面に転がし、腕を背中にねじ上げていた。骨が折れる音がはっきりと聞こえ、キャムを含めてそこにいる誰もが眉をひそめた。コロディは激痛のあまり叫んだ。力を失った手からナイフを取り上げると、メリペンはキャムに向かって投げた。キャムは反射的にそれを受け止めた。

メリペンが残るふたりのコロディを見やる。「次はどいつだ?」彼は冷たくたずねた。

英語で訊かれたのに、けだものたちはその意味するところを理解したらしい。後ろを振りかえりもせずに走って逃げていった。骨を折られた男は取り残され、大きなうめき声をあげながら、よろめきつつ仲間のあとを追った。

「お見事だ、パル」キャムは感嘆の声で言った。

「行くぞ」メリペンはぶっきらぼうに応じた。「連中がまた現れる前にここを去るんだ」

「居酒屋に行こう。酒が飲みたい」

メリペンは無言で鹿毛馬にまたがった。今回ばかりは、ふたりは意気投合したらしかった。

居酒屋はしばしば、多忙な男の憩いの場、暇な男の仕事の場、ふさいだ男の避難所と呼ばれる。ロンドンでもとりわけ怪しげな界隈にある〈地獄と刑務所《ヘル・アンド・バケット》〉はそれらに加えて、犯罪者の隠れ家、酔っぱらいの安息の地という名も持っている。キャムとケヴにはまさにうってつけの場所だ。ふたり組のロマがやってきても、いやな顔ひとつせずに給仕してくれる。エールもモルトがたっぷり使われた上等の品だ。メイドは無愛想だが、ジョッキを満たし、床を磨く役目はきっちりと果たしている。

キャムとケヴは、カブのランタンが置かれた小さなテーブル席についた。紫色がかったランタンの両脇から蠟がたれている。ケヴはひと息でジョッキを半分ほど空けてからテーブルに置いた。彼はワイン以外の酒はめったに飲まないし、飲んでも度は過ごさない。酔って自制心を失うのがいやだからだ。

一方のキャムはジョッキの中身を一気に飲み干してしまった。椅子にもたれ、かすかな笑みを浮かべてケヴをじろじろ見ている。「おまえの酒の弱さをいつも不思議に思っていた」彼は言った。「おまえみたいに大柄なロマなら、いくらだって飲めるはず。それにおまえもアイルランド人との混血だと判明した……言い訳はできないぞ、パル。これからはもっと酒に強くならないとな」

「誰にも言わずにおこう」ケヴは頑として主張した。

「兄弟だってことをか？」キャムはどこか愉快そうに、はためにもわかるほど顔をしかめるケブを見ている。「ガッジョとの混血としての人生も、そう悪いもんじゃないぞ」彼は優しく言うと、ケヴの表情に気づいてくすくす笑った。「お互いに、帰る場所を見つけられたのもこれなら納得できる。普通のロマは旅の人生を選ぶものだ。きっとわたしたちのなかに流れるアイルランド人の血が——」

「一言も、誰にも言うな。家族にもだ」

キャムはややまじめな顔になった。「妻に秘密は作れない」

「彼女の身の安全のためでもか？」

キャムは考えこむ面持ちになると、居酒屋の細い窓からおもてを見やった。通りは行商人でごったがえしており、彼らの手押し車の車輪が玉石の上を転がる音が聞こえてくる。帽子箱や玩具、マッチ、傘、ほうきなどを売りつけようと、客を呼ぶ声も。通りの反対側には肉屋が一軒あり、切りわけられたばかりの肉が窓辺を真紅と白に彩っている。

「父方の人間がいまもまだわたしたちを消そうとしているとでも？」キャムがたずねた。

「可能性はある」

無意識のしぐさだろう、キャムはプーカの紋様があるあたりをシャツの上から撫でた。

「刺青、いくつもの秘密、兄弟が離れ離れにされ、別々の名字が与えられた事実。そのすべてが、父親の身分の高さを示唆しているとでもいうのか？　そうでなかったらガッジョが混血のがきなど気にするはずなどないと？　そもそも母親が捨てられたのはなぜなんだ？　どうして――」

「そんなこと知らん」

「よし、これからは教会が管理してる出生記録を調べよう。きっとわたしたちの父親は――」

「よせ。ほうっておけ」

「ほうっておけ？」キャムは信じられないという面持ちになった。「すべて忘れろとでもいうのか？　血のつながりなどなかったことにしろとでも？」

「そうだ」

ゆっくりとかぶりを振りながら、キャムは指に並ぶ指輪のひとつをまわした。「今日の一件のおかげで、兄貴のことがよくわかった。おまえは――」

「その呼び方はよせ」

「闘犬のように育てられれば、思いやりや愛情に欠けた人間になってしまうのはわかる。おまえがおじさんに預けられたのはたしかに不運だった。だが、そんな理由で人生を謳歌することをあきらめたらだめだ。自分が何者なのか、知るのをあきらめたら」

「わかったところで、ほしいものを手に入れることはできない。なにがどうあっても不可能だ。だからそういう努力は意味がない」

「ほしいものって？」キャムは穏やかにたずねた。

ケヴは口を閉ざしたままキャムをねめつけた。

「口にすることもできないわけか」キャムがいやみたらしく言う。ケヴが頑として無言をとおしつづけると、キャムはケヴのジョッキに手を伸ばした。「飲まないのか?」

「いらん」

キャムは数口でエールを飲み干した。「まったく」と顔をゆがめてつぶやく。「酔っぱらいと賭け事狂いと犯罪者でいっぱいのクラブを経営するほうが、おまえやハサウェイ家の人間とつきあうよりもずっと楽だったよ」ジョッキを下ろし、ケヴの反応をしばし待ってから、静かな声でたずねる。「不思議に思ったことはなかったか? ふたりのあいだには深い絆があるんじゃないかと、疑ったことはなかったか?」

「ない」

「わたしはあった。胸の奥深くで疑っていた。自分はひとりぼっちのわけがないと、なんとなく気づいていた」

ケヴは暗い目でキャムを見やった。「今日の一件で変わるものはなにもない。おれはおまえの家族じゃない。おれたちのあいだに、絆などない」

「血は水より濃いと言うけどな」キャムはやわらかく応じた。「それにわたしの部族の者はみなどこかに消えうせた。わたしに残されたのはおまえだけだ、パル。わたしを厄介払いできるものならやってみろ」

11

ホテルの大階段を下りるウィンのすぐあとから、ハサウェイ家の従者のひとり、チャールズがついてくる。「お気をつけください、お嬢様」従者はそう声をかけてきた。「このような階段では、ちょっと足をすべらせただけで首の骨を折りかねません」

「ありがとう。でも心配無用よ」ウィンは歩みを緩めずに応じた。階段くらいなんてことはない。フランスの療養所で体力増強のための日課として、長い階段を上り下りしたおかげだ。

「先に言っておくけど、今日はいっぱい歩くわ」

「さようでございますか」チャールズは不満げにつぶやいた。少々太めなので、歩くのが嫌いなのだ。年もかなりいっているが、当人が辞めたいと言いだすまで、ハサウェイ家では彼にずっといてもらうつもりでいる。

ウィンは笑いを嚙み殺した。「ハイドパークまで行って戻ってくるだけよ、チャールズ」

ホテルの入口までもう少しというところで、ウィンはロビーを行く長身に褐色の肌の男性を見つけた。メリペンだ。難しい顔をしてなにやら考えこみ、床をじっとにらんで歩いている。メリペンの姿を目にしたとたん、喜びに胸が躍るのをウィンは止めることができなかった。ハンサムで、不機嫌なメリペン。彼は階段のほうに向かってくると、そこでようやく顔を上げ、ウィンを認めるなり表情を変えた。当人が消そうとする暇もなく、その瞳に一瞬、切望が光る。ほんのつかの間の鮮やかなきらめきに、彼女の胸はありえないくらい高鳴った。

今朝の騒動でメリペンが嫉妬に取り乱したあと、ウィンはジュリアンに謝罪した。医師は当惑しているというよりも、むしろおもしろがっていた。「あなたからうかがっていたとおりの人ですね」と言ってから、哀れむようにつけくわえた。「いや、少々度が過ぎるというか」

本当に医師の言うとおりだった。メリペンは適度という言葉を知らない。今朝がた醜態をさらしたときなど、扇情的な小説に出てくる敵役さながらだった。金髪のヒーローに必ず打ち負かされる、むっつり顔の敵役だ。

ロビーにいるレディたちが控えめにメリペンを見つめているのに気づいたウィンは、彼に魅了されているのは自分だけではないのだわと思った。彼には都会人の服がよく似合う。仕立てのいい服をさらりと着こなすさまは、紳士の身なりをしていようが、埠頭の作業員の格好をしていようが、どうでもいいとでも言いたげだ。実際、ウィンはメリペンが身なりに頓着しないのを知っている。

彼女は歩みを止め、笑みを浮かべて、こちらにやってくるメリペンを待った。彼のまなざしが全身をなぞり、シンプルなピンク色の散歩用ドレスや、揃いのケープをまじまじと見つめる。

「服を着たのか」メリペンは、裸でロビーを歩かないとは驚きだとでもいうような声音で言った。

「散歩用のドレスよ。これから外の空気を吸いに行くの」

「エスコート役は誰が？」数歩後ろに従者がいるのに気づいているはずなのに、メリペンはたずねた。

「チャールズだけど」

「チャールズだけ？」メリペンは呆れ声をあげた。「ほかにも誰か同行させなくちゃだめだ」

「マーブル・アーチまで歩くだけだもの」応じながら、ウィンはおかしくなってしまった。

「気でもふれたか？　ハイドパークなんかに行ったら、きみの身にいったいなにが起きるか。あそこにはすりや詐欺師、ごろつきなんかがいて、きみみたいにお上品なかもからむしりとってやろうと狙っているんだ」

チャールズは見くびられて腹を立てるかと思いきや、熱のこもった口調で言った。「ミスター・メリペンのおっしゃるとおりかもしれませんよ、お嬢様。たしかにここからはちょっと距離もありますし、なにが待っているか……」

「チャールズの代わりに一緒に来てくれるという意味？」ウィンはメリペンにたずねた。

予想どおり、メリペンは気が進まなそうにぶつぶつこぼしてみせた。「そうするしかないだろう。でないと、きみはロンドンの通りをほっつき歩いて、周りの悪党どもの目を引くだけだ」チャールズにしかめっ面を向ける。「おまえは来なくていい。おまえの面倒まで見させられたらかなわない」

「承知しました」従者はほっとした声で言い、下りたときよりも意気揚々とした様子で階段を上っていった。

ウィンはメリペンの腕に手をかけた。筋肉がぴんと張りつめているのがわかる。どうやらメリペンは、なにかにひどく腹を立てているようだ。そのなにかは、体操服の一件より、ハイドパークへの散歩よりずっと重大事らしい。

ふたりはホテルをあとにした。メリペンは大またに歩くので、ウィンが早足で歩いても苦もなくついてくる。彼女は明るい声でさりげなく話しかけようと努めた。「今日は風がひんやりして気持ちいいわね」

「石炭の煙臭い」メリペンが言い、すかさずウィンに水たまりを迂回させる。まるで、彼女の足が濡れたら一大事だとでもいうように。

「煙といえば、あなたの上着からも煙の匂いがするわ。でもたばこではないようね。今朝はミスター・ローハンとどこに行ったの？」

「ロマの野営地だ」

「なにをしに？」ウィンは粘り強く訊いた。メリペンとの会話では、ぶっきらぼうな返答にいちいちめげていては、なにも聞きだせない。

「ローハンは、おれの部族の人間があそこで見つかるかもしれないと思ったらしい」

「それで？」微妙な話題であることに気づいて、ウィンは控えめに促した。手の下で彼の腕の筋肉がせわしなくうごめいている。

「見つからなかった」

「嘘ばっかり。見つかったから、そんなに難しい顔をしているんでしょう?」

メリペンはウィンを見下ろした。胸の内をすっかり読まれていることに気づいたのだろう、ため息をついた。「おれの部族に、シュリという娘がいた……」

ウィンは嫉妬に胸が痛むのを覚えた。そんな知り合いがいたなど初耳だった。メリペンはその女性に好意を抱いていたのかもしれない。

「野営地で彼女と会った。以前とすっかり変わっていた。昔はとてもきれいだったのに、いまは実際の年齢よりずっと老けて見える」

「かわいそうね」ウィンは誠実な声音を作った。

「シュリの夫、部族のロム・バロは、おれのおじだった。おじは……善良な人間ではなかった」

意外でもなんでもない。初めてメリペンと会ったときの様子から想像がつく。けがを負った状態で見殺しにされた彼は、ひどく獰猛だった。野獣のような暮らしを強いられていたのは明白だ。

ウィンの胸はメリペンへの深い思いやりと慈愛でいっぱいになった。いますぐどこかでふたりきりになり、なにもかも話してちょうだいと言いたかった。恋人としてではなく、優しい友人として、彼を抱きしめてあげたかった。まるで怖いもの知らずに見える男性相手にそこまで保護欲をかきたてられるウィンを、こっけいに思う人も大勢いるだろう。けれどもメリペンの超然とした険しい表情の下には、稀有なくらい深い感情が隠されているのだ。ウィンにはそれがわかっている。彼がそれを死んでも認めないことも。

「ミスター・ローハンは、シュリさんに刺青のことを話したの？　まったく同じ紋様があなたたちの体にあるって」

「ああ」

「それでシュリさんはなんて言ったの？」

「なにも」というメリペンの返答は妙に早かった。

露店商がふたり、一方はオランダガラシの束を、他方は傘を手に、期待をこめた表情で近づいてきた。だがメリペンがひとにらみしただけで、ふたり組は後ずさり、行き交う馬車や手押し車や馬を押しのけるようにして通りの反対側に消えた。

ウィンは一、二分ほども無言のまま、ただメリペンの腕に手を置いて、いざなわれるように歩を進めた。メリペンは完璧な命令口調で「そっちに行くな」「こっちを通れ」「足元に気をつけろ」などとつぶやいている。まるで、舗道の割れたところや平らではないところを踏んだら、大けがをするとでもいうように。

「ケヴ」ついにたまりかねてウィンは言った。「わたし、もう病人じゃないのよ」

「わかってる」

「だったら、つまずいただけで足を折るとでも言いたげな扱いはやめて」

するとメリペンは、こんな通りをきみに歩かせられない、でこぼこが多すぎるし、汚いじゃないか、などと口のなかで文句を言った。

ウィンは忍び笑いをもらさずにはいられなかった。「かんべんして。ここが黄金で舗装され、天使に掃除されていても、まだわたしには歩かせられないと言うんでしょう？　そうやってわたしを過保護に扱う癖は、いいかげんに直して」

「死ぬまで直らない」

ウィンは黙りこみ、彼の腕をいっそう強く握った。飾り気のない、荒っぽい言葉に隠された情熱を感じとって、恥ずかしいくらいの喜びが胸を満たしている。メリペンは、彼女の心の一番奥深くにいともたやすく触れてくる。

「だからって、お人形さん扱いはいやよ」ウィンはやっとの思いでそれだけ言った。

「人形扱いなんかしない。きみはおれの――」としていたことに驚いたのか、小さくかぶりを振った。野営地でなにがあったにせよ、それは彼の自制心をすっかり揺るがすほどの出来事だったのだろう。

シュリという人にいったいなにを言われたのだろうか。ミスター・ローハンとの関係にまつわることだろうか……。

「ケヴ」ウィンは歩を緩め、メリペンにもゆっくり歩くよう促した。「フランスに行く前から思っていたわ。あの刺青は、あなたとミスター・ローハンが近しい間柄にある証拠にちがいないって。病弱だったころのわたしには、そばにいる人たちをじっくり観察するくらいしかできなかった。おかげでほかの誰も目を留めない、思いをめぐらせもしない事実に気づくことができた。とりわけあなたに対しては勘がよく働いたわ」彼女はメリペンの顔を盗み見、そこに不快の色を見つけた。彼は他人に理解されることも、観察されることも望んでいない。完璧な孤独のなかで安寧に暮らしていたいのだ。

「ミスター・ローハンと初めて会ったとき」ウィンはごく普通の会話をしているかのように、何気ない口調でつづけた。「あなたたちの共通点の多さに驚いたわ。ミスター・ローハンの首をかしげる癖、うっすらとほほえむ表情、両手を使った身振り……どれもあなたにそっくり。だから思ったわ。いつかあなたたちが……兄弟だとわかっても驚きはしないって」

メリペンは歩みを止めた。通りの真ん中で彼女と向きあう。道行く人びとが、往来で立ち止まったりしたら邪魔じゃないのと文句を言いながらふたりをよけて通る。ウィンはメリペンの異教徒めいた黒い瞳を見上げ、無邪気に肩をすくめた。そして、彼の返答を待った。

「ありえない」彼はぶっきらぼうに言った。

「この世ではありえないことが始終起きているわ。とくにわが家では」ウィンはメリペンから視線をそらさず、心の内を読もうとした。「そうなのね?」と驚嘆の声でたずねる。「あなたの兄弟なのね?」

メリペンがためらいを見せる。彼のささやきはとても小さくて、ウィンは危うく聞き逃すところだった。「弟だ」

「うれしいわ。ふたりにとって素晴らしい知らせね」笑みを浮かべてメリペンをじっと見上げると、やがて彼は苦々しげに口元をゆがめた。

「おれはうれしくない」

「いつかうれしく思うときが来るわ」

ややあってから、メリペンは腕に置かれた彼女の手を引き、ふたたび歩きだした。

「あなたとミスター・ローハンが兄弟なら、あなたの血の半分はガッジョなのね。彼と同じように。それがいやなの？」

「いいや、おれは——」思いをめぐらすように、メリペンはいったん口を閉じた。「自分でも意外なくらい、驚きは小さかった。自分は純粋なロマだとずっと思っていて……そうではないとわかったのに」

ウィンはメリペンが口にしない思いをも理解した。もうひとりの自分、これまでずっと気づかずにいた得体の知れない一面に向き合うことを、ローハンのように前向きには考えられないのだろう。「みんなにも言うの？」ウィンは優しくたずねた。メリペンのことだ、この事実が意味するところをすべて明らかにするまで、余人には言わないつもりだろう。

彼は首を横に振った。「先にはっきりさせるべきことがいくつかある。おれたちの父親にあたるガッジョが、おれたちを殺したがった理由をはじめとして」

「殺したがった？　どうしてそんなことを？」

「おそらく、遺産の関係だろう。ガッジョは金の亡者だからな」

「手厳しいのね」ウィンは言い、彼の腕をとる手に力を込めた。

「ちゃんと根拠がある」

「だったら喜ぶ根拠もあるわ。今日あなたは弟を見つけた。アイルランド人との混血であることも知った」

　メリペンの口から低い笑い声がもれる。「どうしてそんな理由で喜ばなくちゃいけない？」

「アイルランド人は素晴らしい民族よ。あなたにもたしかにその資質が備わっているわ。大地を愛し、粘り強い性格で――」

「けんかっ早いところもか？」

「そう。まあ、その一面は抑えるべきだと思うけど」

「アイルランド人との混血なら、もっと酒に強いはずだがな」

「それに、もっとおしゃべりのはずよ」

「口を開くのは、言うべきことがあるときだけでいい」

「ふうむ。それはきっとアイルランド人の血のせいでもロマの血のせいでもないわね。きっとあなたのなかに、まだ気づいていない第三の側面があるんだわ」

「よせよ。そんなものいらない」メリペンはそう言いつつ笑みを浮かべている。ウィンは温かな歓喜がさざなみとなって四肢を洗うのを感じた。

「帰国してからやっと、あなたの心からの笑みを見ることができたわ。あなたはもっと笑わなくちゃだめよ、ケヴ」

「そうかい？」と問いかけるケヴの声は優しい。

「そうよ。笑いは健康にもいいんだから。ドクター・ハーロウがおっしゃっていたわ。よく笑う患者さんは、不機嫌な患者さんより早くよくなるって」

医師の名前を出したとたん、メリペンの顔からかすかな笑みが消えうせた。「きみとあいつは親しい仲だとレオから聞いた」

「先生はお友だちよ」

「ただの友だちか？」

「ええ、いまのところはね。先生がわたしに求愛したがっているとしたら、あなたは反対する？」

「もちろんしない」メリペンはつぶやくように言った。「おれに反対する権利があるのか？」

「ないわ。あなたが先に求婚していれば話は別だけど、そんな事実はないわけだし」

メリペンが内心、こんな話はもうやめようともがいているのがわかる。だがあきらめたのだろう、唐突にこう言った。「きみが大食いに悩んでいて食餌療法をすることになったとしても、おれは反対する気は毛頭ない」

「ドクター・ハーロウに食餌療法を取り入れてほしいの？」ウィンはほくそえみそうになるのをこらえた。メリペンのちょっとした嫉妬は、心を弾ませてくれる。「先生はあれでなかなかおもしろいのよ。財産もあるし、人格者だわ」

「めそめそした、青っちろいガッジョだ」

「とても魅力的な男性だわ。それにめそめそなんてしてないでしょ」

「キスさせたのか？」

「ケヴ、人前でなんてことを――」

「どうなんだ？」

「一度ね」ウィンは認め、メリペンの反応を待った。だが彼は怖い顔をして地面をにらむばかりだ。どうやらなにも言うつもりはないらしい。ウィンは自分から口を開いた。「単なる友情のしるしよ」

やはり反応はない。

なんて頑固なの。ウィンはいらだった。「あなたのキスとはちがうわ。それに先生とは……」頰が赤く染まるのがわかる。「あの晩、あなたとしたようなことはいっさい……」

「その話はしたくない」

「ドクター・ハーロウのキスの話はできるのに、どうしてあなたのキスの話はできないの？」

「あれはただのキスで、求愛に発展することなんてないからだ」

ウィンは傷ついた。と同時に、当惑と失望も覚えた。求愛しないとそこまで断言する理由は、いずれメリペンからちゃんと聞こう。でもそれは、いまここでするべきではない。

「ドクター・ハーロウに求愛される可能性は十分にあるわ」ウィンは事務的な声音を作ろうと努めた。「わたしも年が年だし、結婚話があれば真剣に考えないと」

「年が年？」メリペンは冷笑を浮かべた。「まだ二十五じゃないか」

「二六よ。二五だったとしても、オールドミスである事実は変わらないわ。病気のせいでわたしは数年間を——たぶん女性が一番美しい年月を——無駄にしてしまった」

「いまのきみが一番きれいだ。きみを求めない男がこの世にいたら、そいつは頭がおかしいか、目が見えないんだろ」

メリペンのお世辞はぎこちないものだったが、男らしい誠実さにあふれており、ウィンはますます顔を赤らめた。

「ありがとう、ケヴ」

メリペンは用心深く彼女を見やった。「結婚したいのか？」

理性とは裏腹に、ウィンのわがままな心が痛いくらいに激しく高鳴る。「おれと結婚したいのか？」と聞きまちがえたためだ。だがメリペンが訊いたのは彼女の結婚観だ。学者肌の父だったらきっと、「実現の可能性を有する結婚という概念に対する見解」とでも言うところだろう。

「ええ、もちろん。愛する子どもがほしい。一緒に年をとってくれる夫がほしいわ。わたしだけの家族が」

「ハーロウは、いまのきみならそのすべてを手に入れられると言ったのか？」

「ええ、太鼓判を押してくれたわ」

ウィンの必要以上のためらいに、メリペンはなにかを感じとったのだろう。「おれになにを隠してる？」

「わたしはもう健康よ、したいことがあればなんだってできるの」ウィンはきっぱりと言った。

「あいつになにを――」

「話したくない。あなただって避けたい話題があるんでしょう。わたしにもそういう話題があるの」

「いつまでも隠しとおせると思うな」メリペンは静かに応じた。

ウィンはその言葉を無視し、目前に広がる公園に視線を投げた。フランスに発ったときにはなかったものを見つけて、大きく目を見開く。それはガラスと鉄でできた巨大で壮麗な建造物だった。「あれが水晶宮《クリスタル・パレス》なの？　ああ、きっとそうね。なんて美しいのかしら。銅版刷りで見たのよりもずっときれいだわ」

約九万平方メートルの面積を誇るクリスタル・パレスは、「万国博覧会」という芸術と科学の国際展覧会のために建てられた。ウィンはフランスの新聞で記事を読んだのだが、万国博覧会はある種の奇跡だと、的を射た表現で紹介されていた。

「いつ完成したの？」彼女はたずねながら、きらきらと輝く建物のほうに向かう歩みを速めた。

「一カ月ほど前」

「なかに入ったことはある？　もう見学した？」

「一度来た」メリペンはウィンの興奮ぶりを見てほほえんだ。「展示物はいくつか見たが、全部じゃない。すべてを見るには三日も四日もかかるだろうな」

「あなたが見たのは？」

「主に機械装置かな」

「少しだけでもいいから、わたしも見てみたいわ」ウィンはものほしげにつぶやき、壮大な建物に大勢の見学者が出入りするさまを眺めた。「ねえ、だめ？」

「ゆっくり見る時間がない。もう午後だし、明日案内するよ」

「いま見たいの、お願い」ウィンはじれったそうにメリペンの腕を引っ張った。「だめだなんて言わないで、ケヴ」

　見下ろしてくるメリペンがあまりにもハンサムで、ウィンは胸の奥にちくりと甘い痛みを覚えた。「おれがきみに、だめなんて言うと思うか？」というメリペンの声は優しかった。

　メリペンにいざなわれるまま、てっぺんがアーチ状になった、そびえるような入口から建物内に入る。メリペンが入場料としてひとり一シリングを払う横で、ウィンは畏怖の念とともに周囲を見まわした。各国の産業を一堂に集め紹介する万国博覧会は、ヴィクトリア女王の夫であり、広い視野と高い学識の持ち主として知られるアルバート公の提唱により開催されたという。切符とともに渡された小さな館内地図によると、建物には千本を超える鉄柱と、三〇万枚のガラス板が使われているそうだ。天井が最も高いところでは、ニレの成木を植えることさえ可能らしい。全世界から集められた展示物の数は一〇万以上と記されている。

　博覧会は、科学的見地からはもちろん、社会的にも重要な意味を持っている。上流階級から下流階級まであらゆる階層に属する人びとが、さまざまな地域から集まり、ひとつ屋根の下で自由に行き来するからだ。このような機会はめったに得られるものではない。建物内にいる人びとは実際、服装も外見もまちまちだった。

中央の交差廊《トランセプト》には着飾った集団がいた。そのうちのひとりとして、博覧会や建物に興味を抱いている様子はない。「あの人たちはなにを待っているのかしら?」ウィンはたずねた。

「なにも。注目を浴びるためにやってきただけだろう。おれが前回来たときにも似たような連中がいた。展示物はいっさい見ないんだ。あそこに立って羽づくろいしているだけ」

ウィンは声をあげて笑った。「あの人たちのそばに行って見とれるふりをしたほうがいいのかしら。それとも、本当に興味深いものを見に行くべき?」

メリペンは小さな地図を顎で示した。

展示物と展示区画の一覧をじっくりと検討したのち、ウィンはきっぱりとした口調で提案した。「織物と繊維製品の展示を見ましょう」

ガラス張りの廊下を、メリペンは人波を縫うようにしてウィンの手を引き、驚くほど広々とした部屋に案内した。機織りや繊維機械のたてる音が鳴り響き、部屋の四方にも中央にも絨毯が展示されている。ウールと染料の匂いがかすかに鼻をつく。絨毯の産地として知られるキッダーミンスターはもちろん、米国やスペイン、フランス、東洋の品もあり、色彩も織り方もとりどりだ。平織もあれば、ノット、カット、ループ、フックといったパイル織もあり、刺繍やモールがほどこされたものもある。ウィンは手袋を脱いで、華やかな絨毯を撫でた。

「ねえ見て、メリペン！　ウィルトン絨毯よ。ブリュッセル絨毯とよく似ているけれど、パイルの先端がカットされているの。まるでベルベットみたいだと思わない？」

そばにいた絨毯工場の販売員とおぼしき人物が説明した。「当工場では蒸気駆動の機織り機で生産している関係で、以前よりずっと手ごろな値段でウィルトン絨毯を提供できるんですよ」

「工場はどちらに？」メリペンは質問しながら、やわらかな絨毯に触れた。「やはりキッダーミンスターですか？」

「ええ、そのほかにグラスゴーにもひとつございます」

新型機織り機での絨毯生産について男たちが話しているあいだに、ウィンはずらりと並ぶ見本や展示物を見てまわった。大きさも作りも驚くほどまちまちな機械が何台も展示されている。機織り機もあれば、柄を印刷する機械も、羊毛を撚《よ》り糸にする機械もある。ベッドのマットレスや枕に詰め物をする機械の試作品もあった。

展示物にすっかり魅了されていたウィンだが、メリペンがかたわらにやってくるとすぐに気づいてこう言った。「あらゆる仕事が機械化されたらどうなってしまうのかしら」

彼はかすかな笑みを浮かべた。「時間が許せば、農業関連の展示室にも案内したいところだな。機械を使えば、手作業の何分の一という時間と労働力で二倍の収穫を見込めるようになる。ラムゼイ領の小作農にも脱穀機を一台買ったよ。今度向こうに行ったときに見せよう」

「技術の進化を認めているの？」ウィンは驚いた声でたずねた。

「ああ、当たり前だろう？」

「ロマらしくないわ」

メリペンは肩をすくめた。「ロマらしかろうがなかろうが、あらゆる人間の暮らしを向上させる進歩なら無視はできないだろう。機械化が進めば、一般市民が手ごろな値段で服や食べ物や石鹸や……床一面の絨毯だって買えるようになる」

「でも、機械に仕事を奪われた人たちはどうなるの？」

「新たな産業が生まれ、働き口がいまよりずっと増えるさ。単純作業より、もっと難しい仕事を身につけるほうがいい」

ウィンはほほえんだ。「改革論者みたい」といたずらっぽく言う。

「経済の変化には社会的な変化もつきものだ。それを止めることは誰にもできない」

メリペンはなんて達観しているんだろう。ウィンは思った。かわいがっていたロマの捨て子がここまで成長した姿を父が見たら、さぞかし喜んだだろうに。

「そうした産業を支えるには、たくさんの労働力が必要になるのでしょう？　でも、果たして十分な人数が、田舎からロンドンなどの都会に移ってくるかどうか――」

パン！という大きな音と驚いた数人の見学者の叫び声に、ウィンのせりふはさえぎられた。ふわふわと舞う羽毛が部屋中を埋めつくし、息もできないほどだ。枕に詰め物をする機械が壊れたのだろう、近くにいた人たちを、渦巻く羽毛や綿毛まみれにしようとしている。

メリペンはすぐさま上着を脱ぐとウィンの頭から掛け、口と鼻をハンカチで覆った。「これで口を押さえてろ」と言い、ウィンを部屋から引っ張っていく。ほかの見学者はちりぢりになりながら、大量の真っ白な羽毛が舞う光景を見て、咳をしたり、罵声をあげたり、笑い声をあげたりしている。となりの展示室からやってきたのだろう、子どもたちが歓声をあげ、跳び上がって、宙を舞う羽毛をつかまえようと一生懸命になっている。

メリペンは途中で足を止めようともせず、繊維製品の陳列されている区画を目指した。木とガラスでできた巨大なケースが並んでおり、そのなかにまるで小川の流れのように生地が展示されている。壁にはベルベットや金襴、絹、木綿、モスリン、ウールなど、服や家具の張地やカーテンに用いられる、ありとあらゆる種類の布地が飾られている。奥へとつづく廊下の壁も展示に使われており、巻物状の生地が立て掛けられていた。

メリペンの上着の下から顔を出したウィンは、彼を一目見るなり噴きだした。真っ白な羽毛が漆黒の髪を覆い、新雪のように服にまとわりついていた。

心配顔だったメリペンがとたんにむっとする。「羽毛を吸いこんでないか訊こうと思ったんだが、いまの声を聞くかぎり、肺にまったく心配はなさそうだな」

ウィンはなにも言えなかった。大笑いしていたからだ。

メリペンが黒髪をかきあげると、羽毛はますますからみついた。

「だめよ」ウィンはやっとの思いで言い、笑いをこらえた。「いじっちゃだめ……わたしが取ってあげるから。そんなふうにしたらますます……そういえばあなた、人をいいかもだなんて言ったけど……」おかしそうに言いながら、メリペンの手を引いて奥の廊下に進んだ。そこなら、あまり人目にもつかない。薄明かりが灯っているところを過ぎて、陰になったほうに向かう。「早く、人に見られる前にきれいにしないと。ああもう、背が高すぎて届かないわ——」ウィンは彼をしゃがませ、自分はスカートをふわりと広げて床にひざまずいた。ボンネットの紐をほどき、かたわらに放る。

肩や髪についた羽毛を除いていくウィンの顔を、メリペンはじっと見つめている。「おもしろがってるんだろう」

「おばかさん。全身羽毛だらけなのよ。おもしろいに決まってるじゃない」実際、ウィンはこの状況を楽しんでいた。メリペンが……かわいく見えてしかたがなかった。しかめっ面でしゃがみこみ、じっと動かずにただ羽毛を取ってもらっているメリペンが。それに、きらめく豊かな黒髪に触れられるのもうれしかった。こんな機会でもなければ、彼は絶対に触らせてくれないだろう。あまりにも楽しくて、くすくす笑いがなかなか止まらない。

だが一分が経ち、もう一分が経つころには、笑い声は消えていた。ウィンは夢のなかにいるかのようなくつろいだ心持ちで、彼の髪から羽毛を取りつづけた。四方に掛けられたベルベットがまるで夜のとばりと雲と霧のようにふたりをつつんでいるため、見学者たちのざわめきも聞こえない。

メリペンの瞳は不思議な黒い光を放っており、顔は凛とした美しさをたたえている。真夜中に現れる、異界の危険な生き物のようだ。

「あと少しよ」ウィンはささやいた。もうすっかりきれいになったのに、指先でそっと彼の髪を梳いていた。うなじのあたりのとりわけ豊かで張りのある髪は短く刈られており、ベルベットの絨毯のようだった。

彼が動いたので、ウィンははっと息をのんだ。立ち上がろうとしたのだと思ったがそうではなく、彼はウィンの身を引き寄せると、両手で彼女の顔を挟んだ。口がとても近くにあるので、吐く息が唇をかすめる。

その荒々しいしぐさに、頬を挟む力の強さに、ウィンは驚いていた。怒りを秘めた荒い呼吸音を聞きながら、なにがそんなに腹立たしいのかわからず、彼女はただ待った。

「おれがきみにあげられるものはなにもない」長い沈黙ののちに、メリペンはかすれ声でそう言った。「なにも」

ウィンは乾いた唇を濡らし、不安におののきながら懸命に口を開こうとした。「あなた自身があるじゃない」とささやく。

「きみはおれをわかってない。わかったつもりでいるだけだ。おれがなにをしてきたか、おれにどんなことができるか——きみもきみの家族も、本で得た知識だけじゃ想像もできないような人生なんだ。きみにはとうてい理解できない——」

「理解できるまで話して。いったいどんな恐ろしい過去があってわたしを拒みつづけるのか、ちゃんと説明して」

メリペンはかぶりを振った。

「だったら、お互いを苦しめるようなまねはやめて」ウィンは震える声で訴えた。「どこかに行ってしまって。それができないなら、わたしをほうっておいて」

「いやだ」メリペンはぴしゃりと言い放った。「そんなことできやしない」そして、ウィンがなにか言いかえそうとする前に、彼女の唇を奪った。

心臓がとどろき、ウィンはなすすべもなく、低いあえぎ声をもらしながら口を開いた。煙の匂いと男の人の匂い、そして、秋の大地を思わせるメリペンの香りで鼻孔が満たされる。メリペンが飢えたように荒々しく唇を重ね、舌を深く挿し入れ、執拗に口のなかをまさぐる。ふたりはひざまずいたまま、いっそう強く身を寄せあった。ウィンは上半身を彼に預けて、さらに強く、ぴったりと身を押しあてた。彼と触れているあらゆる部分が痛いほどうずく。彼の素肌を、硬く隆起した筋肉を手のひらで味わいたい。

欲望がめらめらと激しく燃え上がり、いまにも理性を失いそうになる。いますぐこの場で、ベルベットにつつまれながら床に押し倒してくれたなら、わたしを思いどおりにしてくれたなら。結ばれる瞬間を想像して、ウィンはドレスの下で肌を赤く染めながら、熱いほてりに身もだえした。彼の唇が喉元を探る。ウィンはその口づけをすべて受け入れるように首をのけぞらせた。脈打つ部分を探りあてられ、感じやすい場所を舌で愛撫されると、息をのんだ。

手を上げ、メリペンの顎をつつみこむようにすると、ひげの剃り跡がやわらかな手のひらを心地よくくすぐった。ウィンは彼の唇を自分の唇のほうに戻した。喜びに満たされ、彼がくれる闇と快感に全身をつつまれて、目がくらみそうになる。

「ケヴ」ウィンは口づけの合間にささやきかけた。「ずっとあなたを愛してた――」

メリペンは荒々しく唇を押しつけた。あたかも、ウィンの言葉だけではなく、感情までも口づけでのみこんでしまおうとするかのように。できるかぎり深く彼女を味わい、なにもかも奪ってしまおうと心に決めているかのように。ウィンはぴったりと身を寄せた。震えが止まらず全身がうずいて、神経という神経が灼熱に酔いしれている。ほしいのは彼だけだった。これまでも、これからも。

だがいきなり体を押しのけられて、ウィンは驚きのあまり鋭く息をのんだ。温かな、かけがえのないふれあいが唐突に奪われる。

ふたりは長いこと身じろぎひとつせず、ただひたすら冷静さを取り戻そうとしていた。気持ちの高ぶりがおさまったころ、メリペンがぶっきらぼうに言うのが聞こえてきた。「もうきみとふたりきりになることはできない。こんなことは、二度とあってはならないんだ」

怒りがわきおこるのを覚えつつ、ウィンは思った。こんな状態にはもう耐えられない。メリペンはわたしへの思いを認めることを拒み、その理由を説明しようともしない。もっと信頼してくれてもいいはずなのに。

「そうね」硬い声で応じ、立ち上がろうとする。先に立ったメリペンが手を差し伸べてきたが、その手をいらいらと払いのけた。「いいえ、結構よ」自力で立ち上がり、ドレスの埃を払う。「まったくあなたの言うとおりだわ、メリペン。わたしたちは二度とふたりきりになるべきじゃない。どうせ最後はいつも同じだもの。あなたが誘い、わたしが応じ、そしてあなたが拒絶する。もてあそばれるのはもうたくさん」

メリペンはボンネットを拾い上げ、ウィンに手渡した。「もてあそんでなど——」

「わたしがあなたをわかってないと言ったわね」ウィンはかっとなってつづけた。「自分はわたしをわかったつもりでいるんでしょう？　でもわたしはこの二年半で変わったのよ。わたしがどんな女か、すっかり理解した気でいるんでしょう？　わたしがどんな女になったのか、理解しようと努力するくらいのことはできるはずだわ」彼女は廊下の端に行き、あたりに誰もいないことを確認してから、主要展示区画に出た。

メリペンがあとからついてくる。「どこに行くんだ？」

彼をちらと見やったウィンは、彼が自分と同じくらい混乱し、いらだっている様子なのを見てとり、満足した。「帰るわ。もう展示を楽しむような気分じゃないから」

「だったら方向が逆だ」

ウィンは無言で、先に立つメリペンとともにクリスタル・パレスをあとにした。こんなに激しい動揺もいらだちも、これまで体験したことがない。両親はよく子どもたちに、あんまり怒るとかえっていらいらしますよと注意したものだった。このじりじりした気分は怒りのせいではない気がするものの、なじみのない感情でウィンにはなんだかよくわからない。わかっているのは、となりを歩くメリペンが自分と同じようにじれていることだけだ。

ウィンは彼が一言も口をきかないことにいらいらした。大またでさっさと歩く彼女に、いとも簡単に歩調を合わせてくることにも。早歩きしたせいで息を切らす彼女の横で、呼吸を乱してすらいないことにも。

ラトレッジ・ホテルのそばまで来たところで、ようやくウィンは沈黙を破った。いたって穏やかな自分の声に満足を覚える。「これからはあなたのご希望に沿うようにするわ。わたしたちの関係は友だちとしてのプラトニックなもの。それ以上の関係には発展しない」階段の一段目で足を止め、まじめな顔でメリペンを見上げる。「わたしは普通なら得られないようなチャンスを与えられた……生きなおすチャンスを。そのチャンスを存分に生かすつもりよ。愛を求めていない、必要としてもいない人に、わたしの愛を浪費する気はないわ。二度とあなたを困らせないから安心して」

キャムが夫婦の寝室に帰ってきたとき、アメリアは山と積まれた包みや箱の前に立っていた。箱からリボンやシルクなど、女性用の装身具があふれている。扉を閉めるキャムに向かってばつが悪そうにほほえみながら、アメリアは夫の姿を目にしただけで胸がどきんと高鳴るのを覚えていた。襟なしのシャツは胸元をはだけている。しなやかな筋肉に覆われた肢体は猫を思わせ、顔はいつ見ても、男性的でありながらうっとりするほど美しい。ほんの数年前までアメリアは、結婚を夢見ることもなかった。相手が彼のように異教徒めいた男性ならなおさらだ。

キャムが彼女の全身にさっと視線を走らせる。ピンクのベルベットの化粧着は前を開けたままなので、シュミーズと太ももが見えている。「今日の買い物は大収穫だったようですね」

「わたし、どうかしてしまったのかしら」アメリアはすまなそうに言った。「浪費家なんかじゃないのに。ハンカチを数枚と、靴下を何足か買うだけのつもりだったのよ。なのに……」装身具の山をぎこちなく指差す。「なんだか今日は散財したい気分で」

キャムの浅黒い顔に笑みが広がる。「以前も言ったとおり、好きなだけ散財してください。いくらあなたががんばったところで、わたしは貧乏人になれないんですから」

「あなたに買ったものもあるのよ」アメリアは言いながら、山のような箱のなかを探した。「クラヴァットでしょう、本でしょう、それからフランス製のひげ剃り石鹸……前からずっと相談してみようと思っていたんだけど……」

「なにをです？」キャムは背後からアメリアに近づき、首筋に口づけた。

熱い唇を感じて、彼女は息をのみ、なにを言おうとしたか一瞬忘れそうになった。「ひげについてよ」と上の空で答える。「近ごろは、ひげを伸ばすのがとても流行っているの。あなたも、やぎひげを伸ばしてみたらどうかしら。粋に見えると思うし……」アメリアの声はだんだん小さくなっていった。キャムの唇が肩のほうに下りていく。

「ちくちくしないかな」キャムはつぶやき、彼女が身を震わせると声をあげて笑った。

夫はアメリアをそっと自分のほうに向かせると、彼女の瞳をのぞきこんだ。夫はどこかいつもとちがうようだった。いつになく隙のある様子に、好奇心をかきたてられる。

「キャム」アメリアは慎重に呼びかけた。「メリペンとの用事はすんだの？」

金褐色の瞳は優しく、興奮に輝いている。「ええ、とどこおりなく。内緒の話があるんですよ、モニシャ。聞きたいですか?」キャムは両腕でアメリアを抱き寄せ、耳元でつづきをささやいた。

12

その晩ケヴは、さまざまな理由から焦燥感に駆られていた。一番の理由は、ウィンに最後通牒をたたきつけられたためだ。ウィンは、今後は友人として彼に接すると宣言した。つまり儀礼的に、いんぎんに、いまいましいくらい丁重に接するという意味だ。それこそまさにケヴの望んだ状態なのだから、異論は唱えられない。だが彼は、ウィンに切望のまなざしを向けられるよりも恐ろしい事態がこの世にあるとは知らなかったのだ。それは、彼女に冷たくされることだった。

これまでウィンは、レオやキャムに対するのと同じようにケヴにも気さくに接してくれた。愛情あふれる態度だったと言ってもいい。ケヴを兄のように慕ってくれた。そんな彼女に冷たくされるなんて、耐えられない。

ハサウェイ家の面々はスイートルームの食堂に集まって、笑い声をあげながら、テーブルが小さくてかなわないと冗談を言い交わしている。こうしてみんな揃って食事の席につくのはじつに数年ぶりだった。ケヴ、レオ、アメリア、ウィン、ポピー、ベアトリクスはもちろん、キャムもいるし、ミス・マークスとドクター・ハーロウまで同席している。

ミス・マークスは辞退しようとしたのだが、姉妹が是非と言って断らせなかった。「だって」ポピーが笑いながら指摘した。「そうでもしないとわが家の人間は、食堂での礼儀作法もわからないままだわ。誰かに教わらないと無理よ」

ミス・マークスは最後には折れたが、本音は同席したくなかったはずだ。いまもベアトリクスとドクター・ハーロウに挟まれた席で、できるだけ目立たないように小さくなっている。自分の皿からほとんど顔を上げず、たまに上げるのはレオがしゃべっているときだけ。瞳は眼鏡で半分隠れているが、そこに浮かんでいるのはハサウェイ家の長男に対する嫌悪感だけだろう。

どうやらミス・マークスとレオは、お互いのなかに最も嫌悪する人格を見いだしているらしい。レオはユーモアを解さない人間や、善悪でしかものを考えない人間が嫌いだ。ミス・マークスには会ってすぐに「ペチコートをはいた悪魔」というあだ名をつけた。一方のミス・マークスは、放蕩者を軽蔑している。相手が魅力的であればあるほど、嫌悪感が増すのだろう。

食事中は、ハーロウの療養所が話題の中心となった。ハサウェイ家の人間はみな、医師の療養所を奇跡を起こす場所とみなしているらしい。女性陣は見ていてむかむかするくらいハーロウにおべっかを使い、医師のありふれた意見に感心してみせ、あからさまに賞賛した。

ケヴはハーロウに本能的な反感を抱いていた。それが医師本人の性質に起因するものなのか、それともウィンの愛情を失いかけているせいなのかは、自分でもわからなかったが。

聖人君子のように人当たりのいいハーロウを、つまらない男と見くだしてやりたい。だが、ほほえみは心からのものでちゃめっけがあり、どんな話題にも熱心に耳を傾けるし、もったいぶったところもないようだ。それに、人の生死を預かるという重い責任を背負っているのは明らかである。にもかかわらず、当人はそれを重責と感じているふうでもない。どんな状況にもうまく順応できそうに見える。

一同が会話と食事を楽しんでいるかたわらで、ケヴは無言をとおし、ラムゼイ・ハウスの再建について訊かれたときだけ返事をした。用心深くウィンの様子を観察したが、ハーロウにどのような感情を抱いているのかはわからなかった。医師に対してもいつもの落ち着きはらった態度で接しており、表情からはなにも読みとれない。だがふたりの目が合ったとき、苦楽をともにしてきたという思いで結ばれているのはすぐにわかった。最悪なことにケヴは、医師の表情に浮かぶものにまで気づいてしまった。いまいましいことにそれは、ウィンに対する自分の思いと同じだった。

腹立たしいくらいなごやかな食事の途中、ケヴはテーブルの端にいるアメリアがいつになく静かなのに気づいた。まじまじと顔を見てみると、蒼白で、頬には汗がにじんでいる。ケヴは彼女のすぐ左どなりの席だったので、顔を寄せ、ささやき声でたずねた。「どうかしたのか?」

アメリアがぼんやりとこちらを見る。「気分が悪いの……」彼女はささやきかえし、弱々しく吐き気をのみこんだ。「ものすごく。メリペン、食堂を出たいから手を貸してくれる?」

ケヴはなにも言わずに腰を浮かし、彼女が立とうとするのを手伝った。

長いテーブルの反対の端にいたキャムが、さっとこちらに目を向ける。「アメリア?」

「具合が悪いそうだ」ケヴは代わりに答えた。

キャムはすぐさまふたりに歩み寄った。不安に顔をこわばらせている。彼はいやがる妻を抱き上げ、食堂をあとにした。他人がその様子を見たら、単なる消化不良などではなく、大けがを負ったのだとかんちがいするだろう。

「わたしも行ったほうがよさそうですね」ハーロウがさりげなく心配する声音で言い、テーブルにナプキンを置いて、夫妻のあとを追おうとする。

「ありがとう」ウィンは心からの笑みを医師に向けた。「先生がいらして本当によかった」

食堂を出ていくハーロウを見ながら、ケヴは嫉妬のあまり歯ぎしりしそうになるのをやっとの思いでこらえた。

その後、食事はほとんどどうでもよくなってしまい、一同は応接間に移動してアメリアの診察結果を待つことになった。誰もなかなか報告に現れず、待つ時間はいやになるほど長かった。

「いったいどうしたのかしら」ベアトリクスが悲しそうに言う。「お姉様は病気ひとつしない人なのに」

「心配いらないわ」ウィンが慰める。「先生がちゃんと診察してくださるから」

「わたし、お姉様の部屋に行ってみる」ポピーが言いだす。「どんな具合か訊いてくるわ」

それに対して誰かがなにかを言う前に、キャムが応接間の戸口に姿を現した。どこか当惑した表情だが、そこに集まった家族を見る金褐色の瞳は生き生きとしている。言葉を探しているようにも見える。やがてその顔に、自分では抑えようとしているのだろうが、満面の笑みが広がった。「ガッジョならもっと上品な言葉で言うんだろうが……アメリアが妊娠した」

キャムの報告に一同は歓声で応えた。

「アメリアはなんて？」レオが訊く。

キャムの笑みが苦笑に変わる。「タイミングとしてはあんまりよくないわね、とかなんとか」

レオは小さな笑い声をあげた。「子どもなんてそんなものさ。だがあいつなら、大喜びで新入りの面倒を見るだろう」

ケヴは部屋の端からウィンを見ていた。彼女の顔に一瞬うらやましそうな表情が浮かぶさまに、はっとなる。ウィンが子どもをほしがっていることを疑う気持ちがこれまでケヴのなかにあったとしても、そんなものはいまや完全に消えていた。彼女を見つめるうちに胸のなかに温かなものがあふれだし、どんどん強さと深さを増していって、ようやくそれがなんなのか自覚する。ケヴの心は激しくかきたてられ、体はウィンの求めるものを与えたいと切望していた。彼女を抱きしめ、愛し、満たしたい。そんな自分の反応があまりにも野蛮で不適切に思われて、ケヴはわれながら呆れた。

彼の視線に気づいたのだろう、ウィンがこちらを向いた。ケヴの胸の内を渦巻く生々しい思いをすべて読みとったかのように凝視していたが、やがて彼を拒絶するようにその目をそらした。

キャムは一同に断ってからアメリアのもとに戻った。妻はベッドの端に腰を下ろしており、ドクター・ハーロウは気を使ってすでに寝室をあとにしていた。

扉を閉め、そこに背をもたせたキャムは、緊張した様子の妻の小さな体を、愛情を込めて見つめた。妊娠や出産に関する知識はほとんどない。ロマの世界でもガッジョの文化でも、それは完璧に女性の領域だ。しかし、自分ではどうにもできない状況に妻が不安を覚えているのはわかった。彼女のような状態の女性が、安心感と優しさを必要としていることも。そのふたつなら、キャムはいくらでも与えてやれる。

「不安ですか？」キャムは妻に歩み寄りながらたずねた。

「いいえ、そんな。ごく普通の、当たり前のことだもの――」アメリアは小さく息をのんで言葉を切った。キャムがかたわらに腰を下ろし、抱き寄せたからだ。「ええ、ちょっぴり不安よ。母に……母に相談できたらと思うわ。どうすればいいのか、よくわからないから」

不安で当然だ。アメリアはどんなときも自分で采配を振るおうとする。いつでも自信を持って、てきぱきと役割を果たす。だが出産となれば人に頼り、助けを求めざるを得ないし、いよいよ最後の瞬間にはすべてを天に任せるしかなくなる。

キャムは妻のつややかな黒髪に口づけた。野薔薇の香りがした。妻の大好きなやり方で、背中を撫でる。「相談相手になってくれる、経験豊かな女性を探しましょう。たとえば、レディ・ウェストクリフとか。彼女ならあなたも気が合うし、率直な女性だ。それと、これからあなたがやらねばならない仕事のことを考えて……あなたの世話はわたしに任せてください。わたしがあなたを甘やかし、お望みのことをなんでもしてあげます」キャムは妻が少しだけ緊張を解くのを感じた。「アメリア、愛する人……わたしはずっとこの日を待っていました」

「本当に?」アメリアはほほえんで、夫にぴったりと寄り添った。「わたしもよ。もっといいタイミングでとは思っていたけど。ラムゼイ・ハウスの再建が終わって、ポピーのお相手が決まって、家族がみんな落ち着いたころに——」

「残念ながら、ハサウェイ家ではいいタイミングなんていつまで待っても来ませんよ」キャムは妻とともにベッドに横たわった。「あなたはさぞかし、美しく優しい母親になるでしょうね」とささやきながら彼女を抱擁する。「真っ青な瞳、ピンクの頬、おなかはじきにわたしの赤ん坊で真ん丸に……」

「そのときには、わたしを見せびらかして歩いて、自分の男らしさの証明に使わないでね」

「すでにそうしていますよ、モニシャ」

アメリアは笑みをたたえた夫の瞳をのぞきこんだ。「でも、どうしてこういうことになったのかしら?」

「結婚式の晩に、どういう仕組みでこうなるか説明しませんでしたか?」

アメリアはくすくす笑いながら、夫の首に両腕をまわした。「そうじゃなくて、予防していたはずなのに、という意味。あのまずいお茶だってちゃんと飲んでいたのに。どうして妊娠したのかしら」

「ロマだから」キャムはそれだけで説明がつくとでも言いたげな口調で応じ、情熱的にアメリアにキスした。

回復したアメリアが女性陣と紅茶を楽しむために応接間に現れたので、男性陣は階下にある紳士の間《ま》に移動することになった。紳士の間は、名目上は宿泊客専用となっているものの、ラトレッジに滞在する海外の著名人と近づきになろうとする貴族たちも足繁く通ってくる。

天井は黒で、ほどよい高さに設計されており、壁はつややかなローズウッド張り。床には分厚いウィルトン絨毯が敷きつめられている。四隅に設けられた広々として奥行きのある後陣《アプス》は、読書や酒、会話を静かに楽しむ場所だ。主室にはベルベット張りの椅子が並び、テーブルには葉巻入れと新聞が用意されている。従者たちは室内を目立たぬよう行き来しては、温めたブランデーやポートワインを客に運ぶ。

まだ客のいない八角形のアプスのひとつに落ち着くと、ケヴはブランデーを注文した。

「かしこまりました、ミスター・メリペン」従者が応じ、すぐに用意しに行く。

「じつに教育の行き届いたホテルですね」ドクター・ハーロウが指摘した。「すべての客に平等なサービスを提供するのは賞賛に値します」

ケヴはどういう意味だという目で医師を見やった。「当然じゃないのか？」

「しかし、あなたのような生まれですと、行きつけの店でも平等なサービスを受けられないことがあるでしょう？」

「たいがいの店は、客の肌の色よりも服装に注意を払うようだ」ケヴは淡々と応じた。「英国人の服を身に着ける余裕があるかぎり、わたしがロマでも誰も気にしない」

「そうでしょうとも」ハーロウはばつの悪そうな顔になった。「すみません、メリペン。普段のわたしはこんなに無神経な人間ではないんですが」

ケヴは短くうなずいて、水に流す意思を伝えた。

話題を変えたいのだろう、ハーロウはキャムのほうを向いた。「ロンドン滞在中の、奥様の担当医をご紹介できればと思うのですが。こちらには優秀な医師の知り合いが大勢おりますので」

「ありがとうございます」キャムは従者からブランデーを受け取りつつ礼を言った。「ですが、じきにロンドンを離れることになると思いますから」

「ミス・ウィニフレッドは大変な子ども好きのようですね」ハーロウが難しい顔になって言う。「彼女の健康状態を考えれば、愛情を注げる姪か甥ができるのは幸いでしょう」

男たちは医師を鋭く見やった。キャムがグラスを口元に運ぶ手を途中で止める。「健康状態？」

「わが子を産むことは、彼女には望めないのです」ハーロウはわかりやすく言いなおした。

「どういう意味だ、ハーロウ?」レオがたずねる。「われわれはついさっき、きみの素晴らしい治療のおかげで妹が奇跡的に回復したと大喜びしたばかりじゃなかったのか?」

「たしかに回復しました」ハーロウは眉根を寄せてブランデーグラスをじっと見つめ、考えこんでいる。「ですが、なんの心配もいらないというわけではないのです。私見ですが、彼女は子を産もうなどと考えるべきではないでしょう。それによってご自身が命を落とすことになるでしょうから」

重たい沈黙が流れる。いつもは無関心をよそおっているレオですら、動揺を隠せないようだ。「妹にもそう言ったのか? あいつはきっと、いずれは結婚して自分の家族を持ちたいと思っているぞ」

「もちろん、ご本人とも話しました。結婚を望まれるなら、子どもを作れない夫婦となることを、夫となる人にも納得してもらわなければなりませんよと説明しました」ハーロウはいったん口を閉じた。「ですが、ミス・ハサウェイはまだその考えを受け入れる心の準備ができていないのでしょう。いずれは納得していただけると思いますけれど」かすかな笑みを浮かべる。「いずれにせよ、女性はみな子どもを産まねば幸せになれないというわけではありません。社会通念がどうあれ」

キャムは医師をじっと見つめた。「義妹は、控えめに言ってもがっかりするでしょうね」

「ええ。その代わりにミス・ハサウェイは長生きできます。子どもがいないおかげで、かえってゆったりした暮らしを楽しむこともできるでしょう。いずれご本人もそうした生き方を受け入れるはずです。彼女にはそういう強さがありますから」ハーロウはブランデーを口にしてから、静かにつづけた。「おそらく、猩紅熱にかかる以前から出産は難しかったでしょう。ほっそりした方ですからね。見た目は優雅ですが、出産に理想的な体型とは言えません」

ケヴはブランデーを一気にあおり、琥珀色の炎が喉を焼くに任せた。椅子を後ろに引いて立ち上がる。このろくでなしのそばに、あと一秒たりともいたくなかった。ウィンの体型のことまでとやかく言われて、堪忍袋の緒が切れた。失礼する、と乱暴につぶやいて、彼はホテルをあとにし、夜闇のなかへと出た。冷たい風、鼻をつく都会のいやな臭い、活気を帯び始めたばかりの、ロンドンの夜の喧騒。ケヴはこの場所を離れたかった。

ウィンを連れて田舎に行きたかった。心地よい風の吹く、健全な場所に。光り輝くようなドクター・ハーロウから離れたかった。ハーロウはさわやかで気配りもでき、まさに完璧だが、ケヴはそんな彼を恐れた。あらゆる本能が、ウィンをハーロウに任せては危険だと訴えていた。

だが彼女は、ケヴといても危険なのだ。

彼の母親もお産の際に亡くなった。ウィンが自分と一緒になれば、そのせいで死ぬかもしれないのだ、自分の子のせいで――。

想像しただけで慄然とした。ケブはウィンを傷つけることをなによりも恐れた。彼女を失うことを。

希望のひとつを絶たれたウィンと話をし、彼女の話を聞き、そういう人生と折り合いをつけていく手助けをしてやりたい。だが、彼は自らふたりのあいだに壁を築いたのだ。それを越えるつもりはない。ハーロウの欠点が感情の欠如だとしたら、ケヴにはまさにその反対の欠点があるからだ。彼は感情が豊かすぎ、相手を求めすぎる。しまいには、彼女を殺しかねないほどに。

その晩遅く、キャムがケヴの部屋にやってきた。ケヴは外から戻ったばかりで、上着と髪を濡らす夜露をまだ拭いてもいなかった。ノックの音に気づいて扉を開け、戸口に立ったまましかめっ面を浮かべる。「なんの用だ？」

「ハーロウとふたりで話をした」キャムは無表情に告げた。

「それで？」

「ウィンとの結婚を望んでいるそうだ。といっても、名ばかりの結婚を。彼女はまだなにも知らない」

「ちくしょう」ケヴはぶつぶつと罵りの言葉を吐いた。「きれいなオブジェのコレクションに加えようというわけか。彼女に純潔を守らせながら、自分は外で楽しむつもり――」

「わたしはウィンのことをよく知らない」キャムがつぶやくように言う。「だが、そんな申し出に応じるとは思えない。なかんずく、おまえが別の申し出をすればな、パル」

「おれからできる申し出はひとつだけ、彼女の家族と安寧な暮らしをつづけることだけだ」

「もうひとつあるだろう。彼女に結婚を申し込むんだ」

「できない」

「どうして？」

ケヴは頬が紅潮するのを覚えた。「彼女と一緒にいて我慢することなんてできないからだ。絶対に自分を抑えられない」

「妊娠を避ける方法ならいくらでもある」

ケヴはせせら笑った。「おまえたちはそれでうまくいったのか？」もどかしげに顔を撫でる。「ほかにも理由があるのは、おまえだってわかってるだろう？」

「おまえがかつてどんな生活を強いられていたかは知っている」キャムはいかにも言葉を選んでいる様子で言った。「彼女を傷つけるんじゃないかと恐れる気持ちもわかる。それでもやっぱり、おまえが彼女を別の男に譲れるとは思えない」

「それがウィンにとって最良の選択肢だと思えば、できるさ」

「おまえ、ハーロウみたいな男が本当にウィンにふさわしいと思ってるのか？」

「あいつのほうがましだ」ケヴはやっとの思いで言った。「おれみたいな男よりはずっと」

社交シーズンはまだ終わっていなかったが、一家はハンプシャーに戻ることに決めた。理由のひとつはアメリアの体調だ。自然に囲まれた場所で過ごすほうが体にいいはずだった。

またウィンとレオは、再建されたラムゼイ・ハウスを早く見たがった。唯一の気がかりは、ポピーとベアトリクスがシーズンの残りをロンドンで過ごせないことに不満を訴える可能性だったが……ふたりとも、都会を離れられると聞いて大喜びだった。

ベアトリクスについては、そういう反応も予期しないではなかった。彼女はいまだに本を読み、生き物とたわむれ、野生動物のように田園地帯を駆けまわることが大好きだからだ。だが、あれほどあけすけに未来の夫を見つけたいと言っていたポピーまでロンドンを離れたがるのに、レオは驚きを覚えた。

「今シーズンの夫候補にはもうみんな会ったもの」ポピーはつっけんどんに、兄にそう言った。無蓋の馬車でハイドパーク巡りをしていたときのことだ。「ロンドンにとどまる理由になる人はひとりもいなかったわ」

ベアトリクスは膝の上で丸くなったフェレットのドジャーを抱いて、向かいの座席に座っている。ミス・マークスは端のほうに座り、眼鏡の奥の瞳を外の景色だけに向けている。

女性にこれほどまでに反感を覚えるのは、レオは初めてだった。青白い顔をしたミス・マークスは、なぜか人をいらいらさせる。肘は尖り、どこもかしこも骨張っている。性格もきつく、気難しく、温かみがない。

きっと男を憎んでいるにちがいない。とはいえ、その点を責めるつもりはない。レオだって男のだめな部分はよくわかっている。ただし彼女の場合、同性もあまり好きではないように見える。くつろいだ顔を見せるのはポピーやベアトリクスと一緒にいるときだけ。妹たちからも、ミス・マークスはとても知的で、ときには愉快な冗談も言うし、笑顔がきれいな人だと聞かされていた。

だがレオには、縫い目のようにしか見えないミス・マークスの小さな口に笑みが浮かぶところなど想像できなかった。歯があるかどうかさえ疑問だ。なにしろいままで一度も見たことがない。

「彼女が一緒じゃせっかくの景色が台無しだ」レオはその朝、ポピーとベアトリクスに文句を言った。ふたりがミス・マークスもハイドパークに誘おうと提案したからだ。「あの死神がハイドパークに陰を落とすに決まってる」

「そんなひどいあだ名で呼ばないで、お兄様」ベアトリクスが兄をいさめた。「ミス・マークスのこと、わたしは大好きよ。お兄様がそばにいないときはとても優しいんだから」

「きっと以前に男性からひどい扱いを受けたことがあるのよ」ポピーが声を潜めて言う。「じつはね、ミス・マークスはスキャンダルを起こしたらしくて、それがきっかけで家庭教師になったという噂を耳にしたの」

レオは思わず好奇心をそそられた。「スキャンダルって、いったいどんな？」

ポピーはささやき声になった。「結婚前に男の人に肌を許したらしいの」

「結婚前に男の人に肌を許すような女性には見えないわ」ベアトリクスが声を潜めようともせずに言う。

「声が大きいわ、ビー！　彼女に聞かれたらどうするの。悪口を言ってると思われるでしょう」

「だって、実際に悪口を言ってるじゃない。そもそもわたしには信じられないわ、彼女がそういうことを……相手が誰であれするなんて。そういう女性にはこれっぽっちも見えないもの」

「わたしは信じるね」レオは言った。「結婚前に男に肌を許そうなんて考えるのはたいてい、なにも持っていない女性だからな」

「どういう意味？」ベアトリクスが説明を求める。

「魅力のない女性ほど誘惑に引っかかりやすいという意味よ」ポピーが眉をひそめて言う。

「でもその意見には同意できないわ。それに、ミス・マークスは魅力的よ。ほんの少し……まじめすぎるだけだわ」

「それと、スコットランドの鶏みたいに痩せてるだけだ」レオはつぶやいた。

馬車がマーブル・アーチをくぐり、パーク・レーンのほうに向かうあいだも、ミス・マークスは咲き誇る春の花々にじっと視線を注いでいた。

なんの気なしに彼女を見やったレオは、横顔がなかなか整っているのに気づいた。かわいらしい小さな鼻が眼鏡を支え、顎はやわらかな丸みを帯びている。引き結ばれた唇と、しわの寄った額が全体の印象を台無しにしているのがもったいない。

レオはポピーに視線を戻すと、どうしてロンドンを離れたいと言いだしたのだろうかと考えた。彼女の年ごろの女の子なら誰だって、シーズンが終わるまでここにいたい、舞踏会やパーティーを楽しみたいと思うはずだろうに。

「今シーズンの夫候補について聞かせてくれないか?」レオは妹を促した。「本当にひとりもめぼしい男はいなかったのか?」

ポピーはうなずいた。「ひとりもね。気の合う人はいたわよ、ブロムリー卿とか――」

「ブロムリー?」レオはおうむがえしに言い、両の眉をつりあげた。「彼の年はおまえの三倍だろう。もっと若くて、まともな男はいなかったのか? せめて今世紀中に生まれた男で」

「そうね、ミスター・ラドストックは悪くなかったけど」

「あれはでぶでのろまだ」ラドストックなら、レオも以前に何度か会った。ロンドンの上流社会は意外と狭いのだ。「ほかには?」

「ウォールズコート卿はとても優しくていい人だったけど……なにしろウサギさんだから」

「好奇心旺盛で抱きしめたくなるくらいかわいいって意味?」ウサギ好きのベアトリクスがたずねる。

ポピーはほほえんだ。「いいえ、おとなしいって意味よ。気が小さいの。ペットならそれでもいいけど、夫じゃね」ボンネットのリボンをほどき、顎の下できちんと結びなおす。

「お兄様はわたしの理想が高すぎるって言うんでしょうけど、これでも十分低くしたのよ。わたしの理想の下をイモムシだって通れないくらいにね。正直言って、ロンドンの社交シーズンには大いに幻滅したわ」

「そうだったのか」レオは妹に優しい声をかけた。「わたしの知り合いで紹介できる男がいればいいんだが、ごくつぶしと酔っぱらいしかいないからな。友人としては素晴らしい連中でも、義弟に迎えるくらいなら銃で撃ち殺すほうがましだ」

「その件について、わたしも訊きたかったんだけど」

「その件？」レオはまじめな表情を浮かべた妹の愛らしい顔を見つめた。欠点ひとつないかわいい妹のポピーは、ごく普通の穏やかな暮らしを心の底から願っている。

「社交界にデビューしてから、噂を聞くようになったの……」

レオのほほえみが苦笑に変わる。妹がなにを知りたいのか察しがついたからだ。「わたしの噂か」

「そう。お兄様は本当に、一部の人たちが言うほど悪い人なの？」

個人的な質問であるにもかかわらず、ミス・マークスとベアトリクスも耳をぴんと立てている。

「そうみたいだよ」レオは言いながら、過去に犯したあさましい罪の数々が脳裏をよぎるのを自覚していた。

「どうして？」ポピーが真っ向からたずねる。いつものレオならばその率直さに愛情を覚えるのだが、ミス・マークスに殊勝げなまなざしを向けられているいまは無理だった。

「悪人でいるほうが気楽だからさ。とりわけ、善人になる理由がない場合は」

「天国に行くためという理由は？」ミス・マークスがいきなり言った。魅力のかけらもない彼女の口から出たのでなければ、その声をレオはチャーミングだと思ったかもしれない。

「それだけでは、多少なりとも良識のある振る舞いをする理由にはならないかしら？」

「それは」レオは冷笑を浮かべた。「あなたの考える天国がどんな場所かにもよりますね、ミス・マークス」

すると彼女は意外にも、レオの問いかけをじっくりと考えてから答えた。「平和で晴れ晴れとした場所ですわ。罪もゴシップも争いもない場所」

「なるほど、残念ながらあなたのおっしゃる天国はわたしの考える地獄に等しいようだ。というわけで、わたしの堕落の人生はこれからも楽しくつづきますよ」レオはポピーに向きなおると、ずっと優しげな声になって言った。「希望をなくしちゃいけないよ、ポピー。きっとどこかにおまえを待っている男がいる。おまえはいつかそいつと出会い、そいつにすべての望みをかなえてもらうんだ」

「本気でそう思ってるの？」

「いいや。おまえのような境遇の相手には、優しい言葉をかけるようにしているだけだ」

ポピーがくすくす笑いながらレオの脇腹を突っつく。ミス・マークスはかたわらで、心底うんざりした目をレオに向けていた。

13

ロンドン社交界での最後の晩、一家はメイフェアのハント邸で開かれる内輪の舞踏会に出席した。鉄道会社を自ら興し、機関車製造工場の共同所有者でもあるミスター・サイモン・ハントは、もともとはロンドンの肉屋の息子で、独力により現在の地位を築き上げた。ハントは投資家や実業家、経営者といった台頭著しい新興勢力に属しており、彼らとともに、長きにわたり守られてきた貴族社会の伝統や権威を揺るがそうとしている。

政治家、外国人、貴族、実業家……ハント家恒例の春の舞踏会に集まる顔ぶれは、興味深く、移り変わりもめまぐるしい。招待状をめぐる争奪戦の激しさは有名だ。貴族たちですら、金儲けをなりわいとすることを表向きは蔑みながら、強大な権力の持ち主となったハントのお近づきになりたいと考えているからだ。

ハント邸は一私企業による成功の象徴と言えるだろう。壮大で豪奢、最新技術の数々を取り入れた邸宅は、全室にガス灯が備えられ、漆喰壁は万国博覧会にも展示中の最新技術を使って仕上げられている。大きな掃きだし窓は広々とした散歩道の延びる庭に面しており、ガラス張りの美しい温室は、床下に温水管を設置する複雑な装置によって温度が保たれている。

そろそろハント邸に着こうというころ、ミス・マークスが今夜の注意点をふたりの教え子にあらためて伝えた。魅力的な紳士が遅れて現れる可能性もあるので、焦ってダンスカードの記入欄をいっぱいにしないこと。人前では絶対に手袋をはずさないこと。誰かとダンスの先約がある場合を除いて、誘われたら断らないこと。ただし、同じ相手と踊るのは三回まで。行きすぎた親密さは、すぐにゴシップの種にされるからだ。

ミス・マークスが丁寧に説明をくりかえし、ポピーとベアトリクスがそれを熱心に聞くさまを見て、ウィンは感動した。三人はきっと、エチケットの習得という入り組んだ迷路で、長いあいだ懸命に出口を探してきたにちがいない。

ふたりの妹たちに比べると、ウィンは社交界で不利な立場にある。ロンドンに来るのも久しぶりだし、社交界のしきたりもあまりよくわかっていない。「妹たちに恥をかかせないようがんばるけど」彼女はさりげない口調で言った。「わたしがエチケットを破ってしまう可能性は極めて高いと思うの。だからミス・マークス、わたしにもいろいろ教えてくださらない？」

ミス・マークスがかすかに口元をほころばせる。真っ白な歯が少しのぞき、唇がやわらかな弧を描いた。それを見てウィンは、もう少しふっくらしたら、ミス・マークスもとてもきれいなのにと思わずにはいられなかった。「あなたには生まれつきたしなみがありますもの」家庭教師が指摘する。「ですから、完璧なレディでないあなたの姿なんて想像もできませんわ」

「そうよ、ウィンは絶対にまちがったことをしないの」ベアトリクスがミス・マークスに説明する。

「ウィンは天使だもの」ポピーもうなずいた。「まず無理だと思うけど、ウィンのレディぶりを見て歯ぎしりしないようにしなくちゃ」

ウィンはほほえんで、ほがらかに言った。「じゃあ、舞踏会が終わるまでに少なくとも三つはエチケットを破ってみせるわ」

「三つってどれ？」ポピーとベアトリクスが声を揃えてたずねる。ミス・マークスは当惑の表情だ。どうしてわざわざエチケットを破ろうとするのか、理解しかねているのだろう。

「まだ決めてないわ」ウィンは手袋をはめた手を膝の上で重ねた。「どんなチャンスがあるか、まずは確認してみないとね」

ハント邸に到着すると、従者がマントや肩掛け、紳士の帽子や上着などを預かってくれた。キャムとメリペンが並んで立ち、そっくりなしぐさですばやく上着を脱ぐさまを観察しながら、ウィンは思わず口元に笑みが浮かぶのを感じた。ふたりが兄弟であることに、ほかの誰も気づかないのが不思議でならない。けっしてそっくりというわけではないが、いくつもの共通点があるのがウィンにはわかる。たとえばウエーブした黒髪。ちがうのはキャムが少し長めで、メリペンが短く刈ってある点くらいだ。それから長身でたくましいところ。もちろん、細身でしなやかなキャムとちがい、メリペンはがっしりとして、拳闘家を思わせる筋肉質な体つきではあるが。

だが一番の相違点は外見ではなく、人柄にある。キャムは驚くべき我慢強さとユーモアセンスを備え、抜け目のなさや度胸もある。一方のメリペンは不屈のプライドと内に秘めた激しさ、そしてなかんずく、豊かな感情（本人は必死に押し隠しているが）を持ちあわせている。

そんなメリペンを、ウィンは心の底から求めていた。だが、たとえその夢がかなう日が来るとしても、そこまでの道のりは平坦ではないだろう。野生動物をなだめすかし、手元に呼び寄せるようなものだ。彼のなかで絆を求め渇望する気持ちが恐れとせめぎあい、一歩近づいては後退がくりかえされる。

きらびやかな招待客に囲まれたメリペンの姿に、彼を求めるウィンの思いはますます募るばかりだ。飾り気のない黒と白の夜会服にたくましい体をつつみ、超然と立っている。周囲の人間よりも自分が劣っているなどという意識は、彼のなかにはないだろう。しかしその一方で、彼らの一員にはなれないという自覚もあるだろう。メリペンは彼らと親しくつきあうことをしないが、彼らの価値観はちゃんと理解している。ガッジョの世界での適切な振る舞いもしっかりと身につけている。どんな状況にも適応できる人なのだ。要するに、彼はすごい人なんだわ、とウィンは大いに感心しつつ思った。馬を手なずけ、石塀を手造りし、ギリシャ語を理解し、経験論と合理論の優劣を語れる人などそうそういない。屋敷を再建し、生まれながらの領主のように領地を管理するなど、いわずもがなだ。

ケヴ・メリペンという人間はまた、けっして解けない謎につつまれてもいる。ウィンは彼の秘密を知りつくし、彼が頑として余人に見せようとしない稀有な心の内に触れてみたくてたまらなかった。

ハント邸の美しい内装を眺めるウィンの胸を、憂鬱がよぎる。招待客は笑いさざめき、邸内には軽やかな音楽が流れている。こんなに楽しげで温かな雰囲気なのに、彼女の頭にあるのは、ここにいる誰よりも遠い男《ひと》とふたりきりになることだけ。

とはいうものの、壁の花になる気はない。踊り、陽気に笑い、病の床に就いているあいだずっと夢見ていたことをすべて体験するつもりだ。それでメリペンがいらいらしたり、やきもちを焼いたりするなら、かえって都合がいい。

マントを従者に預けてしまうと、ウィンは姉妹のいるほうに向かった。四姉妹はみな淡い色合いのサテンのドレスに身をつつんでいる。ポピーはピンク、ベアトリクスはペールブルー、アメリアは藤色、ウィンは純白だ。ウィンのドレスは着心地がよくなかった。不満を訴えるとポピーから笑い交じりに、着心地のいいドレスなんておしゃれじゃないにきまっているから、不快なくらいでいいのだと指摘された。ウィンのドレスは襟刳りが大きくスクエアに開いており、半袖は腕にぴったりと添うデザインのため、ウエストより上が妙に軽い。そのくせウエストから下は、三段のフラウンススカートになっていてやたらと重みがある。だが一番の難点はコルセットだった。長いあいだコルセットなしで過ごしてきたので、少しでも体を締めつけられると不快感を覚えるのだ。ごく軽いレースのものを選んだものの、上半身はすっかりこわばり、胸は人工的に高く持ち上げられている。この格好のどこにたしなみがあるのだろう。だが世間ではコルセットを着けずに人前に出ることこそ、たしなみに欠ける振る舞いと言われている。

　とはいえメリペンの反応を目にしたときは、我慢した甲斐があったと思わされた。襟刳りが大きく開いたドレス姿の彼女を見るなり、メリペンは動揺の色を浮かべ、スカートの裾からのぞくサテンの履物の先から彼女の顔まで視線を走らせた。胸に少し長く視線がとどまっていたのは、自分の手でそれを持ち上げるところを想像でもしていたのか。ようやく目が合ったとき、黒曜石を思わせる瞳には炎が躍っていた。とたんにウィンは、コルセットにつつまれた上半身に震えが走るのを覚え、やっとの思いで彼から目をそらしたのだった。

　一行は玄関広間のさらに奥へと進んだ。天井のシャンデリアが、寄せ木張りの床にきらめく光を投げている。

「なんと美しい方だ」ドクター・ハーロウがかたわらでつぶやくのにウィンは気づいた。医師の視線をたどると、ハント家の女主人、ミセス・アナベル・ハントが招待客を歓迎する姿があった。

　ミセス・ハントとは初対面だが、ウィンは噂に聞いていた特徴からすぐに彼女だとわかった。アナベル・ハントは英国一の美女のひとりとも称されている。美しい曲線美、濃いまつげに縁取られた青い瞳、蜜色と金色の濃淡にきらめく髪。だが一番の魅力は、知性を感じさせる生き生きと豊かな表情だ。

「となりにいらっしゃるのがご主人よ」ポピーが小声で教えてくれる。「威圧的だけど、いい人そうね」

「そうかな」レオが言う。

「あら、お兄様は威圧的じゃないと思うの？」ウィンはたずねた。

「いい人じゃないと思うのさ。奥方とたまたま同じ部屋に居合わせるたび、いまにも八つ裂きにしそうな目で彼ににらまれる」

「ふうん」ポピーはつまらなそうに鼻を鳴らした。「それってミスター・ハントのせいじゃないんじゃない？」ウィンに身を寄せてささやく。「ミスター・ハントは奥様に夢中なのね。きっと心から愛しあっているんだわ」

「いまどき流行りませんね」ドクター・ハーロウが笑いながら言った。

「奥様とダンスまでするのよ」とベアトリクス。「普通のご夫婦ならありえないでしょう？　でもミスター・ハントは大金持ちだから、周りの人は許してしまうわけ」

「ねえ見て、あの細いウエスト」ポピーがウィンにささやきかけた。「三人もお子さんを産んだのに。しかもそのうちのふたりは、とても大きな男の子だったそうよ」

「ミセス・ハントに、コルセットで締めつけすぎるのはよくないと注意しなければ」ハーロウがつぶやいたので、ウィンは声をあげて笑った。

「女性にとって、健康とおしゃれのどちらかを選ぶのは難しいわ。先生が今夜、わたしにコルセットを着けるのを許してくださっていまだに驚いているの」

「あなたにはそんなものは必要ありませんよ」医師は灰色の瞳を輝かせた。「あなたのウエストはそのままでも、ミセス・ハントのコルセットで締めたウエストと同じくらいほっそりしていますからね」

ウィンは医師のハンサムな顔に向かってほほえみながら、彼といると安心できるのはなぜなのかしらと考えた。初対面のときからそうだった。彼はウィンにとっても療養所のほかの患者にとっても、神のごとき存在だった。おかげでいまだに生身の人間として見ることができない。そんな彼と、いま以上に親しい間柄になることができるのかどうか。

「ハサウェイ家のみなさんだわ、謎めいた次女もいらしたのね！」ミセス・ハントが歓声で一行を迎え、ウィンの両手を手袋の上から握った。

「謎めいているだなんて」ウィンはほほえみながら応じた。

「やっとお会いできてうれしいわ。それに、すっかりお元気になったようでよかった」

「ミセス・ハントはいつもウィンのことを心配してらしたのよ」ポピーが教えてくれた。

「だから、回復の経過をそのつど教えてさしあげたの」

「ありがとうございます、ミセス・ハント」ウィンははにかみながら礼を言った。「おかげさまですっかりよくなりました。今夜は素敵な舞踏会にお招きいただいて光栄ですわ」

ミセス・ハントは目もくらむような笑みでウィンに応じ、手を握ったままキャムに声をかけた。「なんて優雅な方なのかしら。ねえミスター・ローハン、これでは彼女が妹さんたちの人気まで奪ってしまいそうね」

「それは来年の話になりそうですよ」キャムはさりげなく告げた。「今シーズンは、今夜の舞踏会を最後にしようと思っているんです。今週中にもハンプシャーに戻る予定で」

ミセス・ハントはかすかに眉根を寄せた。「まあ、もう？　でも、しかたありませんわね。ラムゼイ卿も早くお屋敷を見たいでしょうし」

「ええ、ミセス・ハント」レオが答えた。「田園生活が恋しいですよ。羊もうんざりするほど見られますし」

ミセス・ハントの笑い声をきっかけに、その夫も会話に加わる。「ようこそ、ラムゼイ卿。ロンドンに戻られるときには、街中が大喜びでしょうね。ご不在のあいだ、賭博場や料理店は商売あがったりだ」

「では、戻ったあかつきには商売繁盛に大いに貢献しましょう」

ハントは短く笑った。「それにしても、今回は彼が大活躍でしたね」とレオに向かって言いながら、メリペンのほうを向き、手を握る。メリペンは例のごとく、一家のかたわらに控えめにたたずんでいた。「ウェストクリフをはじめとする近隣住民の話では、メリペンはラムゼイ邸の再建を極めて短期間のうちに成功させたとか」

「ラムゼイの名と成功という言葉が並ぶことはめったにない」レオは応じた。「そう思うと、メリペンの手腕にはまったく恐れ入る」

「よかったらあとで――」ハントはあらためてメリペンに声をかけた。「きみが小作人のために購入したという脱穀機について、感想を聞かせてもらえないだろうか。機関車製造工場の経営がすっかり軌道に乗ったので、今後は農業機械に事業を拡大しようと思っていてね。

なんでもきみの買った脱穀機は新型で、麦わらの圧縮には蒸気を用いているそうだな」

「農作業全般がすでに機械化が進んでいますから」メリペンは答えた。「刈り取り機、裁断機、結束機……例の博覧会で試作機がたくさん展示されています」

ハントは黒い瞳を好奇心に輝かせた。「是非もっと聞かせてもらいたいな」

「夫は機械に目がないの」ミセス・ハントが笑い声をあげながら言った。「この世のなによりも機械が好きなんじゃないかしら」

「なによりも、というわけじゃないよ」ハントが優しく応じる。そのまなざしに、夫人はなぜか頬を染めた。

レオはどこか愉快そうに夫妻の様子を見つつ、話題を変えるために口を開いた。「ミスター・ハント、妹の治療を担当してくださったドクター・ハーロウをご紹介しよう」

「はじめまして」ハーロウは言い、ハントの手を握った。

「はじめまして」ハントは礼儀正しく応じ、医師の手を握りかえした。だが医師を見る目は、どこか探るような妙なものだった。「ドクター・ハーロウというと、フランスで療養所を営んでいらっしゃる、あの？」

「ええ」

「まだあちらに住んでいらっしゃる？」

「はい。むろん、都合のつくかぎり、友人や家族に会うために英国に戻ってはいますが」

「じつは、亡くなった奥様のご実家とは懇意にしていまして」ハントはつぶやくように告げながら、医師の顔を見据えている。

すばやく二度まばたきをしてから、ハーロウは悲しげな笑みを浮かべた。「ランハム家ですね。英国名家の。あいにくわたしはもう何年もご無沙汰をしています。つらい出来事を思い出しますので」

「でしょうね」ハントは静かに応じた。

その後つづいた気づまりな沈黙に、ウィンは当惑を覚えた。ハントとハーロウのあいだには、なにやら不穏な空気が流れているようだ。家族とミセス・ハントの顔を順にうかがってみたが、ふたりの男のやりとりがどこか妙なのに誰も気づいていないらしい。

「ねえあなた」ミセス・ハントがほがらかに夫を呼んだ。「ふたりでダンスを踊って、みなさんを驚かせない？　もうじきワルツが始まるはずよ。わたしがあなたとのダンスが好きなのはご存じでしょう？」

つやめいた声にあっという間に気をとられ、ハントは妻にほほえんだ。「きみの誘いならいつでも」

一方、ウィンはハーロウがこちらを見ているのに気づいた。「ワルツなんて久しぶりです」医師が言う。「ダンスカードに、わたしの名前を書く欄は空いてますか？」

「もう書いてあるわ」ウィンは応じ、ハーロウが差しだした腕に軽く手をかけた。ふたりはハント夫妻のあとから舞踏室へと向かった。

ポピーとベアトリクスのかたわらにも、すでにダンスの相手を所望する紳士がやってきていた。キャムはアメリアの手を手袋の上から握っている。「みんなを驚かせる役をハント夫妻にばかりやらせるわけにはいきませんね。踊りましょう、アメリア」

「わたしたちが一緒に踊っても誰も驚かないいんじゃないかしら」アメリアはためらうことなくキャムに応じた。「もうみなさん、わたしたちを礼儀知らずと思ってらっしゃるでしょうから」

レオは舞踏室に向かう一行を眺めながら、不審げに目を細めた。「おい」とメリペンに声をかける。「ハントはハーロウについてなにか知っているようだな。おまえ、ハントに訊けるくらいあいつと親しいか？」

「ああ」メリペンはうなずいた。「たとえ親しくなくても、彼が話すまでおれは帰らない」

レオは肩を揺すって笑った。「この屋敷広しといえど、サイモン・ハントに無理強いしようなんて考える男はおまえくらいだよ。あいつときたら、とんでもないろくでなしだから」

「おれもだよ」メリペンはぶっきらぼうに応じた。


舞踏会は素晴らしかった。いや、メリペンが理性ある人間らしく振る舞ってくれたなら、素晴らしくなるはずだった。彼はずっと無遠慮に目でウィンを追いつづけていた。ウィンがほかの招待客と歓談し、自分はハントや男性客と会話中であっても、彼女から絶対に目を離そうとしなかった。

ダンスの約束をしていた男性が現れると、メリペンがウィンの脇に立ち、その男性がそそくさと退散するまでにらみつける。そんなことが少なくとも三度はあった。

メリペンはそうやって、ウィンに求愛しようとする男性を片っ端から追い払った。

ミス・マークスですら、彼にそれをやめさせることはできなかった。ミス・マークスは、ミス・ハサウェイのお目付け役は不要です、彼女はひとりで殿方に対処できますと、メリペンにはっきり言ってくれた。ところがメリペンは意固地に、あなたこそお目付け役のつもりなら、ろくでもない男どもが彼女に近づかないようにしたらどうなんだと反論した。

「いったいどういうつもり？」腹を立てたウィンは、またひとり別の紳士を退散させたメリペンを小声で責めた。「いまの方と踊りたかったのに！　約束もしていたのよ！」

「あんなくだらない男と踊っちゃだめだ」メリペンはつぶやいた。

ウィンは呆れ顔で首を振った。「ちゃんとした家柄の子爵様よ。あの方のどこがいけないの？」

「レオの友だちだ。それだけで十分な理由になる」

ウィンはメリペンをにらみつけた。必死に冷静さを保とうとしていた。かつては、穏やかな表情を浮かべていれば簡単に感情を隠せた。だが近ごろはそれがどんどん難しくなってきている。あらゆる感情が、いまにもあふれだしそうだ。「わたしが今夜の舞踏会を楽しむのを邪魔するつもりなら、大成功ね、メリペン。踊りたいと思っても、わたしを誘ってくださる男性をあなたがみんな追い払ってしまうんだから。わたしのことはもうほうっておいて」

ウィンは彼に背を向け、ジュリアン・ハーロウがやってくる姿を見つけると安堵のため息をもらした。

「ミス・ハサウェイ、これからわたしと――」

「ええ」ウィンはジュリアンが言い終える前にうなずいた。彼の腕をとり、いざなわれるがままに、ワルツの輪のほうへ向かう。肩越しに振りかえると、メリペンがじっとこちらを見ていたのでにらみつけてやった。彼はしかめっ面で応じた。

メリペンから歩み去りながら、ウィンはヒステリックな笑い声をあげそうになった。懸命に笑いをこらえつつ、ケヴ・メリペンほど腹立たしい男性はこの世にいないわ、と思う。あのひねくれ者。わたしを拒んだのに、わたしがほかの誰かと親しくなるのは許さないだなんて。それに彼は、日ごろの粘り強さを考えれば、きっと何年だってこういうことをつづけられるはずだ。あるいは永遠に。そんなの、耐えられない。

「ウィニフレッド」ジュリアンが灰色の瞳を心配げにくもらせながら、彼女を呼んだ。「こんなに素敵な夜なのに、なにを悩んでらっしゃるのですか？　彼となにを言い争っていたんです？」

「大したことではないの」さりげない口調で応じようと思ったのに、出てきた声はこわばっていた。「内輪のけんかです」

ウィンが膝を曲げ、ジュリアンがおじぎをし、彼が両腕に彼女を抱く。背中をしっかりと支える手が、軽やかにワルツへといざなってくれた。

ジュリアンの手は療養所での思い出を呼び覚ました。彼がどんなふうに励まし、手を貸してくれたか。必要なときにはどんなふうに叱りつけてくれたか。回復までの道のりで新たな試練を乗り越えるたび、ふたりはともに喜びあった。ジュリアンは優しく、親切で、高潔な人だ。ハンサムでもある。周囲の女性がうっとりと彼を見るまなざしに、ウィンももちろん気づいている。舞踏室にいる独身女性のほとんどは、彼のように申し分のない男性に求愛されるためならばなんだってするだろう。

　彼となら結婚してもいいかもしれない。ウィンは思った。ほんの少し勇気を持てば大丈夫だと、彼からもはっきり言われている。医師の妻となり、南フランスに住み、療養所で彼の手伝いをしたっていい。そして、自分と同じような病に苦しむ人びとの世話をする……生きがいのある、価値のある人生を送る……そのほうが、ずっといいのではないだろうか。けっして手に入れることのできない男《ひと》を愛しつづけるつらさに比べれば、どんな人生だってましだ。しかもこのままでは、その男《ひと》のすぐそばで生きつづけなければならない。いずれ自分はいらだちを募らせ、いやな女になっていくだろう。メリペンを憎むようにすらなるかもしれない。

　ジュリアンの腕のなかで、胸のしこりがほぐれていくのをウィンは感じていた。冷え冷えとした怒りが消えうせ、音楽とワルツのリズムに心和む。ジュリアンは周りのカップルにぶつからないよう、慎重に、それでいて流れるように彼女をリードしてくれる。

「夢が現実になったみたいだわ」ウィンは言った。「こんなふうに踊ったりできるなんて……みんなと同じように」

腰に置かれたジュリアンの手に力が込められた。「あなたはみんなと同じですとも。でも、みんなとちがうところもある。あなたはここにいる女性の誰よりもきれいだ」

「嘘ばっかり」ウィンはほがらかに笑った。

「本当ですとも。あなたはまるで巨匠の作品に描かれた天使のようだ。あるいは、そう、『眠れるヴィーナス』かな。『眠れるヴィーナス』はご覧になったことがありますか？」

「ないと思うわ」

「ではいつか一緒に見に行きましょう。見たら少々驚くと思いますが」

「ヴィーナスだから、やっぱり服を着ていないのでしょう？」ウィンは世慣れたふうをよそおったが、顔が真っ赤になるのが自分でわかった。「美を表現するためにどうして必ず裸体で描くのか、理解しかねるわ。さりげなく薄衣をまとわせたって、美しさが損なわれるわけではないでしょうに」

「一糸まとわぬ女性の姿ほど美しいものはこの世にないからですよ」ジュリアンは言い、ウィンがますます頬を紅潮させるのを見て小さく笑った。「あからさまな物言いをして、あなたを困らせてしまいましたね。すみません」

「すみませんなんて、思っていないくせに。最初からわたしを困らせるつもりだったのでしょう？」ジュリアンとこんなふうに軽口をたたきあうのは、なんだか不思議な感じがする。

「そのとおり。あなたをちょっと狼狽させたかったんです」

「どうして？」

「意外性のかけらもない、退屈なドクター・ハーロウと思われたくないから」

「先生をそんなふうに思ってなんかいないわ」ウィンは笑った。

「それならいい」ジュリアンはつぶやき、彼女にほほえみかけた。ワルツが終わり、男性陣が相手の女性を舞踏室の端にいざなうのと入れ替わりに、次の曲で踊る人びとが中央に集まってくる。

「なんだか暑いですね、それに人が多すぎる」ジュリアンが言った。「ちょっと羽目をはずして、ふたりでしばらくどこかに抜けだしましょうか？」

「ええ、是非」

ジュリアンはウィンを、巨大な植木鉢で部分的にさえぎられている隅のほうへと引っ張った。それからタイミングを見計らい、舞踏室を出て立派な温室に向かった。通路の両脇に観葉植物や花が植わっており、奥の人目につかないところに小さな長椅子が数脚あった。温室の向こうは広々としたテラスで、囲い庭園と周辺の邸宅を見下ろせる。遠くにロンドン中心部の輪郭が望め、夜空を煙で覆う林立した煙突が見えた。

ふたりは長椅子に腰を下ろした。ウィンのスカートが大波のように広がる。ジュリアンがわずかに顔を彼女のほうに向ける。月明かりが、磨き上げた象牙のような彼の肌を照らしだす。「ウィニフレッド」とつぶやくように呼ぶ声は、深みと優しさにあふれていた。灰色の瞳を見つめながらウィンは、キスをされるのだわと思った。

ところが驚いたことに、ジュリアンはウィンの手袋を片方、極めて慎重な手つきで脱がせ始めた。月明かりがうつむいた彼の黒髪をきらめかせる。それから彼はウィンのほっそりとした手を自分の口元に運び、指の甲と手首の内側の薄い皮膚に口づけた。開きかけの花を扱うように、彼女の手をそっと自分の頬に押しあてる。愛情深いしぐさに、ウィンの気持ちがほぐれていく。

「なぜわたしが英国に来たのか、もうおわかりでしょう」ジュリアンは静かに言った。「わたしはあなたをもっと知りたかった。でも療養所ではあれ以上は無理だった。できれば――」

そのとき突然、近くで物音がしてジュリアンは言葉を切り、顔を上げた。

ふたりは揃って闖入者のほうを見た。

もちろん、それはメリペンだった。黒々とした大きな体が、挑むように大またでやってくる。

ウィンは呆れてものも言えなかった。まさかメリペンは、ここまでつけてきたのだろうか。狩りの獲物にでもなった気分だ。このいまいましい追跡から逃れられる場所など、どこにもない気がしてくる。

「あっちに……行ってちょうだい」ウィンは彼の振る舞いに対する怒りを一語一語にはっきりと込めた。「あなたはわたしのお目付け役でもなんでもないのよ」

「だったら向こうでお目付け役と一緒にいろ」メリペンがぴしゃりとやりかえす。「そんなやつとこんなところにいちゃいけない」

ウィンはいまほど感情を抑えるのが難しいと感じたことはなかった。それでもなんとかして、無表情の仮面の下に押し隠す。だが胸の内では怒りが渦巻いている。ジュリアンに向きなおったとき、彼女の声はかすかに震えていた。「メリペンとふたりきりにしていただけますか、ドクター・ハーロウ？　彼と話しあうべきことがあるようですから」

ジュリアンはこわばった表情のメリペンを見やり、すぐにウィンに視線を戻した。「最善策とは思えませんが」とゆっくりした口調で言う。

「舞踏会に来てからずっと彼に悩まされているんです。はっきり言わないかぎり彼はやめません。だからしばらく、ふたりきりにしてください」

「わかりました」ジュリアンは長椅子から立ち上がった。「どちらでお待ちしていればよろしいですか？」

「舞踏室に戻っていてください」ウィンは応じつつ、ジュリアンとまで口論にならずにすんでよかったと胸を撫で下ろした。ジュリアンは彼女の意思を尊重し、力量を認めている。だからこの場をおさめる役目を任せてくれるのだろう。「ありがとうございます、ドクター・ハーロウ」

医師が歩み去るのをほとんど意識に留めることもなく、ウィンはメリペンだけをじっとにらんでいた。立ち上がり、思いきり顔をしかめたまま彼に歩み寄る。「もう我慢の限界よ。いいかげんにして、ケヴ！　自分がどれだけばかなまねをしているか、わかっているの？今夜の自分の振る舞いが、どれほど礼儀にかなっていないか？」

「おれが礼儀にかなっていないだって？」メリペンは怒鳴りかえした。「きみのほうこそ、危うく体面を傷つけられるところだっただろう」

「いっそ傷つけられたかったわ」

「そいつは残念だな」メリペンは言うと、彼女の腕をつかみ、温室から引きずりだそうとした。「おれはきみが傷つくことがないよう守り抜くつもりだ」

「触らないで！」ウィンは激高し、身をよじって彼から逃れようとした。「守られるのはもうたくさん。ベッドに大事にかくまわれ、周りの人たちが人生を謳歌するのをただ見ていたわ。一生分守られたようなものよ。そんな毎日をまたわたしに送れというの？　ひとりぼっちで、愛されもせずに過ごせというの？」

「きみはひとりぼっちじゃない」メリペンは荒々しく言った。「それにちゃんと愛されてる」

「ひとりの女として愛されたいの。子どもや妹や病人としてではなく――」

「おれはそんな意味で――」

「あなたはそういう愛情を持ちあわせていないんだわ」爆発しそうないらだちとともに、ウィンはかつてない感情に襲われていた。誰かを傷つけたい気分だった。「女性を愛せない人なのよ」

　メリペンが動き、ガラス窓から射しこむ一条の月明かりが顔を照らしだした。そこに浮かぶ獰猛な表情に、ウィンは小さな衝撃を覚えた。わずか数語で、彼女はこんなにも深く彼の心をえぐったのだ。暗く激しい感情が流れる血管を切り裂くほどに。ウィンは一歩後ずさったが、乱暴に体をつかまれてはっとした。

メリペンは彼女をぐいと自分のほうに引き寄せた。「地獄の業火が千年のあいだ燃え盛ろうと、おれが一分一秒ごとにきみを思う気持ちには勝てやしない。きみを愛しすぎて、愛する喜びなどこれっぽっちも感じられなくなった。感じるのは苦しみだけだ。おれのこの思いが、百万分の一に薄めたところできみを殺してしまいかねないほど激しいからだよ。この腕のなかできみが死ぬのを見るくらいなら、心のない冷淡な男に譲るほうがずっとましだ。たとえそれで、自分の気が狂おうと」

彼の言葉の意味、あるいは言葉の裏に隠されたものを理解しようとする暇もなく、ウィンは飢えたように荒々しく唇を奪われていた。たっぷり一分間、いやおそらくは二分間、身じろぎさえできなかった。なすすべもなくただ突っ立って、混乱し、理性が失われていくのを感じていた。気が遠くなりかける。もちろん、病気がぶりかえしたわけではない。おずおずとメリペンのうなじに手を伸ばすと、糊のきいた襟の上に硬い筋肉の感触があった。髪はまるで、よりあわせたばかりの絹糸のようだった。

荒い息を吐く彼のうなじをウィンは無意識に愛撫し、激情をなだめようとした。唇が角度を変えていっそう強く押しつけられ、いたぶるように激しく吸う。彼の口づけは酔わせるほどに甘い味がした。荒々しさがふいに消え、今度は優しく口づけてくる。ウィンの頬に触れた手は震えていた。メリペンは指先で頬をなぞりながら、手のひらで顎を愛撫した。飢えた唇が彼女の唇を離れ、まぶたと鼻と額に触れる。

もっとしっかりと身を寄せあおうとして、メリペンがウィンの背中を温室の壁に押しつける。あらわな肩がガラスに触れたとたん、ウィンは鳥肌がたつのを覚えた。ガラスは冷たかった。だが、メリペンの体はとても温かかった。焦がすように熱くやわらかな唇が、首筋から胸元、谷間のほうへと下りていく。

メリペンは指を二本、身ごろのなかへと挿し入れ、冷たくやわらかな乳房を愛撫した。だがそれだけでは満足できなかったようだ。ドレスの胸元と、その下に着けたコルセットの浅いカップをいらだたしげに引き下ろした。ウィンは目を閉じ、抗議の言葉を口にすることさえせず、ただ荒く息をしながらじっと立っていた。

胸があらわになったとたん、メリペンの口から満足げなうめき声がかすかにもれた。ガラスを背にしたままのウィンをつま先立たせ、胸の先を口に含む。

ウィンは唇を噛んで、声をあげまいとした。円を描くように舌で舐められるたび、足の先までしびれが走る。彼女は手袋を脱いだほうの手ともう一方の手と、両方でメリペンの髪をまさぐった。唇で優しく愛撫されるたび、背を弓なりにした。

乳首が硬くうずきだすと、メリペンは唇を首筋に戻し、やわらかな肌に愛撫を与えた。「ウィン」とかすれ声で呼びかける。「おれは――」つづく言葉をのみこみ、ふたたび唇を重ね、深く、熱っぽく口づけながら、硬くなった乳首に指先で触れる。先端をそっとつねられ、転がされ、優しくいたぶられて、ウィンは身をよじりながら歓喜のすすり泣きをもらした。

そのとき、すべてがあまりにも唐突に終わった。メリペンはなぜか凍りついたようになり、ウィンを窓から引き離すと、さっと抱き寄せた。あたかも、しどけない姿の彼女を人に見られまいとするかのように。小さく罵る声が彼の口からもれる。

「どうしたの……」ウィンは言葉を見つけられなかった。深い眠りから覚めたばかりのようにぼうっとしており、考えがまとまらない。「いったいなにがあったの?」

「テラスでなにか動くものが見えた。誰かに見られたかもしれない」

とたんにウィンは、いつもの冷静な表情を取り戻した。メリペンに背を向け、ぎこちない手つきでドレスの前を直す。「手袋が……」とささやいてあたりを見まわすと、それは休戦を告げる小さな白旗のように長椅子の脇に落ちていた。

メリペンが長椅子に歩み寄り、拾ってくれる。

「わたし……化粧室に行くわ」ウィンは震える声で告げた。「気持ちを落ち着けて、できるだけ早く舞踏室に戻るから」

いったいなにが起きたのか、それがなにを意味するのか、さっぱりわからない。メリペンはウィンへの愛を認めた。ようやく言葉にしてくれた。けれどもそれは、ウィンがいつも夢見ていた喜びに満ちた愛の告白ではなく、怒りと苦々しさにあふれたものだった。なにもかもが、ひどくまちがっているように思える。

できることならいますぐホテルに戻り、部屋でひとりきりになりたい。ひとりになって、じっくり考えたい。彼はさっき、なんと言ったのだったか。この腕のなかできみが死ぬのを見るくらいなら、心のない冷淡な男にきみを譲るほうがずっとましだ。いったいどういう意味なのだろう。なぜ彼はあんなことを言ったのだろう。

メリペンときちんと話がしたい。だが、いまこの場でというわけにはいかない。この問題には極めて慎重に対処する必要がある。彼は多くの人が思っているよりもずっと複雑な心の持ち主だ。一見すると普通の男性より鈍感そうだが、本当は、自分でもうまく抑えられないほど激しい感情を胸の内に隠している。

「あとでゆっくり話しましょう、ケヴ」

彼は短くうなずいた。あたかも耐え難いほどの重荷を負っているかのように、うなだれ、両肩を落としていた。


ウィンは人目を避けるようにして階上の化粧室に向かった。部屋に入ると、メイドたちが忙しそうに立ち働き、招待客のスカートを繕い、汗ばんだ顔のてかりをとり、乱れた髪にヘアピンを挿して直していた。女性たちはみな数人ずつ集まって、見聞きしたことを噂しあってはくすくす笑っている。ウィンは鏡の前に座り、自分の顔をしげしげと見た。表情はいつもの平静さを失い、頬は紅潮し、唇は赤く腫れている。これではなにをしていたのかすぐに人にわかってしまうわ、と思ったとたんにますます頬が赤らんだ。

メイドがひとりやってきて、ウィンの顔におしろいをはたいてくれる。ウィンは小声で礼を言った。気持ちを落ち着けるために数回、いまいましいコルセットで苦しくならない程度に深呼吸をする。それから誰にもばれないように、胸がちゃんと隠れているか確認した。

もう階下に戻っても大丈夫と思ったときには、すでに化粧室に来てから三〇分ほども経っていた。そこへちょうどポピーが現れたので、妹に向かってほほえみかけた。

「こっちにいらっしゃい」ウィンは声をかけ、椅子から立ち上がった。「ほら、座って。ヘアピンはいる？　おしろいは？」

「ううん、いいわ」ポピーは緊張と不安がないまぜになった表情を浮かべ、先ほどまでのウィンと同じくらい頬を赤く染めている。

「楽しんでる？」ウィンは少し心配になった。

「あんまり」ポピーは言うと、盗み聞きされぬよう、姉を隅のほうに引っ張った。「今夜は、いつもの退屈な老貴族や、もっとたちの悪い退屈な若い貴族とはちがう感じの男性に出会えるんじゃないかと楽しみにしていたの。でも、新しく知り合えたのは成り上がり者と実業家だけ。どの人もお金の話ばかりするの。そんな話題、下品だし、そもそもわたしには理解できないわ。それにどの人も、仕事の内容は言えないというの。それって要するに、なにか違法なことに手を染めているという意味よね」

「ベアトリクスはどう？　楽しくやっているのかしら」

「ええ、それはもう大変な人気者よ。とっぴなことばかり言って、周りの人に笑われたり、ウィットに富んだお嬢さんだって感心されたり。当人は大まじめなのにね」

ウィンはほほえんだ。「下に行って、ベアトリクスを捜しましょう」

「まだだめ」ポピーは言うなり、姉の手をとってぎゅっと握りしめた。「だってわたし……

ここにはウィンを捜しに来たのよ。下で大騒ぎになっているの……ウィンのことで」

「大騒ぎ？」ウィンはかぶりを振りつつ、骨の髄まで体が冷えていくのを感じていた。胃がひっくりかえる感覚に襲われる。「いったいどういう意味？」

「温室でウィンが体面を汚されたという噂が、あっという間に広がってしまったの。とてもひどく体面を汚されたって」

自分の顔が蒼白になるのがわかる。「三〇分しか経ってないのに」ウィンはささやいた。

「ロンドン社交界だもの」ポピーは暗い声で応じた。「ゴシップなんて全速力で広がるわ」

ふたり組の若い女性が化粧室に入ってきたと思うと、ウィンの顔を見るなり、何事かささやき交わした。

ウィンは打ちひしがれた目で妹を見やった。「スキャンダルになるの？」と弱々しくたずねる。

「適切かつ迅速に対処すれば防げるわ」ポピーは姉の手を握る手に力を込めた。「書斎に行きましょう。お姉様とミスター・ローハンが待っているの。みんなで智恵を絞って、これからどうするか決めましょう」

ウィンは一瞬、病人に戻り、この場で失神してしまいたいとすら思った。いまこのときだけは、気を失ったままこんこんと眠りつづけるのがとても魅力的に思えたのだ。「わたし、いったいなにをしてしまったの？」とささやく。

ポピーがかすかにほほえんだ。「きっと誰もがそれを知りたがっているわ」

14

ハント邸の書斎は、ガラス戸のついたマホガニーの書架が並ぶ立派なしつらえの部屋だった。きらめくデカンタでいっぱいの象眼模様の大きなサイドボードのかたわらには、キャム・ローハンとサイモン・ハントが立っていた。琥珀色の液体が半分ほど入ったグラスを手にしたハントが、書斎に現れたウィンに謎めいたまなざしを送る。部屋にはアメリアとミセス・ハント、そしてドクター・ハーロウもいた。ウィンは目の前で起きている現実が現実ではないような、不思議な感覚を味わっていた。スキャンダルの当事者になったことなどいままで一度もない。それは病の床で想像していたような、興奮させられる経験でも、愉快な経験でもなかった。

むしろ恐ろしかった。

最前ウィンはいっそ体面を傷つけられたいとメリペンに言ったが、本気でそう思っていたわけではなかった。理性のある女性がそんなふうに思うはずがない。スキャンダルを引き起こせば、自分自身だけではなく、妹たちの将来まで台無しにしてしまう。いや、ハサウェイ家全体に影を落とすことになる。自分の無分別な振る舞いが、愛する人たちを傷つけようとしているのだ。

「ウィン」アメリアが呼びながらすぐさま駆け寄り、ひしと抱きしめた。「大丈夫よ。みんなで力を合わせてなんとかしましょう」

これほどまでの悲嘆に暮れていなければ、ウィンは思わずほほえんでいただろう。姉はいつだって、なにが起きてもうまく切り抜けられると自信たっぷりに言う。天災に見舞われても、国が侵略されても、野生動物の群れに襲われても。だがそれらのどれも、ロンドン社交界でスキャンダルを引き起こすという事件とは比べられない。

「ミス・マークスは？」ウィンはか細い声でたずねた。

「ベアトリクスと舞踏室に残ってもらったわ。なるべく普通に見えるようにと思って」アメリアはこわばった顔に苦笑をにじませ、ハント夫妻を見やった。「あいにくわが家の人間は、普通に見せるのが大の苦手なんですけれど」

ウィンは身を硬くした。レオとメリペンが書斎に入ってきたからだ。兄はまっすぐウィンに歩み寄り、メリペンはいつものように片隅にひっそりと立った。ウィンと目を合わせようともしない。いやな沈黙が部屋を満たし、ウィンはうなじの産毛がざわざわする感覚に襲われた。

わたしひとりで引き起こした問題ではないのに……わきおこる怒りとともに思う。

こんなときこそメリペンは彼女を助けるべきなのだ。なんとしても、名誉を賭けてでも、彼女を守るべきなのだ。

　ウィンの心臓は痛いくらいに激しく鼓動を打ち始めた。

「失った時間を取り戻そうとしているらしいな、ウィン」兄は軽薄に言ったが、薄い色の瞳には妹への気遣いがちらついていた。「早いとこ対策を考えよう。わたしたちが揃って舞踏室からいなくなったことに気づいた連中が、ますます騒ぎだすにちがいない。噂が広まるのはあっという間だ。舞踏室はすでに大嵐だよ」

　ミセス・ハントがアメリアとウィンに歩み寄る。「ウィニフレッド」と呼びかける声はとても優しかった。「噂が単なる噂にすぎないのなら、わたしがあなたの代わりにすぐに否定してさしあげるわ」

　ウィンは震える息を吸った。「本当なんです」

　ミセス・ハントがウィンの腕をぽんぽんと軽くたたき、安心させるように見やる。「大丈夫、この手の窮地に立たされるのは、あなたが最初でも最後でもないんだから」

「そのとおり」ミスター・ハントがもったいぶった声音で口を挟む。「わが妻もまさにこの手の窮地に立たされたことが――」

「サイモン」ミセス・ハントがきっとなってさえぎると、夫君はにやりと笑った。ウィンに向きなおった夫人がつづける。「あなたと問題の紳士とで、いますぐこの問題を解決しなくてはいけないわ」ほんの一瞬間を置く。「それで、お相手はどなたなの？」

　ウィンには答えられなかった。絨毯に視線を落とし、メダイヨンと花の模様をぼんやりと見つめながら、メリペンが口を開いてくれるのを待つ。わずか数秒の沈黙が数時間に感じられた。メリペン、なにか言って……絶望にのみこまれそうになりながら思う。自分がその相手だと言ってよ!

だがメリペンは身じろぎひとつしなければ、声ひとつ発しない。

そのとき、ジュリアン・ハーロウが一歩前に進みでた。「わたしがその相手です」と静かに告げる。

ウィンはぱっと顔を上げた。彼女の手をとるジュリアンを、仰天の面持ちで見つめる。「みなさんにお詫び申し上げます」ジュリアンはつづけた。「とりわけミス・ハサウェイに。彼女をゴシップや非難の的にするつもりなどなかったのです。このような事態になったからには、すでに心に決めていたことを実行に移すしかないでしょう。わたしはこの場で、ミス・ハサウェイに結婚を申し込みたいと思います」

ウィンは息を止め、真正面からメリペンの顔を見た。声にならない苦悶の叫びが、彼女の心を焼きつくしていく。メリペンのよそよそしい顔も、石炭のように真っ黒な瞳も、なにも告げてはくれない。

彼はなにも言わなかった。

なにもしなかった。

メリペンはウィンの体面を傷つけ、そしていま、その責任をほかの男性に取らせようとしている。ほかの男性に彼女を救わせようとしている。メリペンの裏切りは、病人だったころに味わったどんな痛みや苦しみよりもいっそう深く彼女をむしばんだ。彼女はメリペンに憎しみすら覚えた。きっとこの憎しみは死ぬまで、いや死んでもなお消えることはないだろう。ジュリアンを受け入れる以外にどんな選択肢があるのか。彼を受け入れるか、自らと妹たちの将来を台無しにするか、ふたつにひとつしかない。

自分が蒼白になるのがわかる。だがウィンはなけなしの笑みを浮かべると、兄と向きあった。

「ねえお兄様、こういう場合は家長の許しを先にいただくべきなのかしら？」

「祝福するとも」兄はそっけなく言った。「わたしの汚れなき名声を、おまえのスキャンダルで傷つけられてはかなわないからな」

ウィンはジュリアンに向きなおった。「では、答えはイエスよ、ドクター・ハーロウ」と落ち着いた声で告げる。「あなたと結婚するわ」

ミセス・ハントはきれいに整った眉のあいだにしわを寄せてウィンを見つめていたが、やがて事務的にうなずいた。「ではわたしは、お客様のなかからしかるべき人を選んで、あれはスキャンダルでもなんでもない、婚約者同士で抱き合っていただけだと耳打ちしてくるわ。少々度を過ごした振る舞いだったとはいえ、婚約中という事実を踏まえれば見逃してもらえるでしょう」

「わたしも一緒に行こう」ミスター・ハントが言い、妻のかたわらに立つ。ハントはジュリアンに手を差しだし、医師と握手を交わした。「おめでとうございます」という声は誠実だが、心から祝福しているふうではなかった。「ミス・ハサウェイの心を射止めるとは、幸運な人だ」

ハント夫妻がいなくなると、キャムがウィンのほうにやってきた。洞察力に富む彼の金褐色の瞳を、ウィンはやっとの思いで見つめかえした。

「本当にこれでいいのかい、ウィン?」キャムはそっとたずねた。

義兄の思いやりに、彼女は危うくくずおれそうになった。「ええ、もちろん」みじめさに顎がわななきそうになるのを歯を食いしばってこらえ、笑みを浮かべてみせる。「わたし以上に運のいい女性はこの世にいないわ」

ようやくメリペンのほうを見る勇気を得たときには、彼はすでにどこかに消えていた。

「とんでもない夜になったわね」アメリアは一同が去ったあとの書斎でつぶやいた。

「ええ」キャムが妻の手をとって廊下に出る。

「どこに行くの?」

「舞踏室に戻りましょう。ふたりの婚約を心から喜び、祝福している顔を見せなければ」

「自信がないわ」アメリアは夫から離れ、アーチ型の大きな壁龕《へきがん》に歩み寄った。パラディオ式の窓から通りを見下ろす。窓に額を押しあて、大きなため息をつく。こつこつと床を踏み鳴らす音が廊下に響いた。

深刻な状況なのに、キャムは一瞬だけ口元がほころぶのを抑えられなかった。妻が不安や怒りに駆られているときは、あの癖のおかげですぐにわかる。当人にも以前言ったことがあるが、その癖は樹木に作った巣の脇で枝を踏み鳴らすハチドリ《ハミングバード》を思わせた。

キャムは妻に歩み寄り、ひんやりとした肩の丸みに温かな両の手を置いた。触れた瞬間、彼女がびくりとするのがわかった。「ハミングバード」とささやきかけながら、両手をうなじのほうに移動し、冷たく凝った筋肉を揉みほぐす。緊張が解けたのだろう、床を踏み鳴らす音は徐々に小さくなっていった。落ち着きを取り戻すと、ようやく彼女は口を開いた。

「書斎にいた誰もが、ウィンの体面を傷つけたのはメリペンだとわかっていたのよ」とぶっきらぼうに言う。「ハーロウではないのに。信じられない。ウィンはあれだけ苦しい思いをしてきたのに、どうしてこんな結末になるの？　愛してもいない男性と結婚し、フランスに行くだなんて。しかもメリペンはあの子を止めるために指一本動かさなかった。メリペンはいったいどうしてしまったの？」

「いまこの場で事情を説明するわけにはいかないんです。落ち着いて、アメリア。あなたが悲しい顔をしていたら、ウィンも苦しむでしょう」

「耐えられないの。なにもかもがまちがっているのに。あのときの妹の顔……」

「大丈夫、まだ時間はあります」キャムはつぶやいた。「まだ婚約しただけなのですから」

「婚約にも義務は伴うでしょう」アメリアは打ちひしがれた様子で、いらだたしげに応じた。

「婚約は一種の契約で簡単に破れるものではないと、あなたもわかっているはずだわ」

「まあ、多少の義務は生じますね」

「ねえ、キャム」アメリアはがっくりと肩を落とした。「わたしたちは大丈夫よね？　誰かにふたりの仲を引き裂かれたりしないわよね?」

あまりにも愚かな問いかけに、キャムはなんと答えればいいのかわからなかった。妻を自分のほうに向きなおらせる。驚いたことに、日ごろあれほど現実的で分別もある彼女の瞳に、いまにも涙があふれそうになっていた。おそらく妊娠のせいで気持ちが不安定になっているのだろう。アメリアの瞳にきらめく涙を見たとたん、キャムの胸の内に優しい気持ちがこみあげてきた。妻を守るように片腕で抱き寄せ、空いているほうの手で、髪が乱れるのもかまわず頭をつつみこむ。「あなたはわたしの生きがいです」キャムはアメリアをきつく抱きしめながらささやいた。「わたしのすべてだ。なにがあろうとあなたをひとりにはしない。ふたりの仲を引き裂こうとするやつが現れたら、そいつを殺す」妻の唇を自分の唇でふさぎ、荒々しくみだらに口づける。やがてアメリアは体の力を抜き、頬を上気させて、彼にぴったりと身を寄せた。「ではそろそろ」キャムは冗談交じりに言った。「例の温室に行きましょうか?」

アメリアは涙声で笑った。「今夜はもうゴシップは十分。メリペンに話しに行く?」

「ええ。彼はわたしの話など聞かないでしょうが、その程度であきらめはしません」

「メリペンはもしかして――」アメリアは言いかけ、廊下をやってくる足音に気づいて口を閉じた。たっぷりとしたスカートが揺れる、しゅっしゅっという音も聞こえる。彼女は夫とともに壁龕の奥に身を潜め、たくましい腕のなかで小さくなった。髪に口づけながら、夫がほほえんでいるのがわかる。ふたりは静かにそこで身を隠しつつ、女性がふたり、おしゃべりをするのを聞いていた。

「……どうしてハント夫妻はあの人たちを招待したのかしらね？」一方が憤慨した口調でたずねた。

アメリアの知っている声だった。舞踏室の隅に座っていた、取り澄ましたお目付け役のひとりだ。招待されたレディの、いきおくれのおばだろう。

「ものすごい大金持ちだからじゃないの？」連れの女性が応じる。

「ラムゼイ卿が子爵だからかもしれないわ」

「ああ、そうね。独身の子爵様ですものね」

「とは言ってもねえ……家族にロマがいるだなんて！　想像しただけでぞっとするわ！　きっと文明人らしい礼儀もなにもわきまえていないはずよ。動物的な勘だけで生きているんだわ。そんな人たちと、まるで同類みたいに普通に話さなくちゃいけないだなんて」

「ハント夫妻もしょせんはブルジョアですもの。ミスター・ハントがいまやロンドンの半分を手に入れたのがたとえ本当でも、肉屋の息子である事実に変わりはないわ」

「あのご夫妻も招待客の大部分も、とうていおつきあいできるような相手ではないわね。舞踏会がお開きになるまでに、少なくともあと五、六個はスキャンダルが持ち上がるにちがいないわ」

「おお、いやだ。でも本当にそのとおりだと思うわ」一瞬の間があり、ものほしげな口調がつづく。「来年も、是非ともご招待していただきたいわね……」

声が聞こえなくなったところで、キャムは眉根を寄せて、妻の顔を見下ろした。他人にどう言われようが自分はかまわない。ロマを悪しざまに言う言葉の数々にはもうすっかり慣れた。だが、ときにそうした言葉の矢がアメリアに向けられるのには、我慢がならなかった。ところが意外にも彼女は笑みを浮かべ、夜闇を思わせる深いブルーの瞳で、静かに彼の顔を見上げていた。

キャムはいぶかしむ表情になった。「なにがおかしいんですか?」

アメリアは夫の上着のボタンをもてあそんだ。「ちょっとね……あの老いた二羽のメンドリは今夜、冷たいベッドにひとりで眠るんだろうなと思って」といたずらっぽく笑う。「でもわたしは、よこしまでハンサムなロマに一晩中温めてもらえるんだもの」

ケヴはひたすら待ち、目を光らせ、ようやくチャンスが到来したと見るとすぐにサイモン・ハントに歩み寄った。ハントは笑い転げるふたりの女性から、ようやく解放されたところだ。「少々話があるんですが」ケヴは静かに声をかけた。

ハントはこれっぽっちも驚いた顔は見せずに応じた。「では裏のテラスに」

ふたりは脇の出入口から舞踏室を出た。すぐそこがテラスになっており、紳士の一団が隅に集まって葉巻をくゆらせている。冷たい風にのって、たばこの甘い匂いがした。

一緒にどうだと彼らに勧められると、ハントはにこやかにほほえんで首を振った。「彼と仕事の話があるので、あとでまいりますよ」

鉄の欄干にさりげなく身をもたせて、ハントは探るような黒い瞳でケヴを見た。ラムゼイ・ハウスの隣家であるストーニー・クロス・パークを数回訪れた際、ケヴはハントに会い、すぐに好感を抱いた。率直で、男のなかの男という印象を受けたからだ。ハントは大望を隠そうともせず、金儲けとそれがもたらす優雅な暮らしを楽しんでいる。彼のような地位に上りつめた男はたいてい妙に気取った人間になってしまうものだが、ハントにはどこか不敬なところがあり、自虐的なユーモアで人を笑わせる一面もある。

「ハーロウのことを訊きたいのだろう？」ハントはたずねた。

「ええ」

「事の次第からいって、いまさら話しても意味がない気もするんだが。言っておくが、これから話すことに確たる証拠があるわけではない。とはいえ、ハーロウに対するランハム家の非難は、真剣に考えてみる価値が十分あるものだと思う」

「ハーロウへの非難？」ケヴはうなるように言った。

「フランスに療養所を開く前、ハーロウはランハム家の長女のルイーズと結婚した。まれに見る美しい女性だったそうだ。少々甘やかされたのだろう、ルイーズにはわがままなところもあったが、ハーロウにとってはまたとない縁談だったはずだ。彼女には多額の持参金があったし、ランハム家は名門だからな」

ハントは上着のポケットに手を挿し入れ、細身の銀の葉巻入れを取りだした。「きみもやるか？」と勧められたが、ケヴは首を振って断った。ハントは一本取り、端を器用に嚙み切ってから火をつけた。ハントが息を吸いこむと、葉巻の先端が鮮やかな光を放ちだした。

「ランハム家の話では」香り高い煙を吐きだしながらつづける。「結婚して一年も経たないうちに、ルイーズが変わってしまったそうだ。すっかりおとなしく、よそよそしくなり、さまざまな趣味にもまるで興味を失っていた。心配したご家族がハーロウにたずねると、彼女が大人になり、結婚生活に満足している証拠でしょうと答えたらしい」

「だがご家族は信じなかった？」

「ああ。しかたなく当のルイーズに訊くと、自分は幸せだから干渉しないでほしいと言われた」ハントはふたたび葉巻を口元に運び、もやにつつまれたロンドンの夜の明かりを難しい顔で見つめた。「結婚して二年目、ルイーズは衰弱した」

衰弱という言葉を耳にしたとたん、ケヴはぞくりとするものを覚えた。原因不明の病に倒れた患者の症状を、医者はそのように呼ぶ。衰弱した患者の肉体は容赦なく衰えていき、いかなる治療もそれを食い止めることはできない。

「体が弱り、生きる気力も失い、寝たきりになった。手のほどこしようがなかった。ランハム家がかかりつけの医師に治療を依頼したものの、その医師にも打つ手はなかった。一カ月ほどのあいだにみるみる悪化し、彼女は亡くなった。ランハム家は娘の死をハーロウのせいだと考えるようになった。結婚前の彼女はいたって健康で、活発な女性だったからだ。それなのに結婚して二年も経たないうちに、彼女は天に召された」

「原因不明の衰弱はときとして起こりうる。必ずしもハーロウがなにかしたとはかぎらない」ケヴは本心とは裏腹の言葉を口走っていた。

「たしかに。だがルイーズを失ったハーロウの態度をまのあたりにして、ご家族は、彼がなにかしたにちがいないと確信するに至った。ハーロウが冷静そのものだったからだ。動転したところも見せなかった。かたちばかりの涙を流してみせただけだった」

「その後あいつは、持参金とともにフランスに渡った？」

「そのとおり」ハントは広い肩をすくめた。「メリペン、わたしはゴシップが大嫌いでね。めったに他人の噂などしない。だがランハム家の人びとは品行方正だし、茶番とは無縁だ」眉をひそめ、欄干越しに葉巻の灰を落とす。「フランスでのハーロウの功績はこちらでもよく耳にする。だがわたしには、彼はなんだか妙だという印象をぬぐうことができない。なにが妙なのか、言葉にはできないんだが」

ハントのような男が自分と同じ疑念をハーロウに抱いていることを知って、ケヴはなんとも言えない安堵感を覚えた。「おれも初対面のときから、ハーロウはおかしいと思っていた。だが、誰もが彼を崇拝しているようだ」

ハントの黒い瞳に苦笑が浮かぶ。「そうか……わたしが一般的な見識とちがう考え方をするのはいまに始まったことじゃない。いずれにしても、ミス・ハサウェイの身を案じるのなら、彼には注意したほうがいいだろうな」

15

メリペンは夜明けに出ていった。ラトレッジをチェックアウトし、先にひとりでラムゼイ・ハウスに戻るとの伝言を残して。

目覚めたとき、ウィンの千々に乱れた心には数えきれないほどの思い出ばかりがあった。胸が苦しく、なにもかもがいやで、憂鬱だった。ずっとメリペンを思いつづけてきたせいで、骨の髄まで彼が染みこんでいるように感じられた。そんな彼をいまになって失うのは、自分の体の一部をなくすのに等しい。だがそうするしかなかった。ほかならぬメリペンが、別の選択肢を奪ったのだから。

メイドに手伝ってもらって体を清め、ドレスに着替えてから、ウィンは髪を編んでまとめた。それからぼんやりと思った。家族の誰とも込み入った話はすまい。涙を流すことも、後悔することも。自分はドクター・ジュリアン・ハーロウと結婚し、ハンプシャーから遠く離れた土地で暮らすのだ。それだけの距離を置けば、いくばくかの心の安寧を得られるだろう。

「できるだけ早く結婚したいわ」起きてしばらくしてから、ウィンは家族で滞在するスイートルームの一室でジュリアンと紅茶を飲みながら言った。「フランスが恋しいの。いますぐ向こうに戻りたい。あなたの妻として」

ジュリアンはほほえみ、細くなめらかな指先でウィンの頬に触れた。「もちろんですとも、ウィニフレッド」と言うと、彼女の手を両手で握りしめ、親指で指の関節を撫でた。「ロンドンでの仕事は数日で片づきますから、わたしもすぐにハンプシャーに向かいます。今後の予定はあちらで立てましょう。なんなら、ラムゼイ領にある礼拝堂で式を挙げてもかまわない」

メリペンが建てなおした礼拝堂だ。「それがいいわ」ウィンは淡々と応じた。

「指輪は今日中に用意します。石はなにがいいですか？ 瞳の色に合わせてサファイアはどうでしょう」

「あなたが選んでくださるならなんでも」ウィンは医師の手に自分の手を預けたまま、黙りこんだ。「ジュリアン」しばらくしてから呼びかける。「訊かないのね……ゆうべ、メリペンとなにがあったか」

「訊く必要はありません。おかげでこういう結末になったのですから、かえってよかった」

「わたし……いい妻になるわ」ウィンは真剣な口調で言った。「メリペンに対するこれまでの気持ちは……」

「いずれ消えますとも」ジュリアンが優しく引き継ぐ。

「そうね」

「それにわたしはこれから……なんとしてもあなたの愛情を手に入れてみせます。献身的で寛大な夫になると思いますよ。だからあなたの心に、別の男性を思う隙などいっさいなくなるはずです」

子どもについて、ジュリアンに訊いてみようかとウィンは一瞬思った。いま以上に元気になれば、いずれ彼も子どもを持つことを認めてくれるかもしれない。だがやはり、一度こうと決めたらひるがえすジュリアンではないだろう。それに自分でもどうしたいのかよくわからなかった。身動きがとれない状態だった。

ただ、これからどんな人生が待ち受けているにせよ、精いっぱいの努力はするつもりだ。

二日がかりで荷物をまとめたのち、一家はハンプシャーへの帰路についた。キャム、アメリア、ポピー、ベアトリクスの四人が先行する馬車に、レオとウィンとミス・マークスが後続の馬車に乗った。ハンプシャーまでは一二時間ほどかかるので、明るいうちに到着できるよう、夜明け前にロンドンを出発した。

馬車に揺られながら、キャムは思案せずにいられなかった。後ろの馬車ではいったいどんな話をしていることやら。ウィンの気配りで、レオとミス・マークスのお互いへの嫌悪感が和らぐといいのだが。

先行する馬車では、キャムの予想どおり会話がとぎれることは一秒たりともなかった。ポピーとベアトリクスが揃ってメリペンをウィンの夫候補に仕立てようと作戦を練るさまに、彼は心を打たれた。一方で、メリペンに財産さえあれば問題はないと考えているふたりの無邪気さがほほえましかった。

「だから、ミスター・ローハンがメリペンに財産を少し分けてあげればいいのよ――」ベアトリクスは勢いこんで言った。

「あるいは、お兄様のを分けてあげるという手もあるわ」ポピーが口を挟む。「どうせお兄様は無駄づかいするだけだし――」

「メリペンにはウィンの持参金だと説明すればいいんじゃない？　そうすれば彼のプライドを傷つける心配はないわ――」

「それにあのふたりなら、そんなに大金はいらないでしょう。ふたりとも、豪邸だの上等な馬車だのには興味がない――」

「ふたりとも、ちょっと待った」キャムは両手を上げてふたりを制した。「問題はもっと複雑で、金だけの話じゃないんだ。それに――ああ、少し黙ってわたしの話を聞きなさい」キャムは言いながら、いかにも心配そうに見つめてくる四個の青い瞳に向かってほほえんだ。メリペンとウィンの未来を心配する義妹たちの思いは、単なる愛情以上のものなのだろう。「メリペンにはすでに、ウィンの結婚相手としては十分な財力があるんだよ。ラムゼイ領の管理業務による収入だけで、豊かな暮らしができるほどにね。それにいまの彼は、ラムゼイ家の財産を自由に使う権利も持っている」

「だったらどうしてウィンは、メリペンではなくてドクター・ハーロウと結婚するの？」ベアトリクスが問いただす。

「メリペンは理由を明かしたくないようだね。自分はウィンの夫にふさわしくないと考えているんだろう」

「でも、メリペンはウィンを愛しているのに！」

「愛があらゆる問題を解決できるわけではないのよ、ビー」アメリアが優しく諭す。

「まるでお母様のせりふみたい」ポピーがかすかな笑みを浮かべて言う横で、ベアトリクスは納得のいかない顔をしている。

「お父上ならなんとおっしゃったかな？」キャムはアメリアを促した。

「父なら、みんなで愛の本質を哲学的に探ってみようと言うわね。そしてなにもわからないまま話は終わるの。でも、きっとおもしろい議論になると思うわ」

「問題がどんなに複雑だろうと関係ないわ」ベアトリクスは言い張った。「ウィンはメリペンと結婚しなくちゃいけないの。お姉様はそう思わないの？」

「わたしたちが決めることではないでしょう。それにウィンにもどうにもできないわ。あののろまな大男がウィンに結婚を申し込まないかぎり」

「だったら、女性が男性に結婚を申し込めるようにすればいいのに」ベアトリクスは考えこむように言った。

「それは絶対にだめよ」アメリアがすかさず反対する。「男性の負担が軽くなりすぎるわ」

「動物の世界では、オスもメスも立場はまったく一緒なのよ。メスはしたいことがあればなんでもできるの」

「動物の世界では、われわれ人間がとうていまねできない振る舞いも許されているようだものね。人前で体をぼりぼりかいたり。食べ物を反芻《はんすう》したり。オスの気を引くために、メスが体の一部を見せたり。それから……もうやめておくわ」

「もっと聞きたかったのに」キャムは笑い交じりに言った。アメリアを自分の体に寄りかからせながら、義妹たちに言い聞かせる。「いいかい、ふたりとも。今回のことでメリペンを苦しめてはいけないよ。ふたりがなんとかしたいと思う気持ちはわかる。だが、なにをやっても彼を怒らせるだけだ」

義妹たちは文句を言いながらもしぶしぶうなずくと、座席に身を預けた。窓の外はまだ暗く、馬車の揺れが眠気を誘う。ふたりともじきにうとうとし始めた。

妻のほうを向いたキャムは、彼女がまだ起きているのに気づいて、きめこまかな肌と首筋を撫で、真っ青な瞳をのぞきこんだ。

「どうして彼は、あのとき名乗りでなかったのかしら?」アメリアがささやき声でたずねる。「なぜウィンをドクター・ハーロウに譲ったのかしら?」

キャムはしばし考えてから答えた。「彼は恐れているんです」

「なにを?」

「自分がウィンを傷つけるのではないかと」

アメリアは当惑して眉根を寄せた。「意味がわからないわ。メリペンがそんなことをするわけがないじゃない」

「意図的にという意味じゃありません」

「ウィンが妊娠するかもしれないから？　でもあの子自身がドクター・ハーロウの意見にまだ納得していないのよ。先生も今後について確実なことはわからないはずだって」

「そういう話じゃないんです」キャムはため息をつき、妻を抱き寄せた。「メリペンから、かつてアシャライブだったという話を聞いたことは？」

「いいえ、アシャライブってなに？」

「ロマニー語で、少年闘士を意味する言葉です。五、六歳のころから素手で戦うことを仕込まれた少年たちですよ。彼らの戦いにはルールも制限時間もない。できるだけ早く相手を痛めつけ、倒したほうが勝つ。見物人に金を賭けさせて、調教師が儲けるんです。わたしもアシャライブを見たことがあります。大けがをした子、目が見えなくなった子、戦いの最中に命を落とす子もいた。ときには、手首や肋骨が折れてもまだ戦うんです」キャムはぼんやりとアメリアの髪を撫でながらつけくわえた。「わたしの部族にはいなかった。部族長が、残酷だと判断したおかげです。むろん戦い方は教わったが、けっして生きるすべではなかった」

「メリペン……」アメリアがささやいた。

「おそらく、彼の場合はもっとひどい目に遭わされていたはずです。彼を育てた男は……」

いつもは物事をはっきり言うキャムだが、さすがにためらった。

「彼のおじさんね？」アメリアが促す。

「わたしたちのおじです」自分たちが兄弟であることはすでに妻に教えてある。だがシュリから聞いたその他の話についてはまだ秘密にしていた。「どうやらおじはメリペンを闘犬のように扱っていたらしい」

アメリアは青ざめた。「どういうこと？」

「闘犬のように凶暴な人間になるよう、メリペンを仕込んでいたんですよ。おじは彼にろくに食事を与えず、虐待を加え、誰が相手だろうと、どんな状況だろうと戦えるようになるまで鍛えた。どんな虐待も受け入れるよう教育し、その怒りを敵に向けさせた」

「かわいそうなメリペン……だからうちにやってきたばかりのころは、ひどく荒れていたのね。まるで半分野生のようだったのよ。でも……ずっと昔の話だわ。家族の一員になってからは、彼の人生はそれまでとまったくちがうものになったはず。それに、かつてそんなつらい目に遭わされたからこそ、今度は人に愛されたいと思うのではないの？　幸せになりたいと願うのではないの？」

「彼の場合は、そんな願いすら抱けなかったんでしょう」キャムは当惑した面持ちの妻にほほえみかけた。愛情あふれる大家族で育ったアメリアには、自分の欲求こそ最も恐れるべき敵だと苦しむ男の気持ちを、容易には理解できないだろう。「幼少期にあなたが、おまえの生きる意味は他人に痛みを与えることだけだと教えこまれていたらどうです？　人を傷つけることでしか生きていけない人間になっていたら？　そういう過去を忘れられますか？　忘れられないでしょう。あなたはその過去を必死に覆い隠し、心の奥底に隠された嘘を絶えず意識しつづけるしかない」

「でも……メリペンは本当に変わったのよ。いまでは素晴らしい面がたくさんあるわ」

「当人がそうは思っていないんです」

「だけどウィンは、それでも彼を受け入れるはずよ」

「彼女の気持ちも関係ない。彼は自分自身からウィンを守ろうとしているんですから」

解決策すら見いだせない問題に直面して、アメリアはいらだった顔になった。「だったら、わたしたちはいったいどうすればいいの？」

キャムは妻の鼻先にキスをした。「こんな答えは納得できないでしょうけど……わたしたちにできることはない。あとは当人次第です」

アメリアはかぶりを振り、夫の肩に顔を寄せたまま何事かつぶやいた。

「なんと言ったんです？」キャムは好奇心に駆られてたずねた。

妻が彼を見上げ、口元に自虐的な笑みを浮かべる。「メリペンとウィンの未来を当人任せにするなんて絶対にいや、って言ったの」


ウィンとレオが最後に見たラムゼイ・ハウスは、荒れ果て、半分焼け落ち、あたりには雑草しか生えておらず、がれきに囲まれていた。家族のなかでふたりだけが、再建途中の屋敷を一度も目にすることがなかった。

英国南部の肥沃な土地であるハンプシャーには、海岸と、ヒースの生い茂る荒野と、さまざまな野生動物が住む鬱蒼とした森が広がっている。南部に位置するおかげで、ほかの多くの州に比べると気候は温暖だ。ウィンがかつてこの地で過ごしたのは、一家がハンプシャーに居を移してからフランスに発つまでのそう長くない期間だったが、いざ戻ってみるとわが家に帰ってきたという実感があった。ハンプシャーには人びとを優しく迎えてくれる風土がある。活気あふれる市場町のストーニー・クロスも、ラムゼイ・ハウスから歩いて行ける距離だ。

どうやら今日のハンプシャーは、生まれ変わった屋敷をとりわけ美しく見せてあげようというつもりらしい。陽射しはさんさんと降り注ぎ、遠い空には絵画のように雲がぽっかりと浮かんでいる。

やがて馬車は門番小屋を通りすぎた。小屋はクリーム色の石で装飾をほどこし、灰青色のレンガで建てられていた。「みなさんが門番小屋をブルー・ハウスと呼んでらしたでしょう」ミス・マークスが言う。「あの外観にちなんでいるんですよ」

「素敵だわ！」ウィンは歓声をあげた。「ハンプシャーであんな色のレンガを見るのは初めてじゃないかしら」

「スタッフォードシャー・ブルーというんだ」レオが小屋の裏手も見ようと窓から首を伸ばしながら解説する。「最近では鉄道が発達して、遠くからもレンガを運べるようになったからな。おかげでわざわざ現場で作る必要がなくなった」

馬車は長い私道を走り、屋敷を目指した。左右にはベルベットを思わせる緑の芝と、白い砂利敷きの歩道、まだ若い生垣や薔薇の茂みが広がっている。「これは、これは」屋敷が見えてくると、レオがつぶやいた。それは、かわいらしい屋根窓《ドーマー》のついたクリーム色の切妻がいくつも並ぶ石造りの屋敷だった。青いスレート葺きの屋根は隅棟《すみむね》と張り出しの形が特徴的で、棟部分にあるテラコッタのレンガがアクセントになっている。以前と同じ場所にあるのに、まるで別の屋敷のようだった。元の建物で残せる部分も、新設された部分と違和感が生じないようきれいに修繕されている。

レオは食い入るように屋敷を見つめた。「メリペンが、もともとあった妙な形の部屋だの、隠れ家みたいな部屋だのも残しておいたと言っていたな。窓は前より増えているようだ。使用人用の翼《よく》も新たに加えたらしい」

どちらを向いても荷馬車の御者、牧夫、きこり、レンガ職人などが忙しそうに働く姿がある。庭師はせっせと生垣を整えている。馬車の到着に気づいて、馬屋番と従者が駆け寄ってくる。ラムゼイ領はただ命を吹きかえしただけではなく、すでに繁栄を始めていた。

夢中になって屋敷を見ている兄の横顔を観察しながら、ウィンは胸の内にメリペンへの感謝の念がわきおこるのを感じていた。このすべてが彼のおかげだった。兄にとっても、ここまで立派になった屋敷に戻れたのは喜ばしいことだ。新たな人生を歩みだすのに幸先がいい。

「使用人の数を増やしたほうがよさそうですね」ミス・マークスが指摘する。「でも、ミスター・メリペンが選んだ人たちはとても有能そうだわ。彼はきっと、厳しい管理人であると同時に優しさも持ちあわせているんでしょうね。だからみんな、彼に喜んでもらおうと一生懸命働いているんだわ」

　馬車を降りるウィンに従者のひとりが手を貸し、正面玄関まで付き添ってくれる。両開きの立派な扉は一枚板で、上部にステンドグラスがはめこまれている。ウィンが階段の一番上に着くと同時に扉が開き、色白でそばかすの目立つ赤毛の中年女性が現れた。均整のとれたがっしりした体をハイネックの黒のドレスにつつんでいる。「おかえりなさいませ、お嬢様」女性は心からの歓迎を込めて言った。「メイド長のミセス・バーンステーブルでございます。お嬢様がハンプシャーにお戻りになられて、使用人一同、心からうれしく思っておりますよ」

「ありがとう」ウィンはつぶやくように言い、メイド長について玄関広間に入った。

　そして邸内に足を踏み入れたとたん、大きく目を見開いた。玄関広間は二階までの吹き抜けできらめく光にあふれており、壁は乳白色に塗られた板張りだった。奥に灰色の石造りの大階段があり、錬鉄の手すりがくもりひとつなく磨かれ黒々と輝いている。どこもかしこも石鹸と蠟の匂いがした。

「素晴らしいわ」ウィンは深く息を吸った。「屋敷が生まれ変わったみたい」

　レオがかたわらにやってくる。兄も今日ばかりは軽口をたたかず、感嘆の思いを隠そうともしない。「まさに奇跡だな。じつに驚いたよ」兄はメイド長のほうを向いた。「メリペンはどこに、ミセス・バーンステーブル？」

「領内の丸太置き場に荷下ろしの手伝いにいらっしゃいました。なにしろ丸太は重たいですから、とくに大きな荷が届くと、職人がミスター・メリペンの助けを求めることがあるんですよ」

「わが領内に丸太置き場があるのか？」レオがたずねる。

「はい、ミスター・メリペンが、新しく雇った小作人のために家を建てる計画を進めてらっしゃいますので」

「初耳だな。どうしてわが家が小作人のために家を建てるんだ？」兄の口調から、咎めているのではなく、単に好奇心から訊いていることはわかった。だがミス・マークスはそれを非難と解釈したのだろう、不快げに唇をきゅっと引き結んだ。

「住まいを提供することを交換条件に、新たに小作人を集めたからですわ。農夫として成功している人ばかりで、みな学もあるし、進歩的な考え方の持ち主です。ミスター・メリペンは、そういう人たちがいればますます領地が栄えると考えたのでしょう。このあたりでは、たとえばストーニー・クロス・パークなどでも小作人や使用人のために家を建てて――」

「わかったよ」レオはさえぎった。「メリペンをかばう必要はない、ミス・マークス。これだけの仕事ぶりをまのあたりにして、あいつの計画を邪魔しようなんて思いやしない」メイド長に向きなおる。「丸太置き場はどっちの方角に、ミセス・バーンステーブル？　わたしはちょっとメリペンの様子を見てこよう。荷下ろしを手伝えるかもしれない」

「従者に案内させましょう」メイド長がすぐに提案する。「でも荷下ろしは危険な作業ですから、だんな様のようなお立場の方にはご遠慮いただいたほうがよろしいかと思いますよ」

ミス・マークスがさりげなく、だが皮肉を含んだ口調でつけくわえる。「それに、あなたに手伝えるとは思えませんものね」

メイド長は驚いて口をあんぐりと開けた。

ウィンは笑いを噛み殺した。兄は一八〇センチの長身でたくましい体をしている。ミス・マークスの口ぶりではまるで痩せっぽちの役立たずのようだ。

レオはミス・マークスをぎろりとにらんだ。「あなたが思っているほどひ弱な男ではないんですよ、ミス・マークス。この上着の下になにが隠れているか、あなたには想像もつかないだろうが」

「想像したくもありませんわ」

「お嬢様」メイド長が慌ててウィンに呼びかけ、口論をさえぎる。「お部屋にご案内いたしましょう」

「ええ、そうしてあげて」という姉の声が聞こえてきて、ウィンが振りかえると、キャムとともに邸内に入ってくるところだった。

「どう？」アメリアが口元をほころばせながらたずね、両腕を広げて周囲を指し示す。

「言葉にならないくらい素敵だわ」ウィンは応じた。

「一休みして、さっぱりしましょう。それから邸内を案内するわ」

「じゃあ、またあとで」

ウィンはメイド長とともに階段のほうに向かった。「こちらで働くようになってどれくらいになるの、ミセス・バーンステーブル?」二階に上りながらたずねる。

「一年くらいでしょうか。お屋敷が住める状態になってからですので。それ以前はロンドンで働いていました。当時お仕えしていた大だんな様が天に召されたあと、若だんな様がご自分の使用人を連れてらして、もとからいた者たちの大半をくびになさいまして。それでわたしも、次の仕事を血眼になって探していたんです」

「それは大変だったわね。でもハサウェイ家にとっては都合がよかったわ」

「おかげさまで、やりがいのあるお仕事をいただきました。使用人をまとめて、教育もしなくちゃいけませんでしたから。わたしもここまで任されるのは初めてで、じつを言えば少し不安もあったんです。でもミスター・メリペンがなにしろ説得のお上手な方で」

「そうね」ウィンはぼんやりと答えた。「彼にノーと言うのは難しいわね」

「ミスター・メリペンは、指導力もおありだし、冷静沈着な方ですね。いっぺんにいくつもの仕事の采配を振る様子を見て、いつも感心しているんですよ。大工とペンキ職人と鍛冶屋と馬丁長が一度に指示を仰いでいることもあります。そんなときもあの方は、いたって冷静で。あの方がいなければここの仕事は立ち行きません。まさにお屋敷になくてはならない存在です」

ウィンはむっつりとうなずきつつ、通りがかった部屋をのぞいていった。どの部屋も乳白色の板張りで、サクラ材の調度品が置かれている。カーテンやソファは近ごろ流行りの重厚な色合いではなく、やわらかな色のベルベットだ。美しく再建されたわが家に、これからごくたまにしか来られないのだと思うと、残念でならなかった。

ミセス・バーンステーブルが案内してくれたのは、庭を見下ろす素敵な部屋だった。「こちらがお嬢様のお部屋です。まだどなたもお使いになっていません」ベッドパネルは明るいブルーの生地が張られており、寝具は純白のリンネルだった。片隅にはしゃれた書き物机と、扉に鏡のはまったサテンメープル材の衣装だんすが置かれている。

「壁紙はミスター・メリペンが自らお選びになったんですよ。何百種類とあるサンプルを全部見せろとおっしゃって内装屋を困らせながら、ようやくこの柄を見つけたんです」

白地に花咲く小枝の絵が繊細なタッチで描かれた壁紙……いくつかの小枝にはツバメが止まっている。

ウィンはゆっくりと壁に歩み寄り、指先でツバメに触れた。視界がぼやけた。

猩紅熱からなかなか回復できず、ベッドに横になったまま両手で本を持つのにも疲れてしまい、読み聞かせてくれる人もいないとき、ウィンはいつも窓外のりんごの木にあるツバメの巣を眺めていた。卵からかえったばかりのひな鳥は、ピンク色の皮膚に血管が浮き、ふわふわの毛につつまれていた。ひな鳥の毛が生えそろうさまを、おなかを空かせた子どもたちに母鳥がせっせと餌をやるさまを、彼女はずっと見ていた。ひな鳥たちが一羽、また一羽と巣立っていくさまも。ウィンだけが、いつまでもベッドに寝たきりだった。

メリペンは高いところが苦手なのに、しばしば外の壁にはしごを掛けては、二階の窓をきれいに拭いてくれた。せめて外の世界をくもりなく見えるようにとのウィンへの配慮だった。

ウィンの見る空はいつも青くなくちゃだめだ、メリペンはそう言っていた。

「お嬢様は、小鳥がお好きなんですか？」メイド長がたずねる。

ウィンは壁のほうを向いたままうなずいた。言葉にならない思いに頬が上気しているはずだった。「ええ、とくにツバメがね」とささやくように答える。

「従者にすぐ旅行鞄を運ばせましょう。お荷物はメイドが解きますので。洗面台にお水をご用意しておきましたから、どうぞさっぱりなさってください」

「ありがとう」ウィンは磁器の洗面台に歩み寄り、水差しの水を溜め、冷たい水をぎこちない手つきで顔や首筋にかけた。水滴がドレスにかかっても気にしなかった。タオルで顔を拭くと、全身をつつむ痛いほどのほてりが一瞬だけでも引いた気がした。

そのとき、床板を踏む音が聞こえて、ウィンはさっと振りかえった。

メリペンが戸口に立ってこちらを見ていた。

いまいましいことに、頬の赤みは消えてくれない。

彼のいない世界に行ってしまいたかった。二度と彼に会いたくなかった。それなのに、五感は飢えたように彼を求めていた。はだけたシャツの胸元、純白のリンネルが張りついたナツメグを思わせる褐色の肌、短く切った黒髪……つんと痛む鼻孔を汗の匂いが満たす。そびえるように大きな体を目の前にしただけで、切望感に体が麻痺したようになる。メリペンの肌を唇で味わいたかった。彼の脈と自分の脈を重ねあわせてみたかった。いますぐこの場で、メリペンが心のおもむくままに自分に歩み寄り、たくましく重たい体でベッドに押し倒してくれたなら。すべてを奪ってくれたなら。

「ロンドンからの旅はどうだった？」メリペンは無表情にたずねた。

「あなたと無意味な会話をするつもりはないわ」ウィンは窓辺に寄り、遠くに広がる鬱蒼とした森をぼんやりと見つめた。

「部屋は気に入ったか？」

振りかえらずにうなずく。

「ほかに必要なものがあれば――」

「これで十分よ」ウィンはさえぎった。「ありがとう」

「話がしたいんだが、先日の――」

「気にしなくていいわ」必死に冷静な声音を作る。「あのときどうして名乗りでなかったのか、言い訳なんてしなくていいから」

「わかってくれ――」

「わかってるわ。だからあなたのことはもう許しました。このほうがずっと幸せになれる、とでも言えば、あなたは良心の呵責を忘れられるんでしょうけれど」

「きみの許しなんて求めてない」メリペンはぶっきらぼうに言った。

「そう、だったら許さないわ。これでご満足？」あと一秒でも彼とふたりきりでいることに耐えられそうにない。ウィンの胸は張り裂けそうだった。こなごなになっていくのが自分でもわかった。彼女はうつむいて、その場にたたずむメリペンの脇を通りすぎようとした。

立ち止まるつもりはなかった。だが戸口の手前、メリペンのすぐ後ろまで来たところで、つと足を止めた。ひとつだけ彼に言いたいことがあった。言わずにはいられなかった。

「そういえば」と自分が淡々と告げる声が聞こえる。「昨日、ロンドンのお医者様の診察を受けたのよ。とても高名な先生で、これまでの病歴をお話しして、いまの健康状態を診ていただいた」メリペンの射るようなまなざしを感じながら、抑揚のない声でつづける。「子どもがほしければ産んでいけないことはないということだったわ。どんな女性でも、出産にはなんらかの危険がつきまとうともおっしゃっていた。これで望むとおりの人生が送れるわね。夫とつつがない結婚生活を送り、そして、いつか母になるの」いったん口を閉じ、自分のものとは思えない辛辣な声でつけくわえる。「ジュリアンに話したら、さぞ喜ぶでしょうね」

彼女の言葉は果たしてメリペンの鎧を突き破ったのかどうか。彼は顔色ひとつ変えなかった。「やつについて、きみに話しておくべきことがある」彼は静かに告げた。「最初の妻の家族――ランハム家は、やつが娘の死にかかわっているのではないかと疑っている」

ウィンはくるりと振りかえり、不快げに目を細めてメリペンをにらんだ。「あなたがそんな見下げ果てた人だとは思わなかった。その話ならジュリアンから聞いたわ。彼は奥様を愛していたのよ。だからこそ奥様に元気になってもらおうと、あらゆる手をつくしたの。奥様がお亡くなりになり、すっかり打ちひしがれているときに、彼は奥様のご家族からさらに苦痛を与えられた。ランハム家の人たちは、悲しみのあまり誰かを責めたかっただけよ。その誰かにジュリアンがちょうどよかっただけだわ」

「娘の死後、やつの態度が妙だったとランハム家は言っているそうだ。妻を失った夫という感じではまったくなかったと」

「悲しみ方は人それぞれでしょう」ウィンはぴしゃりと言った。「ジュリアンはお医者様なのよ。治療をほどこすあいだは無用に心を動かされないよう、常に心がけているの。それが患者にとっても一番だからよ。だから、どんなに深く嘆き悲しんでいても、それを態度に表したりはしないの。そんな彼をよくも非難できるわね」

「自分の身に危険が迫っているのがわからないのか？」

「ジュリアンがわたしになにかするとでも？　わたしの病気を治してくれた人が？」小ばかにしたように笑いながら、ウィンはかぶりを振った。「これまでの友情に免じて、いまあなたが言ったことは全部忘れてあげるわ、ケヴ。ただし、今後ジュリアンへの侮辱を一言でも口にしたら許さない。あなたが逃げたとき、彼がわたしを救ってくれたことを忘れないで」

メリペンの反応も待たず、ウィンは彼にさっと背を向けた。ちょうど姉が、廊下の向こうからやってくる姿が見えた。「お姉様」と明るく呼びかける。「これから家のなかを案内してくれる？　隅々まで見てみたいわ」

16

　メリペンはラムゼイ家の使用人たちに、あるじは自分ではなくレオだとはっきり伝えていた。にもかかわらず、従者もメイドも農夫もみな、いまだにメリペンを頼ってくる。なにか問題があるとまず彼の指示を仰ぐ。レオはといえば、息を吹きかえした屋敷とその住人に慣れるまで、あるじ役はメリペンに任せると言いだす始末だ。

「わたしは見かけはこんなだが、どうしようもないばかというわけじゃない」ある朝、領地の東端を馬で見に行く途中、レオが淡々と言った。「おまえの努力のおかげで使用人たちはしっかりまとまっている。領主は自分だと証明するだけのために、せっかくうまくいっているものを台無しにするつもりはないよ。ただし……小作人の住居についてはちょっとばかり意見があるが」

「というと？」

「少々金をかけて設計に手を加えるだけで、彼らの家はぐっと住みやすく、見栄えもよくなるはずだ。それと、最終的に領地内に村落のようなものを作るのが目的なら、どんなふうにしたいかいまのうちに構想を練っておいたほうがいいだろうな」

「レオが自分で構想を練って、設計図を書くのか？」メリペンはたずねた。怠け者の領主が珍しく関心を持っている様子なので、驚いていた。

「おまえが反対しないならな」

「もちろんしない。ここはレオの領地なんだから」考えこむ表情を浮かべて、レオを見やる。

「もしかして、以前の仕事に戻る気になったのか？」

「まあ、そういうことだ。まずは片手間にな。軽く一件手がけてみて、どんな具合か見てみたい。初仕事がわが領地の小作人の住居なら、理にかなっている」レオはにやりとした。

「それに相手が小作人なら、なにか問題があったときに訴えられる可能性も低いだろう？」


ラムゼイ領のように深い森に囲まれた土地では、一〇年ごとに木々を間引きすることが欠かせない。だがメリペンの見立てでは、過去二〇年はそうした作業が行われていないらしい。つまり、樹齢三〇年の朽ち木、病気の木、十分に成長できない木などを、これから大量に伐採する必要があるということだ。

その作業の全工程を把握するようメリペンに言われて、レオはうんざりしていた。知りたくもない知識をたっぷり頭に詰めこまれてはかなわない。

「適切な間引きは森を豊かにする」メリペンはぶつぶつ文句を言うレオに諭した。「きちんと間引きをしてほかの木々の成長を促せば、木々がずっと健康になるし、木材としての価値も上がるんだ」

「わたしとしては、樹木が自分たちでそのへんの問題も解決してくれると助かるんだがなあ」というレオのつぶやきを、メリペンは無視した。

自身とレオの知識をさらに深めるため、メリペンは領内で働くきこりたちと一緒に、実際に森に入る約束まで取りつけた。数本の樹木を選び、高さと直径から体積を測定する方法を教わるのである。この工程では、巻尺と長さ六メートルほどの竿、そしてはしごを使い、まずは木の高さと直径を測る。

気づいたときには、レオははしごのてっぺんまで上って、測定作業の手伝いをさせられていた。

「ちょっと訊いてもいいか?」レオは地上のメリペンにたずねた。「どうしておまえがそこに突っ立っていて、わたしがここで首の骨を折る危険を冒しているんだ?」

「折るのは木だ」メリペンはさらりと指摘した。

「わたしの首も折れるかもしれないだろうが!」

つまりメリペンは、領地とそれにまつわるあらゆる問題について、その大小にかかわらずレオに積極的に関心を持ってほしいのだろう。どうやら近ごろの貴族の領主は、それがどんなに魅力的な生き方に見えようとも、書斎でゆったりとポートワインを飲んでいるわけにはいかないらしい。領地管理のあれこれを管理人や使用人に任せることも可能だが、それはそれで利益を過剰に奪われる恐れも伴う。

日々の業務(日を追うにつれて増えていくようだった)にふたりであたりながら、この三年のあいだにメリペンが独力でやり遂げた仕事がどれほど大変だったか、レオは徐々に理解していった。普通の領地管理人は見習い期間を経験しているものだし、普通の貴族の息子は幼少時から、いずれ受け継ぐことになる領地の諸問題について親から教わるものである。

だがメリペンはいっさいの準備期間なしに、しかも短期間のうちに、必要な知識を身につけていった。家畜の管理、農業、森林管理、建築、土壌改良、給与計算、利益計算、賃貸契約、なにもかもすべて。彼にはそうした仕事にもってこいの資質があったのだ。彼は記憶力が抜群で、働くことが好きで、どんなささいなことにも好奇心を持てる。

「おまえでもやっぱり」レオはある日、農業についてとりわけ退屈な話をしたあとでメリペンにたずねた。「こういうのにうんざりすることはあるんだろう？　輪作を行う頻度だの、とうもろこしや豆の栽培に割くべき耕地面積だのについて一時間も話しあったら、いいかげんに退屈するんだろう？」

メリペンは、領地管理に退屈な仕事があるなどとは思ってもみなかったとでもいうように、質問の内容をじっくり考えてからこう答えた。「おれは、それが必要なことなら退屈なんかしない」

そう聞いて、レオもようやく納得した。メリペンはいったん目標を決めたら、それを達成するための細部をいっさいおろそかにしない男なのだ。そして、どんな逆境に遭おうとあきらめない。メリペンの一徹な性格、レオがかつてばかにした一面が、ついに本領を発揮できる場所を得たということだろう。そんなメリペンの邪魔をできる者などこの世にいまい。

だが彼にはひとつだけ弱点があった。

いままでは家族の誰もが気づいていた。メリペンとウィンが激しく惹かれあっていながらどうすることもできずにいることに。周囲の人間が口を挟んだところで、かえって問題が複雑になるだけであることにも。お互いに惹かれあいながら、あそこまで必死にその思いを隠しとおす恋人たちを、レオは初めて見た。

少し前までのレオならば、これっぽっちのためらいもなくウィンの相手にドクター・ハーロウを選んだだろう。ロマとの結婚は世間の目には凋落としか映らない。それにロンドン社交界では、結婚は便宜にすぎず、愛は家庭の外で見つけるものというのはごく一般的な考えだ。しかしそれは、ウィンには不可能な選択だった。彼女はあまりにも純粋で、あまりにも情が深い。レオはずっと、妹が健康を取り戻すために戦う姿を間近に見てきた。病に苦しむあいだも、妹はけっして他人への思いやりをなくさなかった。そんな妹が愛する男と結婚できないのはあんまりだ。

ハンプシャーに帰ってきて三日目の朝、アメリアとウィンはラムゼイ・ハウスの周りをぐるりとめぐる散歩道を歩いていた。晴天のさわやかな日だった。散歩道はところどころぬかるんでおり、周辺の草原は真っ白なマーガレットが咲き乱れ、一見すると新雪に覆われているかのようだった。

小さいころから散歩好きなアメリアは、ウィンのきびきびした歩調にも苦もなくついてくる。

「ストーニー・クロスはいいところね」ウィンは甘い香りのする冷たい風を吸いこみながら言った。「プリムローズ・プレースよりもずっと、わが家という感じがするわ。といっても、わたしはここにそんなに長く住んではいないけど」

「そうね、ハンプシャーには特別ななにかがあるわ。わたしもロンドンから戻るたび、言葉にならない安堵感を覚えるもの」アメリアはボンネットを脱ぎ、リボンのところを持って軽く振りながら歩いている。姉は風景に見とれているようだった。あたりは一面の花畑で、木々のあいだを行き交う虫たちの鳴き声や羽音が聞こえる。陽射しに温められた芝とオランダガラシの匂いでむせかえるようだ。しばらくしてから姉が、物思いに沈んだ声で「ウィン」と呼びかけた。「ハンプシャーを出て行く必要はないのよ」

「ううん、行くわ」

「わが家はどんなスキャンダルだってやりすごせるわ。お兄様がいい例。いままでだってお兄様が面倒を起こすたびにみんなで切り抜けてきた――」

「なにしろ今回」ウィンは皮肉めかした口調でさえぎった。「わたしはお兄様よりもひどいスキャンダルを引き起こしてしまったんだもの」

「そんなことないわ、ウィン」

「お姉様だってわかっているはずよ。男性が名誉を傷つけられるよりも女性が純潔を失うほうが、家族の将来にとっては一大事だって。不公平だとは思うけど、それが現実だわ」

「あなたは純潔を失ってなどいないでしょう」姉はいらだった口調で指摘した。

「わたしの一押しが足りなかったせいでね。わたしはね、純潔を失いたかったの」姉の顔を見やったウィンは、心底驚かせたことに気づいて、かすかな笑みを浮かべた。「わたしにそういう感情はないだろうと思っていた?」

「それは……ええ、そうね、思っていたわ。あなたはハンサムな男の子たちに見とれることもなかったし、舞踏会やパーティーに出たいと言うことも、未来の夫について夢想することもなかったから」

「だってメリペンがいたもの。わたしがほしいのは、彼だけだった」

「ウィン……かわいそうに」

ウィンは石塀のあいだに設けられた低い柵をまたいだ。姉がそれにつづく。ふたりは草に覆われた歩道に沿って歩いた。歩道の先はけもの道で、さらに進むと橋の架かった小川に出る。

アメリアが腕を組んでくる。「いまの話を聞いたおかげで、あなたはハーロウと結婚するべきじゃないという思いがますます強くなってしまったわ。彼と結婚したいのならするべきだけど、スキャンダルだけが理由なら考えなおしたらどう?」

「結婚したいの。彼が好きだし、いい人よ。それにここにいたら、わたしもメリペンも苦しむだけだから。どちらかが出て行くほうがいいの」

「だったらどうしてあなたが?」

「メリペンはここではなくてはならない人よ。彼の生きる場所はここ。わたしは生きる場所にこだわってはいないの。それに、どこか別の土地で新しい人生を始めるほうが自分のためになると思う」

「キャムはメリペンと話しあうつもりよ」姉が言った。

「だめよ、そんなことしないで！　わたしのためにそんなこと」ウィンは気色ばみ、姉と向きあった。「ミスター・ローハンにやめるよう言って。お願い」

「何度もやめるよう言ったのだけど、無駄だったわ。それにキャムは、あなたのためにメリペンと話すわけじゃない。メリペンのために話すの。わたしたち、あなたを永遠に失ったときにメリペンがどうなってしまうか、心配でならないのよ」

「彼はもうわたしを失ったわ」ウィンはにべもなく言った。「あのとき自ら名乗りでなかった時点で失ったの。わたしがいなくなったあとも、彼はいままでどおりに過ごすはずだわ。自分のなかに優しい気持ちが芽生えるのをけっして許さない人だから。むしろ、喜びを感じるようなことをなにもかも嫌悪しているんじゃないかしら。喜びは優しさにつながるものね」顔の全筋肉が引きつっているような気がして、硬くこわばった額に手を伸ばす。「だから彼は、わたしを思えば思うほど、わたしを遠ざけようとするのよ」

「男ってばかね」姉はぼやきながら橋を渡った。

「メリペンは、わたしになにも与えられないと思いこんでいるのよ。それってある意味、傲慢だと思わない？　だって、わたしがなにを求めているか、勝手にわかった気になっているんだから。わたしの気持ちなんてどうでもいいのよ。人をお人形扱いして、責任逃れをしているだけ」

「傲慢なわけではないと思うわ」姉は優しく言った。「メリペンは怖いのよ」

「とにかく、こんなふうに生きていくのはいやなの。自分自身の恐れにも、彼の恐れにも、縛られたくない」本音を口にしてしまうと、ウィンは少し気持ちが楽になり、冷静になっていくのを感じた。「メリペンを愛しているわ。でも、彼が結婚を重荷のように、あるいは枷のように感じるのなら無理強いはしたくない。わたしは相手に望まれて結婚したいの」

「そういうふうに考えるのは当然だと思うわ。わたしもいつも腹を立てていたもの。どこかのレディがどこかの紳士をつかまえた、なんて噂を耳にするたびにね。まるでわれわれ女性が男性をマスのように川から釣り上げたみたいに」

心は晴れなかったが、ウィンは姉のせりふにほほえまずにはいられなかった。

姉妹は暖かな陽射しのなか、湿地帯をさらに進んだ。ラムゼイ・ハウスまでもう少しというところで、玄関前に馬車が止まるのが見えた。「ジュリアンだわ」ウィンは言った。「ずいぶん早いのね！　きっと夜明け前にロンドンを発ったんだわ」急ぎ足で屋敷に戻ると、ちょうど彼が馬車から降りてくるところだった。

ロンドンからの長旅のあとでも、ジュリアンの落ち着いたハンサムな顔には少しも疲れは見えない。彼はウィンの両手をとり、しっかり握りしめ、にっこりとほほえんだ。

「ハンプシャーにようこそ」

「お邪魔するよ、ウィニフレッド。散歩をしていたんですか？」

「ええ、元気いっぱいに」ウィンは力強く言い、笑みを浮かべた。

「それはよかった。それよりも、これをあなたに」ジュリアンはポケットに手を入れ、小さなものを取りだした。ウィンの手に指輪がはめられる。見下ろすと、黒みがかった深紅のルビーが目に入った。ピジョン・ブラッドと呼ばれ最も珍重されている色のルビーが金の台座にのり、その周りをダイヤモンドが彩っている。「ルビーを身に着けると」ジュリアンが説明した。「満足感と心の安らぎを得られるそうですよ」

「ありがとう、素敵だわ」ウィンはつぶやいて、顔を上げた。目を閉じると、ジュリアンの唇が軽く額に触れるのがわかった。満足感と心の安らぎ……いつか本当に、それらを手に入れることができるかもしれない。


わたしもどうかしてるな……キャムは苦笑しつつ、丸太置き場で作業にあたっているメリペンに近づいた。きこりが三人がかりで巨大な丸太を荷馬車から下ろすのを、メリペンが手伝うさまをしばし見物する。ちょっとした手ちがいで大けがを負う、あるいは命を落とす可能性もある危険な仕事だった。

斜めに渡した厚板と長い梃子《てこ》を使って、四人がかりで数本の丸太を少しずつ地面に下ろしていく。徐々に重みを増す丸太を支えようとする男たちの口からうなり声がもれ、筋肉が張りつめる。四人のなかで一番体が大きく力自慢のメリペンは、丸太の真ん前に立って支える役で、なにかあったときに逃げ道はない。

心配になったキャムは、手を貸そうと足を踏みだした。

「来るな！」メリペンが視界の片隅にキャムをとらえ、怒鳴りつける。

キャムはすぐさま歩みを止めた。彼らには安全なやり方がわかっているのだ。なにも知らない人間が手を出したら、不注意から彼ら全員にけがをさせる恐れもあるだろう。

やがて、丸太は無事に地面に下ろされた。めまいに襲われるほどの重労働を終えたきこりたちが半身を折って膝に手をつき、ぜえぜえと息をして呼吸を整え始める。メリペンだけはすでに次の作業、丸太の一本に恐ろしいほど鋭い鉤《かぎ》を引っ掛ける作業に移っている。メリペンはやっとこを手にしたまま、キャムを振りかえった。

なにかにとりつかれたような顔をしていた。浅黒い肌に汗をしたたらせ、瞳は地獄の業火のようにぎらついていた。知り合ってから三年のあいだに、キャムもメリペンのことがだいぶわかってきた。だが、こんな顔の彼はいままで見たことがない。地獄に堕ち、罪を贖《あがな》いたいと思う気持ちも希望もなくした人のような顔だ。

まずいな……キャムは思った。ウィンがドクター・ハーロウと結婚したら、メリペンは完全に自制心を失うだろう。かつてレオがそうなったときの苦労のあれこれを思い出して、キャムは内心うめいた。

匙を投げてしまいたい衝動に駆られる。兄の正気を守ってやることよりも、ほかにやるべきことはいくらでもある。彼が自ら招いた結果なのだから、自力で解決させればよいのだ。

しかしそこでキャムは、誰かが、あるいはなにかがアメリアを奪おうとしたら自分はどうするだろうと想像した。きっとメリペンと似たり寄ったりの行動に出るだろう。そう考えると、メリペンに対する思いやりの念がじわじわとこみあげてきた。

「なんの用だ？」メリペンはやっとこを脇に置きながらぶっきらぼうに促した。

キャムはのろのろと彼に歩み寄った。「ハーロウが来た」

「知ってる」

「あいさつしなくていいのか？」

メリペンは小ばかにするようにキャムを見た。「この家のあるじはレオだ。客人の応対はレオに任せておけばいい」

「で、おまえはここに隠れているわけか？」

コーヒーのように黒い瞳が不快げに細められる。「隠れてなどいない。おれは仕事をしている。おまえはその邪魔をしてるんだよ」

「話があるんだ、パル」

「その呼び方はよせ。それと、おれはおまえに干渉されたくない」

「誰かがおまえに、正気に戻ってくれと言わないとまずいだろう？」キャムは諭すように言った。「自分を見てみろ、ケヴ。いまのおまえは、ロム・バロが望んだとおりの野獣みたいだぞ」

「黙れ」メリペンは吠えた。

「残りの人生をあいつが望んだとおりに生きるつもりか？」キャムは引き下がらなかった。

「おまえは自分で自分をがんじがらめにしているんだぞ」

「その口を閉じないつもりなら――」

「それで傷つくのがおまえだけなら、わたしだってなにも言わない。だが、おまえは彼女まで傷つけているんだ。それでもおまえは――」

キャムはそれ以上、話をつづけられなかった。メリペンがいきなり全力でつかみかかってきて、ふたり揃って地面に倒れこむ。地面は土だったが、体を打つ衝撃はすさまじかった。ふたりは二回、三回と地面を転がり、お互いになんとかして優位な体勢にもっていこうとした。だがメリペンの体は恐ろしいくらい重い。

ここでうっかり押さえこまれたら、きっと大けがをする。キャムはそう判断すると、身をよじって逃れ、勢いよく立ち上がった。腕で防御しながら横に飛びのき、獲物を狙うトラのように襲いかかってくるメリペンをよける。

そこへ慌てた様子のきこりたちが駆けつけた。ふたりがメリペンの背後から腕をとり、キャムから引き離す。もうひとりはキャムの体を押さえた。

「おまえがそんなに阿呆だとは思わなかった」キャムは怒鳴りつけ、メリペンをにらんだ。きこりから乱暴に身を振りほどく。「なにがなんでもすべてを台無しにしてやろうというわけか」

メリペンは恐ろしい形相で、キャムにまた飛びかかろうと暴れた。きこりたちが全力でそれを食い止める。

キャムはうんざり顔でかぶりを振った。「ほんの一、二分、理性的に話しあおうと思っていただけだ。だがおまえには、そんなことすらできないようだな」きこりたちを見る。「そいつを放してやれ。手助けは無用だ。すっかり理性を失った男など、敵のうちにも入らない」

メリペンが怒りを静めようと戦っているのがわかる。やがて彼はおとなしくなり、瞳に浮かんでいた凶暴な色は徐々に消え、冷たい嫌悪の色へと変わっていった。先ほど重い丸太を片づけたときと同じ慎重さで、きこりたちがメリペンの腕をゆっくりと放す。

「おまえの言うとおりだったんだろう」キャムは言った。「どうやらおまえは、自説の正しさをみんなに証明してやろうという魂胆らしい。だったらその邪魔はしない。おまえの説に同意してやる。おまえは、彼女にふさわしくない」

キャムはそれだけ言うと丸太置き場をあとにした。メリペンの鋭い視線を背中に感じながら。

その晩、メリペンは食堂に姿を見せなかった。一同は自然に振る舞おうとしたが、彼の不在が投げた暗い影は追い払えなかった。おかしな話だった。メリペンは普段、会話の中心になることも、家族の集まりで率先してなにかすることもない。にもかかわらず、いつも控えめにそこにいるはずの彼がいないと、椅子の脚が一本欠けたかのように不安定な気持ちにさせられた。

その欠落を、ジュリアンは明るい話題で埋めようとしてくれた。ロンドンの知り合いとの愉快なエピソードを披露し、療養所のあれこれを説明し、いまのような治療を始めるに至った経緯を語った。

ウィンは彼の話に耳を傾け、ときおり笑みを浮かべた。磁器やクリスタルがずらりと並ぶテーブルや、ごちそうが盛られた皿や、上等な銀器について感想を言い、興味があるふりをした。冷静をよそおっていたが、内心では身もだえしていた。怒りと欲望と喪失感が渾然一体となって、どの感情がどれだけあるのか自分でもわからないほどだった。

食事の途中、ちょうど魚料理と肉料理のあいだに、ひとりの従者が小さな銀のトレーを手に食堂に現れた。従者はテーブルの先頭に行き、「だんな様」とレオに小声で呼びかけた。従者が差しだしたトレーには手紙がのっている。

一同は無言で、手紙に目を通すレオを見守った。レオは読み終えた手紙を上着のポケットに突っこむと、馬を用意するよう従者に命じた。

視線を感じたレオが、口元に笑みを浮かべる。「ちょっと失礼する」彼は穏やかに言った。「早急に対処しなければいけない問題が起きたようだ」淡いブルーの瞳に皮肉めかした笑いを浮かべてアメリアを見やる。「わたしのデザートをとっておいてくれるか？　トライフルは大好物なのでね」

「大好物なのはデザートのトライフル？　それとも、おふざけ《トライフル》？」アメリアが応じると、レオはにやりとした。

「もちろん両方だ」と言って立ち上がる。「では、みなさんはごゆっくり」

ウィンは激しい不安に駆られた。メリペンに関係のあることにちがいない、直感でそう思った。「お兄様」と呼んで、息をのむ。「まさか——」

「心配するな」兄は即答した。

「わたしも行きましょうか？」キャムがレオをじっと見つめながらたずねる。レオが問題解決に出向くなど、ハサウェイ家の面々にはありえない状況だった。とりわけ、当のレオにとっては。

「いや結構」レオは答えた。「今回だけはわたしに任せてくれ」

魚屋通り《フィッシュモンガー・レーン》にあるストーニー・クロスの留置場を、地元民は「ピンフォールド」と呼ぶ。開放耕地制度がまだ実験段階にあった中世に、仲間からはぐれた家畜を保護するために使われた檻を意味する言葉だ。当時の農民は牛や羊、ヤギが群れからはぐれるとピンフォールドにおもむき、代金を払って家畜を檻から出してもらい連れ帰った。そして現代では、酔っぱらいやささいな法律違反を犯した者の家族が、まったく同じ方法で彼らを留置場から出してもらう。

レオも留置場には何度か世話になっている。だが彼の知るかぎり、メリペンは一度も法に背いたことなどないし、当然ながら、人前でも家のなかでも酔っぱらったためしがない。いまのいままでは。

ふたりの置かれた状況がまったく逆転していることに、レオは少々困惑していた。留置場だろうが刑務所だろうが、とにかくその手の場所に入れられるのはいつもレオで、そこに迎えに来るのがメリペンの役目だった。

まずは巡査に話を聞きに行くと、相手もレオ同様、今回の騒動に驚いている様子だった。

「留置の理由を教えてもらっても？」レオは遠慮がちにたずねた。

「居酒屋で泥酔して、挙句の果てに地元民と大乱闘ですよ」

「けんかの理由は？」

「地元民のほうが、ロマがどうの、酔っぱらいがこうのと因縁をつけたんです。それでメリペンが花火並みにかっかして」もじゃもじゃの髪に手をやり、ぼりぼりと頭をかきながら、巡査はそのときの様子を語った。「メリペンはひとりで何人もの地元民を相手にしていたので、彼と親しい農民たちが加勢に入ったんですが、彼は農民たちまでのしてしまったんです。なのに農民たちが保釈金を払うと言いだしましてね。酔ってけんかをするなんてメリペンらしくないとかばって。わたしの知っているメリペンも、もの静かな男ですからねえ。彼はどうも普通のロマとはちがう。だがわたしは、メリペンが少し頭を冷やすまで、保釈金は受け取らないと言って農民たちの申し出を断ったんです。しかし彼のこぶしはすごいな、ハンプシャー産のハム並みに大きかった。ともかく、ある程度酔いがさめるまで、ここから出すわけにはいきません」

「あいつと話をしても？」

「ええ、もちろん。手前の部屋にいますから、ご案内しましょう」

「いや、大丈夫」レオは陽気に応じた。「勝手知ったる留置所だ」

巡査はにやりとした。「そういえばそうでしたね」

独房には脚の短いスツールと空の手桶、わら布団以外に家具らしきものはない。メリペンは丸太壁に背をもたせ、わら布団に座っていた。片膝を立て、そこに腕をまわしている。黒髪に覆われた頭は、すっかり打ちひしがれたかのように垂れている。

レオが鉄格子に近づいていくと、メリペンは顔を上げた。やつれきった暗い顔。この世界とそこに住むものすべてを憎んでいるかのような表情だった。

メリペンのいまの気持ちが、レオには痛いほどよくわかる。「いつもと逆だな」レオは愉快げに言った。「いつもはおまえがこちらに、わたしがそちらにいるのに」

「うせろ」メリペンは吠えた。

「そのせりふも、いつもはわたしが言うのになあ」レオは感に堪えないといった声をあげた。

「殺すぞ」というメリペンのがらがら声は真に迫っている。

「そんなことを言うなら、ここから出してやらんぞ」レオは腕組みをして、目の前の男をじろじろと観察した。どうやら酔いはさめているらしい。恐ろしく不機嫌なだけだ。それに、苦しんでもいる。レオは自らの過去の過ちを思い出し、少しばかりメリペンを大目に見てやるべきだろうと判断した。「とはいうものの、出してやらないわけにはいかんだろうな。おまえはこれまで何度もわたしをそこから出してくれたんだから」

「だったら早く出せ」

「じきにな。その前に、言っておきたいことがある。そこを出たらおまえは脱兎のごとく逃げ、わたしは話す機会を失ってしまうだろうからな」

「好きにしろ。でもおれは聞かない」

「自分を見てみろ。ひどいなりをして、留置場に閉じこめられている。しかもこのわたしから、言動について注意を受けようとしている。こんなみじめなことってあるか？」

メリペンは聞く耳を持たないらしい。それでもレオはあきらめずにつづけた。「おまえにはこういうのは似合わんよ、メリペン。酒にはまるで弱いし、わたしのように酔うと陽気になるどころか、不機嫌な大男になる」一呼吸おいて、どうやって彼を挑発しようかと考えをめぐらす。「酒は人の本性を暴くというな」

うまくいった。メリペンは憤怒の面持ちでレオをぎろりとにらみつけた。あまりに激しい怒りに、次のせりふを口にするのをためらうくらいだった。

レオは相手が思っている以上に、あるいは願う以上に、いまの状況をよく理解していた。メリペンが抱える複雑な過去をすべて知っているわけではない。いったいどういうねじくれた考えで、愛する女性をあきらめようとしているのかもわからない。だがなによりも大切なたったひとつの単純な真実を、レオは知っている。

つまり、人生はあまりにも短いのだ。

「くそっ」レオはつぶやき、鉄格子の前を行ったり来たりした。いっそナイフでおのれの胸を切り裂いて見せるほうが、いまこの場で言うべきことを言うよりずっと簡単だろうに。けれども彼にはなぜか、メリペンを破滅から救えるのは自分だけだという自覚があった。メリペンに必要な言葉をかけ、彼と話さなければならない。

「おまえがこんなに頑固なばか者じゃなかったら」レオはつぶやいた。「わたしもこんなことを話さずにすむんだがな」

メリペンはなにも言わず、顔も上げない。

レオは横を向き、うなじを撫で、張りつめた筋肉をぎゅっとつかんだ。「ローラ・ディラードについて、わたしはずっと沈黙を守ってきた。亡くなってからいままで、フルネームを口にしたことさえなかったかもしれない。だが、今日はおまえに彼女について話したい。ラムゼイ・ハウスを再建してくれたことへの感謝の意味もあるし――」

「やめろ、レオ」というメリペンの声は冷たくこわばっていた。「みっともないまねはするな」

「みっともないまねはわたしの得意技だ。それに、おまえがそうさせているんだぞ。おまえ、自分のいまの状況がわかっているのか？　自分で作った牢獄に自分で閉じこもっているんだぞ。だからたとえ釈放されても、おまえはずっと牢獄で過ごすことになる。死ぬまでずっと」レオは話しながらローラを思った。外見的な特徴は、もはや記憶が薄れかけている。だが、彼女との思い出は胸のなかで生きている。彼女を失って以来、身を切るほどに寒々としていたこの世界に射した、一条の光のように。

地獄とは、業火が燃え盛る穴倉を言うのではない。ベッドでひとり目覚め、シーツを濡らした涙に気づき、夢に現れた女性が二度と戻ってきてはくれないことを悟る日々を言うのだ。

「ローラを失ってから」レオは言った。「なにをやってもただ時間をやりすごしているという感覚しかなかった。なにかに興味を持つことがほとんどできなかった。それでも生きていられたのは、ローラのために戦ったという自覚があったからだ。少なくともわたしは、一分一秒でも可能なかぎり長く彼女と一緒にいようとした。だから彼女は、わたしに愛されているという思いとともに亡くなったはずだ」歩みを止め、蔑みの目でメリペンを見やる。「だがおまえは、なにもかもを放りだし、妹の心をこなごなにした。おまえが臆病者だからだ。あるいは、大ばか者だからだ。いったいどうしておまえは――」レオは驚いて言葉を失った。メリペンが狂ったように鉄格子を激しく揺さぶったのだ。

「黙れ、ちくしょう」

「ウィンがハーロウと一緒になったら、おまえたちふたりはどうなる？」レオは引き下がらなかった。「おまえはまちがいなく自作の牢獄に閉じこもるだろうな。だがウィンはもっとみじめだぞ。ひとりぼっちになるんだ。家族と遠く離れて暮らさなくちゃならない。妹を単なるきれいなオブジェとしか見ていない男と一緒にな。年とともに妹の美貌が損なわれ、あいつにとってなんの価値もなくなったときはどうなる？　あいつが妹をどんなふうに扱うか想像できるか？」

メリペンは身じろぎひとつしなくなった。顔をゆがめ、瞳には殺気が浮かんでいる。

「妹は強い女だ。二年半フランスで一緒に過ごすあいだ、ひとつひとつ課題を克服していくさまをずっと見ていた。あれだけ苦しみつづけてきたんだ、いまの妹には自分で自分のことを決める権利が十分にあると思う。どんなに危険でも子どもがほしいと言うのなら――当人が産めるくらい健康だと判断するのなら――そうさせてやりたい。妹が求めている男がおまえだというのなら、妹を拒絶するなんてばかなまねはもうやめてくれ」レオは疲れたように額をこすった。「おまえもわたしも、まったくの役立たずというわけじゃない」とつぶやく。「おまえは領地管理ができるし、帳簿のつけ方や、小作人の管理の仕方や、あの臭い食料貯蔵室の在庫管理の仕方も教えてくれた。これからもお互い、それなりに生きていけるだろう。だがおまえもわたしも、いまのままでは本当の意味で生きているとは言えない。男なんてたいていそんなものだが、わたしたちふたりが世間の男とちがうのは、それを自覚している点じゃないのか？」

レオはいったん口を閉じた。輪縄が掛けられたように喉がぎゅっと締めつけられる感覚に、かすかな驚きを覚えていた。「アメリアから一度、おまえに対するある疑念を聞かされたことがあったよ。そのことがずっと気にかかっていたらしい。ウィンとわたしが猩紅熱にかかったときのことだ。おまえはベラドンナの煎じ薬を作った。薬の量が必要以上に多かったそうだな。おまえはまるで、死にいざなう寝酒のように、その薬が入ったエッグカップをウィンの部屋のナイトテーブルに置いた。万が一ウィンが助からなかったとき、おまえはそれを飲むつもりだったんじゃないかと、アメリアは疑っていた。その話を聞いて、わたしはおまえを恨んだよ。おまえはわたしに、愛する女性を失った人生を送ることを強いた。そのくせ自分は、そういう人生をはなから拒絶していたわけだからな」

メリペンは無言だった。レオの言葉が届いているのかどうかさえわからない。

「まったく」レオはかすれ声でつづけた。「妹とともに死ぬ勇気があったのなら、ともに生きる勇気だって持てるはずじゃないのか？」

独房をあとにするレオの耳に届くのは沈黙だけだった。自分はなにをしたのだろう、こんなことをしてなんの意味があったのだろうと考える。

巡査の部屋に向かい、メリペンを出してやってくれと頼む。「ただし、五分後に」レオはさりげなくつけくわえた。「わたしはそのあいだに逃げる」

レオが出かけたあとも、残された家族たちは食堂で陽気な会話を必死につづけていた。どうしてメリペンが食事に現れなかったのか、どうしてレオがわけも言わずに出かけたのか、誰も口に出して問いかけはしなかったが……どうやらふたりの行動は、どこかでつながっているらしかった。

ウィンは黙って、ただ気を揉んでいた。その一方で、わたしはメリペンの心配をする立場にないのだ、心配する権利もないのだと自分に言い聞かせてもいた。だが言い聞かせれば言い聞かせるほど不安は募っていった。料理をわずかばかり口に運ぶたび、喉が詰まって飲み下すのに苦労した。

その夜は、居間でゲームに興じる家族に頭痛がすると断って、早めに床に就くことにした。大階段のところまで付き添ってくれたジュリアンから、ウィンは口づけを受けた。長いキスで、口のなかを軽くまさぐられもした。優しく甘い口づけは……心とろかすとまではいかなくとも、心地いいものだった。

ジュリアンがウィンの健康ぶりに納得し、ようやく結ばれるそのときには、彼はきっと巧みに、丁寧に愛してくれるだろう。だが彼は、その方面にあまり熱心ではなさそうだ。そのことに気づいて、ウィンは安堵と落胆を同時に覚えた。ジュリアンがメリペンのように欲望と渇望の浮かぶ目で見てくれたら、自分だって情熱的になれるかもしれないのに。

とはいえ、たとえジュリアンに彼女への欲望があったとしても、メリペンのすべてをのみこむかのような原始の欲望にはとうてい及ばないだろう。ジュリアンはきっと、最も親密なひとときであっても冷静さを失わないはずだ。汗まみれでうめき、きつく抱きしめてくれるジュリアンなど想像もつかない。そこまで自分をさらけだせる人ではないと、直感でわかる。

それから、ジュリアンがいずれほかの女性とも関係するはずだ、ということもウィンにはわかっていた。考えただけで気落ちするが、その程度の理由で結婚を思いとどまるつもりはない。不義の関係など珍しくないのだから。男性も貞節の誓いを守るべきという理想はあるものの、多くの場合、世間は堕落した夫をすぐに許す。社交界には、妻は寛容であるべしという考え方があるのだ。

入浴をすませたウィンは純白のナイトドレスに着替え、少し本を読もうとベッドに座った。ポピーから借りた小説は、読んでいて混乱するくらい登場人物が多く、一単語ごとに原稿料が払われるのではないかと思うほどに、長々と美辞麗句がつづいている。二章まで読んで本を閉じ、ランプを消した。ベッドに横たわり、不安を抱えたまま、闇にじっと目を凝らす。

やがて眠気が訪れた。深い眠りで、現実から逃れられるのがありがたかった。だがしばらく経ったころ、まだ真夜中なのに、幾層にも重なった夢から目覚めようとしている自分に気づいた。誰かが、あるいはなにかが部屋にいる。最初は、ベアトリクスのかわいがっているフェレットだろうと思った。フェレットはときどきこっそり寝室に忍びこんでは、おもちゃになりそうなものを見つけて持っていってしまう。

まぶたをこすりながら、上半身を起こす。ベッドのかたわらでなにかが動いた。毛布に大きな影が差す。当惑が恐怖へと変わろうとしたそのとき、聞き慣れたつぶやき声が聞こえ、温かな男性の指に唇をふさがれた。

「おれだ」

彼の手に口をふさがれたまま、ウィンは唇の動きだけで呼んだ。

ケヴ。

痛いほどの喜びに胸が締めつけられる。心臓は喉元までせりあがって、激しく鼓動を打っている。だがウィンはまだメリペンに腹を立てていた。それに彼とはすでに終わったのだ。単なる真夜中のおしゃべりに来たのだとしたら、かんちがいもはなはだしい。彼にそう言おうとしたが、意外にもメリペンは厚手の布を彼女の口にかぶせ、布の端を後頭部で器用に結んだ。それからあっという間に、彼女の手首を体の前で結わえてしまった。

驚きのあまり、ウィンはただ固まっていた。メリペンならけっしてこんなことはしない。だがたしかに彼だ。手で触れられただけでわかる。いったいなにをするつもりなのだろう。なにを考えているのだろう。メリペンの呼吸はいつもより速く、吐く息がウィンの髪を揺らす。ようやく暗闇に目が慣れてきたところで顔を見ると、張りつめたような険しい表情を浮かべていた。

メリペンはルビーの指輪をウィンの指からはずし、それをナイトテーブルに置いた。彼女の頭を両手でつかみ、大きく見開かれた目をじっと見つめる。それから彼は、短い言葉を発した。それだけで、彼がなんのためにこんなことをしたのか、これからなにをしようとしているのかがわかった。

「きみはおれのものだ」

軽々とウィンを抱き上げたメリペンは、たくましい肩に彼女をかつぎ、部屋から運びだした。

ウィンは目を閉じた。メリペンにすべてをゆだね、身を震わせていた。猿ぐつわをかまされたまま、すすり泣きをもらした。不幸だからでも、怖いからでもない。抑えきれないほどの安堵感ゆえだった。メリペンは衝動に駆られたわけではない。これは儀式だ。かつてロマには求婚の儀式があった。遊び半分で行われるものではない。ウィンはこれから、メリペンにさらわれ、純潔を奪われる。
やっとこの日がやってきたのだ。

17

誘拐は首尾よく成功した。さすがはメリペンだった。ウィンは彼の部屋に連れていかれるとばかり思っていたが、驚いたことに運ばれた先は外だった。彼の愛馬が待っていた。メリペンは上着のなかに抱いた彼女を胸に寄りかからせ、手綱を操った。門番小屋のほうには向かわず、夜霧のなかを森に沿って、間もなく朝日が射すはずの濃い闇のあいだを進んだ。

ウィンはメリペンを信じ、ゆったりと身をもたせていたが、内心で緊張も覚えていた。たしかにメリペンのはずなのに、いつもの彼とまったくちがう。どんなときも徹底的に抑えつけていた一面が、解き放たれたかのようだ。

オークとトネリコの雑木林を、メリペンは巧みに馬を走らせた。やがて小さな白いコテージの輪郭が暗闇のなかにぽっかりと浮かび上がった。いったい誰のものなのだろう。なかなか居心地のよさそうな真新しいコテージで、煙突から煙がたなびいている。あたかも訪問者を待ち受けるかのように、室内には温かな明かりも灯されている。

メリペンは馬を下りてウィンを抱き下ろし、コテージの玄関まで連れていった。「動くなよ」と命じる。ウィンはおとなしく、彼が馬をつなぎ終えるのを待った。

メリペンがウィンの結わえた手首をつかみ、室内にいざなう。進んで囚われたも同然のウィンは、抗いもせずに従った。室内はほとんど家具がなく、木材とペンキの匂いがした。住人はいないらしい。いや、まだ誰もここに住んだことがないようだ。

寝室に進み、メリペンがウィンを抱き上げて、キルトと純白のリンネルの掛かったベッドに横たえる。彼女が半身を起こすと、はだしの足がベッドの端から垂れた。

メリペンは目の前に立っていた。暖炉で燃える炎が、顔の半分を照らしている。彼はウィンをじっと見つめていたが、やがてゆっくりと上着を脱ぎ、上等な生地が汚れるのもかまわず床に放った。つづけて開襟シャツを頭から脱ぐ。シャツの下から現れたたくましい上半身とうねるような筋肉をつつむ褐色の肌に、ウィンは思わず息をのんだ。胸板には毛が生えておらず、肌はサテンのようにつややかで、いますぐ触れてみたくて指がうずうずする。高鳴る期待に体がほてり、頬が赤く染まるのがわかる。

メリペンの黒い瞳はそれを見逃さなかった。彼女がなにを求め、必要としているか、当人よりも深く理解しているのが感じられる。メリペンはハーフブーツを脱ぎ、脇に蹴飛ばして、ウィンに歩み寄った。汗と彼の匂いが鼻孔をくすぐる。ナイトドレスのレースで縁取られた襟元に大きな手が伸びてきて、軽やかに指先でもてあそぶ。その手が胸のほうにすべり下り、乳房をつつみこむ。温かな手のひらで愛撫されると、ウィンの全身をおののきが走り、硬さを増していく先端に快感が集まった。そこにキスしてほしくて、じれったさにつま先が丸くなり、猿ぐつわをされた口から吐息がもれる。

するとありがたいことに、メリペンは彼女の後頭部に手をまわし、猿ぐつわをはずしてくれた。

顔を真っ赤にして身を震わせながら、ウィンはとぎれがちにささやいた。「そんな……そんなものを使う必要はなかったのに。猿ぐつわなんかされなくても、静かにしていたわ」

応じるメリペンの口調はまじめだったが、瞳の奥にはいたずらっぽい光が宿っていた。

「おれは、なにかをしようと決めたら絶対に手を抜かないんだ」

「そうよね」ウィンは喜びのあまり嗚咽をもらしそうになった。彼女の髪をメリペンがまさぐり、地肌に触れる。「知ってるわ」

メリペンは両手でウィンの頭を撫でながら、身をかがめ、優しく唇を重ねた。熱い舌で軽く口のなかをまさぐられ、さらに深く、執拗に求められて、ウィンは口づけにこたえた。くりかえされるキスにあえぎ、身を反らし、自らも小さな舌で飢えたように彼の歯を舐めた。夢中でメリペンを味わい、身内を波のように洗う興奮にうっとりとなる。気づいたときには、縛られたままの両手を頭の上に伸ばした格好で、彼とともにベッドに横たわっていた。

彼の唇が首筋に移動し、ゆっくりと愛撫を与える。

「こ、ここはどこなの？」ウィンはやっとの思いでたずねながら、とりわけ感じやすい部分を探りあてられると身を震わせた。

「猟場管理人のコテージ」メリペンは彼女が身をよじるまでそこを舐めつづけた。

「猟場管理人はどこにいるの？」

「まだ雇ってない」メリペンの声は激情にかすれている。

ウィンは彼の豊かな髪に頬と顎をすり寄せ、その感触を味わった。「ここにコテージがあるなんて知らなかった」

メリペンは頭を上げた。「森の奥にあるからな」とささやく。「雑音も届かない」乳房をもてあそび、親指でそっと乳首をなぶる。「猟場管理人は鳥の世話をするから、平穏な環境が必要だ」

だがいまのウィンの胸の内は平穏とは程遠かった。神経が張りつめ、手首を縛るシルクの紐が邪魔だ。ウィンはメリペンに触れ、彼を抱きしめたくてしかたがなかった。「ケヴ、これをほどいて」

メリペンは首を振った。胸元をけだるく撫でられて、ウィンは背を弓なりにした。

「お願い」息をのむ。「ケヴ――」

「静かに……まだだよ」メリペンの唇が飢えたようにウィンの唇をなぞる。「きみを求める時間が長すぎた。きみを必要とする気持ちが強すぎた」彼の歯がえもいわれぬ優しさで、彼女の下唇を噛む。「だからきみの手に一瞬でも触れられたら、おれはその場でいってしまう」

「でも、あなたを抱きしめたいの」ウィンは懇願した。

メリペンの顔に浮かぶ表情が全身をうずかせる。「これがすべて終わるころには、きみは全身でおれを抱きしめているさ」彼は温かな手のひらを、激しく鼓動を打つウィンの心臓の上に置いた。身をかがめ、上気した頬に口づけながらささやく。「おれがこれからきみになにをするかわかってるか?」

ウィンはとぎれがちに吐息をもらした。「わかってるつもりよ。以前、お姉様から少し聞いたことがあるもの。それに、春に羊や牛が恋をする姿を目にしたこともあるわ」

そのせりふに、メリペンが笑みを浮かべる。「そいつを基準に考えていいのなら、なにも問題はないな」

ウィンは両腕を輪のようにしてメリペンの首にかけ、必死に身を起こすと、口づけようとした。メリペンが唇を重ね、ウィンをふたたび横たわらせ、片膝を彼女の脚のあいだに慎重に割りこませる。太ももが徐々に押し広げられ、やがてウィンは、うずきだしている部分にえもいわれぬ圧迫感を覚えた。ゆっくりとリズミカルに、軽やかにこすられる感覚に、もがくように身をよじりながら、震えるほどの歓喜を味わう。このような行為は、赤の他人よりも、ずっと昔からよく知っている人を相手にするほうがずっと恥ずかしく感じるものなのではないかしら……そんなことを、ぼんやりとした頭で考えた。

夜が去り、朝がやってこようとしている。澄んだ朝の光が部屋に射しこみ、鳥たちの鳴き声と羽音に森が目覚めつつある。あれはジョウビタキに、そしてツバメ。ウィンは一瞬、ラムゼイ・ハウスにいる家族について考えた。じきにみんな、彼女がいなくなったことに気づく。行方を捜そうとするのではないか、そう思ったとたん、全身に震えが走った。純潔を守ったまま屋敷に戻ったら、メリペンとの未来を手に入れられなくなるかもしれない。

「ケヴ」ウィンは取り乱した声で呼んだ。「急いだほうがいいわ」

「どうして？」メリペンは首筋に口づけたまま訊いた。

「誰かに止められるかもしれないから」

彼が頭をもたげる。「誰にも止められやしない。大軍がコテージを囲んでも。爆発が起きても。雷が落ちても。それでも止められない」

「でもやっぱり、少し急いだほうがいいと思うの」

「そう？」と言ってほほえむメリペンの表情に、ウィンの心臓は止まりそうになる。くつろいで幸福感に浸っているときの彼は、この世の誰よりもハンサムだった。

メリペンが巧みにウィンの唇を愛撫する。深く情熱的なキスに不安は吹き飛んだ。彼は口づけながら両手でナイトドレスの前をつかんで引っ張り、まるでレースペーパーのようにいとも簡単に生地を引き裂いた。ウィンは驚いて息をのんだが、身動きはせずにいた。

メリペンは肘をついて上半身を起こした。ウィンの手首を握り、あらためて頭の上に伸ばす。彼女の全身があらわになり、乳房が持ち上がる。彼は淡いピンクの乳首をじっと見つめた。その口からもれたかすかなうめき声に、ウィンは身を震わせた。メリペンは身をかがめると、右の乳首を口に含み、舌でなぶった。燃えるような感覚に、ウィンは火傷でもしたかのようにしりごみした。愛撫を受けた乳首は、かつてないほど赤く、硬くなっている。

情熱にうっとりとなりながら、メリペンが左の胸にもキスをする。やわらかな先端を痛いくらい硬いつぼみにしてから、温かな舌で舐めてなだめる。ウィンは背を反らして、濡れた唇に胸を押しあて、すすり泣き交じりの吐息をもらした。乳首に歯が立てられ、軽く嚙まれ、なぶられる。ウィンはあえいだ。力強い両手が全身を撫で、触れるたびに耐えがたいほどの喜びをそこに与える。

メリペンは彼女の太ももに手を伸ばし、左右に広げようとした。けれどもウィンは、恥ずかしくて従うことができなかった。もっと愛されたいと思うのに、そこがしっとりと濡れているのが感じられて、先に進めない。こういう状態になるとは想像もしなかったし、誰にも教わらなかった。

「さっき、急いでと言わなかった?」メリペンが耳元でささやき、唇がウィンの紅潮した頬をかすめる。

「紐をほどいて」ウィンは動転しつつも頼んだ。「ほどいてくれないと……きれいにできないでしょう?」

「きれいにする?」メリペンはいぶかしむように彼女を見つめつつも、シルクの紐をほどいた。「この部屋を?」

「そうじゃなくて……体を」

当惑したメリペンの眉のあいだにしわが刻まれる。ぴったりと閉じられた太もものあいだを指でなぞられて、ウィンは反射的にいっそうきつく脚を閉じた。合点がいったのだろう、彼は口元をほころばせ、表情を和らげた。「心配なのはここ?」とたずねながら、無理やり脚を押し広げ、濡れそぼった場所をそっと指先でなぞる。「ここが濡れているから?」

ウィンは目を閉じ、小さくうめいてうなずいた。

「大丈夫」メリペンがなだめる。「これでいいんだから。こうなるのが正解なんだ。このほうがきみのなかに入りやすくなる……」息を荒らげる。「ウィン、かわいいよ。おれに触らせて。愛させてくれ……」

羞恥心に身もだえしながら、ウィンはさらに脚を押し広げられるがままに従った。しっかり口を閉じて、動くまいと思うのに、痛いほどに感じやすくなったところを撫でられるたびに腰が浮いてしまう。メリペンは優しくささやきかけながら、やわらかな部分を情熱的に愛撫している。そこがますます濡れて、熱くなってくるのがわかる。彼は指先で円を描くようになぞり、やがて、指をそっとなかに挿し入れた。ウィンは身を硬くして息をのんだ。すぐに指が引き抜かれる。

「痛かったかい？」

ウィンは目を開け、「いいえ」と当惑したように首を振った。「それが、ちっとも痛くなかったの」顔を上げて、脚のあいだを見ようとする。「血が出ているのではない？　やっぱり拭いたほうが――」

「大丈夫だよ、ウィン……」とつぶやくメリペンの顔には、狼狽しつつも笑いをこらえるような妙な表情が浮かんでいる。「いまの行為で、痛かったり、血が出たりすることはない」一瞬口を閉じる。「でも、あれ《コック》を入れるときには、死ぬほど痛いと思う」

「そうなの……」ウィンはしばし考えてからつづけた。「ねえ、男性は陰部のことをそんなふうに呼ぶの？」

「ガッジョはね」

「ロマニー語では？」

「コーリ」

「どんな意味があるの？」

「棘《とげ》だ」

ウィンは彼のズボンのなかで大きくなっているものを遠慮がちに見やってから言った。

「ずいぶん大きな棘なのね。もっとふさわしい言葉で呼べばいいのに。でもたしかに――」彼の手が下のほうに下りていくのを感じて、鋭く息をのむ。「たしかに、薔薇がほしいときには――」彼の指がまたなかに挿し入れられる。「棘に我慢しなくちゃいけない場合もあるから」

「じつに哲学的だ」メリペンは優しく、ぎゅっと締まったなかを愛撫した。

下腹部にえもいわれぬ感覚が広がり、ウィンはキルトの上でつま先を丸めた。「ケヴ、わたしはなにをすればいいの？」

「なにも。おれの愛撫を受けていればそれでいい」

これまでウィンは、それがどんなものかもわからないままに、こうなるときをずっと待っていた。ゆっくりと時間をかけて、驚きにつつまれながら、甘やかに彼と溶けあうときを。お互いに身をゆだねるときを。メリペンは自分が主導権を握っているのに、まるで崇めるようにウィンの体をまさぐっている。ウィンは快感にのみこまれるのを、全身が赤く染まり、ほてるのを感じた。

　メリペンは彼女の体の隅々まで探った。好きなところに愛撫を加え、彼女をうつ伏せにし、抱き上げ、また仰向けにした。その手は常に優しく、それでいて情熱にあふれていた。両のわきの下と脇腹に口づけ、全身に唇を這わせ、あらゆる曲線と湿ったくぼみを舌で舐めた。ウィンのなかで徐々に歓喜が重なりあい、暗く生々しいなにかが形作られていく。彼女は痛いほど激しい切望感にあえいだ。

　自分の心臓の高鳴る音が、胸にも手足にもおなかにも、指先やつま先にも響いている。メリペンのくれる歓喜にもう耐えられそうもなかった。少しでいいから休息をくれるよう懇願した。

「まだだ」メリペンは荒い息をしながら言った。その声には、なぜか勝利の喜びが感じられた。

「お願いよ、ケヴ――」

「いきそうなんだろう、わかるよ、ウィン」彼はウィンの頭を両手でつつみ、貪欲に口づけ、唇を重ねたままつづけた。「まだやめてほしくないと思うはずだよ。どうしてだか、教えてあげる」

　ウィンはすすり泣いた。メリペンが脚のあいだに身をかがめ、それまで指でいたぶっていた場所に顔をうずめたからだ。彼は親指で押し広げながら、濡れそぼった場所に唇をあて、舐めた。ウィンは身を起こそうとした。だがすぐに枕の上に倒れこんだ。濡れた舌が一番感じやすい場所を探しあて、執拗に愛撫を加える。

ウィンはまるで異教のいけにえのように、メリペンの前にすべてをさらけだしていた。部屋中を満たす朝日が彼女の体を照らしだす。メリペンは熱い舌でけだるく舐め、彼女を味わっている。ウィンがあえぎ、思わず脚を閉じようとすると、彼は横を向いて内ももを嚙み、舌で舐め、反対のももにも同じようにした。ウィンをむさぼり、すべてを自分のものにしようとしていた。

彼女はなすすべもなくメリペンの頭に手を伸ばし、もはや羞恥心すら忘れて、彼の顔を自分の脚のあいだに戻した。背を弓なりにし、早くして、もっとして、もっと……と声に出さずに懇願する。唇を押しあてられ、ついばむように軽やかにキスをされると、あえぎ声をもらさずにはいられなかった。歓喜に全身をつつまれ、そのあまりの激しさに驚きの声がもれ、四肢が麻痺したようになる。この世のすべての律動とリズムと躍動が純化して、抗いがたいほどになめらかな炎となり、一番感じやすい部分に集まる。やがて炎は唐突に去り、張りつめた神経がやわらかに解きほぐされ、ウィンは満ちたりた思いで激しく身を震わせた。

おののきがすっかり去るまで、ウィンはなすすべもなくベッドに身を横たえていた。全身がけだるくほてり、深く満たされた感覚に、動くこともできなかった。メリペンはしばしベッドを離れると、一糸まとわぬ姿になってから戻ってきた。荒々しいほどの渇望をにじませながら、彼女を抱きしめ、組み敷く。

ウィンは両腕を伸ばして、物憂げにつぶやいた。指先で触れたメリペンの背中は引き締まり、なめらかで、触れるたびに筋肉がぴくりと動いた。彼が身をかがめ、少しひげの伸びた頬を彼女の頬に重ねる。ウィンは彼のたくましさにすっかり身をゆだね、両の膝を曲げて自ら腰を押しあてた。

先端だけがそっと挿入された。無垢な秘部が抗い、痛みを訴える。さらに挿入されると、ウィンは焼けつく痛みに思わず息をのんだ。大きさも硬さも深さも、とうてい受け入れられないと思った。本能的に身をよじった瞬間、彼はいっそう深く沈ませて、彼女をくぎづけにした。あえぎながら、じっとしていて、動かないから、すぐによくなるからとささやきかける。ふたりはともに荒い息を吐きつつ、身じろぎもせずにいた。

「やめたほうがいいかい?」張りつめた表情のメリペンが、かすれ声でたずねる。

欲望が最高潮まで高まっているだろうに、それでもなお、彼はわたしを気づかってくれる。それがどんなに苦しいことで、彼がどれほど狂おしく自分を求めているかに気づいて、ウィンは深い愛情に圧倒された。「やめようなんて思わないで」彼女はささやきかえすと、引き締まった脇腹に手を伸ばし、そっと撫でて、おずおずと促した。メリペンはうめき、全身を震わせながら、さらに奥深くへと入っていった。

突かれるたびに、結ばれた部分に焼けつくような鋭い痛みが走る。だがウィンはもっと深く彼を受け入れようとした。彼を自分のなかに感じることが、痛みや喜びよりもずっと大切に思われた。ふたりにとって必然だと感じられた。

メリペンがウィンをじっと見下ろす。紅潮した顔のなかで、瞳がきらめいていた。獰猛さと切望感をたたえた表情には、あたかも普通の男性には経験しえないことを味わっているとでもいうように、かすかに動揺の色も浮かんでいる。そんなメリペンを見て、ウィンはようやく彼の情熱の激しさを知った。その情熱が抑えようとしても高まっていくばかりの年月が、いったいどのようなものだったかを理解した。ふたりの運命に抗うため、彼はどれほど苦しい戦いに耐えてきたことだろう。どうして運命に抵抗しようとしたのか、理由はまだわからない。ともかく彼はいま、ほかのあらゆる感情を凌駕するほどの畏敬の念と激しさで、彼女を自分のものにしようとしている。

その一方で彼は、ウィンを手の届かない存在としてではなく、ひとりの女性として愛してくれていた。彼女に対するメリペンの愛情は純粋で、男らしく、本能的だ。まさにウィンが求めている愛情そのものだった。

もっと深いところでメリペンを感じようとして、彼女はほっそりとした脚を彼の腰にからませ、首筋と肩に顔をうずめた。彼が喉の奥でうめき、あえぐ声も、荒々しく吐く息もいとおしかった。自分のなかに注がれ、自分をつつんでくれる彼の力強さも。ウィンは彼の背中と脇腹を優しく撫で、首にキスをした。愛撫に促されたのか、メリペンはきつく目を閉じて、動きを速めた。そして一番奥深くまで刺し貫くと、怖いくらいに激しく全身を震わせた。

「ウィン」メリペンはうめき、彼女の胸に顔をうずめた。「ウィン」ともう一度呼ぶ。その一語には、千の祈りに匹敵する約束と情熱がこめられていた。

それからしばらくはふたりとも言葉を発することさえできず、お互いから離れがたい思いで、ただ抱きあい、汗ばんだ体をひとつに溶けあわせていた。

メリペンの唇が顔中に触れるのを感じて、ウィンはほほえんだ。口が顎にたどり着き、そこを小さく噛む。「人形なんかじゃない」

「なあに？」ウィンはまどろみから目覚め、片手を彼の頬に伸ばし、ひげでざらざらした肌を撫でた。「どういう意味？」

「人形扱いはいやだ、きみはそう言った……覚えてない？」

「覚えてるわ」

「そんなふうに思ったことは一度もなかった。おれの心のなかでは、きみはいつだっておれの恋人だった。それで満足しようと思っていた」

ウィンはわずかに身を起こし、彼にそっと口づけた。「いったいなにがあったの、ケヴ？どうして急に考えを変えたの？」

18

彼女の問いかけに答える前に、ケヴにはやるべきことがあった。ベッドを出て小さな台所に行く。このコテージのこんろには真鍮の貯水槽が付いており、炉のなかに管を通してあるので、すぐに熱い湯を使うことができる。彼は手桶に熱い湯をため、きれいなタオルと一緒に寝室に運んだ。

ウィンが横向きに寝そべる姿に、ケヴは思わず足を止めた。純白のリンネルにつつまれた流れるような曲線。銀色がかった金の小川のように、肩を覆う豊かな髪。そして、すっかり満たされた表情と、何度も何度も口づけたせいで薔薇色に染まり腫れた唇。そんな彼女がベッドの上で自分を待っている。あたかも、胸の奥深くに隠していた夢が現実になったかのようだ。

彼は熱い湯でタオルを濡らし、ウィンの美しさにうっとりとなりながら、シーツをそっとめくった。彼女が乙女だろうとなかろうとどちらでもよかった。だが、自分が最初の男になれたことに満足を覚えているのはたしかだった。彼女に触れ、喜びを与え、すべてを見たのは自分だけ……のはず……。

「ウィン」ケヴは湯気の立つタオルで彼女の脚のあいだを清めつつ、眉根を寄せてたずねた。「療養所では、例の体操服よりも薄着になる機会があったのか？　つまりその、ハーロウに見られたことはあるのか？」

彼女は穏やかな表情だが、真っ青な瞳には笑いが浮かんでいる。「ジュリアンが診察のときにわたしの裸を見たかどうかという意味？」

ケヴは医師に嫉妬していた。ウィンにもそれがばれているようだが、しかめっ面をやめられなかった。「ああ」

「いいえ、見てないわ」ウィンがしかつめらしく答える。「彼の関心はわたしの呼吸器にあったの。あなたも知っているだろうけど、呼吸器は生殖器とは遠く離れた場所にあるでしょう？」

「あいつの関心はきみの肺だけにあるわけじゃないぞ」ケヴは陰気に言い募った。

ウィンがほほえむ。「さっきのわたしの質問をはぐらかすつもりなら、いくらがんばっても無駄よ。ゆうべなにがあったの？」

ケヴは血のついたタオルを湯ですすぎ、ぎゅっと絞ってから、あらためて彼女の脚のあいだにあてた。「ピンフォールドにいた」

ウィンが目を見開く。「留置場に？　お兄様はあそこに行ったの？　あなたを出してあげるために？」

「そうだ」

「いったいどうしてあなたが留置場なんかに?」

「居酒屋でけんかをした」

彼女は数回舌打ちをした。「あなたらしくないわね」

言った当人も意図していない皮肉をそのせりふに感じとり、ケヴは思わず声をあげて笑いそうになった。腹の奥のほうから笑いがこみあげてくる。おかしくて、情けなくて、言葉も出ない。きっと変な顔をしていたのだろう、ウィンは彼をまじまじと見つめ、身を起こした。タオルを取り、脇に置いて、シーツを胸元まで引き上げる。それから、彼のあらわな肩を軽やかに優しく、なだめるように撫でた。その手を胸板から首筋、みぞおちのあたりへと移動させ、撫でつづける。彼女の手が愛情深く触れるたび、ケヴの心の枷はひとつ、またひとつとはずれていくようだった。

「きみの家に引き取られるまで」ケヴはかすれ声で語りだした。「おれの存在理由はそれ以外になかった。けんかしか。他人を傷つけることしか。おれは……化け物だった」ウィンの瞳をのぞきこんでみたが、そこにあるのは彼への思いやりだけだ。

「話して」ウィンがささやく。

ケヴはかぶりを振った。背中に震えが走る。

小さな手がうなじにまわされる。彼女はゆっくりとケヴの頭を自分の肩に引き寄せた。

「話して」ともう一度促す。

もはや隠しておくことはできない。ケヴは途方に暮れた。これから打ち明ける真実に、彼女は嫌悪と反感を覚えるにちがいない。それでも、彼は話した。

できるかぎり感情を交えずに。自分が凶暴なろくでなしで、いまもそうであることを彼女がしっかり理解できるように。ぼろぼろになるまで殴りつけた少年たちについても話した。なかにはその後、死んでしまった少年もいたかもしれないと。相手のその後は知りようもなかった。残飯を食べ、ものを盗むけだもののような生活を送っていたことも話した。胸の内に怒りしかなかったことも。彼はごろつきで、盗っ人で、こじきだった。自尊心や理性があればけっして人には言えないような、残虐行為や悪行の数々まで打ち明けた。

ずっと胸のなかで後悔しつづけていたことどもが、あふれるごみのように口からどんどん出てくる。気づいたときには完全に自制心を失っていた。そして口を閉ざそうとするたび、ウィンに優しく触れられ、促されるだけで、あたかも絞首台の前で司祭に懺悔する罪人のようにまた告白を再開するのだった。

「そんな手でどうしてきみに触れられると思う?」問いかける声が苦悶のあまりとぎれがちになる。「どうしてきみが、そんな手に触れられるのに耐えられる? おれがしてきたことを知っていたら、きみは絶対に――」

「あなたの手が大好きよ」ウィンはささやいた。

「おれはきみにふさわしくない。だがきみにふさわしい男など、この世にはいない。たいていの男には、そいつが善人だろうと悪人だろうと、なにかしらできないことがある。たとえ愛する女のためであっても。だがおれにはできないことはない。神も倫理観念も信仰もないからだ。おれにはきみしかいない。ウィンがおれの信仰だ。だから、きみに言われればなんだってする。戦いも、盗みも、人殺しもきみのためなら厭わない。おれは——」

「しーっ。静かに。なんてことを言うの」ウィンはあえぐようにつぶやいた。「戒律をすべて破る必要なんてないのよ、ケヴ」

「きみにはわからないんだ」ケヴは身を起こして彼女を見た。「おれの話を疑ってるんだろう——」

「ちゃんとわかってるわ」というウィンの顔は天使のように優しく、慈愛に満ちている。「あなたの話を疑ってもいない……だけど、そこからあなたが導きだした結論には賛同しかねるわ」両手を上げて、ケヴの引き締まった頬をつつみこむ。「あなたは善い人よ。愛情深い人。ロム・バロは、あなたのなかにある善い面をすべて壊そうとしたけど、うまくいかなかったのね。それもこれも、あなたが強い人で、強い心を持っているからだわ」

彼女はベッドに横たわり、ケヴの体を引き寄せた。「安心して、ケヴ……あなたのおじさんは邪悪な心の持ち主だった。でも彼がしたことは、彼の遺体とともに土にかえったはずよ。聖書には『死者をして死者を葬らせよ』と書かれているわ。どういう意味かわかる？」

ケヴはかぶりを振った。

「過去は忘れ、前だけを向いて進みなさいという意味よ。そうすることでしか、新しい道を見つけ、新しい人生を築くことはできないの。キリスト教の教えだけど、ロマにも理解できるのではないかしら」

おそらくウィンが思っている以上に、ケヴはその言葉の意味を深く理解した。ロマはとても迷信深い民族だ。とくに死や死者に対しては並みたいていではなく、亡くなった人の持ち物はすべて破壊するし、その名を口にすることもめったにしない。それは死者のためであると同時に、生者のためでもある。死者が哀れな亡霊となり、よみがえらないようにするための行為なのだ。死者をして死者を葬らせよ……頭では理解できるが、果たして本当にそれが可能なのかどうか。

「自信がない」ケヴはかすれ声で言った。「忘れられないかもしれない」

「わかるわ」ウィンは抱きしめる腕に力を込めた。「だからふたりで一緒に、もっと楽しいことだけを考えるようにすればいいの」

ケヴは長いあいだ黙っていた。ウィンの心臓に耳をあて、静かな鼓動と、呼吸の音をじっと聞いていた。

「初めて会ったとき、あなたが自分にとってどんな存在になるかわかった」ウィンは落ち着いた声音でつぶやいた。「あなたは野蛮人みたいにひどく腹を立てていた。そんなあなたを一目で好きになったわ。あなたもそうじゃなかった?」

ケヴはウィンに触れる喜びに浸りながら、小さくうなずいた。彼女の肌はプラムのような甘い香りがした。ときおりたちのぼる麝香の匂いが、彼を興奮させる。

「あなたを手なずけようと思った。でも、すっかりおとなしくさせようとは思わなかったわ。そばに近づける程度に手なずけようと考えたの」ウィンは指先に彼の髪をからめた。「でも相変わらず野蛮なのね。わたしをさらおうなんて、どこから思いついたの？　喜んでついていくに決まっているのに」

「きみにわかってもらおうと思って」ケヴはくぐもった声で答えた。

ウィンがくすくす笑いながら彼の頭を撫でる。丸い爪に地肌を撫でられて、ケヴは思わず喉を鳴らしそうになった。「よおくわかったわ。そろそろ屋敷に戻る？」

「戻りたい？」

彼女は首を振った。「戻りたくはないけど……おなかが空いたような気もするし」

「さらいに行く前に、ここに食べ物を運びこんでおいた」

ウィンがいたずらっぽく、彼の耳たぶを指先でつまんで引っ張る。「なんて手まわしのいいならず者なの。じゃあ、今日は一日ここにいる？」

「ああ」

彼女はうれしそうに身をよじった。「誰か捜しに来るかしら」

「どうかな」ケヴはシーツを引き下ろし、みずみずしい胸の谷間に鼻を押しつけた。「戸口に現れるやつはその場でのしてやる」

ウィンは喉の奥で笑った。

「どうした？」ケヴはそのままの体勢でたずねた。

「早くベッドを出て、あなたと一緒にいたいと思っていたころを思い出していたの。でもいざ元気になって帰ってきてみたら、ベッドに入ることしか考えられなくなった。あなたと一緒に」

ふたりは朝食に濃い紅茶と、バタートーストに溶かしたチーズをのせたウェルシュラビットを食べた。ウィンはメリペンのシャツを羽織り、台所のスツールに座って、腰湯用の浴槽《ヒップバス》に熱い湯を注ぎ入れる彼の背中の筋肉が小気味よく動くさまをうっとりと見ていた。ほほえんで、ウェルシュラビットの最後の一口を口に放りこむ。「さらわれて純潔を奪われたあとって、食欲が増すのね」

「奪ったほうもな」

なんの変哲もない、ひっそりと静かなこぢんまりとしたこのコテージには、不思議な空気が漂っているようだ。ウィンはあたかも幸福の呪文をかけられたかのように感じていた。ひょっとして夢を見ているのではないか、目覚めたらそこは、ひとりぼっちのベッドのなかなのではないかと恐れた。だが夢にしてはメリペンの姿が生き生きとして、現実味がありすぎる。それに体のあちこちがかすかに痛みうずくのは、純潔を失った明らかな証拠、彼のものになったあかしだ。

「いまごろはもう、みんな気づいているわね」ウィンはラムゼイ・ハウスにいる家族のことを思いながら、ぼんやりとつぶやいた。「かわいそうなジュリアン。きっと怒っているにちがいないわ」

「嘆き悲しんではいないのか?」メリペンは手桶を脇に置き、上半身裸のままウィンに歩み寄った。

彼女は眉根を寄せて考えた。「がっかりはしているでしょうね。それと、わたしを心配していると思うわ。でも、嘆き悲しみはしないでしょう」髪を撫でてくれるメリペンにそっと身を寄せ、引き締まったなめらかな腹に頰を押しあてる。「彼はあなたのようには、わたしを求めていなかったもの」

「そんな男がこの世にいるとしたら、男として機能してないやつだろうな」ウィンが臍の際《きわ》に口づけると、メリペンは軽く息をのんだ。「ロンドンの医師の診断については、あいつにも話したのか？　もう十分に健康だから赤ん坊を産んでも大丈夫だと、その医師に言われたんだろう？」

ウィンはうなずいた。

「ハーロウはなんて？」

「何十人という医者に診察してもらえば、望むとおりの診断を得ることは可能だろうって。でも自分はやっぱり産むべきではないと考えているって」

メリペンはウィンを立ち上がらせ、じっと顔をのぞきこんだ。彼の表情から気持ちを読みとることはできなかった。「おれはきみに危険を冒してほしくない。ハーロウも、やつの意見も信じてはいないが」

「彼があなたのライバルだから？」

「それもある」メリペンは認めた。「だがこいつは直感だ。あいつには……なにかが欠けている。誠実ではないような印象があるんだ」

「医師という職業のせいかもしれないわね」ウィンは言いながら、シャツを脱がされて身震いした。「お医者様ってたいてい超然としているでしょう。うぬぼれているというのかしら。でも、お医者様にはそういう感覚も大切だと思うの――」

「そういうんじゃない」メリペンはウィンをヒップバスのほうにいざない、手を貸して湯につからせた。ウィンは息をのんだ。湯が熱かったせいもあるが、彼の前で裸身をさらけだすのが恥ずかしかったせいもある。ヒップバスに入るには、両脚を開いて縁に掛けなければならない。ひとりのときには気持ちのいいものだが、人前では少々恥ずかしい格好である。メリペンがかたわらにひざまずき、体を洗ってくれるので、彼女はますます羞恥心を募らせた。とはいえ彼の手つきはちっともみだらではなく、ただひたすら献身的で、ウィンはじきに、力強く優しい手に洗われる心地よさにすっかり身をゆだねた。

「ジュリアンが奥様になにか恐ろしいことをしたと、まだ疑っているのね」ウィンは湯につかったまま言った。「でも彼は病気を治すのが仕事なのよ。だから誰も傷つけたりしやしないわ。相手が奥様ならなおさらでしょう」メリペンの表情を読んで、いったん口をつぐむ。

「わたしの言うことを信じていないのね。彼を恐ろしい人だと決めてかかっているんだわ」

「人の生死を司る権利が自分にはある、そんなふうにあいつは考えている気がする。きみやアメリアたちの大好きな神話に出てくる神様みたいに」

「ジュリアンを知らないからそんなふうに思うのよ」

メリペンはなにも言わず、彼女の体を洗いつづけた。

ウィンは湯気越しに彼の浅黒い顔を見つめた。古代帝国バビロニアの戦士像のように、美しく冷徹な顔。「これ以上、彼をかばっても無意味ね」苦笑交じりにつぶやく。「あなたが彼をよく思おうとする日なんて絶対に来ないもの、でしょう?」

「そうだな」

「もしも、ジュリアンが本当に善人だったとしたらどう?」ウィンはたずねた。「そうしたら、わたしと彼の結婚を認めた?」

問いかけに答える前に、メリペンの首の筋肉が引きつるのがわかった。「いいや」という声には自己嫌悪がかすかににじんでいる。「おれは自分勝手な男だからな。絶対に認めなかった。もしもそういうことになっていたとしたら、結婚式の日にきみをさらった」

ウィンはメリペンに伝えたかった。高潔な人であってほしいなどと思ってはいないと。こんなふうに、なにものも入りこむ余地がないくらい激しい情熱だけで愛されて、幸せだし、わくわくしていると。だが口を開こうとする前に、メリペンが手に石鹸をとり、脚のあいだのまだ痛むところに手のひらをすべらせた。

彼の触れ方には愛情が感じられた。所有欲も。ウィンは目を半分閉じた。彼は指をそっとなかに入れ、反対の腕を彼女の背中にまわした。ウィンはたくましい胸板と肩に弱々しく身をもたせた。ほんの少し触れられているだけなのに痛む。彼女のそこはまだ、ほとんど無垢に近い。だが熱い湯に気持ちをほぐされ、優しい手になだめられて、ウィンは浮力に身を任せ、脚の力を抜いた。

朝の空気を思う存分に吸う。湯気にきらめく空気は、石鹸と森と熱された銅の匂いがした。それから、愛する男《ひと》の酔わせるような匂いが。ウィンは彼の肩に唇を寄せ、汗ばんだ肌を味わった。

温かな指が、揺れる葦《あし》のように軽やかに撫で……一番触れてほしいところをあっという間に探しあてる。彼はそこに愛撫を与え、押し開き、やわらかなふくらみや、なかの感じやすい部分をゆっくりとまさぐった。ウィンは手探りで彼の太い手首をつかみ、骨や腱が複雑に動くさまを感触で味わった。指が二本挿し入れられ、それと同時に、親指が円を描くように最も感じやすい部分をなぞる。

もっとほしくてリズミカルに腰を突き上げると、ヒップバスのなかで湯がぽちゃぽちゃと音をたてた。指がもう一本挿入されるのに気づいて、思わずそこに力を入れ、やめて、そんなにしないでと抗議する。けれどもメリペンに大丈夫だよ、我慢してとささやかれ、優しく押し開かれると、ウィンはあえぎ声とともに受け入れた。

湯に身を任せ、手足を広げた状態で愛撫を受けながら、ウィンは解放感につつまれるのを、奥深くをまさぐられる快感に酔いしれるのを感じた。飢えた野獣になった気分で、頭のなかが真っ白になるほどの歓喜をもっと味わおうと腰をくねらせる。メリペンの引き締まった素肌に置いた両手の爪を立てると、彼は満足げにうめいた。生まれて初めて味わう解放感に、ウィンの口から小さな悲鳴がもれる。声をあげまいとするのに、あえぎ声が自然と出てしまうようだった。全身を走るおののきに湯がさざなみをたてる。優しく執拗な指の動きにウィンは何度も達し、やがて、息を荒らげながらぐったりと四肢の力を抜いた。

メリペンはヒップバスの背もたれにウィンの身をもたせると、しばしどこかに消えた。湯気のたつ湯につかったウィンは、すっかり満たされており、どこに行くのと訊きもしなかった。戻ってきたとき彼はタオルを手にしていた。ウィンを立ち上がらせる。彼女はぼんやりとメリペンの前に立ち、子どものように体を拭かれるがままに任せた。彼に身を寄せると、素肌に小さな赤い爪跡がついているのが見えた。さほど深くはないが、たしかに爪跡だった。彼にすまない気持ち、あるいはそんなことをした自分を恥じる気持ちを抱くべきなのに、もう一度あんなふうに傷をつけてみたいと思う。彼をむさぼってみたいと。まるで自分らしくない考えだったので、ウィンはあえて口にはしなかった。

メリペンは彼女を抱いて寝室に戻り、シーツを取り替えたばかりのベッドに横たえた。ウィンはキルトに潜ってうとうとしながら、湯を使いに行った彼が戻るのを待った。もう何年も味わったことのない感覚に酔いしれていた。きらめきに満ちた幸福感は、子どものころ、クリスマスの朝に目覚めたときに感じた幸せとよく似ていた。ベッドのなかで静かに待ちながら、これからはよいことばかりが待っているのだと思うと、期待に胸が燃え上がる気がした。

ずいぶん経ってからメリペンがベッドに入ってくる気配がして、ウィンは半分だけ目を開けた。彼の重みでマットレスが沈む。冷たいウィンの体に触れた彼の体は、驚くほど温かかった。ウィンは彼の腕のなかで丸くなり、深く息をついた。大きな手が背中をゆっくりと愛情深く撫でてくれる。

「いつかふたりで、こんなコテージに住めるかしら？」つぶやくようにたずねる。

やはりメリペンはすでに先の計画も立てていたようだ。「最初の一年、いや、おそらく二年はラムゼイ・ハウスに住むことになると思う。屋敷の再建作業がすべて終わり、レオが独力でやっていけるようになるまでの辛抱だ。そのあとは、農園に適した土地をどこかに探し、おれがきみのために家を建てる。たぶん、ここよりは少し広くなるな」ウィンの腰のほうに手を下ろし、円を描くようにゆっくりと撫でる。「贅沢はできないだろうが、快適な暮らしは約束する。メイドと従者と御者をひとりずつ雇おう。場所はラムゼイ・ハウスからそう遠くないところがいい。そうすればきみは、いつでも好きなときにみんなに会える」

「素敵だわ」ウィンはやっとの思いでそれだけ言った。あまりにも幸せで、ほとんど息もできないくらいだったからだ。「まるで天国みたい」彼女はメリペンの手腕を一ミリも疑っていなかった。彼を幸せにできる自信もあった。ふたりできっと素晴らしい人生を築けるはずだ。もちろん、普通の人生とはちがうだろうけれど。

メリペンが重々しい声でつづける。「だがおれと結婚したら、きみは二度とレディと呼ばれる立場には戻れない」

「あなたの妻という立場に勝るものなんてないわ」

大きな手がウィンの頭をつつみこみ、たくましい肩に引き寄せる。「きみにはもっといい人生をと、ずっと願っていたのに」

「嘘つき」ウィンはささやいた。「おれと一緒の人生をと、ずっと願っていたくせに」

メリペンの胸の奥で笑いが響く。「そのとおりだよ」

それからふたりは口を閉じ、朝の光につつまれた寝室でともに横たわる喜びを噛みしめた。これまでもふたりは、さまざまなかたちで心を通わせてきた。お互いを深く知るようになってもいた。けれどもある意味、まだお互いについてなにもわかっていなかったとも言えた。こうして肉体的にも結ばれたことによって、ウィンの心には新たな感覚が芽生え始めていた。メリペンの肉体だけではなく、魂までもが自分の一部となったような感覚だ。だからウィンには不思議でならなかった。どうして世の中には、愛しあってもいないのにこのような行為をできる人がいるのか。空虚だし、無意味ではないのだろうかと。

彼女はすね毛に覆われたメリペンの脚をはだしで探り、よく発達した筋肉をつま先でなぞった。「彼女たちといるときに、わたしのことを考えたことはある？」とためらいがちにたずねる。

「彼女たちって？」

「あなたがベッドをともにした女性たち」

不快な質問だったのだろう、メリペンは身を硬くした。答える声は低く、罪悪感のためにかすれていた。「いいや。一緒にいるあいだはなにも考えていなかった」

ウィンは彼の胸板に手をすべらせ、小さな茶色い乳首を探しあてると、硬くなるまでもてあそんだ。片肘をついて身を起こし、思ったままに伝える。「あなたがほかの誰かとこんなことをしたなんて、想像するだけで耐えられない」

　メリペンは彼女の両手をとり、力強く鼓動を打つ心臓の上に押しあてた。「相手に対してなんらかの感情があったわけじゃない。どれも単なる肉体的な交わりだ。なるべく早くすませてしまおうとするたぐいの」

「そのほうがよほどたちが悪いわ。いっさい感情もないまま、そんなふうに女性を利用するなんて……」

「相応の礼はした」メリペンが冷笑交じりに言う。「相手だって進んで応じたんだ」

「どうして大切に思える相手を、あなたのことを大切に思ってくれる相手を探さなかったの？　そのほうがずっと、愛のない交わりよりましだわ」

「できなかった」

「なにが？」

「ほかの誰かを大切に思うことなんて。おれの心にはきみしかいなかったから」

　彼の答えに感動し喜んでいる自分の身勝手さに、ウィンはわれながら呆れた。

「きみがフランスに発ってからは」メリペンがつづける。「頭がどうにかなりそうだった。どこに行っても気が晴れなかった。一緒にいたいと思う人間なんていなかった。きみの健康は、心から願っていた。おれの命と引き換えにしてもいいと思っていたくらいだ。でもその一方で、おれを置いていくきみを憎みもした。なにもかもを憎んだ。自分の心臓の鼓動さえも。それでも生きていこうと思ったのは、きみにもう一度会いたかったからだ」

真摯で飾り気のない愛の告白に、ウィンは心打たれた。彼はやはり戦士なのだ。誰も嵐を止められないように、なにものも彼を抑えつけることはできないだろう。彼はウィンをどこまでも激しく、誰よりも深く愛するだろう。

「彼女たちのおかげで楽になった？」ウィンは優しくたずねた。「彼女たちと寝て、少しは救われた？」

メリペンはかぶりを振った。「もっとつらくなるだけだった」と穏やかに答える。「誰もきみの代わりにはなれないから」

ウィンはいっそう彼に身を寄せた。長い髪がきらめく光の帯のように、たくましい胸と首筋と腕の上に広がる。リンボクの実を思わせる黒い瞳をじっとのぞきこむ。「誓いましょう、ケヴ」ウィンはまじめな口調で告げた。「今日からはお互いへの貞節を守ると」

短い沈黙があり、メリペンが一瞬ためらうのがわかる。自信がないからではなく、その誓いの重みを感じたためだろう。あたかも、目に見えぬ存在がふたりの誓いに立ち会っているかのように感じたせいだろう。

メリペンが長く深い息をし、胸が上下する。「きみに貞節を誓う。永遠に」

「わたしも誓うわ」

「もうひとつ、おれを二度と置いていかないと約束してくれ」

ウィンは彼の胸の真ん中に置いていた手をどけ、そこにキスをした。「約束するわ」

彼女はそのあと、誓いのあかしに愛を交わしたいと思ったのだが、メリペンに拒まれてしまった。彼は少し眠ってほしい、体を休めてほしいと懇願した。ウィンが抗議すると、優しいキスで黙らせた。「眠って」とささやきかけられて、ウィンはおとなしく従った。そして、かつて経験したことがないほど甘やかで深い眠りへと落ちていった。

せっかちな昼の陽射しが、薄手のカーテンの掛かった四角い窓を明るい黄色に照らしだす。ケヴはずっとウィンを抱きしめていた。その間一秒たりとも眠らなかった。彼女を好きなだけ見つめられるのがうれしくて、眠気など失せてしまったのだ。以前にも、こんなふうに彼女をいつまでも見ていられる時間はときどきあった。病の床に就いていたころだ。だが、自分のものとなった彼女を見つめるのとはわけがちがう。

ケヴはずっと、かなわぬ思いに苦しんできた。ウィンを愛しても、なにも得られるものはないと思っていた。いまこうして彼女を抱きしめながら、彼はまるでなじみのない感覚に襲われている。あふれんばかりの、熱をはらんだ幸福感とでもいうのだろうか。ケヴはウィンにキスをした。衝動を抑えられずに、つややかな眉を唇でなぞってみた。薔薇色のふっくらした頰にも唇を寄せた。彼女の鼻はとても愛らしく、その愛らしさを詠うためのソネットが書けそうなほどだ。彼女の体のあらゆる細部がいとおしい。そのときふと、ケヴは足の指のあいだにまだキスをしていないことに思い至った。とんでもない手抜かりを早く正さなければ。

ウィンは片脚をケヴの体にのせ、反対の脚を彼の膝のあいだに挟んだ体勢で眠っていた。金色の巻き毛が腰をくすぐるのに気づいて、ケヴは自分のものがみるみる大きくなるのを感じた。リンネルのシーツ越しにも、硬く、脈打っているのがわかる。

目を覚ましたウィンが、小さく身震いしながら四肢を伸ばし、半目を開く。彼の腕のなかにいるのに気づいて、一瞬驚くのが伝わってくる。やがて、前夜のことを思い出し、満足感に浸り始めるのも。彼女の両手がケヴの体を優しくまさぐる。彼は欲望に全身をこわばらせながら、身じろぎひとつせず、なすがままになっていた。

ウィンが無邪気に、奔放に体を探るさまに、彼はわれを忘れた。唇が胸や脇腹の引き締まった肌に触れる。一番下の肋骨の端を探しあてると、彼女はそこを軽く嚙んだ。まるで好き嫌いの激しい小さな人食いのようだった。片手が彼の太ももをなぞり、付け根のほうへと移動する。

ケヴはとぎれがちに息をしながら彼女の名を呼び、責め苦を与える指をつかもうとした。ところが彼女は、その手をぴしゃりとたたいて払いのけた。そのしぐさに、ケヴはわけもなく興奮させられた。

ウィンの手が、脚のあいだの丸みを帯びたものをつつみこみ、その重みを手のひらで味わう。それを握ったり、そっと転がしたりしている。ケヴは八つ裂きの刑にでも遭わされているかのように、唇を嚙んで愛撫に耐えた。

やがて彼女は少し体を起こすと、屹立したものをそっと握った。息ができる状態だったなら、ケヴはもっと強く握ってくれと懇願していただろう。だが彼には、息を切らしながら待つことしかできなかった。彼女の顔が下りてきて、金色の髪がきらめく網のようにケヴをとらえる。じっとしていようと思うのに、自分のものがみだらに脈打つのを、さらに屹立するのを止めることができなかった。すると驚いたことに、ウィンは身をかがめ、そこにキスをした。硬くそびえたものをなぞるように、唇を先端へと移動させる。ケヴは信じがたい気持ちで、歓喜にうめいた。

ウィンの愛らしい唇がおれの……我慢の限界だった。ほとんど理性を失いかけていた。経験のない彼女は、そのあとどうすればいいのかもわかっていない。だから深く口に含むことはせず、先ほど彼がやったように、先端を舐めるだけだ。だがいまはそれだけで十分すぎるほどだった。ケヴは苦しげなうめき声をもらした。ぬるりと引っ張られるような甘い感覚に襲われ、舌で舐める音が耳をくすぐる。ケヴはロマニー語と英語が入り交じった言葉をつぶやいてから、彼女の腰をつかむと、自分の顔のほうに引き寄せた。脚のあいだに顔をうずめ、むさぼるように舌で愛撫すると、ウィンはとらわれの人魚のように身をくねらせた。

舌を何度もくりかえし深く挿し入れる。するとウィンは、いまにも達しそうなのだろう、脚をこわばらせた。だがケヴは、そのときをともに迎えたかった。彼女のなかに入り、ぎゅっと締めつけられる感覚を味わいたかった。だからウィンを優しくうつ伏せに横たわらせると、腹の下に枕を挟んだ。

ウィンがあえぎ、膝を大きく広げる。それ以上の挑発はいらなかった。ケヴは腰を据えると、愛撫を受けて濡れたものをすべりこませた。彼女の下腹部に手を伸ばし、小さくふくらんだつぼみを探りあて、そこを優しく撫でながら、さらに深く沈ませる。いっそう深く挿し入れるたび、指の動きを速くし、やがて一番奥まで刺し貫いたとき、ウィンはすすり泣きながらエクスタシーを迎えた。

ともにいくこともできたが、ケヴはまだ味わっていたかった。できることなら、永遠に。優美な曲線を描くウィンの白い背中を手のひらで撫でる。彼女は心地よい愛撫に背を弓なりにし、彼の名をささやいた。その背に覆いかぶさり、なおもつぼみを撫でながら、角度を変えて挿入をくりかえす。ウィンが身を震わせ、さらになかが締まり、ほとばしる情熱にしなやかな肩と背中に赤い斑点が浮き上がる。ケヴはゆっくりと腰を回しながら、赤くなった部分に丹念に口づけ、いっそう深く、執拗に沈め、ついに動きを止めると荒々しく精をほとばしらせた。

ウィンの背中から下りてベッドに横たわり、彼女を胸に抱き寄せながら息を整える。しばらくは耳の奥で自分の鼓動がうるさく鳴りつづいてやまず、そのせいで、戸をたたく音にも気づかずにいた。

ウィンが頬に触れてきて、自分のほうに顔を向けさせる。彼女は目を丸くしていた。「誰か来たみたい」

19

口のなかで罵りながら、ケヴはズボンとシャツを身に着け、はだしのまま戸口に向かった。扉を開けると、キャムがのんきな顔をして立っていた。片手に旅行鞄を、反対の手にふきんを掛けたバスケットを持っている。

「やあ」キャムは金褐色の瞳をいたずらっぽく輝かせた。「差し入れに来た」

「どうしてここだとわかった?」ケヴは抑えた声でたずねた。

「あまり遠くには行ってないだろうと思った。服も旅行鞄も下着もなくなってなかったし。門番小屋ではひねりがない、だったらここだろうと踏んだ。なかに入れてくれないのか?」

「ああ」そっけなく答えると、キャムは笑った。

「わたしがおまえなら、やっぱりそう答えるよ、パル。バスケットには食料が入ってる。旅行鞄には、ふたりの着替えを詰めておいた」

「どうも」ケヴは荷物を受け取ると、扉のすぐ内側に置いた。身を起こして弟の顔を見つめ、非難の色が浮かんでいないか探すが、見あたらない。

「オーヴ・イーロ・イーシー?」キャムがたずねる。

古いロマニー語で、「大丈夫か?」というような意味だ。しかし文字どおりに訳せば「愛を手に入れたか?」という意味である。キャムはそちらのつもりで言ったのだろう。

「ああ」ケヴは低い声で答えた。

「なにかほかにほしいものはあるか?」

「生まれて初めて、ほしいものはなくなった」

キャムがほほえむ。「そうか」彼は無頓着に両手をポケットに突っこむと、戸枠に肩をもたせた。

「ラムゼイ・ハウスはどうなってる?」答えを聞くのを半分恐れつつケヴはたずねた。

「ふたりともいなくなったとわかって、朝のうちしばらくは大騒ぎだった」キャムはさりげなく間を置いた。「ハーロウは、ウィンが意に反して連れ去られたにちがいないと言い張ってね。しまいには巡査に捜索願を出すと言う始末だ。夕方までにおまえが彼女を連れて戻らなければ、思いきった手を打つしかないと息巻いている」

「思いきった手ってなんだ?」ケヴはむっとしてたずねた。

「さあ。おまえがあいつの婚約者とここでこうしているあいだも、われわれは屋敷で彼と一緒に過ごさなくちゃいけない。できればおまえに、その点を考えてほしいもんだよ」

「彼女はもうおれの婚約者だ。いつ連れて帰ろうがおれの勝手だ」

「わかったよ」キャムはにやりと笑った。「近いうちに結婚するんだろう?」

「近いうちじゃない」ケヴは答えた。「すぐだ」

「それはよかった。ハサウェイ家の面々も、さすがに今回の一件は手に負えないようだからな」キャムはケヴの乱れた風体をしげしげと見、それからほほえんだ。「ほっとしたよ、メリペン。安心した顔のおまえがようやく見られて。幸福そうだと言ってもいいくらいだ」

ケヴにとって、心の内を人にさらけだすのはたやすいことではない。だが彼はいま、弟に打ち明けたい衝動に駆られていた。自分でもどう言葉で表現すればいいのかわからない気持ちを。ひとりの女性を愛した結果、世界がまったくちがって見えてきたことを。あるいは、あれほどはかなく、庇護を求めているように思えたウィンが、自分よりもずっと強い人間だと気づいたことを。

「ローハン」ウィンに聞こえないよう、ケヴは声を潜めた。「訊きたいんだが……」

「なんだ？」

「求婚するときは、ガッジョ流でやったのか？　それとも、ロマ流で？」

「おおむねガッジョ流だった」キャムはためらわずに答えた。「ロマ流だったらうまくいかなかっただろう。アメリアは男に従うような女じゃないから。だがわたしもロマだ。こうと思ったときには自分が盾となって妻を守る権利を、けっして捨ててはいない」ふっとほほえむ。「おまえたちも妥協点を見つけられるさ、わたしたちと同じように」

ケヴは乱暴に髪をかきあげ、慎重にたずねた。「みんな、おれがこんなことをして怒ってるだろう？」

「おまえがウィンをさらったことを？」

「ああ」

「わたしが唯一耳にした文句は、待たせすぎだ、というやつだけだ」

「みんなもう、ここにいると知ってるのか？」

「さあ、どうだろう」キャムのほほえみが苦笑に変わる。「あと数時間はごまかせるが、やはり夕方までには戻ったほうがいい。ハーロウを黙らせる以外の目的がないにしても」と言ってかすかに眉根を寄せる。「それにしてもあのガッジョは妙だな」

ケヴは用心深くキャムを見やった。「どういう意味だ？」

キャムは肩をすくめた。「普通は彼のような立場に置かれたら、いまごろはもうなにかしらやらかしているはずだろう。家具を壊すとか。誰かに食ってかかるとか。わたしなら、ハンプシャー中を駆けずりまわって愛する女を捜しだす。だがハーロウはただしゃべるばかりだ。ひたすらしゃべってる」

「しゃべるって、なにを？」

「主に自分の権利についてかな。どんな権利があるか、裏切られた気持ちがどんなものか……しかも、ウィンの身の案じる言葉はいっさい口にしない。ウィンの気持ちを慮るそぶりも見せない。なんというか、おもちゃを取り上げられて、返してと訴えている子どもみたいだよ」キャムは顔をゆがめた。「いくらガッジョでも、あれはないだろう」急に声を張り上げ、姿の見えないウィンに呼びかける。「わたしはもう帰る。お幸せに、ウィン！」

「あなたもね、ミスター・ローハン！」はつらつとした声が、コテージの奥から聞こえてきた。

ふたりは食料の詰められたバスケットを開けた。ローストチキンの冷製に、とりどりのサラダ、果物、厚めに切ったフルーツケーキが入っていた。ごちそうを堪能したあとは、暖炉の前にキルトを敷いてくつろいだ。ウィンはケヴのシャツを一枚羽織っただけの格好で、彼の脚のあいだに座っている。ケヴは彼女の髪をブラシで梳かしている。手のなかで月光のようにきらめく髪を、彼は何度も何度も指で撫でた。

「着替えが手に入ったから、散歩にでも行く？」ウィンがたずねる。

「きみがそうしたければ」ケヴは絹糸のような髪をかきあげ、うなじにキスをした。「散歩のあとは、ベッドに戻ろう」

ウィンは身を震わせ、くすりと笑った。「あなたがそんなにベッドで過ごすのが好きな人だとは思わなかった」

「これまでは、ベッドに入るもっともな理由もなかったからな」ケヴはブラシを脇に置き、ウィンを抱き寄せて、けだるく口づけた。もっとというように唇を押しつけてくる彼女に、思わずほほえみ、少し身を離す。「楽にして」ケヴは彼女の顎を撫でた。「これからまたするつもりはないから」

「でも、たったいまベッドに戻ろうと言ったわ」

「休もうという意味だ」

「もう愛を交わすつもりはないということ?」

「今日はね」ケヴは優しく答えた。「もう十分だろう」キスで腫れた唇を親指でなぞる。「ここでまたしたら、きみは明日、歩けなくなる」

だが思ったとおり、体のことを心配されたウィンはすぐに抗議を始めた。「わたしはもうすっかり健康なんだから」頑固に言い募り、ケヴの膝の上で身を起こす。彼の顔から首筋へと、唇が届くあらゆる場所にキスの雨を降らせる。「戻る前にもう一度だけ。ケヴ、あなたがほしいの。あなたが——」

ケヴは口づけで黙らせた。あまりにも情熱的で性急な懇願に、口づけたまま思わず笑いだす。彼女は身を引くと、「ばかにしてるんでしょ」と怒った。

「ちがう、ちがう。きみは……なんてかわいいんだろう。かわいくてたまらない。おれの小さな、情熱的なギャッジ……」ケヴはもう一度ウィンに口づけ、おとなしくさせようとした。

だが彼女はあきらめず、自らシャツを脱ぐと、彼の両手を自分の裸身に押しあてた。

「なにがそんなに不安なんだい?」ケヴはウィンと一緒にキルトに横たわりながら、ささやき声でたずねた。「だめだよ……待って、ちゃんとおれに話して、ウィン」

彼女は腕のなかでおとなしくなり、眉間にしわを浮かべた小さな顔を彼に近づけた。「戻るのが怖いの」と打ち明ける。「なにかよくないことが起きる気がして。あなたとこうして結ばれたことが、現実とは思えないようで」

「ずっとここに隠れているわけにはいかないだろう」ケヴはつぶやき、ウィンの髪を撫でた。

「なにも起きやしないよ。戻れないところまで来てしまったんだし。きみはもうおれのもの、誰にもその事実を覆すことなんてできやしない。ひょっとしてハーロウが怖いのか？　そうなのかい？」

「怖いというわけじゃないわ。ただ、彼と話さなければならないと思うと、気が進まなくて」

「それはそうだろう」ケヴは静かに言った。「おれがなんとかする。おれが先にあいつと話そう」

「賢明とは思えないわ」ウィンはためらいがちにつぶやいた。

「いや、そうさせてくれ。話しあいの最中にわれを忘れたりはしない。だが自分のしたことの責任はちゃんと取る。きみひとりに、あと始末を任せるわけにはいかない」

ウィンが肩に頬を寄せてくる。「本当に、わたしと結婚してくれるのね？」

「なにがあろうと」ケヴは彼女が身を硬くするのを感じ、両手で体を撫でた。胸元に手のひらをあてると、鼓動が不安げに大きな不協和音をたてているのがわかった。円を描くようにしてそこを撫で、ウィンをなだめる。「どうすれば気持ちが和らぐ？」ケヴは静かにたずねた。

「もう言ったでしょう。でもあなたはだめだって」ウィンが不機嫌な声で小さく言う。ケヴは押し殺した笑いをもらした。

「じゃあ、きみの言うとおりにしよう……ただし、きみが痛くないように、ゆっくりと時間をかけて」ケヴはウィンの耳の後ろのくぼみに口づけた。なめらかな乳白色の肩へと唇を移動させ、喉元の脈打つところで止める。それから、いっそうの優しさを込めて、豊かな丸みを帯びた胸に口づける。すでにさんざん愛撫したせいで、乳首はこすれたように赤くなっている。ケヴは痛みを与えないよう、先端をそっと口に含んだ。

ウィンがかすかに身じろぎし、小さな悲鳴をあげる。やはり痛むのだろう。だが彼女は両手でケヴの頭を抱え、そこにとどまらせた。彼は舌を使ってけだるくそこに円を描きながら、強く吸いすぎないよう、優しく口に含みつづけた。ゆっくりと時間をかけ、口に力を入れないよう愛撫を与える。やがてウィンはあえぎ、羽根のように軽やかな愛撫だけではものたりないとでもいうように、腰をくねらせた。

ケヴは唇を脚のあいだまで下ろしていき、ぬくみを帯びた絹のあいだをまさぐって小さく突起した部分を探しあて、舌で優しく舐めた。ウィンは彼の頭を抱える手に力を込め、むせび泣くような声で彼の名を呼んだ。そのかすれ声がいっそうケヴを興奮させる。

彼女が愛撫に応えてリズミカルに腰を動かし始めたところで、ケヴはそこから唇を離し、細い膝を大きく押し開いた。永遠とも思われるくらい長い時間をかけて、みずみずしく引き締まったなかへと入っていく。すっかり結ばれてから、両腕でウィンを抱きしめ、わが身にしっかりと抱き寄せた。

ウィンが身をよじって、腰を動かすようケヴを促す。だが彼はじっと動かず、耳元に唇を寄せながら、このままいって、どれだけ時間がかかってもずっとこのままでいるからとささやきかけた。彼女の耳が真っ赤に染まり、体がこわばり、結ばれた部分が脈を打ち始める。

「このままじゃいや」ウィンがささやく。ケヴは優しく、このままで、とささやきかえした。

「お願い……」

だめだよ。

けれどもケヴはしばらくすると、小さく腰を動かし始めた。すすり泣きをもらし、身を震わせるウィンのなかにさらに奥深く沈ませ、容赦なく突きたてた。ウィンははじけるようなクライマックスを迎え、小さな悲鳴をあげながら、全身を激しくおののかせた。ケヴは静かに、目もくらむほど強烈な解放感を味わっていた。あまりの激しさに声も出なかった。ほっそりとしたウィンの体が彼をのみこみ、彼から搾りとり、優しいぬくもりでつつむ。

えもいわれぬ歓喜に、ケヴは目と鼻の奥がつんとするなじみのない感覚を覚え、心底驚いた。自分のなかでなにかが変化したことに、もう二度と元の自分には戻れないことに気づいて愕然とする。ひとりの小さな女性の不確かな力が、ケヴのまとった鎧をすべて剝ぎとったのだ。


ふたりが着替えをすませたころには、太陽はすでに、鬱蒼と木々の茂る谷間の盆地へと沈みつつあった。暖炉の火も消え、コテージは闇と冷気につつまれようとしている。

馬のほうにいざなうメリペンの手に、ウィンは不安げにつかまった。「幸せって、どうしていつもこんなにはかなく感じられるのかしら。わが家はいままでいくつもの苦難に見舞われてきたわ。両親を亡くし、レオはローラを失い、屋敷は火事に遭い、わたしは病に倒れ……だから、どんなに大切なものもいとも簡単に奪われるのが人生だとわかっているつもりだった。人生なんて、一瞬にして変わってしまうものだと」

「すべてが変わるわけじゃない。永遠に変わらないものだってある」

ウィンは歩みを止め、メリペンと向きあい、両腕を彼の首にまわした。彼がすぐに応え、たくましい体にしっかりと、きつく抱き寄せてくれる。ウィンは胸板に顔をうずめた。「そうであるよう祈るわ」とややあってからつぶやく。「あなたはいま、本当にわたしのものよね、ケヴ?」

「おれはいつだってきみのものだ」メリペンは彼女の耳元でささやいた。


いつものように姉妹からあれこれ騒がれるのを予期していたウィンは、メリペンとともにラムゼイ・ハウスに戻ったとき、いたって静かに迎えられて胸を撫で下ろした。だがいつにない静けさは、なにも問題は起きなかったかのように一同が振る舞っているあかしでもあった。アメリア、ポピー、ミス・マークス、ベアトリクスの四人は二階の居間におり、末っ子が声に出して本を読むかたわらで、ほかの三人はせっせと針仕事をしていた。

ウィンが用心深く居間に入っていくと、ベアトリクスが読むのをやめ、好奇心にきらめく八個の瞳が一斉に向けられた。

「おかえりなさい。メリペンとのお出かけは楽しかった?」とアメリアが愛情を込めた声で言う。まるで、ピクニックか馬車で遠乗りにでも行ってきたかのようだ。

「ええ、おかげさまで」ウィンは答え、ベアトリクスにほほえみかけた。「つづけて、ビー。あなたの読んでくれる本はどれもとってもおもしろいから」

「どきどきするようなお話なの」ベアトリクスが説明を始める。「すっごく興奮するわよ。薄暗い陰気なお屋敷が舞台で、使用人の言動は妙だし、タペストリーの後ろには秘密の扉が隠されているんだから」劇的な効果を狙って声を潜める。「きっとこれから誰かが殺されるのよ」

ベアトリクスが朗読をつづけるのを聞きながら、ウィンはアメリアのかたわらに腰を下ろした。姉が手をとる。小さいけれど有能な手がしっかりとウィンの手を握りしめ、ウィンが姉の手を握りかえす。そうしてふたりはさまざまな思いを無言で確認しあった。お互いを思いやり、受け入れ、なにも心配はいらないと伝えあった。

「彼はどこ？」姉が小声で訊く。

一瞬不安に襲われたが、ウィンは穏やかな表情をよそおいつづけた。「ドクター・ハーロウのところに話しに行ったわ」

姉の手に力が入る。「そう」姉は苦笑交じりにうなずいた。「さぞかし活発な話しあいが行われているでしょうね。あなたのドクター・ハーロウは、言いたいことが山ほどあるようだったから」

「無教養で愚かな田舎者め」ジュリアン・ハーロウは蒼白になりながらも、自制心は保っていた。書斎でケヴと話しあいをしているところだ。「自分がなにをしでかしたかわかってい
るのか？　ほしいものを手に入れることに夢中で、結果など考えもしなかったのだろう？
結果について考えようと思ったときには、もう手遅れなんだぞ。そのときには、彼女は貴様
に殺されているんだから」
　なにを言われるか十分わかっていたので、ケヴはハーロウへの対処を事前にしっかり考え
ていた。ウィンのために、どれほど侮辱されようが非難されようが耐えるつもりだった。そ
れにハーロウなりの言い分もあるだろう……だからケヴは、それを黙って全部聞いてやるつ
もりだった。勝ったのは自分なのだから。ウィンさえ自分のものにできれば、ほかのことな
どどうでもいい。
　だが医師との対決はたやすくはなかった。すらりとした体を上品な服につつんだハーロウ
は、顔を青くして憤慨している。恋愛小説に出てくる、怒れるヒーローそのものといった風
情だ。そんな彼を前にすると、自分が色黒ので、くのぼうの悪玉に思えてくる。しかもケヴは、
ハーロウの最前のせりふ、そのときには彼女は貴様に殺されているんだから、という一言に
凍りついていた。
　おれはこの手で、罪のない人たちを大勢傷つけてきた。そんな過去を持つおれはウィンに
ふさわしくない。残虐行為をくりかえした過去をたとえ彼女が許してくれても、おれには絶
対に忘れられない。

「彼女を傷つけるやつはおれが許さない」ケヴは言った。「あんたの妻になれば、ウィンはなに不自由ない人生を送れたかもしれない。でもそれは彼女の求める人生じゃない。彼女は自分でおれを選んだ」

「貴様が脅迫したのだろうが!」

「無理強いなどしていない」

「したに決まっている」ハーロウは蔑みを込めて言った。「腕ずくで連れ去ったにちがいない。彼女だって女性だ、そういう振る舞いをロマンチックだととらえ、興奮もしただろう。女性は、強い男に説き伏せられればなんでも受け入れてしまうものだからな。彼女はいずれお産で死ぬ。そのときに耐えがたいほどの痛みに苦しみながらも、貴様を責めたりはしないはずだ。だがその責任は貴様にある、それを忘れるな」ケヴの顔に浮かぶ表情を見て、耳障りな笑い声をあげる。「わたしの言葉の意味もわからないほどの大ばか者なのか?」

「あんたはまだ彼女に子どもを産むのは無理だと思っているらしいが、彼女はロンドンの別の医師にも診察してもらって――」

「その話なら知っている。ウィニフレッドは貴様にその医師の名を言ったか?」ハーロウの灰色の瞳が冷たく光り、口調に皮肉が込められる。

ケヴは首を振った。

「わたしは医師の名を教えてほしいとしつこく頼んだ。やっとのことで聞きだしてすぐ、そんな医師は実在しないとわかった。彼女が自分で考えた名だ。それでも念のため、ロンドンで正規に登録されている医師の名簿をくまなく調べた。やはり実在しない人物だった。彼女は嘘をついているんだよ、メリペン」ハーロウは両手で髪をかきあげ、その場を行ったり来たりした。「女性というものは、目的を果たすためなら子どものようにずる賢くなる。どうやらまんまと騙されたようだな」

ケヴはなにも言いかえせなかった。彼はウィンを信じていた。彼女に騙されたことなど一度もなかったからだ。ケヴの知るかぎり、嘘をつかれたのは一度だけ。火傷を負い死にかけている彼に、モルヒネを飲ませるためだった。あのときケヴはすぐに理由を悟り、彼女を許した。だが、これが嘘だったのなら……怒りが酸のように血管を焦がす。

ケヴにもようやく、ウィンが屋敷に戻るのをあれほど恐れた理由がわかった。

ハーロウは書き物机のかたわらで歩みを止めると、浅く腰かけた。「わたしはいまも彼女を妻にしたいと思っている」と静かに告げる。「喜んで妻に迎えたいと。ただし、今回のことで妊娠していれば話は別だ」唐突に言葉を切る。ケヴが鋭くにらんだせいだ。「にらみたければにらめ、だが反論はできまい。自分の行動をようく思い出してみるんだな。あれが正当な振る舞いだったと言えるか？　貴様はけがらわしいロマだ。同類どもと同じように、きれいなものにただ憧れるだけの」

ケヴをしげしげと見ながら、ハーロウはつづけた。「貴様なりにウィニフレッドを愛しているのはわかる。ただしそれはまともな愛し方でも、彼女にとって本当に必要な愛し方でもない。だが貴様のような人間にはそれが精いっぱいだろう。そういう貴様をいじましく思わないでもない。同情も覚える。ウィニフレッドも幼いころの絆ゆえに、ほかの誰でもなく貴様にこそ、自分の愛を得る資格があると思いこんでしまったのだろう。しかし彼女は、世間を知らずに過ごす時間が長すぎた。そのせいで、自分が必要としているものがなんなのか、自覚できるだけの知恵も経験も持っていない。結婚後、彼女が貴様に飽き、貴様から得られる以上のものを求めるようになるのは時間の問題だろう。もっと丈夫な田舎娘を見つけたまえ、メリペン。できれば、貴様が与えられるつまらん人生にも満足するようなロマの娘を。ナイチンゲールに憧れがあるようだが、貴様にふさわしいのはネズミか、あるいは丈夫なハトだ。自分にふさわしい道を選べ、メリペン。彼女をわたしに返すんだ。まだ手遅れではない。彼女は、わたしといるほうが安全だ」

ケヴは自分のかすれ声がほとんど聞こえなかった。混乱と絶望と憤怒で心臓が激しく打っていたからだ。「ランハム家の人間に訊いたほうがよさそうだな。彼らもやっぱり、ウィンがおまえといるほうが安全だと言うかな」

その言葉の効果を確認するために振りかえることもせず、ケヴは大またで書斎をあとにした。

屋敷が闇につつまれるにつれて、ウィンの不安はふくらんでいった。彼女は居間で姉妹とミス・マークスとともにいた。ベアトリクスはすでに読むのに飽きて、別のことをしている。だからいま、募る不安を和らげてくれるのはベアトリクスのペットのドジャーだけだ。ドジャーはミス・マークスがすっかりお気に召した様子で、彼女があからさまにいやがっても（だからこそかもしれないが)、いたずらをやめようとしない。彼女の体によじ上っては、編み棒を奪おうとしてにらまれている。

「もういいかげんにしなさい」編み棒を狙うドジャーに、ミス・マークスがぞっとするほど冷静な声で注意する。「さもないと肉切りナイフでその尻尾をちょん切るわよ」

ベアトリクスがにっこりする。「尻尾をちょん切られておとなしくなるのは、ネズミくらいのものよ、ミス・マークス」

「いいえ、いたずらっ子の齧歯類全般に効くはずだわ」ミス・マークスがむっとして言いかえす。

「残念でした、フェレットは齧歯類じゃなくてイタチ科です。だからネズミの遠い親戚と言えないこともないけど」

「いずれにしても、その一族とはあまり仲よくしたくないわね」ポピーがまぜっかえす。

ドジャーは長椅子の肘掛けに寝そべって、ミス・マークスをうっとりと見つめている。当のミス・マークスは知らん顔だ。

ウィンはほほえんで伸びをした。「なんだか疲れたわ。そろそろ寝ようかしら」

「わたしも疲れちゃった」アメリアが言い、大あくびを手で隠す。

「みんなもうやすんだほうがよさそうね」ミス・マークスが提案し、編み棒などを小さな籠に手早くしまう。

四人はそれぞれの部屋に向かった。ウィンは廊下をつつむ不穏なほどの静けさに落ち着かないものを覚えていた。メリペンはどこにいるのだろう。ジュリアンとどのような話をしたのだろう。

寝室には小さなランプが灯されていた。忍び寄る闇をほの明かりが弱々しく照らしている。部屋の隅にじっと動かない影があるのに気づいて、ウィンは目をしばたたいた。椅子に座るメリペンだった。

「あなただったの」驚いて息をのむ。

歩み寄るウィンに、メリペンはひたと視線を注いでいる。

「ケヴ？」ウィンはおずおずと呼びかけつつ、背筋に冷たいものが走るのを覚えていた。きっと話しあいがこじれたのだ。なにかよくないことが起きたにちがいない。「どうかしたの？」かすれ声でたずねる。

椅子から腰を上げ、目の前に立ちはだかったメリペンは、気持ちのうかがい知れない表情を浮かべている。「ロンドンで診てもらったという医者の名前を教えてくれ。その医者をどうやって見つけたかも」

ばれたのだ。ウィンはみぞおちを突かれたような感覚に襲われ、数回深く息をして呼吸を整えた。「本当は診てもらっていないの。そんな必要はないとわかったから」

「そんな必要はないとわかったから？」メリペンがゆっくりとおうむがえしにたずねる。

「そうよ。だって……ジュリアンにもあとから言われたけれど、何人ものお医者様に診てもらえば、いずれ、望む診断を下してくれる人が出てくると思ったから」

メリペンは喉の奥を引っかかれたような、ひどくかすれたため息を吐いた。首を横に振る。

「なんてことだ」

こんなふうに、わめくことも怒ることもできないほどに打ちひしがれたメリペンを、ウィンは初めて見た。彼に歩み寄り、手を伸ばして触れようとする。「ケヴ、お願い――」

「よせ。触らないでくれ」懸命に自分を抑えているのが、はためにもわかる。

「ごめんなさい」ウィンは心から謝罪した。「あなたを心から求めていたのに、ジュリアンと結婚することになって、でも、別のお医者様に診てもらったという話をすれば……あなたが前向きになってくれるんじゃないかと思って」

メリペンは両のこぶしをぎゅっと握り、彼女に背を向けた。

「大した問題ではないでしょう?」ウィンは落ち着いた声音を作ろうとがんばった。狂ったような心臓の早鐘に、気をとられまいとした。「なにも変わりはしないわ。だって今日、わたしたちは結ばれたんだから」

「きみがおれに嘘をついたのなら、大問題だ」というメリペンの声はしわがれていた。

ロマの男性は、愛する女性の嘘をけっして許さないのだろう。よりによってメリペンが最も無防備なときに、ウィンは彼の信頼を裏切ってしまった。彼が鎧を脱ぎ捨て、彼女のすべてを受け入れてくれたときに。だが、ほかにいったいどんな方法で彼を手に入れられたというのだろう。

「ほかに選択肢などないと思ったのよ。あなたは、こうと決めたら絶対にそれをやり遂げる人だわ。どうしたら気持ちを変えられるのか、わたしにはわからなかった」

「つまり、たったいまきみはまた嘘をついたわけか。おれにすまないなんて、思ってないんだろう?」

「あなたを傷つけ、怒らせたのは申し訳なく思っているわ。ちゃんとわかっているつもりよ、あなたが——」

ウィンは言葉を失った。あっという間に両腕をつかまれたかと思うと、壁に背を押しつけられていたからだ。メリペンが身をかがめ、怒りに満ちた顔を近づけてくる。「だったらこれもわかっているんだろうな。きみをお産で亡くすくらいなら、おれはきみとのあいだに子どもは作らない」

身を硬くし、おののきながら、ウィンは彼の瞳をじっと見つめつづけた。暗い瞳に圧倒され、深く息を吸ってから、頑固に言いかえす。「あなたが納得してくれるまで、いくらでもお医者様に診ていただくわ。ありとあらゆる意見を集めて、そこから確率を導きだせばいい。でも、なにが起きるか正確に予見できる人なんてどこにもいやしないのよ。それにわたしは、なんと言われようと、これからの生き方を変えるつもりはないの。わたしは自分の思うように生きるわ。あなたは……わたしのすべてを受け入れるか、なにもかもを拒絶するか、どちらでも選ぶといい。わたしはもう病人じゃないの。それであなたを失うとしても、しかたがないわ」

「あいにく、最後通牒を突きつけられるのは嫌いなんだ」メリペンは言い、ウィンを小さく揺さぶった。「とくに女性から突きつけられるのは」

視界がぼやけ、ウィンはいまいましい涙をのみこんだ。怒りと絶望に駆られながら考える。周囲の人たちが当たり前のように享受しているごく普通の人生を、どうして神様は自分に与えてくれないのだろう。「傲慢な人ね」彼女はかすれ声で責めた。「でも決断を下すのはあなたじゃなくてわたしよ。だってわたしの体なんだもの。危険を冒すのもわたし自身だもの。それに、もう手遅れかもしれないわ。すでに妊娠したかもしれない——」

「やめてくれ」メリペンは彼女の頭をつかむと、額と額を合わせた。ウィンの唇にかかる息は、まるで熱風のようだ。「耐えられない」とがらがら声で言う。「きみを傷つける人間になりたくない」

「だったら、ただ愛して」ウィンは自分が泣いているのを知らなかった。喉を震わせ、低くうなりながら頬に口づけてきたメリペンに、涙を舐めとられて初めて気づいた。メリペンはやみくもに唇を重ねた。荒々しくむさぼるようなキスが、ウィンの頭のてっぺんからつま先までおののかせる。体をぴったりと押しあてられたときには、幾層にも重なった布地越しにも、彼のものが脈打っているのが感じられた。とたんに体中の血液がわきかえり、大切な部分がうずいて、潤ってくるのがわかる。ウィンは彼をなかに感じたかった。一分の隙もなく、深く彼と結ばれ、荒れ狂う彼の感情が静まるまで喜びを与えてあげたかった。硬くなったものに手を伸ばし、愛撫を加えると、やがて彼は口づけたままうめいた。

ウィンは息をするために一瞬だけ唇を離した。「ベッドに連れていって、ケヴ。お願い――」

だが彼は、荒々しく罵って身を離した。

「ケヴ――」

メリペンは見るものを焼きつくすような目でウィンを見つめ、部屋を出ていった。扉は蝶番をきしませながら、大きな音をたてて閉まった。

20

朝の空気はさわやかだが重く、空はいまにも雨が降りそうだ。キャムとアメリアの寝室には、半分開いた窓から冷たい風が吹きこんでくる。キャムはぴったりと寄り添う妻の官能的な体を感じながら、ゆっくりと目を覚ました。眠るとき彼女はいつも、タックがたっぷり寄せられ、小さなフリルがついた、慎み深い純白のキャンブリック地のナイトドレスに身をつつむ。その上品なドレスの下に隠されている素晴らしい曲線を思うたび、彼は激しく気持ちをそそられてしまう。

ナイトドレスは夜のあいだに膝までめくれ上がっていた。アメリアは片脚を彼の体にのせ、膝を彼の下半身で折るようにして眠っていた。妻の下腹部のかすかな丸みが腰に触れている。妊娠してから、女性らしい体はふくよかになり、さらに官能美を増した。ここ数日のアメリアはすっかり満ち足りた様子で、どことなく無防備な感じもあり、キャムは彼女を守りたいという圧倒的な思いに駆られている。そうした妻の変化は自分がもたらしたものであり、自分の一部が妻のなかで育っているため……そう考えるたび、たとえようもないほど興奮させられもする。

妻の妊娠にここまでの感動を覚えるとは思ってもみなかった。ロマの世界では、妊娠とそれにまつわるすべてのことはマリム、つまり不浄とみなされている。一方、アイルランド人は妊娠出産という現象にごく控えめに対応することでよく知られている。つまりキャムは本来、妻の妊娠を喜ぶような男ではないのである。にもかかわらず、彼は喜びを覚えずにはいられない。キャムにとってアメリアは、この世で最も美しく、魅惑的な存在だった。

うとうとしながら妻の腰を撫でていると、愛を交わしたいという思いが抑えがたいほど高まってきた。キャムはナイトドレスの裾を少しめくり、あらわな臀部を愛撫した。唇を重ね、顎にもキスをし、きめこまかい肌を味わう。

アメリアが目を覚ました。「あなた」と眠そうな声でつぶやく。彼女は脚を広げると、優しい愛撫をさらに促した。

キャムは頬に口づけながらほほえんだ。「いい子だ」とロマニー語でささやきかける。温かな体を撫でまわすと、アメリアは伸びをして、心地よさげに吐息をもらした。妻の手足の位置を慎重に整えてから、丹念に愛撫し、賛美の言葉をささやき、乳房にキスをする。それと同時に脚のあいだを指先でなぞり、執拗になぶると、やがて彼女は小さなあえぎ声をもらし始めた。妻を組み敷き、腰に手をあてさせて、温かく潤ったなかへと――。

そのとき、扉をたたく音がした。押し殺した声が「お姉様？」と呼ぶ。

ふたりは凍りついた。

女性の小さな声が「お姉様？」ともう一度呼ぶ。

「妹だわ」アメリアはささやいた。

キャムは小さく悪態をついた。せっかくふたりの時間を楽しもうとしていたのに。「きみの家族ときたら――」と陰気な声を出す。

「そうよね」アメリアは相槌を打つと、毛布を勢いよくめくった。「ごめんなさい。でも妹が――」夫のものがすっかり大きくなっているのを見て、言葉を切る。「キャム、かわいそうに」

ハサウェイ家に次から次へと起こる事件や難題に、日ごろのキャムは忍耐強く対応している。だがいまはさすがに、わかってやろうという気持ちになれない。

「誰だろうと、さっさと追い払って」キャムは言った。「すぐにベッドに戻るんだ」

「ええ、がんばってみる」アメリアは純白の化粧着を羽織ると、ボタンを上から三つ目まで急いで留めた。隣接する居間へと早足で向かうとき、薄手の化粧着の裾が帆船の主帆のようにひるがえった。

キャムは脇腹を下にして横たわったまま、じっと聞き耳を立てていた。廊下に面した扉が開く音につづいて、こぢんまりとした居間に誰かが入ってくる気配がする。どうしたのとたずねるアメリアの優しい声と、妹のうちの誰かが不安げに応じる声。おそらくウィンだろう。ポピーとベアトリクスはよほどの惨事でも起きないかぎり、こんな早朝に目を覚ましたりしない。

アメリアの美点のひとつは、兄や妹たちの抱えるあらゆる問題に対して寛容に、たゆまず対応するところだ。問題の大小は関係ない。彼女は小さな母鳥のようで、ロマの女性と同じように家族を大切にする。それはキャムにとっても喜ばしかった。幼いころ、まだ部族とともに暮らしていたころのことを思い出させてくれるからだ。キャムも家族は大切だと思っている。だがそれは、アメリアを家族と共有することも意味する。今朝のような場面では、心底いまいましく思わずにいられない。

姉妹の話し声は数分経ってもまだつづいていた。アメリアは当面ベッドに戻らないだろう。そう判断し、ため息交じりにベッドを出た。

適当に服を着、居間に向かうと、妻はウィンと一緒に小さな長椅子に座っていた。ウィンはすっかり打ちひしがれた顔をしている。

姉妹は会話に夢中で、キャムが入っていってもほとんど気にも留めなかった。近くの椅子に腰を下ろした彼は、ふたりの会話を黙って聞き、ウィンがメリペンに医者の診断について嘘をついたこと、それでメリペンが激怒し、ふたりの関係が危うくなっていることを理解した。

心配そうに額にしわを寄せたアメリアがキャムに向きなおる。「たしかにウィンはメリペンに嘘をつくべきではなかったわ。でも、どうするか決める権利は妹にあるでしょう？」妹の手を握りしめながらつづける。「あなたも知ってのとおり、わたしはずっと、ウィンがなにものにも傷つけられないようひたすら願ってきたわ。でも、生きていたら傷つくのは当たり前だとわかっているの。だからメリペンにも、ウィンが彼とのごく普通の結婚生活を望んでいるということを、受け入れてもらわないと」

キャムは顔をこすって、あくびを嚙み殺した。「たしかに。でも、彼にそれを受け入れてもらうために、嘘をついてはいけない」義妹の顔を正面から見据える。「ロマの男に最後通牒は通じないいんだよ、ウィン。われわれは、愛する女性から指図されることに耐えられないんだ」

「指図なんてしてないわ」ウィンは哀れっぽい声で反論した。「わたしはただ言っただけよ――」

「彼がどう思おうが、どう感じようが関係ないと言ったんだろう？」キャムはつぶやくように応じた。「なにがあろうと、自分の望む人生を歩むと？」

「ええ」ウィンが弱々しく答える。「でも、彼の気持ちはどうでもいいなんて思ってない」

キャムは苦笑を浮かべた。「わたしはきみの強さに感心しているんだ、ウィン。きみの決断は正しいとすら考えている。だが、ロマの男にそういうやり方は通用しない。駆け引きが下手なきみの姉上でさえ、わたしに対してそんな頑なな態度で接したりはしなかったよ」

「その気になればわたしだって駆け引きくらいできるわ」と眉根を寄せて抗議するアメリアに、キャムは小さくほほえんでみせた。彼女はウィンに向きなおると、しぶしぶ認めた。

「でも、キャムの言うとおりよ、ウィン」

義妹はしばし無言だったが、やがて納得したようだ。「わたしはこれからどうすればいいの？　どうすれば、彼と元どおりの仲に戻れるの？」

姉妹がキャムを見る。

彼としては、ウィンとメリペンの問題にはなにがあっても口出ししたくなかった。それに今朝のメリペンはきっと、わなにかかった熊なみに機嫌がいいはずだ。できることならベッドに戻り、妻とたわむれたい。それから、もう少し眠りたい。だが四つの青い瞳に懇願するように見つめられて、彼はため息をついた。「彼と話してみよう」とつぶやく。

「だったら、メリペンはもう起きているはずよ」アメリアが期待を込めた声で言う。「昔から早起きだから」

キャムはむっつりした表情で妻にうなずいてみせた。無愛想な兄とこれから女性問題について話しあうのだから、明るい顔などできない。「きっと居間の埃まみれの絨毯みたいにわたしをたたくんだろうな。大丈夫、そんな彼を責める気はこれっぽっちもないから」

顔を洗い服を着替えてから、キャムは一階の、メリペンがいつも朝食をとる朝の間《ま》に向かった。サイドボードの前を通りすぎながら、ソーセージ入りのヨークシャー・プディング《トード・イン・ザ・ホール》やベーコンエッグ、舌平目のソテー、揚げパン、ベークドビーンズが並んでいるのを横目で見る。

円テーブルのひとつで、椅子が一脚、後ろに引かれたままになっていた。テーブルには空のカップと湯気のたつ小さな銀のポット。室内には濃いブラックコーヒーの匂いが漂っている。

屋敷裏手のテラスに出るフランス戸のほうを見やると、メリペンの黒髪とすらりとした姿があった。整形庭園の向こうに広がる果樹園を眺めているようだ。こわばった肩と首が、いらだちと不機嫌を物語っている。

兄になにを言えばいいのかわからない。ふたりはまだ、ごく普通の信頼関係すら築けていない。キャムがどんな助言をしたところで、即座にはねつけられるだろう。

キャムは揚げパンを一枚取り、オレンジマーマレードをたっぷり塗ってから、ぶらりとテラスに出た。

メリペンはキャムをちらりと見ただけで、すぐに視線を景色に戻した。ラムゼイ領のさらに向こうには豊かな大地が広がり、鬱蒼とした森の脇には綿々と水をたたえた川が流れている。

遠くに望む川岸で、細い煙がたっているのが見える。ハンプシャーを旅してまわるロマたちがよく野営地に選ぶ場所のひとつだ。キャムは以前、そこに立つ木々の幹に、ロマに危害を加えない土地であることを示す印をこっそりつけておいた。そして初めてこの地を訪れる部族に気づくたび、機会をうかがっては、かつての仲間がいないかどうか確認するため、野営地を訪問した。

「また知らないクンパニアが来たみたいだな」とのんきな口調で言いながら、テラスに立つメリペンのかたわらに歩み寄る。「朝のうちに一緒に行ってみないか?」

応じるメリペンの口調は、冷ややかでよそよそしかった。「東翼の漆喰塗りをしに職人たちが来る。前回の作業で失敗したから、今日はおれも立ち会わなくちゃいけない」

「前回は、下地の木摺《きずり》が平らじゃなかったから失敗したんだ」

「わかってる」メリペンはぴしゃりと言った。

「そうか」眠気といらだちに襲われて、キャムは顔をこすった。「なあ、おまえの恋愛に口出ししたくはないんだが――」

「だったらするな」

「客観的な意見を聞いても、害にはならないだろう？」

「おまえの意見など聞きたくない」

「おまえがそんなに自己中心的じゃなければ」キャムはいじわるく言った。「不安なのは自分だけじゃないとすぐにわかるだろうにな。妊娠したアメリアの身を、わたしがいっさい案じていないとでも思うか？」

「アメリアならなにも心配はいらない」メリペンが決めつける。

キャムは眉をひそめた。「ハサウェイ家の人間はみんな、アメリアは不死身だと思っている。当の本人までそうだ。だが彼女だって普通の女性と同じように、妊娠と出産にまつわるさまざまな問題や不安に直面する可能性はある。残念ながら、出産はいつだって危険を伴うものなんだ」

メリペンの黒い瞳に敵意が浮かぶ。「ウィンの場合はその危険がずっと大きいんだ」

「そうかもしれない。だが、本人がその危険を冒す覚悟があるというのなら、受け入れてやるしかないじゃないか」

「そういう考えには賛同できない。なぜならおれは——」

「なぜならおまえは、誰に対しても覚悟を決められないからだろう？　愛した女性が、おとなしく飾り棚に座っていられる性格じゃなくて残念だったな、パル」

「今度その呼び方をしたら」メリペンはうなった。「おまえの首をちょん切ってやる」

「どうぞ、そうしてくれ」

本来ならメリペンは、その場でキャムに飛びかかっていたことだろう。だがフランス戸が開き、誰かがテラスに現れたのに気づいてやめたらしい。誰だろうとそちらを向いたキャムは、内心うめいた。

ハーロウだった。医師は余裕しゃくしゃくの落ち着いた表情でキャムに歩み寄った。メリペンの存在を完璧に無視している。「おはよう、ローハン。今日の午後にハンプシャーを発つことにしたので、お知らせしようと思いましてね。つまり、ミス・ハサウェイが頭を冷やしてくださらなければ、という意味ですが」

「そうですか」キャムは愛想笑いで応じた。「出発に際してなにかご入用でしたら、どうぞおっしゃってください」

「わたしは彼女にとって最善の人生を願っているだけです」医師はメリペンを見ることもなくつぶやいた。「わたしとフランスに行くのが、関係者全員にとって最も賢明な選択肢、わたしはそう信じている。だが決めるのはミス・ハサウェイです」いったん口を閉じ、灰色の瞳をくもらせる。「彼女の未来にどのような危険が待ち受けているか、すべての関係者が正しく理解するよう、あなたからも尽力いただけることを期待しています」

「家族一同、この状況をすでにしっかり把握していると思いますよ」キャムは穏やかな声音を作って、その言葉に込めた鋭い皮肉を隠した。

ハーロウはいぶかしげにキャムを見つめてから、短くうなずいた。「ではわたしはこれで。どうぞ話しあいをつづけてください」あたかも、ふたりの会話が殴りあいになる寸前だったことに気づいていたとでもいうような口ぶりだった。ハーロウがテラスをあとにし、フランス戸を後ろ手に閉めて立ち去る。

「いやみなやつだ」メリペンが歯ぎしりしながら言った。

「まったくだ」キャムは同意し、だるそうに自分のうなじを揉んで、筋肉の凝りをほぐそうとした。「とにかくわたしは、ロマの野営地に行ってくる。テーブルにあったあの有害な飲み物をもらってもいいか？　コーヒーは苦手だが、睡魔に襲われそうで」

「ポットに残っているから好きなだけ飲め。こっちはいやになるほど目が冴えてるから」

キャムはうなずいて、フランス戸に歩み寄った。室内に戻る前に立ち止まり、うなじの髪を撫でながら、静かな声で言う。「メリペン、誰かを愛するうえで最もつらいのは、その女《ひと》を完璧に守りとおすのは不可能だと思い知ることだ。世の中にはどうにもならないことがあるんだよ。おまえも、この世には死よりも恐ろしいことがあるともう気づいただろう……そう、愛する女になにかあったらという恐怖だよ。誰かを愛したら、その恐怖と常に戦わなくてはいけない。だが、愛する幸せを得るためには、そのつらさにも耐えなくちゃだめだ」

メリペンは暗い目でキャムを見た。「愛する幸せってなんだ？」

キャムは口元に笑みを浮かべて「愛するつらさ以外のすべてだ」と告げ、室内に戻った。


「命が惜しければ余計なことは言うなとこれまで教わってきたんだが」というのが、東翼の一室にいるケヴのもとに現れたレオの開口一番のせりふだった。隅のほうで職人がふたり、壁の寸法を測ったり印をつけたりしており、別のひとりが天井の作業にあたる際の足場を補強している。

「賢明な助言だ」ケヴは言った。「従うべきだな」

「あいにくわたしは、善し悪しにかかわらず助言には従わないことにしているんだ。だめと言われれば言われるほどやりたくなる」

憂鬱でしかたがないのに、ケヴは無意識に口元がほころぶのを覚えた。薄灰色の液体が入ったバケツを指し示す。「そのへんの棒切れで、だまがなくなるようにかき混ぜてくれないか？」

「中身はなんだ？」

「漆喰と粗粘土だ」

「粗粘土か。ぞっとするな」と言いつつ、レオは素直に棒切れを拾うと、バケツの中身をかき混ぜ始めた。「女性陣は朝の散歩に出かけた。ストーニー・クロス・パークでレディ・ウエストクリフとお茶会だそうだ。それでベアトリクスに、フェレットの見張りを頼まれたんだが、フェレットはどこかに隠れてしまったらしい。というわけで、ミス・マークスが屋敷に残ってる」何事か考えこむように、口を閉じる。「変わっていると思わないか？」

「フェレットか？　それともミス・マークス？」ケヴは慎重な手つきで木摺を壁にあて、釘で打ちつけた。

「ミス・マークスだよ。思ったんだが……彼女は男嫌い《ミサンドリー》なんだろうか。それとも男女関係なく人嫌いなんだろうか」

「ミサンドリーってなんだ？」

「男嫌いという意味だよ」

「別に男嫌いではないだろう。おれやローハンにはいつも親切だ」

レオは心底当惑した顔になった。「ということは……わたしだけを嫌ってるのか？」

「そのようだな」

「嫌う理由なんてないじゃないか！」

「傲慢で偉そうなところが気に入らないんじゃないのか？」

「それは、貴族としてのわたしの魅力のひとつだ」レオが抗議する。

「じゃあ、貴族としてのレオの魅力が通用しない相手ということだろう」ケヴは相手のしかめっ面を見て眉を上げた。「別にいいじゃないか。彼女に個人的な関心があるわけではないんだろう？」

「もちろんない」レオがむっとした声で応じる。「一緒にベッドに入るなら、ビーの飼っているハリネズミのほうがずっといい。だいたいあのとんがった肘や膝を見てみろ。いまにも突き刺さりそうだ。ミス・マークスなんぞと手足をからませあったら大けがをするぞ……」レオはせっせと漆喰をかき混ぜだした。どうやら、あの家庭教師とベッドをともにするときのありとあらゆる危険を考えるのに夢中らしい。

あんまり夢中になりすぎるなよ。ケヴは心のなかでつぶやいた。

まったく残念なことだ……キャムは緑の牧草地を、ポケットに両手を突っこんで歩きながら思った。結束の固い家族の一員でいると、そのなかのひとりがなにか問題を抱えているときは、せっかく手に入れた宝物を愛でることもできやしない。

だがいまこのときは、周囲のさまざまなものが彼に喜びを与えてくれる。春を迎えた風景を祝福する太陽。眠りから目覚め、生命力をあふれさせながらゆっくりと、湿った大地から顔をのぞかせる植物たち。風にのって漂ってくる煙の匂いが、ロマの野営地がすぐそこであることを告げている。きっと今日こそは、懐かしい部族の仲間に出会える。こんな気持ちのいい日には、なんだって可能なのだ。

キャムには美しい妻がいて、じきに子どもも生まれる。彼はアメリアをなによりも愛している。だからこそ、失ったときのつらさが恐ろしい。だが彼は、恐怖にがんじがらめになるつもりはない。全身全霊で妻を愛することをやめるつもりも。恐怖に……彼は歩を緩めた。

ふいに鼓動が速度を増したので、当惑していた。まるで、何十キロも止まらずに走りつづけたあとのようだ。牧草地を見渡すと、あたり一面が妙に青く見える。

鼓動があたかも、誰かにくりかえし蹴られているような痛みを伴い始める。キャムはうろたえ、ナイフを突きつけられた人のように硬直し、自分の胸に手をあてた。陽射しがまぶしくて、涙が浮かんでくる。彼は袖で目元をぬぐい、そして気づいたときには、膝から地面にくずおれていた。

痛みが去るのを、鼓動がしかるべき速度を取り戻すのを待ったが、苦しさは増すばかりだ。息をするのもやっとだったが、立ち上がろうとした。だが体が言うことを聞かなかった。へなへなと倒れこみ、緑の芝でしたたかに頬を打った。痛みがさらに増し、尋常ならざる鼓動の速さに心臓がいまにも破裂しそうになる。

キャムは不思議な思いとともに、自分は死んでいくのだと悟った。こうなった理由も、こうなるまでの経緯も考えることができず、ただひたすら、アメリアの面倒は誰が見るのだ、彼女にはわたしが必要なのに、彼女を置いていけるわけなどないのにと思っていた。彼女には守ってくれる男が必要なんだ、疲れたときに足をさすってくれる男が。頭も腕も上げられず、脚も動かせないのに、彼の筋肉は勝手に脈打って、あやつり人形のように体がぴくんぴくんと跳ねる。アメリア。きみと離れたくない。頼むからまだ生かしてくれ。これじゃ早すぎるじゃないか。苦痛は全身に広がり、彼をつつみこみ、そして、呼吸も鼓動ものみこんだ。アメリア。妻の名を呼ぼうとしたが、できなかった。運命は計り知れぬほど残酷だ。その愛しい名を最後にもう一度口にすることさえできず、この世を去らねばならないのだから。

一時間ほどかけて木摺を打ちこみ、石灰と石膏と粗粘土の配合をあれこれ試した結果、ケヴとレオと職人たちはようやく、適切な割合を見いだすことに成功した。

意外にもレオは壁塗りの工程に大いに関心を示し、強度を高めるための改善策として、三層仕上げの下塗りのときに粗粘土の分量を多くするべきだと提案までした。「下塗り面に木ごてをあてれば、二層目との密着度が増すはずだ」という。

領地管理の仕事のうち、金銭面にはレオはほとんど興味を示さない。だが、建築とそれにまつわるあらゆる作業に対する情熱は、かつてないほどに深まっているようだ。

ちょうどレオが足場を下りようとしているとき、メイド長のミセス・バーンステーブルがひとりの少年とともに戸口に現れた。ケヴは好奇心に駆られてその少年を見た。年は一一歳か一二歳だろう。着ているものはごく地味だが、彫りの深い顔立ちと赤褐色の肌がロマであることを告げていた。

「ミスター・メリペン」メイド長はすまなそうな声で呼びかけた。「お仕事の邪魔をして申し訳ありません。この子がお屋敷に現れたと思ったら、わけのわからない言葉でしゃべりだして、いくら追い払おうとしても帰らないんです。ひょっとしてミスター・メリペンなら、言葉が通じるんじゃないかと思いまして」

わけのわからない言葉は、極めて理路整然としたロマニー語だった。

「はじめまして《ドゥロボイ・トゥーメイ・ロマーレ》」少年は礼儀正しくあいさつした。

ケヴはうなずいて、「よく来てくれた《ミシート・アヴィーラン》」と応じ、ロマニー語でつづけた。「川辺で野営している部族《ヴィツサ》の子か？」

「はい、おじさん《カコ》。ロム・プーロに言われて、牧草地にロマの男の人が横たわっているのを見つけたと伝えに来ました。ガッジョの格好をした人です。こちらの家の人じゃないかと思って」

「牧草地に横たわっていた」ケヴはおうむがえしに言いながら、冷たい、ひりつくような切迫感がわきおこるのを覚えていた。なにかよくないことが起きたにちがいないと一瞬にして悟る。彼は懸命に冷静な声音を作った。「そいつは眠っていたのか？」

少年はかぶりを振った。「病気みたいで、正気も失ってます。こんなふうに震えてるんです」と言って、両手をぶるぶると震わせてみせる。

「そいつは名前を言ったか？　なにか言ったか？」ケヴはロマニー語で会話をつづけていたが、じっと様子を見ていたレオとミセス・バーンステーブルはなにか緊急事態が起きたと察したらしい。

「なにがあったんだ？」レオが眉根を寄せてたずねる。

少年がケヴの質問に答える。「いいえ、男の人はしゃべれないみたいです。それに心臓が――」小さなこぶしで自分の胸をたたき、激しく鼓動を打っていると身振りで伝える。

「案内してくれ」なにか恐ろしいことが起きたにちがいなかった。キャムはこれまで病気ひとつしたことがないし、見るからに健康そのものだった。彼の身になにが起きたにせよ、それは絶対に普通の病気によるものではない。

ケヴはレオとメイド長に英語で状況を伝えた。「ローハンが倒れた。ロマの野営地にいるそうだ。レオはストーニー・クロス・パークに馬車をやって、すぐにアメリアを呼び戻してくれ。ミセス・バーンステーブルは医者の手配を。おれはなるべく早くローハンを連れて帰る」

「あの」メイド長が当惑気味にたずねる。「ドクター・ハーロウに診ていただくということでしょうか？」

「いや」ケヴは即答した。この問題にハーロウをかかわらせるべきではないと、直感が訴えている。「彼にはなにがあったか知られないようにしてくれ。さしあたっては、大騒ぎせず対応するように」

「かしこまりました」メイド長は応じた。妙な指示の理由がわからないからといって、異議を申し立てるような素人ではないのだ。「今朝はとてもお元気そうでしたのに。いったいどうなさったんでしょう」

「いずれわかる」それ以上の質問も反応も待たずに、ケヴは少年の肩をつかみ、戸口のほうへといざなった。「行こう」

少年のヴィッサは、規模は小さいが繁栄しているようだった。野営地も整然としており、ヴァルドが二台に、健康そうな馬とロバも数頭いる。少年がロム・プーロと呼んだ部族長は、長い黒髪に優しげな黒い瞳の魅力的な男だった。背は高くないが、たくましく引き締まった体をしており、落ち着いた威厳を漂わせている。ケヴは彼が若いのに驚いていた。プーロは普通、年長の知恵者に使われる呼称だ。部族長は見たところまだ三〇代後半だが、その呼び名から考えるに、並はずれて立派な指導者なのだろう。

とおりいっぺんのあいさつを交わすと、ロム・プーロは自分のヴァルドにケヴを案内した。

「きみの友人か？」と見るからに心配そうにたずねる。

「おれの弟だ」というケヴの答えに、ロム・プーロがなぜか愕然としたまなざしを向けてくる。

「やはり人をやってよかった。きみが彼にこの世で会えるのは、これが最後になるだろうから」

その言葉を聞いたとたん、胸の内に怒りと悲嘆とが本能的にわきおこって、ケヴは自分に驚いた。「弟が死ぬわけがないだろう」とかすれ声で言いながら、早足になり、ほとんど飛びこむようにしてヴァルドに乗る。

なかの広さは縦四メートル、横二メートルほどで、扉の脇にかまどと金属の煙突が据えられている。奥のほうに二段式の寝台が見えた。キャムの大きな体は下の段に横たえられ、端からブーツを履いた足がだらりと垂れ下がっている。彼はひっきりなしに四肢を震わせ、枕にのせた頭を左右に振っていた。

「なんてことだ」ケヴはしわがれ声でつぶやいた。ほんの数時間のうちにひとりの男がこれほどまでに変わり果てた姿になってしまったことが、信じられなかった。肌は健康的な赤みがすっかり消えうせ、紙のように白い。唇はひび割れ、灰色に変色している。キャムは苦痛にうめき、犬のように荒い息を吐いた。

ケヴは寝台の端に腰を下ろし、氷のように冷たい弟の額に手をあてた。「キャム」と懸命に呼びかける。「キャム、おれだよ、メリペンだ。目を開けてくれ。なにがあったのか教えてくれ」

キャムは体の震えを抑えようと、目の焦点を合わせようとした。だが、できないようだった。言葉を発しようともしたが、出てくるのは意味をなさないうなり声だけだ。

その胸にぴったりと手のひらをあて、ケヴは獰猛なまでに打つ不規則な鼓動を確認した。思わず罵りの言葉を吐く。このような気ちがいじみた速さで鼓動を打ちつづけたら、たとえどんなに頑健な男だろうと心臓がもたない。

「きっと、有毒なものだと気づかずになにかの薬草を口にしたんだろう」ロム・プーロが当惑した表情で言った。

ケヴはかぶりを振った。「弟はとても薬草に詳しい。だからそんなまちがいを犯すなんてありえない」キャムのゆがんだ顔を見下ろし、憤怒と哀れみがないまぜになって胸を満たすのを感じる。できることなら、弟ではなく自分の心臓にこの苦痛をと思った。「誰かが毒を盛ったんだ」

「なにか手伝えることがあれば言ってくれ」ロム・プーロが静かに促す。

「まずは、毒をできるかぎり体から排出させる必要がある」

「胃のなかのものはすべて、ヴァルドに運びこむ前に吐かせた」

とりあえず安心した。しかし、それでもなおこの状態だとなると、その薬草の毒性がよほど強かったと考えられる。ケヴの手のひらの下にあるキャムの心臓は、いまにも胸板を突き破りそうだ。じきにひきつけを起こすにちがいない。「脈拍を遅くさせるもの、震えを抑えるものが必要だ」ケヴはぶっきらぼうに言った。「アヘンチンキはないか?」

「精製前のアヘンなら」

「なおいい。すぐに持ってきてくれないか」

ロム・プーロはヴァルドの入口にいたふたりの女性に指示を与えた。一分と経たぬうちに、ふたりは小さな壺に茶色のペーストを用意して持ってきた。熟す前のケシの実をすりつぶしたものだ。スプーンの先でペーストを少し取り、ケヴはキャムの口に入れようとした。

だが震えのために歯ががちがちと鳴り、首ががくんと揺れて、スプーンが口に入っていかない。ケヴはあきらめず、片腕をキャムの背中にまわして上半身を起こした。「キャム、おれだ。助けに来たんだよ。おれのためにこれを飲んでくれ。いますぐ飲むんだ」あらためてスプーンを口のなかに押しこみ、吐きださぬよう口を閉じさせていると、キャムは腕のなかでむせ、激しく身を震わせた。「がんばれ」ケヴはささやき、しばらくしてからスプーンを口から出した。弟の喉元に温かな手をあて、そっと撫でる。「飲みこむんだ。よし、いいぞ、パル」

アヘンは奇跡的な速さで効果を示し始めた。すぐに全身の震えがおさまり、荒い呼吸が落ち着いてくる。自分が息を止めていたことに気づいて、ケヴは安堵のため息をもらした。キャムの心臓の上に手を置き、破裂せんばかりだった鼓動が一定のリズムを取り戻しつつあるのをたしかめる。

「少し水を飲ませたほうがいい」ロム・プーロが言いながら、木のカップをケヴに寄越した。

ケヴはカップの端をキャムの口元に運び、無理やり飲ませた。

濃いまつげが持ち上がり、キャムがやっとの思いでケヴに目の焦点を合わせる。「ケヴ……」

「ここにいるぞ、キャム」

キャムはケヴを見つめ、目をしばたたいた。手を上げ、溺れかけている人のようにケヴの開襟シャツの脇のあたりをつかむ。「青……」とかすれた声でささやく。「すべてが……青に見えた」

ケヴは弟の背中に腕をまわし、しっかりと体を支えた。ロム・プーロを見やり、必死に考える。なにもかもが青に見える、以前そういう症状について耳にしたことがある。強心剤を大量摂取したときに起きるのではなかったか。「ジギタリスか?」ケヴはつぶやいた。「だが、いったいなにから抽出したんだろう」

「キツネノテブクロの葉だ」ロム・プーロが言った。口調は淡々としていたが、顔は不安にこわばっている。「非常に致死性が高い。家畜が死んだりする」
「解毒剤は?」ケヴは鋭く訊いた。
ロム・プーロは静かに答えた。「わからない。存在するかどうかも」

21

ストーニー・クロス・パークに馬車をやったあと、レオは自分もロマの野営地に行き、キャムの容体を確認することにした。なにもせず、ただ待っていることに耐えられなかったからだ。すでに一家のかなめとなっているキャムの身が危ないと思うと、不安でならなかった。

大階段を駆け下り、玄関広間にたどり着いたちょうどそのとき、ミス・マークスが近づいてきた。メイドをひとり従えている。手首をつかまれたその不運なメイドは青ざめ、目を赤くしていた。

「ラムゼイ卿」ミス・マークスはそっけなく呼びかけた。「すぐにわたしと一緒に居間にいらしてください。あなたに是非とも聞いていただきたい話が――」

「ミス・マークス、きみは礼儀作法に通じているはずだ。だったら、屋敷のあるじに指図できる立場ではないことくらい承知しているんじゃないのか？」

ミス・マークスはいらだたしげに口元をゆがめた。「礼儀作法がなんです。こっちの話のほうがずっと重要だわ」

「ほほう、ずいぶんと上機嫌のようだな。だが話があるならいますぐここで聞かせてもらおう。居間でおしゃべりしている時間などない」

「居間にいらしてください」

一瞬、天を仰いでから、レオは家庭教師とメイドについていった。「言っておくが、もしもこれが家庭内のつまらんいざこざに関する話ならただじゃおかないぞ。こっちは緊急事態で――」

「知ってます」ミス・マークスは急ぎ足で居間に向かいながら、レオのせりふをさえぎった。「もう聞きました」

「どうしてきみが？　くそっ、ミセス・バーンステーブルに人に言うなと注意したのに」

「使用人部屋では秘密なんてまず通用しませんわ、ラムゼイ卿」

居間に入っていきながら、ミス・マークスのぴんと伸びた背筋を見つめていたレオは、彼女といると必ず感じるいらだちに襲われていた。彼女はまるで、手の届かない背中のかゆみのようだ。このいらだちはきっと、編んでうなじにぴっちりと留められている、薄茶色の髪のせいだろう。それから、ほっそりとした上半身と、コルセットで締め上げた細いウエストと、汚れのない乾いた白い肌のせいだ。ドレスを脱がせてヘアピンをはずし、一糸まとわぬ姿にしたら、眼鏡をはずしたら、彼女はいったいどんなふうなのだろうと考えずにはいられない。彼女が全身をピンクに染め、汗をかき、心底困り果てるところを見てみたくてたまらない。

そう。わたしは彼女を困らせてみたい。何度でも。

まったく、わたしとしたことがいったいどうしてしまったのだろう。

居間に入るとすぐに、ミス・マークスは扉を閉め、小さな白い手でメイドの腕を励ますようにたたいた。「シルヴィアですわ」とレオに紹介する。「今朝方、妙な場面を目にしたけれど、人に言ってはまずいと思って黙っていたらしくて。でもミスター・ローハンが倒れたと聞いて、わたしに教えてくれたんです」

「どうしていまになって？」レオはいらいらと問いかえした。「わが家で妙なことがあれば、すぐにわたしに報告するのが筋だろう」

ミス・マークスが腹立たしいほど冷静に応じる。「見るべきでないものをうっかり見てしまった使用人がわが身を守るには、黙っているしかありません。それに、賢いシルヴィアはぬれぎぬを着せられるのを恐れているんです。これから彼女があることを打ち明けても、彼女に不都合な判断を下さないと約束してくださいますか？」

「約束しよう。それがどんな内容だろうと。言いなさい、シルヴィア」

メイドはうなずいて、支えを必要とするようにミス・マークスに寄りかかった。ミス・マークスよりメイドのほうがずっと体格がいい。あんなふうに寄りかかって、よくふたり一緒に倒れないものだ。「今朝のことです」メイドは口ごもった。「朝食のメニューに舌平目のソテーがあったので、魚用のフォークを拭いて、朝の間《ま》のサイドボードに運ぼうとしました。部屋に入ろうとしたとき、ミスター・メリペンとミスター・ローハンがテラスにいらっしゃるのが見えました。それから、ドクター・ハーロウが部屋にいらして、ふたりをじっと見ていて……」

「それからどうした？」レオは唇をわななかせるメイドを促した。

「ドクター・ハーロウが、ミスター・メリペンのコーヒーポットになにかを入れたように見えました。ポケットに手を入れて、なにかを取りだしたんです。薬屋に並んでいる、小さなガラス瓶のようなものでした。でも一瞬の出来事だったので、ドクターがなにをしたのかよくわからないんです。それからドクターが振りかえり、あたしの顔をご覧になりました。あたしはなにも見なかったふりをして朝の間に入りました。面倒を起こすのはよくないと思ったんです」

「ミスター・ローハンはそのコーヒーを飲んだのだと思うわ」ミス・マークスが言い足す。

レオはかぶりを振った。「ローハンはコーヒーを飲まないんだ」

「今朝は珍しく飲んだという可能性もあるのではないかしら？」

そのせりふにかすかな皮肉を感じて、レオは耐えがたいほどにいらだちを募らせた。

「可能性はある。ローハンらしくないがな」荒いため息をつく。「しかたがない。ハーロウがなにかしたのかどうか、確認してこよう。ありがとう、シルヴィア」

「いいえ、だんな様」メイドは安堵の表情を浮かべた。

居間を出ていこうとして、レオはミス・マークスがついてくるのに気づいた。「きみは来なくていい」

「わたしが必要になるはずだわ」

「どこかで編み物でもしていたまえ。あるいは動詞の活用形でも研究するか。きみは家庭教師がするべきことをやればいいんだ」

「本来ならそうしたいところですわ」彼女は辛辣に応じた。「あなたがひとりで解決できるようであれば。でも、いままで見てきたあなたの手腕から、ひとりでやり遂げられるとはとうてい思えませんから」

家庭教師というものは、みなこんなふうに生意気な口調であるじと話すものなのだろうか。いやまさか。そもそもどうして妹たちは、このおせっかい女ではなく、もっとおとなしくて感じのいい女性を雇わなかったのだろう。「相応の手腕はある。あいにくきみには一生、見ることも経験することもできないだろうが」

ミス・マークスは小ばかにするようにふんと鼻を鳴らし、なおも彼のあとについてきた。

ハーロウの部屋の前に着くと、レオはおざなりにノックをし、なかに入った。衣装だんすは空っぽで、ベッド脇に旅行鞄が開いて置かれている。「お邪魔をしてすまない、ハーロウ」レオはうわべだけは愛想よく振る舞った。「少々困ったことが起きた」

「そうですか」医師はまるで関心がなさそうだ。

「ある人物が倒れた」

「それは大変ですね。お力になれればいいのですが、真夜中になる前にロンドンに着くには、すぐにこちらを発たねばなりません。別の医師を探してください」

「あなたには、助けを求めている人に対して倫理的義務があるはずよ」ミス・マークスが信じられないといった声で指摘する。「ヒポクラテスの誓いはどこへ行ったの？」

「あの誓いに強制力はありませんから。それにここ数日の成り行きを考えれば、わたしには断る権利がある。彼の診察はほかの医師に頼んでください」

彼。

ミス・マークスのほうを見なくても、医師が口をすべらせたことに彼女も気づいたのがレオにはわかった。あえてハーロウにそのまましゃべらせることにする。「メリペンは正当な方法でわが妹を手に入れたんですよ。それにふたりの気持ちは、あなたが現れるずっと前からはぐくまれてきたものだ。そのふたりを責めるのは、潔いとは言えませんね」

「ふたりを責めているのではない」ハーロウはぶっきらぼうに言った。「あなたを責めているのですよ」

「わたしを？」レオは憤慨した。「なぜです？　わたしは今回の件とは関係ないでしょう」

「あなたは妹さんたちのことをちっとも案じていない。しまいには、ひとりのロマでは飽き足らず、ふたりも一族に迎えてしまった」

そのときレオは視界の片隅に、絨毯敷きの床を這うようにこちらにやってくるフェレットのドジャーの姿をとらえた。好奇心旺盛なドジャーが、ハーロウの黒い上着が掛けられた椅子にたどり着く。後ろ足で立ち上がると、上着のポケットを探りだした。

ミス・マークスが断固とした口調で医師に反論している。「ミスター・メリペンもミスター・ローハンも立派な紳士ですわ。ラムゼイ卿にはほかに欠点がいくらでもありますけれど、その点で責めるのは見当ちがいです」

「しょせんロマでしょう」ハーロウが冷笑を浮かべて言う。

レオが話そうとするのに、ミス・マークスが割って入り、説教をつづける。「男性というものは、なにを成し遂げたかによって評価を下されるべきなのです。誰も見ていないところでなにを成し遂げたかによって。あのおふたりの近くで暮らしてきたわたしには、いずれも申し分のない、尊敬に値する方だとはっきり断言できますわ」

ドジャーは医師の上着のポケットからなにかを取りだすと、得意げに身をくねらせた。用心深くハーロウを見ながら、ゆっくりと部屋の隅を移動していく。

「あなたのような女性に断言されても信じられませんね」ハーロウはミス・マークスにやりかえした。「それに噂によると、あなたは以前にも特定の男性のごく近くで暮らしていたとか」

ミス・マークスは怒りで蒼白になった。「よくもそのような侮辱を」

「わたしもあなたの言い分はまったく不適切だと思いますよ」レオはハーロウに言った。「まともな男なら、ミス・マークスのような女性とスキャンダルを起こそうなどとは思いませんから」ドジャーが戸口にたどり着いたのを確認しつつ、レオは家庭教師の骨張った腕をつかんだ。「行こう。荷造りの邪魔になる」

そのとき、ハーロウがフェレットの存在に気づいた。口に細いガラス瓶をくわえているのを見つけると、医師は飛びでそうなほど目を見開き、真っ青になった。「返せ!」と叫びながら、フェレットをつかまえようとする。「わたしのだ！」

　レオはすぐさま医師に飛びかかり、床に押し倒した。すると驚いたことに医師は鋭い右フックを繰りだしてきた。だがレオの顎は、居酒屋のけんかでさんざん鍛えられている。パンチを応酬しながら、ふたりは床を転がって必死に相手を押さえつけようともがいた。

「いったいなにを――」レオはうなった。「コーヒーに入れた？」

「なにも」医師の大きな手がレオの喉を絞めつける。「なんの話だかさっぱり――」

　レオは握りしめたこぶしで医師の脇腹を殴った。喉を絞める力が弱まっていく。「知らないわけがなかろう」あえぎながらも相手の股間を蹴る。ロンドンで何度となく乱闘に加わるうちに身につけた反則技だ。

　ハーロウが横ざまに床に倒れ、苦しげにうめく。「紳士は……このような手を……使わないもの……」

「紳士は他人のコーヒーに毒を入れたりもしない」レオは医師の服をぐいとつかんだ。「なにを入れたか白状しろ！」

　激しい痛みにもかかわらず、ハーロウは邪悪な笑みを浮かべて口元をゆがめた。「メリペンを助けてなどやるものか」

「ばかめ、メリペンはあのコーヒーを飲んでいないぞ。飲んだのはローハンだ。さあ、なにを入れたか言うんだ、さもないと首をかき切ってやる」

　ハーロウは呆然とした面持ちながら、口を固く閉ざして答えようとしない。右のこぶしでその顔を殴り、さらに左で殴りつけても、無言のままだ。

沸点に達しそうな怒りを切り裂いて、ミス・マークスの声が飛んでくる。「やめてちょうだい。いますぐやめて！　そんなことよりも、あのガラス瓶を取り戻すのを手伝って」

レオは医師を無理やり立ち上がらせると、空っぽの衣装だんすまで引っ張っていき、なかに閉じこめた。扉に鍵をかけ、ミス・マークスに向きなおったときには、汗だくで胸が大きく上下していた。

ふたりの視線が一瞬からみあう。ミス・マークスは眼鏡のレンズと同じくらい目を真ん丸に見開いていた。だがふたりのあいだに流れた得体の知れない感情は、ドジャーの勝ち誇った鳴き声によってあっという間にどこかに消えてしまった。

いたずらなフェレットは戸口で待っていた。左右に小さくジャンプして小躍りし、ふたりを挑発する。手に入れたばかりの新しいおもちゃを大いに気に入り、しかもそれをミス・マークスが取り戻したがっているのに気づいて、ますますはしゃいでいるのだ。

「出してくれ！」というハーロウのくぐもった声と、内側から扉をたたく、どんどんという音が聞こえる。

「なんていまいましいイタチなの」ミス・マークスがつぶやいた。「おもしろがっているんだわ。あのガラス瓶を餌に追いかけさせ、つかまる寸前で逃げて、延々とわたしたちをからかうつもりよ」

レオはフェレットをじっと見ながら、絨毯に座りこみ、優しい声を出した。「おいで、ノミだらけの毛むくじゃら君。甘いビスケットを好きなだけあげるよ、その代わり、そのおもちゃをこっちに寄越しなさい」小さく口笛を吹き、ちっちっと舌打ちをして呼ぶ。

だがおべっか作戦はうまくいかなかった。ドジャーはきらきらした目でレオを見やるだけで、戸口から動こうとせず、小さな前足にガラス瓶をしっかり握って放さない。

「靴下留めを片方貸してくれ」レオはフェレットから目を離さずに言った。

「なんですって？」ミス・マークスが冷ややかに問いかえす。

「聞こえただろう。靴下留めを見せて、あいつにガラス瓶との交換を持ちかけるんだよ。さもないと、屋敷中あいつを追いまわす羽目になる。わたしたちがもたもたすれば、ローハンはさぞかし喜ぶだろうな」

ミス・マークスは怒りを抑え、レオをにらんだ。「わかったわ、でもミスター・ローハンのためよ。向こうを向いてちょうだい」

「きみが脚と呼ぶその干からびたマッチ棒を、見たいと思う男がこの世にいると思うか？」レオはいやみを口にしつつ、言われたとおり背を向けた。すぐにミス・マークスが椅子に座り、スカートをたくし上げるしゅっしゅっしゅっという衣擦れの音が聞こえてくる。

そのときレオは、大きな姿見がすぐそばにあるのに気づいた。鏡には椅子に座るミス・マークスがしっかりと映っている。ややあってから、じつに奇妙なことが起きた。驚くほど魅力的な脚が一瞬だけ鏡に映ったのだ。レオは困惑して目をしばたたいたが、スカートはすぐにまた下ろされてしまった。

「はい」ミス・マークスがぶっきらぼうに言い、靴下留めを投げて寄越す。振りかえったレオはそれを宙でつかんだ。

ドジャーは好奇心にあふれた小さな目でふたりを見つめている。

レオは指でつまんだ靴下留めを、誘うようにひらひらさせた。「ほうら見てごらん、ドジャー。青いシルクにレースの縁取りの靴下留めだぞ。それにしても、世の家庭教師はみんな、こんな素敵なもので靴下を留めているのか？　きみの品のない過去の噂は、どうやら本当らしいな、ミス・マークス？」

「言葉を慎んでいただけますかしら、ラムゼイ卿？」

ドジャーの小さな頭が、靴下留めのひらひらとした動きに合わせて左右に揺れる。フェレットは犬のようにガラス瓶を口にくわえると、腹立たしいほどゆっくりとレオのほうに這い寄ってきた。

「ようし、こいつと交換だ」レオはフェレットに提案した。「ただじゃなにも得られないぞ、ドジャー」

ドジャーがガラス瓶をそっと床に置き、靴下留めに前足を伸ばす。レオは片手をひらひらと動かしながら、ガラス瓶をさっと拾い上げた。なかには暗緑色の粉末が半分ほど入っている。彼は手のひらで瓶を転がしながら、しげしげと見つめた。

ミス・マークスがすぐさまかたわらに来て、両手と両膝を床につく。「ラベルは貼ってある？」と息を切らしてたずねる。

「いや。ない」レオは爆発せんばかりの怒りにとらわれていた。

「見せて」ミス・マークスが言い、ガラス瓶を奪った。

レオはすぐに勢いよく立ち上がり、衣装だんすにわが身をたたきつけた。さらに両のこぶしでたんすを殴る。「ハーロウ、こいつがなにか言え！　中身はいったいなんだ。言わないと、腐るまでそこから出さないぞ」

たんすの中から流れてくるのは沈黙だけだ。

「くそう、こうなったら――」というレオのうなり声を、ミス・マークスがさえぎった。

「ジギタリスの粉末よ」

取り乱した目を彼女に向ける。ミス・マークスはガラス瓶のふたを取り、用心深く匂いをかいでいた。「どうしてわかるんだ？」

「祖母が心臓が悪くて、強心剤として飲んでいたの。紅茶のような匂いとこの色、まちがいないわ」

「解毒剤は？」

「わからない」と答え、悲嘆の色を濃くする。「非常に強い毒性があることだけはたしかよ。大量摂取すれば、人の心臓すらも止まってしまう」

レオは衣装だんすに向きなおった。「ハーロウ！　命が惜しければ、解毒剤がなんなのかいますぐに白状するんだ」

「先にここから出せ」とくぐもった声が応じる。

「話しあいには応じないぞ！　とっとと教えろ！」

「絶対に教えない」

「お兄様？」そこへ新たな声が割って入った。さっと振りかえると、アメリアとウィンとべアトリクスが戸口に立っていた。兄のことを、気がちがったのかとでもいうような目で見ている。

アメリアが驚くばかりの冷静さでたずねた。「ふたつ質問があるわ、お兄様。どうしてわたしを呼び戻したの。それから、衣装だんすとなにを言い争っているの」

「なかにハーロウを閉じこめた」レオは説明した。

アメリアの表情が変わる。「なんのために？」

「ジギタリスの粉末の解毒剤を白状させるためだ」復讐に燃えた目で衣装だんすをにらみつける。「白状しないなら、やつを殺す」

「誰に解毒剤が必要なの？」と問いただすアメリアの顔から、血の気が失われていく。「誰かが倒れたの？　いったい誰？」

「メリペンを狙ったものだったんだ」レオは低い声で言いながら、妹を支えるために手を伸ばし、言葉を継いだ。「だが、ローハンが飲んでしまった」

押し殺した悲鳴がアメリアの口からもれる。「なんてこと。彼はいまどこ？」

「ロマの野営地にいる。メリペンが一緒だ」

妹の目から涙がこぼれ落ちた。「彼のもとに行かなければ」

「解毒剤が見つからないのに行ってもなんにもならん」

そのとき、ウィンが兄や姉を押しのけるようにしてナイトテーブルに歩み寄った。すばやく、だが落ち着いた動作でオイルランプと錫のマッチ箱を取り上げ、それを手にしたまま衣装だんすのほうに向かう。

「なにをするつもりだ?」ついにウィンは気が触れたのかと思いつつ、レオは詰問した。

「やつはランプをくれなんて言ってないぞ」

兄を無視して、ウィンはランプのかさを取り、ベッドの上に放った。真鍮の火口と芯も同じようにし、オイル溜めの口をむきだしにする。そしてためらうことなく、中身を衣装だんすの前面に振りかけた。極めて引火性の高いパラフィンオイルの、つんと鼻をつく臭いが室内に広がる。

「気でもちがったのか?」レオは妹の行動にはもちろん、落ち着き払った態度にも仰天していた。

「ここにマッチ箱があるわ、ジュリアン」とウィンが言う。「解毒方法を教えて。教えないなら、たんすに火をつけるわ」

「きみにそんなことができるものか」ハーロウが怒鳴る。

「ウィン」レオは妹を呼んだ。「せっかく建てなおしたばかりの家を、また火事で焼き払おうというのか? そのマッチ箱をこっちに寄越せ」

ウィンは決然とかぶりを振った。

「こいつはわが家の恒例行事になるのか？　毎年恒例のお屋敷の火事というわけか？　冷静になってくれ、ウィン」

妹は兄に背を向け、衣装だんすの扉をにらんだ。「人から聞いたわ、ジュリアン、最初の奥様はあなたに殺されたんだって。おそらくは毒で。あなたが義兄にしたことを知ったいま、わたしはその話を信じるわ。解毒剤を教えないのなら、ウェルシュラビットみたいに焼いてあげるから覚悟して」マッチ箱を開ける。

本気のわけがない。そう判断したレオは、妹のはったりに協力することにした。「やめてくれ、ウィン」と芝居がかった声で懇願する。「頼むから。そんなことをする必要は――うわっ！」

ウィンがマッチを擦ったとたん、衣装だんすは炎につつまれた。

はったりじゃなかったのか……レオはぼんやりと思った。妹は本気であのろくでなしを焼くつもりなのだ。

逆巻く炎が鮮やかに燃え上がるなり、恐怖に怯えた声がたんすのなかから聞こえてきた。「わかった！　わかったから出してくれ！　お願いだ！　タンニン酸だよ。タンニン酸を飲ませればいい。わたしの往診鞄に入ってる。出して、出してくれ！」

「これでいいわ」ウィンは少し息をはずませながら言った。「お兄様、もう火を消していいわよ」

全身を駆けめぐるようなパニックに襲われながらも、レオはひきつった笑い声をあげずにはいられなかった。妹の口ぶりはまるで、蠟燭の火を消してと頼むときのようだった。実際には大きな衣装だんすが炎につつまれているというのに。彼は上着を乱暴に脱ぐと、たんすに駆け寄り、扉のあたりに勢いよくたたきつけた。「おまえはどうかしてるよ」と、すれちがいざまにウィンに言う。

「こうでもしないと、白状しなかったでしょう」

騒ぎに気づいた使用人が数人、部屋に現れる。そのうちのひとりが従者で、やはり上着を脱ぐと、レオの加勢にまわった。その間に女性陣は、ハーロウの黒い往診鞄のなかを探す作業に移った。

「タンニン酸というのは、紅茶に含まれているタンニンとはちがうのかしら」アメリアが震える手で鞄の掛け金をはずそうとしながらたずねる。

「いいえ、ミセス・ローハン」とミス・マークスが説明する。「ドクターが言っているのはたぶん、オークの葉から抽出したタンニン酸のことだと思います。紅茶のタンニンではなくて」アメリアが鞄をひっくりかえしそうになり、家庭教師は慌てて鞄を押さえた。「気をつけて、中身がばらばらになったら大変。ドクター・ハーロウは瓶にラベルを貼っていないんです」頑丈な鞄をようやく開けると、なかには粉末や液体の入ったガラス瓶が整然と並んでいた。瓶自体にはラベルがないが、仕分け板の部分に中身が記されている。ずらりと並ぶ瓶をじっと見ていたミス・マークスが、黄色がかった薄茶色の粉末の入った一本を取りだす。

「これだわ」

ウィンは家庭教師の手からそれを取ると、「わたしが持っていくわ」と言った。「野営地の場所を知っているから。それに、お兄様は火消しに忙しいでしょう」

「いいえ、わたしがキャムのところに持っていくわ」アメリアが断固として言う。「わたしの夫だもの」

「わかってる。でも、お姉様には赤ちゃんがいるのよ。全速力で馬を走らせているときに、万一のことがあったらどうするの。赤ちゃんを危険にさらしたら、ミスター・ローハンはけっして許してくれないわ」

アメリアは苦悶に満ちた目で妹を見やり、唇をわななかせた。うなずき、かすれた声で訴える。「急いで、ウィン」

「棒に粗布を張って担架を用意できるか？」ケヴはロム・プーロにたずねた。「弟をラムゼイ・ハウスに連れて帰りたい」

部族長はすぐにうなずいた。ヴァルドの入口に控えていた数人が、部族長の指示を受けてどこかに消える。ロム・プーロはケヴに向きなおると言った。「数分で用意できるだろう」

ケヴはうなずき、血の気のないキャムの顔を見下ろした。回復したとはとうてい言えないが、少なくともひきつけや心臓麻痺を起こす恐れはいまのところない。いつもの思わせぶりな表情を失ったキャムは、若く、無防備に見える。

おかしな話だった。ふたりは兄弟なのに、お互いのことをまるで知らずにひとつ屋根の下で暮らしてきた。ケヴはずっと、自ら作った孤独という檻のなかにいた。だが最近では、あたかも擦り切れた服が縫い目の部分からばらばらになっていくかのように、その檻が壊れていくのが自分でわかる。ケヴはキャムのことがもっと知りたかった。思い出を共有したかった。血を分けた兄弟がほしかった。〝自分はひとりぼっちのわけがないと、なんとなく気づいていていた〟兄弟だとわかったあの日、キャムはそう言った。ケヴだって本当はそう信じていた。あのとき口に出せなかっただけだ。

そばにあった布を手に取り、弟の顔ににじむ汗を拭く。悪夢にうなされる子どものように、キャムの唇から小さなすすり泣きがもれる。

「安心しろ、パル」ケヴはつぶやき、キャムの胸に手を置いて、ゆっくりと不規則に打つ鼓動をたしかめた。「すぐによくなる。このおれがいかせやしない」

「弟さんととても仲がいいようだな」ロム・プーロが優しく声をかける。「いいことだ。ほかに家族は？」

「おれたちはガッジョと暮らしてる」ケヴは部族長に非難されるのを覚悟のうえで言った。だがロム・プーロの表情は穏やかなままで、さらなる答えを促すかのようだ。「そのうちのひとりが、弟の妻だ」

「さぞかし不美人なんだろう？」ロム・プーロが言う。

「いや、美人だ。なぜそんなふうに思う？」

「男は、目ではなく耳で妻を選ぶべきだからだ」

ケヴはかすかにほほえんだ。「とても賢明な考え方だ」あらためて弟の顔を見下ろし、容体がまた悪化しつつあるのに気づく。「担架を作るのを手伝ったほうがよければ――」

「いや、わが部族の男たちは器用だから、間もなくできるだろう。ただ、弟さんのように体格のいい人を運ぶには、頑丈なのを作らねばならないからな」

キャムの手がぴくぴくと動き、ふたりが掛けてやった毛布を長い指がしきりにかきむしる。ケヴはその冷たい手をとり、しっかりと握りしめて、ぬくもりと安心感を与えようとした。ロム・プーロがキャムの腕にある刺青、翼を持った黒い馬の鮮やかな紋様をじっと見る。

「ローハンとはどこで会った？」部族長は静かにたずねた。

ケヴははっとしてロム・プーロを見かえし、キャムの手を握る手に力を込めた。「どうして弟の名を知ってる？」

部族長はほほえんだ。瞳にはぬくもりがある。「ほかにもいろいろと知ってる。きみと弟さんは、長いこと離れ離れに生きてきた」人差し指でキャムの刺青に触れる。「そしてこの紋様は……きみにもある」

ケヴはまばたきすらせずにロム・プーロを見つめた。

そのとき、外でなにやらばたばたする音が聞こえたかと思うと、誰かがヴァルドの戸口に現れた。女性だった。驚きと不安に襲われつつ、銀色がかったきらめく金髪を認める。「ウィン！」ケヴは叫ぶと、キャムの手をそっと下ろし、立ち上がった。あいにくヴァルドの天井は低いので、まっすぐ立つことはできない。「どうしてひとりで来たりするんだ。危ないじゃないか。いったいなにをしに——」

「助けに来たんじゃない」ウィンは乗馬用のスカートをがさがさ言わせながらヴァルドに乗りこんだ。手袋を脱いだ片手になにかを握りしめている。ロム・プーロのほうはまったく見ずに、ひたすらケヴに歩み寄る。「これよ。これを持ってきたの」全速力で野営地まで馬を走らせたためだろう、呼吸は乱れ、頬が上気している。

「これは？」ケヴはつぶやくように問いかけ、ウィンからそれを受け取りつつ、空いているほうの手で彼女のうなじに触れた。粉末の入った小さなガラス瓶を見つめる。

「解毒剤よ。早く飲ませてあげて」

「どうしてこれが解毒剤だとわかる？」

「ドクター・ハーロウに白状させたの」

「嘘をついているかもしれないぞ」

「大丈夫。絶対に嘘じゃないわ。だって白状したとき、彼は危うく火——つまりその、脅かして聞きだしたの」

ケヴは瓶をぎゅっと握りしめた。選択肢はあまりない。信頼できる医師に相談する猶余はなくもないが、キャムの様子を見れば、その時間はきっと長くない。そしてもちろん、なにもせずにいるのは選択肢になりえない。

ケヴはわずかな量の粉末を少量の水で溶いたものを用意した。最初は少ない量を投与するほうが、新たな毒を大量に摂取させてしまうよりはましだろうと思ったからだ。彼はキャムの上半身を起こすと、自分の胸に寄りかからせた。意識が混濁した状態で、身を震わせながら、キャムは抗議の声をあげた。痙攣をつづける筋肉が、無理やり動かされたために痛んだのだろう。

ケヴにはキャムの顔は見えなかったが、代わりにウィンの思いやりにあふれた表情が見えた。彼女が弟の顎に手を伸ばし、こわばった筋肉を揉みほぐして、口をこじ開ける。スプーンを傾けて液体を口に流しこんだあとは、弟の頬と首を撫で、飲みこむように促した。キャムが液体を飲みこみ、大きく身を震わせて、ケヴの胸に身をゆだねる。

「いい子ね」ウィンはささやいてキャムの汗ばんだ髪をかきあげ、冷たい頬に手のひらを押しあてた。「じきによくなるわ。このまま、薬が効き始めるのを待ちましょう」

ケヴはいまこの瞬間ほどに美しい彼女を見たことがなかった。表情はやわらかく、慈愛と威厳に満ちている。数分後、彼女は静かに言った。「顔色がよくなってきたわ」

呼吸もだった。不規則だったのが、長くゆっくりしたものに変わってきている。ケヴは腕のなかで、弟の張りつめた筋肉がほぐれ、体のこわばりが取れていくのを感じた。ジギタリスの毒素が中和されつつある証拠だ。

やがてキャムは、長い眠りから目覚めた人のように、ゆっくりと意識を取り戻した。「アメリア」と、毒の影響だろう、不明瞭な発音で呼ぶ。

ウィンは彼の片手をとった。「お姉様ならなにも心配いらない。家であなたの帰りを待っているわ」

「家」キャムはおうむがえしに言い、疲れたようにうなずいた。

ケヴは慎重にキャムの体を寝台に横たえ、鋭いまなざしで薬の効果を確認した。仮面のような青白さは一秒ごとに消え、健康的な赤みが戻りつつある。回復の速さはまさに驚きとしか言いようがない。

そのとき、金褐色の瞳がぱっと開かれた。キャムはケヴの顔をじっと見た。「メリペン」と呼ぶ声は明瞭で、ケヴは安堵感に圧倒された。

「なんだ、パル？」

「わたしは死んだのか？」

「いいや」

「やっぱり死んだんだ」

「なぜそう思う？」ケヴは当惑した。

「なぜって……」いったん口を閉じ、乾いた唇を湿らす。「おまえが笑っているから……それに、いとこのノアがそこにいるから」

22

ロム・プーロは三人に歩み寄り、寝台のかたわらに膝をついた。「やあ、カムロ」とロマの名でつぶやくように呼びかける。

キャムは不思議そうに相手を見ていた。「ノア、年をとったな」

ロム・プーロは肩を揺すって笑った。「当たり前だ。別れたとき、おまえはわたしの胸までしか背がなかった。だがいまのおまえは、わたしより頭ひとつ分大きいようだ」

「迎えに来てくれなかったな」

ケヴは厳しい声音で割って入った。「それにあんたは彼に、兄弟がいると言わなかった」

ふたりを見つめるノアの顔から笑みが消え、代わりに後悔の色が浮かぶ。「どちらもできなかったのだ。おまえを守るために」ノアはそう言って、ケヴを見やった。「おまえは死んだと聞かされていたよ、ケヴ。それがまちがいだったと知って、わたしはとてもうれしい。どうやって生き延びた？　いったいどこで暮らしていた？」

ケヴはノアに向かってしかめっ面をした。「そんなことはどうでもいい。ローハンは何年もあんたを捜していたんだぞ。答えを見つけようとしていたんだ。どうして彼が部族から追いだされたのか、この忌まわしい刺青にどんな意味があるのか、この場で教えてやれ。なにもかもつつみ隠さずだ」

ノアはケヴの横柄な口調に少々驚いた顔を見せた。部族長である彼は、こんなふうに指図されることに慣れていないのだろう。

「いつもこんなふうなんだ」キャムが教える。「だからノアも慣れてやってくれ」

ノアは寝台の下に手を伸ばし、木箱を取りだすと、がさごそと中身を探り始めた。

「アイルランド人の血を引いている件についてはどこまで知ってる?」ケヴは詰問した。

「父親の名前はなんだ?」

「あまり詳しいことは知らない」ノアが答える。探しものを見つけたのだろう、彼はそれを木箱から出し、キャムを見やった。「でもわれわれの祖母が、死の間際に知っているかぎりのことを教えてくれた。それと、これをわたしに――」

それは光沢を失った銀のナイフだった。

ほとんど条件反射のように、ケヴはノアの手首をつかみ、ひねりあげた。ウィンが驚いて悲鳴をあげる。キャムは肘をついて身を起こそうともがいた。

ノアはケヴの瞳を見据えた。「落ち着け。カムロを傷つける気など毛頭ない」と言って、ナイフを握った手を開く。「これはおまえたちふたりのもの。ふたりの父親のものだ。彼の名は、ブライアン・コール」

ケヴはナイフを取り上げ、ゆっくりとノアの手首を放した。手のなかのものをしげしげと見る。一〇センチほどの両刃のついたブーツナイフだった。柄は銀で、柄と刃の間の部分には彫刻がほどこされている。年代もので、値が張りそうだった。だがケヴが目を奪われたのは、柄の平らなところにある彫刻……プーカの紋様だった。

キャムにもナイフを見せる。弟は一瞬息をのんだ。

「ふたりの名は、ケヴィン・コールとキャメロン・コール」ノアが語りだす。「その馬はコール家の紋章……大紋章にも描かれている。おまえたちふたりを引き離すとき、その紋様を体に残そうという話になった。おまえがおまえであることのあかしに、そして、モシートの二番目の息子におまえだとわかるように。そうすれば、おまえを守れると思った」

「モシートって？」ウィンがそっとたずねる。

「ロマの神だ」ケヴは答えた。自分の声が、他人のもののように遠く聞こえる。「万物の創造主」

「わたしはずっと……」キャムはなおもナイフを見つめたまま、言葉では説明できないとでもいうように、かぶりを振った。

ケヴは代わりに言った。「弟は紋章学の専門家や研究者に依頼して、アイルランド人の大紋章に関する書物まで調べたんだ。だが、この紋様は見つからなかった」

「コール家は三〇〇年ほど前に大紋章からプーカを排除したんだよ。イングランド国王が、アイルランド聖公会の首長であると宣言したときに。プーカは異教の紋様だ。だから宗教改革後、コール家はこの紋様のために立場が危うくなることを恐れたのだろう。だがコール家はいまもこの紋様に愛着を抱いている。おまえたちの父親が、プーカの紋様を彫った大きな銀の指輪をしていたのを覚えているよ」

キャムのほうを見やったケヴは、弟が自分と同じように感じているのを悟った。狭い部屋にずっと閉じこめられつづけ、いま唐突にその扉が開かれたかのようだ。

「おまえたちの父親であるブライアンは」ノアがつづける。「英国議会上院議員であるアイルランド貴族、キャヴァン卿の息子だった。キャヴァン家のひとり息子なのに、彼はまちがいを犯した――ロマの娘、ソニアに恋をしてしまった。美しい女《ひと》だった。ふたりは双方の家族の反対を押し切って結婚をした。親族と離れて暮らし、やがて息子がふたり生まれた。ソニアはカムロのお産のときに亡くなった」

「おれはずっと、母親はおれを産んだときに死んだのだと思っていた」ケヴは静かに言った。

「だから弟がいるなんて全然知らなかった」

「彼女が天に召されたのは、たしかに二番目の息子を産んだあとだ」ノアは物憂い表情になった。「ブライアンがおまえたちを祖母《マミ》のもとに連れてきたときのことを覚えているよ。ブライアンはマミに、ふたつの世界で同時に生きようとするのはつらい、自分が属する世界に戻りたいと訴えた。そして子どもたちを部族に託し、二度と戻ってはこなかった」

「わたしたちを引き離した理由は？」キャムがたずねる。まだ消耗しきった顔をしているが、いつもの彼らしさをだいぶ取り戻している。

ノアはすっと立ち上がると、かまどのそばに行った。答えながら、茶葉を量り、湯気のたつ小さなポットに入れて、手際よく紅茶を用意する。「数年後、ブライアンは再婚した。しばらくすると別のヴィッサから、子どもたちの行方を捜しているガッジョがいる、情報を与えた者には金をやり、なにも教えない者には暴力を振るっているという話を聞かされた。ブライアンが、自らの正当な爵位継承者である混血の息子たちを亡き者にしようとしていたんだろう。新しい妻に、白人の子どもができたから」

「おれたちが邪魔になったから」ケヴはぶっきらぼうに言った。

「そのようだな」ノアは紅茶を漉しながら応じた。カップに注ぎいれ、砂糖を加え、キャムに持ってくる。「飲みなさい、カムロ。体内から毒素を洗い流さないと」

キャムは寝台に起き上がり、壁に背をもたせた。おぼつかない手つきでカップを口元に運び、熱い紅茶を慎重に口に含む。「それで、わたしたちが発見される可能性を小さくするために、わたしだけを部族に残し、ケヴをおじさんのところに預けたわけか」

「ああ、ポヴのところに」ノアは眉をひそめ、ケヴから視線をそらした。「ポヴは妹たちのなかでソニアを一番かわいがっていた。だからきっと、息子のこともしっかり守ってくれると思った。まさか妹の死を息子のせいにするなど、誰も想像しなかった」

「ポヴはガッジョを憎んでいた」ケヴは低い声で応じた。「おれへの憎しみはそのせいもあった」

ノアが勇気を振り絞るようにしてケヴを見る。「おまえが死んだと聞いて、カムロを部族の一員として育てつづけるのは危険だと判断した。そこでわたしが彼をロンドンに連れていき、仕事も見つけてやった」

「賭博場に？」というキャムの口調から、ノアの選択を正しく思っていないことがわかる。

「ときには、人目につく場所のほうが身を隠しやすかったりする」ノアは淡々と答えた。

キャムはありえないといった面持ちでかぶりを振った。「ロンドン中の男たちの半分はわたしの刺青を見たはずだ。だからキャヴァン卿の耳に入っていないはずがない」

ノアが眉根を寄せる。「隠しておくように言っただろう」

「いや、言ってない」

「言った」ノアは譲らず、額に手をあてた。「まったく《モシート》、おまえは本当に人の話を聞かないやつだな」


ウィンはメリペンのとなりに静かに座っていた。三人の男たちが話すのを聞きつつも、周囲に注意を払っていた。ヴァルドは相当古いようだが、きちんと手入れされており、清潔できれいに整頓されている。壁からは燻したような香りがかすかにする。ここで何千回と食事の支度がされるたび、壁板に食べ物の匂いが染みこんでいったのだろう。外では子どもたちが遊ぶ声。笑ったり、口げんかをしたりしている。外の世界から逃れる場所がこの幌馬車しかないとは妙な話だ。これでは一日の大半を外で過ごさなければならない。ウィンはそうした暮らしぶりに異質なものを覚える一方で、ある種の自由も感じとった。

キャムならこのような生活にもすんなりと溶けこめるだろう。だがメリペンには無理だ。

なぜなら彼には、周囲のものを支配し、管理しようとする強い意志が常にあるから。それはなにかを作り上げ、組織的にまとめようとする意志だ。ガッジョと長年ともに暮らすことによって、メリペンはガッジョの生き方を理解するようになった。そして理解が深まるにつれて、よりガッジョらしくなった。

ロマである過去がついにすべて明るみに出され、謎が解き明かされたことで、メリペンはいまなにを感じているのだろう。表情は穏やかで落ち着いているが、このような事実を知らされればどんな人間でも動揺する。

「……あれから、これだけの年月が過ぎた」キャムが話している。「それでもまだ、わたしたちの身に危険はあるんだろうか。父親はまだ生きているんだろうか」

「捜せば簡単に見つかるだろう」メリペンが答え、陰気な声でつけくわえる。「向こうは、い、ふたりとも生きていたと知って慌てるだろうけどな」

「ロマとして生きているかぎりは、さほどの危険はない」ノアが言う。「だが、おまえがキャヴァンの跡継ぎ、爵位継承者だと名乗りでれば、面倒なことになるはずだ」

メリペンは冷笑を浮かべた。「どうしておれがそんなことをする？」

ノアは肩をすくめた。「ロマはそんなことをしない。だがおまえはガッジョの混血だ」

「おれは爵位もそれに伴うあらゆるものもほしくない」メリペンは断言した。「コール家ともキャヴァン卿とも、とにかくアイルランドに関するすべてのことと無関係でいたい」

「自分の半身を抹殺しようというのか？」キャムがたずねる。

「アイルランド人である半身など、ずっと知らずに過ごしてきたんだ。そいつを今度は抹殺したところで、なんの不都合もない」

ヴァルドの入口にロマの少年がやってきて、担架の用意ができたと告げた。

「よし」メリペンがきっぱりとした口調で言う。「おれが彼を外に運ぶから——」

「やめてくれ」キャムは顔をしかめた。「ラムゼイ・ハウスまで担架で運ばれるなんてまっぴらだ」

メリペンはあざけるように弟を見やった。「だったら、どうやって家に帰るんだ?」

「馬に乗って」

メリペンは眉をひそめた。「その状態で馬に乗れるわけがないだろう。落馬して首の骨を折るぞ」

「大丈夫だ」キャムは頑固に言い張った。「そう遠いわけでもない」

「落馬すると言ってるだろうが!」

「担架で運ばれるつもりなんてない。アメリアだって余計に心配する」

「なにがアメリアだ、ただ恥ずかしいだけだろう。おまえは担架で運ばれる、以上だ」

「勝手に決めるな」キャムが怒鳴る。

ウィンはノアと視線を交わした。兄弟はいまにも殴りあいを始めそうな雰囲気だ。

「部族長として、ふたりのけんかをわたしが仲裁——」

メリペンとキャムが同時にさえぎる。「結構だ」

「ケヴ」ウィンは小声で呼びかけた。「ミスター・ローハンはわたしと一緒に乗ったらどうかしら。彼がわたしの後ろに乗って、背中に寄りかかれば、落ちる心配はないでしょう？」

「それがいい」キャムは即座にうなずいた。「そうしよう」

メリペンがふたりをにらむ。

「わたしも一緒に行こう」ノアはかすかな笑みを浮かべて言った。「わたしの馬で。息子に鞍を用意しておくよう言ってくる」いったん口を閉じる。「だが、もうしばらくいいか？せっかくだからロマの親族に会っていってくれ。妻と子どもたちも紹介したいし――」

「またの機会にしよう」メリペンはさえぎった。「弟を一刻も早く妻のもとに帰らせたい」

「わかったよ」

ノアが外に出ていってしまうと、キャムはカップに残った紅茶をぼんやりと見つめ、なにやら思案げな表情を浮かべた。

「どうかしたか？」メリペンがたずねる。

「わたしたちの父親とふたり目の妻とのあいだに、子どもはいるんだろうか。いるとしたら何人だろう。わたしたちの知らない、異母兄弟や異母姉妹がいるんだろうか」

メリペンは当惑するように目を細めた。「いたらなんなんだ？」

「また家族が増えるな、と思って」

メリペンは珍しく芝居がかったしぐさで、自分の額をぴしゃりとたたいた。「家族ならハサウェイ家の面々がいる。おもてを駆けまわっている十何人というロマもおれたちの親族らしい。いったいあとどれだけ家族がほしいんだ？」
キャムは口元をほころばせただけだった。

予想どおり、帰宅した一行は大騒ぎで迎えられた。ラムゼイ・ハウスの玄関広間には、ハサウェイ兄妹、ミス・マークス、使用人、巡査、そして地元の医師が集まっていた。キャムは短いあいだだったが馬に乗ったせいですっかり体力を消耗してしまい、邸内に入るときにはケヴの肩を借りざるをえなかった。

屋敷に足を踏み入れたとたん、みんなに囲まれた。アメリアはほかの人を押しのけるようにしてキャムに歩み寄った。安堵のあまり嗚咽をもらしながら夫の前に立つと、涙を懸命にこらえ、たくましい胸板や顔を両手で何度も撫でた。ケヴの肩を離したキャムは、アメリアを両腕で抱きしめ、妻の肩につかんばかりに頭を垂れた。周囲が大騒ぎするなかで、ふたりはなにも言わず、ただ安堵のため息をついていた。彼女の手が片方上がり、キャムの頭のほうに移動し、黒髪をつかむ。キャムは彼女の耳元で優しく、安心させるように何事かささやいた。キャムが足元をふらつかせ、アメリアが夫を抱き止める手に力を入れる。ケヴはすかさず弟の肩をつかんで体を支えた。

キャムは頭を上げ、妻の顔を見下ろした。「今朝、うっかりコーヒーを飲んでしまいました。やっぱりわたしには合わないらしい」

「ええ、聞いたわ」アメリアは応じ、夫の胸に手のひらを這わせた。不安げなまなざしをケヴに投げる。「目の焦点が合っていないようなんだけど」

「薬が効いてるんだよ」ケヴは言った。「ウィンが解毒剤を持ってきてくれる前に、動悸を抑えるために未精製のアヘンを飲ませた」

「二階に行きましょう」アメリアは涙に濡れた目元をドレスの袖でぬぐった。声を張り上げて、少し離れたところに立つひげを生やした初老の男性を呼ぶ。「ドクター・マーティン、一緒に二階にいらしてください。夫を診てやって」

「医者は必要ない」キャムが抵抗した。

「わたしがあなたなら、こんなときに文句は言わないわ。本当はあと五、六人ほどお医者様を呼ぼうと思ったんだけど。もちろん、ロンドンの専門医も」言葉を切り、ノアを見やる。

「あなたが夫を助けてくださった方ね？　本当になんとお礼を申し上げればいいか」

「いとこのためですから」ノアが答えた。

「いとこ？」アメリアはおうむがえしに言い、目を丸くした。

「二階に行ってから説明する」キャムはよろめきつつ足を踏みだした。すかさずノアがキャムの肩を、メリペンが反対の肩を支え、半ば引きずるようにして大階段のほうに連れていく。そのあとから一行が、歓声をあげたり、興奮気味にしゃべったりしながらついていく。

「こんなに騒々しいガッジョは初めてだ」とノア。

「こんなのは騒々しいうちに入らない」キャムは息を切らしつつ、懸命に階段を上っている。

「いつもはもっとうるさいんだ」

「それは大変だ《モシート》！」ノアは呆れたように首を振った。

寝室に入り、ベッドに横たわってドクター・マーティンの診察を受けるあいだ、キャムのプライバシーはかろうじて守られている状態だった。アメリアが何度か一同を追い払おうとしたのだが、すぐにぞろぞろと部屋に戻ってきて、キャムがどんな具合か見物し始める。ドクター・マーティンは患者の脈拍、瞳孔の大きさ、肺の音、肌の乾燥具合と色、反射神経などを診たのち、じきにすっかりよくなるでしょう、との診断を下した。それから、夜のうちに動悸などの症状が現れたら、グラス一杯の水にアヘンチンキを一滴たらしたものを飲ませてください、との処方も与えた。

医師はさらに、患者に水をたっぷり飲ませ、刺激の少ないものを食べさせ、二、三日はゆっくり休ませることを注意点として挙げた。食欲不振と、ほぼまちがいなく頭痛を訴えるはずだが、ジギタリスの毒素がすっかり体内から排出されてしまえば、そうした症状も消えると教えてくれた。

弟の身にもう危険はないと判断したケヴは、部屋の片隅にいたレオに歩み寄り、静かにたずねた。「ハーロウは？」

「手の届かないところにいるよ。おまえたちが戻る少し前に留置場に連行された。やつに一発お見舞いしようなんて考えても無駄だぞ。おまえをピンフォールドの半径一〇メートル以内に入らせるなと、巡査に伝えておいたからな」

「そっちこそ、一発お見舞いしたいんじゃないのか？　おれに負けず劣らず、やつを嫌って

「いただろう？」

「たしかに。だが、やはり法の裁きにゆだねるべきだろう。それにベアトリクスをがっかりさせたくない。裁判を楽しみにしているんだ」

「どうして？」

「ドジャーを証言台に立たせたいらしい」

ケヴは天を仰ぎ、部屋の隅に行って壁に背をもたせると、周囲の会話を聞くともなく聞いた。姉妹が今日の出来事についてそれぞれ話し、巡査が質問を差し挟み、そこにノアまでが加わって、ケヴとキャムの過去が暴露され……情報が次から次へと飛び交う。会話は永遠に終わりそうもない。

ふとキャムを見ると、いかにも満足げな顔でベッドに横たわり、アメリアにかいがいしく世話を焼かれている。アメリアは夫の髪を梳かし、夫に水を飲ませ、毛布をまっすぐに直し、何度となく夫に触れた。キャムは大あくびをして、目を開けているのもつらそうにしていたかと思うと、やがて枕に頰をうずめた。

ケヴは視線をウィンに移した。ベッドのそばの椅子に、例のごとく背筋をしゃんと伸ばして座っている。ヘアピンからこぼれた髪が顔の周りに少し垂れているものの、落ち着き払った静かな表情だ。まさか彼女が衣装だんすに火を放てるとは、しかもドクター・ハーロウを閉じこめた状態でそんなことができるなどとは、誰も思わないだろう。レオが言ったとおり、とっさの行動だったのかもしれない。だがこれは、彼女に情け容赦のない一面もあることのあかしでもあるだろう。その一面が、彼女を奮いたたせたのだ。

いずれにしても、ハーロウが煤まみれだが火傷ひとつ負っていない状態でレオに助けだされたのは、残念でならない。

しばらく経ってからやっと、キャムを休ませなければいけないから、そろそろお開きにしましょうとアメリアが言った。巡査は帰り、ノアとその配下の者も野営地に戻った。そうして、部屋には身近な人間だけが残った。

「ドジャーはきっとベッドの下ね」ベアトリクスが床にしゃがみこみ、ベッドの下をのぞく。

「靴下留めを返してもらわなくては」ミス・マークスが腹立たしげに言い、ベアトリクスのとなりにしゃがみこむ。そんなミス・マークスを、レオがこっそり見つめる。

ケヴはその様子をぼんやりと眺めながら、ウィンとのことをどうするべきかと考えていた。胸の内には、ウィンへの愛が変わらずある。未精製のアヘンよりさらに強い中毒性を持ち、甘く、彼の理性を奪う愛が、酸素よりもいっそう濃くこの身を満たしている。ケヴはそれに抗うことにほとほと疲れてしまった。

キャムの言ったとおりだ。この先なにが起こるかなんてわからない。できるのはただ、彼女を愛することだけ。

それならしかたがない。

おれはウィンのため、愛に屈する。もう手かげんも自分を抑えることもしない。愛にすべてをゆだねる。愛する喜びを得るために檻を出る。ケヴはゆっくりと深く息を吸い、吐いた。

ウィンをじっと見つめながら思う。愛してる。きみのすべてを。きみの真心も言葉も……複雑にからまりあってきみを形作り、おれを魅了する、あらゆる資質を。きみを求める理由は一度に一〇挙げても足りない。きみが何歳になっても愛しつづける。いまのきみも、これから何十歳と年をとり、ますます美しさを増したきみも。おれの魂の問いかけに必ず答えを与えてくれるきみを、永遠に愛する。

抗うことをやめると、ひどく気持ちが楽になった。自然で、正しい道に感じられた。

ウィン自身に屈したのか、それとも彼女に対するおのれの情熱に屈したのかは、自分でもよくわからない。たしかなのは、もうためらわないということだけだ。ケヴは彼女を手に入れる。そして彼女にすべてを与える。魂のすべてを、そのかけらのひとつひとつまで。

ケヴはまばたきもせずにウィンを見つめていた。ほんの少しでも動けば、それをきっかけにして、自分でも思いがけない行動に出てしまう気がしたからだ。たとえば、彼女に飛びかかり、引きずるようにしてどこかに連れ去ってしまうかもしれなかった。もう少ししたらふたりきりになれるとわかっているだけに、期待感は心地よかった。

視線に気づいて、ウィンがこちらを見る。ケヴの顔になにを見たのかはわからないが、彼女は目をしばたたき、頬を赤く染めた。速まる脈を抑えるように、細い指先が首筋のあたりをさまよう。そのしぐさに、彼女を抱きしめたいというケヴの切迫感はいやますばかりだ。あの上気した頬を味わい、唇と舌でほてりを静めたい。原始の衝動がめらめらと燃え上がるのを感じながら、ケヴはウィンをひたすら見つめ、彼女が動くのを待った。

「さてと」ウィンがつぶやき、流れるような動作で立ち上がるさまに、ケヴはわれを忘れそうになるほど気持ちをかきたてられた。細い指が、激しいうずきを抑えようとするかのように、今度は腰のあたりをさまよう。ケヴはその手をつかみ、自分の口元に持っていきたくてたまらない。「わたしはもう部屋に下がるわ。ゆっくり休んでね、ミスター・ローハン」ウィンはわずかに震える声で言った。

「ありがとう」キャムが横になったまままもぐもぐと応じる。「ウィン……きみにはなんとお礼を言えば……」

口ごもるキャムに、ウィンはにっこりと笑ってかえした。「お礼なんていいわ。じゃあ、おやすみなさい」

意を決したようにケヴを見たとき、ウィンの顔から笑みは消えていた。狼狽する姿を人に見られたくないのだろう、彼女は急いで部屋を出ていった。

その一秒後には、ケヴはウィンのすぐ後ろを歩いていた。

「あんなに急いでふたりでどこに行くのかしら？」ベッドの下に潜っているベアトリクスがいぶかしむ。

「バックギャモンよ」ミス・マークスが慌てて答える。「ふたりがバックギャモンをやろうと相談しているのを聞いたわ」

「わたしも聞いた」とレオ。

「ベッドでバックギャモンなんて、さぞかし楽しいでしょうね」ベアトリクスは無邪気に言い、くすくす笑った。

言葉ではなくもっと根源的なところで、ふたりはお互いに歩み寄ろうとしていた。ウィンは無言のまま、早足で自室に向かった。ケヴを振りかえって見ることもしなかった。だが、すぐ後ろからついてくるのはわかっていただろう。床に敷かれた絨毯がふたりの足音をかき消す。一方は急ぎ足で、もう一方はひたひたとつけ狙うような足どりだ。

なおも前だけを見たまま、ウィンは自室の前で立ち止まると、取っ手に指をかけてから穏やかに言った。「生き方を変えるつもりはないわ、このあいだも言ったとおり」

ケヴは理解した。ウィンの主張を受け入れないかぎり、ふたりの関係は進展しないのだ。ロマの半身は彼女の頑固なまでの強さにいらだっていたが、ケヴは彼女のそうした資質をもいとおしく感じた。彼女はケヴを支配することもあるだろう、だが、あらゆる側面でというわけではない。彼は肩で扉を押し開き、彼女を軽く押して部屋に入り、扉を閉め、鍵を掛けた。

ウィンが次の息を吸う前に、ケヴは彼女の頭を両手でつかみ、唇を重ねて、舌で口をこじ開けていた。甘い味に欲望をかきたてられつつ、ゆっくりと愛撫をつづける。やがてキスは深みを増し、うっとりとむさぼるようなものへと変化した。ウィンの口を強く吸い、舌を招き入れる。彼女の体が、かさばるスカート越しにぴったりと寄せられる。

「二度とおれに嘘をつくな」ケヴは荒々しく言った。

「つかないわ。約束する」青い瞳は深い愛にきらめいている。

幾層にも重なる布地とレースの下に隠された、やわらかな素肌に触れたい。ケヴはドレスの後ろに手をまわし、いくつも並んだボタンをはずしていった。なかなかはずれないボタンは引きちぎって、布地をぐいぐい引っ張り、たっぷりとしたドレスをやっとの思いで脱がせる。ウィンは息をのんだ。床に広がる濃いピンク色のドレスが、その真ん中に立つふたりを巨大な花のようにつつむ。ケヴはウィンの下着に手を伸ばし、シュミーズの胸元のリボンと、ドロワーズの紐をほどいた。彼女は脱がせやすいように手足を動かしてくれた。やがて、しわくちゃのリンネルの下から、ほっそりとした腕と脚が現れた。

ピンクがかった乳白色の素肌は息をのむほど美しかった。細いけれども筋肉質な脚は、純白の靴下につつまれ、飾り気のない靴下留めが太もものあたりに見える。官能とぬくもりにあふれた体と、慎ましやかな純白のコットンという組み合わせに、耐えがたいほどに気持ちをそそられる。ケヴはやわらかなピンクのモスリンの山にひざまずいて、靴下留めをはずしにかかった。はずしやすいように、ウィンが軽く膝を曲げる。その控えめな挑発のしぐさに、いまにも気が変になりそうになる。彼は身をかがめて小さな膝に口づけ、絹のようにすべらかな内ももに唇を移動させた。彼女が何事かつぶやき、逃げようとすると、腰をつかんで動けなくした。淡い巻き毛にそっと顔をうずめ、薔薇を思わせる香りとやわらかさを味わい、舌を使って押し開く。ウィンは懇願するように小さくあえいだ。

「膝が震えちゃうわ。立っていられない」

ケヴは聞く耳を持たず、深く舌を挿し入れた。舌を這わせ、唇で吸い、彼女を味わいつくした。そこが潤ってくるのがわかると、渇望感がますますかきたてられた。深く挿し入れた舌に、なかが脈打っているのが感じられ、それに呼応するかのように彼女の体も震えた。みずみずしい花弁の香りを深く吸いながら、花びらの一枚を舐め、もう一枚も舐め、一番感じやすいところへと舌を這わせる。うっとりとなりながら、何度も何度も舌で愛撫すると、やがてウィンは彼の髪を両手でつかみ、腰を突き上げ、わななないた。

唇を離し、ケヴは立ち上がった。ウィンはどこか遠くを見るようなぼんやりとした顔で、彼のことも見えていないかのようだ。頭のてっぺんからつま先まで震えていた。ケヴはその体に両腕をまわし、服を着たままのわが身に裸身を抱き寄せた。やわらかな曲線を描く首筋から肩のあたりに顔を寄せ、素肌に口づけ、舌でそっと触れる。それと同時に、ズボンの前に手を伸ばし、ボタンをはずした。

しがみついてくるウィンを抱き上げ、壁に背を押しあてる。壁にこすれて痛くないよう、片腕をその背にまわす。ウィンの体はしなやかで、驚くほど軽い。その体を徐々に下ろしていくと、彼がなにをしようとしているのか気づいたウィンの背に緊張が走るのがわかった。ケヴは奥まで沈ませ、ゆっくりと、だが確実に挿入をくりかえし、その衝撃に彼女が小さく口を開くのを見ていた。

ウィンは靴下をはいたままの両脚を彼の腰に巻きつけ、なすすべもなく彼にしがみついた。あたかも嵐に巻きこまれ、激しく揺れる船の甲板に立っているかのようだ。嵐のなかでも、ケヴはしっかりと刺し貫いたまま、腰を動かすことをやめなかった。サスペンダーがはずれて、ズボンが膝までずり落ちる。ケヴは顔を横にそむけて小さな笑いを隠し、一瞬、ここでいったんやめて服を脱ぐべきだろうかと考えた。だがあまりの心地よさとわきおこる欲望に、いまの格好を笑う気持ちなどどこかにいってしまった。

腰を突き上げ、ウィンを満たし、奪うたび、彼女の口から小さな悲鳴がもれる。ケヴはいったん動きを止め、飢えたように口づけながら片手を下ろし、ふくらんだ花弁をそっと指先でいたぶった。そしてふたたびリズムを刻み始め、深く突き上げるたびに、彼女の一番感じやすいところに自らをこすりつけた。ウィンは眠るように目を閉じているが、彼をつつむ部分は狂おしいばかりに脈打っている。

深く、さらに深くへと沈ませ、彼女を頂点へと導く。腰にまわされた脚がこわばる。ウィンは身を硬くし、叫び声をあげた。ケヴは唇を重ねてその声をのみこもうとしたが、小さなあえぎ声が重ねた唇のあいだからもれる。ウィンがあふれる歓喜に身を震わせる。そしてケヴは、やわらかく彼をつつむ彼女の奥深くへと沈ませた。エクスタシーが彼を貫き、体中を熱く満たし、やがて、抑えられないうずきへと変わっていく。

ケヴは息を切らしつつ、ウィンの脚を床に下ろした。結ばれたままの状態で向きあって立ち、なだめるように口づけをくりかえし、吐息をもらす。ウィンの両手がシャツの下にすべりこんできて、祝福するように脇腹や背中を優しく撫でた。ケヴはそっと自分のものを引き抜いてから、汗ばんだ体に張りつく服を脱いだ。

ふたりはやっとの思いでベッドに移動した。ケヴはお互いの体をウールとリンネルの繭でつつみこみ、ウィンの身を抱き寄せた。彼女の匂い、ふたりの匂いが、軽やかに鼻孔をくすぐる。ふたりが溶けあったその匂いを、ケヴは深く吸いこんだ。

「ミ・ヴォリヴ・トゥ」とささやきかけ、笑みの浮かぶ唇にそっと唇を重ねる。「ロマの男の『愛してる』に、慎みはいっさい含まれない。その女性への欲望、渇望を伝える言葉だ」

ウィンはそれを聞いてうれしそうな顔をした。「ミ・ヴォリヴ・トゥ」とささやきかえし、「ケヴ……」と呼ぶ。

「なんだい？」

「ロマ流の結婚式って、どうやるの？」

「立会人の前で、手をとりあい、誓いの言葉を交わす。でもおれたちは、ガッジョ流の結婚式もやろう。それから、考えられるかぎりのその他のありとあらゆる方法でも」ケヴはウィンの靴下留めをはずし、片脚ずつ靴下を脱がせた。片方脱がせるたびに、彼女が小さく喉を鳴らすまで、つま先をくすぐった。

ウィンが彼の頭を抱き、自分の胸元に引き寄せ、挑発するように背を弓なりにする。ケヴは誘われるがまま、ピンク色の先端を口に含み、硬いつぼみになるまで舌で転がした。

「これからどうすればいいのかしら」ウィンがけだるい声で言う。

「横になっていればいい。あとはおれに任せて」

ウィンはくすくす笑った。「そうじゃなくて、めでたしめでたしのあと普通の人はどうするのかしら、という意味」

「そのあともずっと幸福に暮らすんだよ」ケヴはもう一方の胸に移り、指先で優しく愛撫を加えた。

「でも、めでたしめでたしなんてこと、本当にあるのかしら」ウィンがしつこく問いかけながら、軽やかな愛撫に小さくあえぐ。

「童話みたいにってことかい？　それはないだろうな」

「やっぱりないのかしら」

ケヴはうなずいた。「でもおれは、男女のあいだに永遠の愛はあると思う」と言って口元をほころばせる。「そして、日常の一瞬一瞬に喜びを感じるんだ。並んで歩くことにも。卵の茹でかげんや、使用人への指示の出し方や、肉屋の請求書について口論することにも。夜はいつも一緒にベッドに入り、朝は必ず一緒に目を覚ます」頭をもたげて、ウィンの頬を手のひらで撫でる。「おれは毎日、起きるとまず窓辺に行き、空を見るんだ。でももう、そうする必要はない」

「どうして？」ウィンは優しくたずねた。

「きみの瞳の青を、毎日見られるから」

「ロマンチックなのね」ウィンは笑いながらつぶやき、彼に軽くキスをした。「でも安心して。あなたのそういう一面を、誰にも言わないでおいてあげる」

メリペンがまた熱心に愛撫を始める。すっかり夢中になっており、扉の鍵がかすかにかちゃかちゃと音をたてるのにも気づかないようだ。

ウィンは彼の肩越しに扉のほうを見やった。すると、フェレットのドジャーが細長い体を伸ばして、鍵穴に刺さったままの鍵を取ろうとしていた。ウィンはなにか言おうとして口を開いたが、メリペンに口づけられ、組み敷かれてしまった。あとでいいわ……と目のくらむような心地よさにつつまれながら思う。ドジャーが口に鍵をくわえ、扉の下の隙間から這いでていく姿をぼんやりと見る。鍵のことはあとで言えばいい……。

そしてすぐに、彼女は鍵のことなどすっかり忘れた。

23

婚約の儀式《ピラシュカ》は普通、数日間にわたって行われる。だがケヴは、一晩だけで切り上げることにした。

「銀器はちゃんとしまったか？」ケヴは昼間、キャムにそうたずねた。川辺の野営地から、色鮮やかな服に身をつつみ、じゃらじゃらと装飾品をつけたロマたちが屋敷に大勢やってきたときのことだ。

「パル」キャムはほがらかに応じた。「そんな必要はないよ。みんな家族なんだから」

「家族だからこそ、銀器はしまっておいてほしいんだよ」

そもそもキャムは、兄の婚約くらいで少々はしゃぎすぎではないだろうか。数日前もそうだった。キャムはあたかもケヴの代理人かなにかのように、持参金についてレオとの交渉に臨んだ。キャムとレオは、花嫁と花婿それぞれが結婚によって得られるものについて、芝居がかった口調で議論しあった。ウィンのような宝を手に入れる特権のために、花婿の家族はどれだけ支払うべきかと。そしてふたりはじつに愉快げに、ケヴのような男に腹を立てずにいられる女性を手に入れるためなら、一財産を渡してもいいだろうとの結論を出した。この話しあいのあいだ、ケヴはずっとそばに座り、しかめっ面でふたりをにらんでいた。そんなケヴの様子に、ふたりの議論はますます盛り上がったのだった。

　持参金を決める儀式が済んだあと、ピラシュカの段取りがあっという間に決まり、準備が進められた。誓いを交わす儀式のあとは盛大な祝宴を開くことになった。宴のメニューは豚の丸焼きに牛肉のロースト、各種の鳥肉料理、ハーブ風味にたっぷりとニンニクをきかせたポテトフライ。ベアトリクスの希望により、ハリネズミの料理は除外された。

　舞踏室はギターとヴァイオリンが奏でる音楽で満たされ、そこに集まった招待客は大きな円を描くように並んでいる。ゆったりとした白のシャツに革の半ズボン《ブリーチ》とブーツ、腰に真っ赤なサッシュといういでたちのキャムが、その円の中央に進みでる。片手には鮮やかな絹地につつまれ、首に金貨のネックレスが掛けられたボトル。みなさんお静かに、とキャムが身振りで示すと、やがて音楽も小さくなっていった。

　服装も人種もとりどりの招待客を笑みとともに眺めながら、ウィンはメリペンのとなりに立って、キャムがロマニー語であいさつするのを聞いていた。弟とちがって、メリペンはガッジョの服に身をつつんでいる。ただし、クラヴァットと付け襟はしていない。その襟元にのぞく褐色の肌に、ウィンは思わず魅了される。規則正しく脈打つその肌に、唇を寄せたくてたまらなくなる。だが彼女は、メリペンと軽く指を触れあわせるだけで我慢した。彼は人前で愛情を表現するのが得意ではないのだ。もちろん、ふたりきりになるとちがうが……。

　そのときウィンは、彼の手がゆっくりと手を握ってくるのに気づいた。親指が、手首の感じやすい部分を撫でる。

短いあいさつを終えたキャムがウィンのもとに来る。キャムは器用な手つきでボトルから金貨のネックレスをはずし、ウィンの首に掛けた。重たく、ひんやりとした金貨が、軽やかな音をたてて胸元に落ち着く。ネックレスは彼女が婚約したこと、メリペン以外の誰だろうと、彼女に近づこうとする者は危険を覚悟せねばならないことを告げるものだ。

キャムはほほえんで、しっかりとウィンを抱きしめ、愛情深く耳元で何事かささやき、さあ飲んでというふうにボトルを差しだした。彼女は濃厚な赤ワインを慎重に一口飲み、ボトルをメリペンに渡した。彼が赤ワインを飲む。周囲では、たっぷりとワインの注がれたゴブレットが招待客にふるまわれている。「おめでとう《サスティモス》」の言葉とともに、招待客は婚約したふたりの幸福を祝い、乾杯のゴブレットを掲げた。

そして盛大な祝宴が始まった。音楽がふたたび生き生きとしたメロディーを奏で、あっという間にゴブレットが空けられる。

「踊ろう」というメリペンのささやき声に、ウィンは驚かされた。

小さく笑いながら首を振り、男女がお互いの体の周りをまわりながら、軽やかに踊るさまを眺める。女性は体の周りで手をひらひらと動かし、男性は床を踏み鳴らしながら両手を打ち、じっと見つめあったまま、お互いの体の周りをまわっている。

「どうやって踊るかわからないもの」ウィンは言った。

するとメリペンは彼女の背後に立ち、片腕を彼女の胸元にまわして自分の胸に引き寄せた。

ウィンはまたもや驚かされた。こんなふうに人前で堂々と触れてくる人ではなかったのに。だが浮かれ騒ぐ人びとは、ふたりの様子に気づいても、注目してもいない。

熱い吐息とともにメリペンの声が耳をくすぐる。「しばらく見ていればわかる。ごく狭い空間だけを使って踊っているのがわかるだろう？　ああやって互いの体の周りをまわればい い。あれがロマの踊りだ。両手を空に向けながら、足を踏み鳴らして、大地との結びつきを、生きる喜びを表現する」頬と頬を重ねてほほえみ、そっと彼女を自分に向きなおらせる。「おいで」メリペンはつぶやき、片手をウィンの腰に置いて、舞踏室の中央へといざなった。

ウィンははにかみながらも彼のあとについていった。それまで見たことのない一面に、すっかり心奪われていた。こんなふうに物怖じせず、野生動物を思わせる優雅な物腰で彼女を踊りの輪にいざない、瞳によこしまな光をたたえながら見つめることができる人だとは思わなかった。言われるがままに両腕を高く上げ、指をぱちんと鳴らし、自分の周りをまわる彼の脚を、腰をくねらせてスカートの裾でなぞる。自然と笑い声がもれて、止めることができない。メリペンは踊りの名手で、ふたりはまるで追いかけっこをするように踊りつづけた。

くるりとまわるウィンの腰をメリペンがつかまえ、一瞬にして自分のほうに引き寄せる。彼の肌の匂いと、胸にあたる彼のたくましい胸板の動きに、ウィンの全身が欲望で満たされていく。メリペンは額と額を寄せて、彼女をじっと見つめた。地獄の業火のように暗く鮮やかなその瞳に、ウィンは吸いこまれそうになる。

「キスして」震える声でささやいた。自分たちがいまどこにいるか、誰に見られているかなど気にもならなかった。

メリペンの口元に笑みが浮かぶ。「ここで始めたら、やめられなくなる」

そのとき、すぐそばで申し訳なさそうに、こほんと咳をするのが聞こえて、ふたりの魔法は解けてしまった。

メリペンが横を向くと、キャムが立っていた。

キャムは周到に無表情をよそおっている。「邪魔をしてすまない。たったいまミセス・バーンステーブルが、予期せぬ客人が現れたと知らせに来た」

「また新たな家族の登場か？」

「ああ。ただし、ロマじゃないほうの」

メリペンは当惑してかぶりを振った。「誰だ？」

キャムがつばを飲みこむのが、はためにもわかる。「キャヴァン卿。わたしたちの祖父だ」

キャヴァンには、ほかの家族は交えず、キャムとケヴだけが会うことになった。ピラシュカの宴はまさにたけなわだったが、兄弟はひとまず書斎に下がり、そして待った。ふたりの従者が書斎を出たり入ったりして、おもての馬車からさまざまなものを運びこむ。クッション、ベルベット張りの足台、膝掛け、湯たんぽ、カップののった銀のトレーなどだ。ありとあらゆる準備が整ったところで、だんな様がおみえになりますと従者が告げ、ようやくキャヴァンが部屋に現れた。

アイルランド人の老伯爵は背が低く痩せさらばえており、見た目はぱっとしなかった。だが物腰は退位した君主を思わせ、その身に威厳の名残と、物憂い誇りをまとっている。まばらな白髪は短く刈られて、赤みがかった頭皮に撫でつけられ、顎を覆うやぎひげはライオンのたてがみを思わせた。鋭い茶色の瞳は、冷静にふたりの若者を観察している。

「ケヴィン・コールとキャメロン・コールだな」伯爵はたずねるというよりも断言する口調で言った。流れるようなアングロアイリッシュ訛りの英語は、淡々としていながら優美な響きを持っている。

ふたりとも答えなかった。

「どちらが兄だ?」伯爵はふかふかの椅子に腰を下ろしつつ問いただした。その足元に、従者がすかさず足台を用意する。

「彼です」キャムが言い、ケヴを指差した。横目でにらむケヴを無視してのんきにつづける。「どうやってわれわれを見つけたんです、伯爵?」

「紋章学の学者がロンドンのわが家を訪ねてきた。おまえに依頼され、とある紋様の調査を行ったという話だった。学者はその紋様がコール家のかつての紋章だと突きとめた。そしてわたしに、おまえの腕に描かれている刺青をスケッチしたものを見せた。一目見て、おまえが何者かわかった。おまえがその紋様の調査をしている理由も」

「理由とは?」キャムは穏やかに問いかけた。

「社会的、経済的地位だ。コール家の息子としての立場がほしいのだろう?」

キャムはつまらなそうに笑った。「はっきり申し上げます、わたしは地位も立場もいらない。自分が何者か知りたかっただけだ」いらだたしげに瞳をぎらつかせる。「そのいまいましい学者には、わかったことがあればわたしに教えろと言ったんだ。あんたに先に教えろなんて指示していない。あいつめ、ただじゃおかない」

「ここに来た目的はなんだ？」ケヴはぶっきらぼうに訊いた。「おれたちはあんたになにも求めてない。あんたもおれたちから、なにも得られない」

「第一に、おまえたちの父親が死んだことを知りたいだろうと思ってな。数週間前に、乗馬中の事故で。昔から馬に乗るのが下手な男だった。ついには命まで落としおって」

「お悔やみ申し上げます」キャムが抑揚のない声で言う。

ケヴは無言で肩をすくめた。

「自分の父親が死んだのに、それはないだろう？」伯爵がたしなめる。

「ろくに知りもしない人間の死に、どんな反応を示せば満足なんだ？」ケヴは冷笑交じりに言った。「涙のひとつもこぼせず、すみませんね」

「おまえたちには、涙以外のものを頼みたい」

「いったいどんな頼みやら」キャムが聞こえよがしに言う。

「息子には妻と三人の娘がいる。だが男児はおまえたちしかいない」伯爵は青白く節くれだった手を組み合わせた。「領地を継げるのは男児だけ。しかしコール家には、分家筋までたどってもひとりも男がいない。つまりこのままでは、キャヴァンの爵位も、それに付随するすべてのものも、わたしの死とともに消滅するということだ」歯を食いしばる。「おまえたちの父親が生殖能力に欠けていたという理由だけで、世襲財産がすべて失われるのは耐えられんのだ」

ケヴは眉をつりあげた。「息子がふたりに娘が三人いれば、生殖能力に欠けているとは言わないんじゃないか？」

「娘などいてもなんにもならん。それにおまえたちはふたりとも混血だ。だからおまえたちの父親は、一族の繁栄維持に成功したとはとうてい言えない。だがしかたがない。現実を受け入れるしかない。おまえたちは、当家の嫡男だ」ぴりぴりした沈黙が流れる。「わたしの唯一の後継者だ」

まさにその瞬間、祖父と孫の文化的な背景がけっして相容れることはないのだとわかった。キャヴァンが莫大な財産を託そうとした相手が、ほかの民族に属する男であったなら、その男は有頂天になって申し出を受け入れただろう。だがいま、高い社会的地位と物質的な豊かさとを託したキャヴァンは、予期した反応を得られずにいる。なぜなら相手がロマだったから。

ふたりは有頂天になるどころかまったく無関心といった風情、いや、むしろ腹を立てているような表情だ。

キャヴァンはいらだたしげにケヴに言った。「モーニントン子爵の位を手に入れ、ミースの屋敷をいずれ受け継ぐことができるのだぞ。わたしが死ねば、ヒルズバラのノットフォード城も、ダウンのフェアウェル領も、ハートフォードシャーのウォットフォード・パークもおまえのものになる。素晴らしいとは思わないのか？」

「ちっとも」

「おまえしかいないのだ」キャヴァンは声を荒らげて言い募った。「おまえが継がなければ、九三六年にイングランド王エセルスタンから賜ったセインの位《くらい》までたどれる血筋が途絶えるのだ。王侯貴族の四分の三は、血統の上でキャヴァン家に劣っているのだぞ。それでもなんとも思わんのか？　莫大なる財産がおまえのものとなることさえも、理解できないのか？」

ケヴはすべて正しく理解していた。かつて自分の死を願った傲慢な老いぼれが、求めてもいない財産を得るためにこの場にひざまずけと言っていることも。「あんた、おれたちの行方を捜したことがあっただろう？　二匹の野良犬のように殺すために」

キャヴァンは眉根を寄せた。「そのような質問は、目下の問題とは関係ない」

「いまのはイエスという意味だぞ」キャムがケヴに言う。

「状況が変わったのだ」キャヴァンは反論した。「殺すより生かしておいたほうが有益だとわかった。ありがたく思え」

あんたの領地も爵位もくそ食らえだ、とキャヴァンに言おうとしたとき、ケヴはキャムに乱暴に部屋の隅まで引っ張られた。

「ちょっと失礼」キャムは肩越しにキャヴァンに言った。「兄と話があるので」

「おれは話なんかないぞ」ケヴはつぶやいた。

「一度でいいからわたしの話を聞いてくれないか？」という弟の声は穏やかだが、瞳ははしこそうに細められている。「一度だけでいい」

ケヴは腕組みをしてうなずいた。

「あのしなびた老いぼれを放りだす前に」キャムは静かに始めた。「いくつか考慮するべき点がある。第一に、あいつはもう長くない。第二に、キャヴァン領の小作農はおそらく、まともな領地管理と支援とを心底から求めているはずだ。その点ではおまえにできることはいくらでもあるだろう。アイルランドの領地についても、住まいは英国に置いたまま、遠くから監督することは可能だ。第三に、ウィンのことを考えろ。富も地位も与えてやれるんだぞ。伯爵夫人ならもう誰にも軽んじられる心配はない。第四に、わたしたちには義理の母と異母姉妹がいる。あの老いぼれがくたばったら彼女たちの面倒は誰が見る？　第五に――」

「第五はいい――」ケヴは言った。「おれがやる」

「なに？」キャムは両の眉をつりあげた。「わたしの案に同意するのか？」

「ああ」

どの理由もたしかにもっともだった。だがケヴの心は、ウィンの未来を示唆された瞬間に決まった。ロマの妻として生きるより伯爵夫人として生きるほうが、彼女は幸せだし、不快な思いをさせられる心配もなくなる。

老人は苦々しげな表情でケヴを見やった。「選択肢があるなどと思っているのなら大まちがいだぞ。わたしはおまえになにも訊いてなどおらん。おまえが手にする富と義務について、ただ知らせに来たのだ。それから――」

「大丈夫、話はつきました」キャムはすかさずさえぎった。「キャヴァン卿、たったいまあなたには跡継ぎとその予備ができました。この新たな状況についてじっくり考えるため、今日のところはこれでお開きにしましょう。よろしければ明日、具体的な点について話しあうため、あらためて会いませんか」

「いいだろう」

「なんでしたら、使用人も一緒に当家に泊まっては？」

「彼らならもう、ウェストクリフ邸で休ませておる。伯爵のことは知っているだろう？　じつに立派な紳士だ。彼の父親とは友人でな」

「そうですか」キャムはまじめな表情を作った。「ウェストクリフ伯爵なら名前はうかがってます」

キャヴァンが口元を引き締める。「いずれおまえたちを彼に紹介してやろう」それから蔑むようにふたりを見やった。「ただし、その服装と態度をあらためることができたらの話だ。それと、もっと教養を身につけねばならん。まったく、先が思いやられる」指をぱちんと鳴らすと、ふたりの従者が部屋に運びこんだあれこれをてきぱきと片づけ始めた。伯爵が立ち上がり、細い肩に従者が上着を掛ける。むっつりとした顔で握手を交わしつつ、老人はケヴを見つめ、つぶやいた。「おまえなどでも、いないよりはましだと自分に言い聞かせてきた。明日からはもう、それもしなくていいのだな」

キャヴァンが部屋をあとにするなり、キャムはサイドボードに歩み寄って、ふたつのグラスにたっぷりとブランデーを注いだ。ひとつをケヴに渡しながら、不思議そうな顔をする。

「なにを考えてるんだ?」

「おれたちの祖父らしいなと思って」ケヴが言うと、キャムは危うくブランデーにむせそうになりながら笑った。


その晩もふけたころ、ウィンはケヴの胸に寄り添っていた。金色の髪が月光の川のように、彼の体の上を流れている。ウィンが身に着けているのは金貨のネックレスだけだ。ケヴはネックレスと髪のもつれをそっとほどくと、それを首からはずし、ナイトテーブルに置いた。

「とらないで」ウィンが抗議する。

「どうして?」

「着けていたいの。婚約したんだという実感がわくでしょう?」

「おれが実感をわかせてやる」ケヴはつぶやき、ごろりと転がって、腕のなかにウィンを抱き寄せた。「きみが望むかぎり何度でも」

ウィンは笑みをたたえて彼を見上げた。探るような指先で彼の口の端に触れる。「キャヴァン卿に見つかってしまって、残念に思ってる?」

ケヴは質問について考えつつ、やわらかな指の腹に口づけた。「いいや」としばらくしてから答える。「彼は皮肉屋の老いぼれだ、あまり会いたいとも思わない。だが、ずっと悩みつづけてきたことへの答えがやっと見つかった。おれは……」しばしためらい、まごつきながらも宣言する。「いつかキャヴァン伯爵になるのも悪くないと思ってる」

「本当に？」ウィンはからかうような笑みを浮かべた。

ケヴはうなずいた。「結構うまくやれるんじゃないかと思う」と正直に打ち明ける。

「わたしもそう思う」ウィンはいたずらっぽくささやいた。「あなたがどれほど人に命令するのが上手かまのあたりにしたら、みんな驚くわね」

ケヴは笑って、ウィンの額にキスをした。「今夜、キャヴァンが帰りぎわになんて口にしたか知りたいかい？　おまえなどでも、いないよりはましだと自分に言い聞かせてきた、彼はそう言ったんだ」

「ばかみたいに強がりなのね」ウィンは言い、ケヴのうなじに手をまわした。「それに、彼の言い分はまったくまちがってるわ」と、唇が触れる寸前につけくわえる。「だって、あなた以上の人なんていないもの」

それから長いこと、ふたりのあいだに言葉はいらなかった。

エピローグ

医師によると、母親と赤ん坊よりも誕生の瞬間を待つ父親のほうが心配だったお産は、これが初めてだったそうだ。ウィンの妊娠期間中、ケヴはおおむね冷静さを失わずに過ごしていたものの、ときおり動転することもあった。ウィンが妊娠につきものの痛みや不快を訴えるたびに慌てふためき、これといった理由もなく医師を呼ぼうとすることもたびたびあり、そのつど彼女が止めねばならなかった。

もちろん、ひたすら幸福なだけの日々もあった。たとえば静かな晩には、かたわらに横になったケヴがウィンのおなかに両手を置いて、赤ん坊が蹴るのを一緒に楽しんだり。夏の午後には、ハンプシャーの田園地帯を夫婦で歩き、自然との一体感や、この世に満ちあふれる生命力をともに味わったり。結婚はお互いの関係を息苦しいものにするのではないかという危惧があったが、意外にもふたりは、むしろ以前よりも軽やかな、弾んだ気持ちで過ごせるようになった。

ケヴはよく笑うようになった。人前でも愛情を隠さなくなり、ウィンとたわむれ、ともにいる時間を楽しむようになった。キャムとアメリアの息子のローナンがかわいくてしかたがないらしく、黒髪の赤ん坊を家族みんなでちやほやするときには、率先して自分も加わった。

だが妊娠後期になると、ケヴは募る不安を隠せなくなっていった。そして真夜中に陣痛が始まったときには、恐れのあまりすっかり意気消沈してしまい、励ましや慰めの言葉にも反応しなくなった。ウィンが痛みを訴えるたび、鋭く息をのむたび、ケヴの顔はどんどん青ざめていった。しまいには、わたしのほうがよほどしっかりしているわとウィンが思うほどだった。

「お願い」彼女はこっそり、姉にささやき声で頼んだ。「彼をなんとかしてあげて」

というわけで、キャムとレオがケヴを寝室から引きずりだした。階下の書斎に連れていき、お産が終わるまでずっと、アイリッシュ・ウイスキーでなだめる羽目になった。

そうしてついに未来のキャヴァン伯爵が誕生した。医師は百パーセント健康なお子さんです、ふたり目も三人目も心配はいらないでしょうと請けあった。お産を終えたウィンは、アメリアとポピーに手伝ってもらって体を清め、洗いたてのナイトドレスに着替えた。ふたりは赤ん坊も沐浴させ、やわらかなコットンの産着を着せてくれた。それからようやく、ケヴが寝室に連れてこられた。妻にも子どもにもなんの心配もいらないと納得したのち、彼は安堵のあまり人目もはばからず涙を流し、ウィンのとなりですとんと寝入ってしまった。

ウィンはまどろむ夫のハンサムな顔から、腕のなかの赤ん坊に視線を移した。息子は小さかったが五体満足で、肌は白く、髪ははっとするほどきれいな漆黒だった。瞳の色はまだはっきりしないが、きっと青になるだろう。ウィンは赤ん坊を胸元に抱き上げ、ミニチュアのような耳に唇を寄せた。そしてロマのしきたりにならい、秘密の名前を息子に授けた。

「あなたはアンドレイよ」ウィンはささやきかけた。戦士という意味を持つ名だ。ケヴ・メリペンの息子にこれ以上ふさわしい名はない。「ガッジョとしての名は、ジェイソン・コールよ。それと部族の名は……」口を閉じ、考えこむ。

「ジェイドーだ」となりから、夫の寝ぼけた声が聞こえてきた。

ウィンはケヴの顔を見下ろし、手を伸ばして豊かな黒髪を撫でた。顔に刻まれていたしわが消えて、満ちたりた、くつろいだ表情が浮かんでいる。「どんな意味があるの？」

「ロマの世界を飛びだして生きる者、という意味だ」

「完璧だわ」ウィンは夫の髪を撫でつづけた。「愛を手に入れた《オーヴ・イーロ・イーシー》？」

「ああ」ケヴはうなずき、英語で答えた。「ちゃんと手に入れた《ゼア・イズ・ハート・ヒア》」

ウィンはほほえみ、身を起こした夫の口づけを受けた。

訳者あとがき

「太陽よりもまばゆいウィン。この世でおれがほしいのはきみだけだ」

少年のころにハサウェイ家に引き取られて以来、四姉妹の次女を愛しつづけてきたケヴ・メリペン。心のなかでは愛する女性をひたすら崇拝しながら、その思いを言葉や態度で示すことはなかった。欧州では長く迫害されてきたロマ（ジプシー）という民族の出身である彼にとって、兄の爵位継承によって社交界の一員となったウィンは、けっして手に入れることのできない存在。一方のウィンも、猩紅熱にかかってからすっかり虚弱体質になり、そんな自分が愛を手に入れるのはぜいたくなのかもしれないと思い悩む。やがて彼女はメリペンのもとを去っていくが、それは彼との愛を成就させるためだった。二年半の月日を経て再会するふたり。けれども、ふたりのあいだにある最大の障害は、メリペンがロマであることでも、ふたりの立場のちがいでも、ウィンの病でもなかった……。

「ザ・ハサウェイズ」第二部となる『夜明けの色を紡いで（原題Seduce Me at Sunrise)』。その第一章は、前作『夜色の愛につつまれて』から数カ月後という設定です。前作ではたおやかで上品なお嬢様という印象だったウィンですが、やはりハサウェイ家の娘。第二章以降では、彼女の意外な一面、いえ、本来の彼女の姿が少しずつ明らかになっていきます。

対するケヴは愛想がなく頑固でめったに笑わない青年。人は愛する喜びを知ることで変わると言いますが、ケヴの場合はどうでしょうか。ふたりがどうやって愛を紡ぎ、お互いを変えていくかが本作の読みどころのひとつです。

さて、前作はシリーズ第一弾ということで人物紹介にも多くが割かれている感じでしたが、本作はケヴとウィンの物語を主軸にしつつ、ハサウェイ家の五人とその家族の個性をさらにくっきりと描きだしています。特筆すべきは、四姉妹の性格のちがいが如実に現れた会話の数々です。とくに冥府の王ハデスのエピソードでの姉妹それぞれの感想は、長女アメリアなら、あるいは四女のベアトリクスなら、いかにもそんなふうに言いそうだなと思わされます。

本作ではまた、主人公ふたりと同じように兄レオも、（少しだけかもしれませんが）変化を遂げます。前作ではだめっぷりを存分に発揮してしまったかわいそうなレオですが、本作で少しは読者に見なおしてもらえるのではないでしょうか。

そして前作のヒーローであるアメリアの夫キャムは、本作でも大活躍です。腕に彫られた刺青の謎は果たして明らかになるのか、そこも興味深いところですね。

というように、なにしろ個性的な登場人物の多い「ザ・ハサウェイズ」ですので、注目すべきエピソードはとにかくもりだくさんです。「壁の花」からのゲスト出演は、今回はサイモンとアナベルのハント夫妻だけですが、相変わらず仲睦まじく、サイモンも実業家としてさらに磨きがかかっている様子でうれしいですね。

第一部、第二部とロマの青年がヒーローとなっている「ザ・ハサウェイズ」ですが、本作ではロマの野営地のシーンも多く、会話のなかでもロマニー語がたびたび出るなど、前作よりもさらに〈ロマ色〉が濃いかもしれません。文字だけではロマならではの文化がよくわからないという読者には、映画『耳に残るは君の歌声』が少し参考になるかもしれません。けっしてロマが主題の映画ではありませんが、ロマニー語のほか、野営地の様子や、本作のパーティーシーンに登場するロマの踊りも出てきます。

最後になりますが、今回のあとがきでは、読者のみなさんに一点お詫びしなければなりません。海外の書籍には数字や年代などのこまかな誤記が意外と多く、訳者泣かせです。クレイパス作品もそれは同様で、前作『夜色の愛に つつまれて』では関連する既訳作との整合性をとりつつ訳しましたが、本作で結果的に二カ所の齟齬が生じました。前作で「メリペンは一五年前にハサウェイ家に引き取られた」とある部分は、本作の時系列に従うと「一二年前」に、「キャムは一二歳までロマの部族と暮らしていた」とある部分は「一五、六歳まで」になります。それぞれこの場を借りて訂正し、お詫び申し上げます。

第三部以降に向けた伏線にも注目しつつ、本作を楽しんでお読みいただければ幸いです。

二〇一〇年二月

ライムブックス

夜《よ》明《あ》けの色《いろ》を紡《つむ》いで

著　者　リサ・クレイパス
訳　者　平林《ひらばやし》 祥《しょう》

2010年3月20日　初版第一刷発行

発行人　成瀬雅人
発行所　株式会社原書房
〒160-0022東京都新宿区新宿1-25-13
電話・代表03-3354-0685　http://www.harashobo.co.jp
振替・00150-6-151594
ブックデザイン　川島進（スタジオ・ギブ）
印刷所　中央精版印刷株式会社

落丁・乱丁本はお取り替えいたします。
定価は、カバーに表示してあります。
 ISBN978-4-562-04380-4　Printed in Japan